STEVIE J. COLE   LP LOVELL

Nenhum PRÍNCIPE

Traduzido por Wélida Muniz

1ª Edição

2021

Direção Editorial:	**Modelo:**
Anastacia Cabo	Andrew England
Gerente Editorial:	**Preparação de texto:**
Solange Arten	Louise Branquinho
Tradução:	**Revisão final:**
Wélida Muniz	Equipe The Gift Box
Arte de capa:	**Diagramação:**
Lori Jackson Design	Carol Dias
Adaptação de capa:	**Ícones de diagramação:**
Bianca Santana	Macrovector/Freepik e Pixabay

Copyright © LP Lovel e Stevie J Cole, 2020
Copyright © The Gift Box, 2021
Todos os direitos reservados.
Nenhuma parte do conteúdo desse livro poderá ser reproduzida em qualquer meio ou forma – impresso, digital, áudio ou visual – sem a expressa autorização da editora sob penas criminais e ações civis.
Esta é uma obra de ficção. Nomes, personagens, lugares e acontecimentos descritos são produtos da imaginação da autora. Qualquer semelhança com nomes, datas ou acontecimentos reais é mera coincidência.

Este livro segue as regras da Nova Ortografia da Língua Portuguesa.

CIP-BRASIL. CATALOGAÇÃO NA PUBLICAÇÃO
SINDICATO NACIONAL DOS EDITORES DE LIVROS, RJ
Camila Donis Hartmann - Bibliotecária - CRB-7/6472

C655n

Cole, Stevie J.
    Nenhum príncipe / Stevie J. Cole, L. P. Lovell ; tradução Wélida Muniz. - 1. ed. - Rio de Janeiro : The Gift Box, 2021.
    343 p.

Tradução de: No prince
ISBN 978-65-5636-051-5

1. Ficção inglesa. I. Lovell, L. P. II. Muniz, Wélida. III. Título.

21-69042   CDD: 823
                        CDU: 82-3(410)

O amor é o mesmo para o pobre e para o rei.
Autor desconhecido

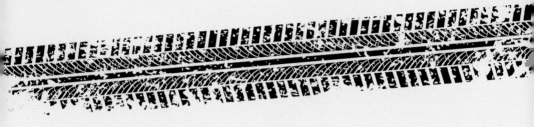

I

ZEPP

O Velma's era o único boteco de Dayton onde não se cobrava couvert nem havia garotas nuas fazendo pole dance. Pisca-piscas emolduravam a janela durante o ano todo e, essa noite, eles piscavam sem parar, quase que no mesmo ritmo da música country que flutuava pelas janelas abertas.

Wolf estacionou a caminhonete nos fundos do estabelecimento e apagou os faróis, deixando o motor ligado.

— Vou só esperar o seu sinal — falei quando Bellamy e eu saímos.

O lugar estava cheio de veículos dilapidados, carros com janelas quebradas e tetos enferrujados. Mas até mesmo esse monte de merda podia ser vendido por uma boa quantia.

Bellamy largou a bolsa tática do pai ao lado da roda de um Hurst Old e se ajoelhou para procurar a lima.

— Que lata-velha.

O carro estava destruído, mas qualquer idiota sabia que essas coisas poderiam chegar facilmente a cinco paus. Bastava uma reforma no interior e uma pintura, o que, para nós, era uma bela barganha, ganhávamos quatro vezes mais.

— Cada um de nós vai conseguir mil pratas por ele.

— É. — Bellamy trabalhou na fechadura, enquanto eu vigiava a entrada do bar. Os segundos se passaram sem o estalo da tranca. — Merda — Ele bufou. — Não quer funcionar. Deve estar presa.

Puxei a porta enquanto ele enfiava a lima ainda mais fundo, até chegar ao lacre de borracha.

— Mas que...

A batida de uma porta de tela interrompeu o ritmo dos banjos e das guitarras. Fiquei de pé em um salto, olhando por cima do teto amassado do Hurst, então empurrei Bellamy.

— Anda logo, cara.

Meu olhar estreitou na silhueta que escapava entre os carros estacionados. Algo no balançar daquele quadril me parecia familiar. A ruiva curvilínea apareceu sob a luz florescente do letreiro do Velma's e eu gemi. Monroe James frequentava a mesma escola que eu e morava dois trailers abaixo do trailer do meu melhor amigo. E a última coisa de que precisávamos era uma possível testemunha que sabia os nossos nomes quando o dono relatasse o roubo do carro.

— Merda, cara. Continua. Vou lá distrair a garota. — Eu me afastei do carro, caminhando a passos largos pelo cascalho, indo em direção à Monroe.

Ela diminuiu o passo. No escuro, eu mal podia distinguir o olhar estreitado dela mirado em mim.

Fiz um verdadeiro espetáculo ao olhar suas pernas longas. E, cara, aquela saia era curta.

— Bela saia — falei.

— Vai à merda. — Ela me rodeou sem perder um único segundo.

Vacilei. Não era assim que essa merda transcorria. *Nunca*. Eu elogiava uma menina, ela se desfazia. Eu me virei. Queria chamar a garota de puta, mas ela foi direto para o Bellamy. Então, eu engoli meu orgulho por um segundo e fui atrás dela.

— Você deveria aprender a aceitar um elogio, sabe?

— E você deveria aprender a ir para a puta que te pariu.

Meu queixo caiu. Ela estava a uma fila de distância do maldito Hurst. Deus, eu não precisava lidar com isso agora.

— Não precisa bancar a difícil. Já me disseram que você é fácil, Monroe.

— E eu ouvi dizer que você tem herpes. Estou ocupada, então, mais uma vez, vá para a puta que te pariu.

Eu não tinha tempo para aquilo. Passei por ela. Ela poderia nos dedurar se quisesse. De qualquer forma, já teríamos vendido o Hurst antes mesmo de os policiais aparecerem na minha casa. Falta de provas era uma merda.

— Bell! — gritei pelo estacionamento. — Anda logo, cacete.

Os passos sobre o cascalho aceleraram e ela apareceu bem ao meu lado.

— Você está roubando aquele carro?

— E se eu estiver? — Parei a poucos metros do Hurst.

Eu conhecia aquele olhar, a forma como ele deslizava sobre mim enquanto ela mordia o lábio. Antes dessa noite, eu nunca havia trocado uma única palavra com a Monroe, mas isso não queria dizer que não tinha notado a garota. Curvas. Peitões. Cintura bem fina. Ruiva. Ela era gostosa no estilo me-olha-que-eu-acabo-com-a-sua-raça, o que fazia com que fosse difícil *não* notá-la. Essa não era a primeira vez que eu pensava em afundar o pau nela.

— Bem, pode ser que isso mude as coisas. — O dedo dela trilhou pelo meu peito. — Eu gosto de um *bad boy*. — A maioria das garotas gostava. Era a criptonita delas.

— É? — Eu a agarrei, prendendo-a contra um carro. — Você quer ser corrompida pelo *bad boy*, Monroe? É isso?

— Você só pode estar de sacanagem — resmungou Bellamy. — Sério, Zepp?

Ela enroscou os dedos nas presilhas do meu cinto e puxou o meu corpo para bem perto do seu. Eu me imaginei agarrando a garota pela cintura e empurrando o rosto dela para o capô do carro, mandado ver até o meu pau ficar em carne viva.

Os lábios dela roçaram a minha mandíbula.

— Você quer me comer, Zepp?

— Eu quero acabar com você.

Bellamy resmungou ao fundo.

— Ótimo. Vou para a caminhonete. Quando estiver pronto, avise, seu babaca.

Agora sim eu ia comer a garota ali em cima daquele carro.

— Você é das que gritam, Monroe?

Seus dedos arranharam a minha nuca e ela me puxou para perto. Esperei que ela avançasse para a minha braguilha, mas, em vez disso, ela me deu uma forte joelhada na virilha. Eu me curvei, agarrando-me enquanto lutava para respirar, mas a dor só piorava. Parecia que as minhas bolas tinham ido parar na minha garganta. Minhas pernas fraquejaram e meus joelhos bateram no cascalho.

Ouvi o tilintar das chaves antes de a porta do carro abrir e fechar. Nem dois segundos depois, o motor rugiu, sacudindo o chão.

— Mas que merda, cara? — Bellamy gritou, vindo por trás de mim quando as luzes de ré se acenderam.

Os pneus cantaram, atirando cascalho para todos os lados antes de ela arrancar, deixando nada além de uma nuvem de poeira no brilho das lanternas traseiras.

— Ela acabou de levar o carro? — Bellamy pegou a bolsa no gramado.

Ainda agarrando as bolas, eu me levantei cambaleando.

— O que você acha?

— Eram quatro mil! — Bellamy andou para lá e para cá atrás de um Cadillac velho, a luz do letreiro neon do Velma's refletia no vidro traseiro do veículo. — Seu pau acabou de nos custar quatro mil.

Não só Monroe tinha roubado o carro bem debaixo do meu nariz, mas também tinha tacado fogo no meu ego.

— Cala a boca, Bellamy. — Fui em direção à caminhonete do Wolf.

A sobrancelha dele franziu quando eu abri a porta do passageiro. Ele olhou para o Bellamy, que se acomodava na cabine estendida.

— Estou chapado ou a Monroe James acabou de roubar aquele carro? — Ele bufou. — Tipo, diz que eu fumei tanta maconha que estou alucinando.

Passei uma mão rígida pelo rosto, então me joguei no assento.

— Só dirige, tá bom, Wolf?

— Puta merda. — Ele engatou a ré, enquanto eu encarava o para-brisa sujo. — Ela roubou o carro?

— O Zepp estava tentando comer a garota.

Eu me virei para olhar feio para o Bellamy.

— Como se você não fosse fazer a mesma coisa.

— Eu faria — Wolf ofereceu. — Sempre me perguntei se essa coisa toda de vermelho na cabeça, fogo lá embaixo era verdade.

As luzes neon saltaram pelo painel antes de a caminhonete se arrastar pela rodovia.

Conseguimos chegar à placa de pare antes de Bellamy suspirar no assento traseiro.

— Ela nos custou quatro mil. Quatro mil.

Wolf lançou um sorriso sádico na minha direção.

— Quer tacar fogo no trailer dela?

Os caras me zoaram o caminho todo até a casa do Wolf por Monroe ter tirado uma comigo. Quando estacionamos na frente do trailer duplo em que ele morava, eu estava fumegando. Saí antes dos caras e bati a porta com força suficiente para sacudir a caminhonete. Eu estava quase na minha moto quanto notei o carro coberto por uma lona na frente da casa de Monroe.

— Ah, mas só pode ser sacanagem. — A meio caminho de lá, um sorriso se espalhou pelo meu rosto. Eu não podia acreditar que a menina era tão estúpida.

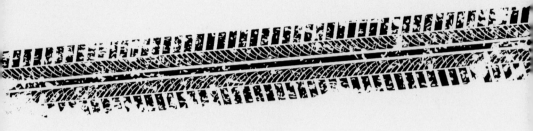

2

MONROE

Merda, o que eu tinha feito? Dei uma joelhada nas bolas de Zeppelin Hunt. As pessoas diziam que Zepp era o rei do Colégio Dayton, mas eu não concordava. Não, Hunt não era tão reluzente assim. Ele só estava no topo da cadeia alimentar, um bandidinho. O cara ruim sem qualquer moral. E em um lugar como Dayton, aquilo era dizer muito. Ele não era o tipo de cara em quem você dava uma joelhada nas bolas e de quem roubava um carro. Mas, em uma disputa entre ele e o Jerry, o babaca do namorado da minha mãe, eu preferia arriscar minhas chances com Zepp.

Agarrei o volante de couro, pisando fundo no acelerador ao dirigir pela rodovia deserta do condado. O carro derrapou quando virei na estrada de terra que levava ao parque de trailers. Como o resto de Dayton, o lugar era uma merda. Casas sobre rodas enchiam o lugar como o lixo que se derramava de uma sacola. Meu estômago deu um nó quando passei pelo trailer do Wolf Brooke, esperando que Zepp não tivesse reparado que eu morava perto de um dos seus amigos. Desliguei o motor ao chegar em frente ao trailer da minha mãe, correndo para cobrir o carro roubado com uma lona antes de entrar.

Minha mãe tinha apagado em um dos sofás surrados de estampa floral, havia uma marca fresca em seu braço. Ela nem se mexeu quando a porta do trailer bateu às minhas costas ou quando um baque veio lá dos fundos. Jerry saiu tropeçando do banheiro, as cinzas caindo do cigarro preso entre seus lábios enquanto ele afivelava o cinto.

O homem passou uma mão pelo cabelo oleoso.

— Conseguiu o carro?

Larguei as chaves em sua mão aberta e prendi o fôlego ao passar pelo corpo enorme, esperando que ele me liberasse. O namorado da minha mãe podia ser imprevisível na melhor das ocasiões. Suspirei aliviada quando fechei a porta frágil do meu quarto e passei a tranca.

Eu tinha quase caído no sono quando ouvi o som de vidro quebrado vindo de algum lugar lá fora. Não era incomum em Dayton. As pessoas estavam sempre brigando, quebrando um monte de merda, roubando coisas... O som de um motor se engasgando ao ligar me fez sentar. Uma buzina soou bem em frente ao meu trailer. Faróis se derramaram através das cortinas puídas, saltando pelas paredes do meu quarto bem quando eu ia até a porta.

Jerry estava de pé na janela da sala, a cortina puxada para o lado, olhando o carro sair em disparada. Eu sabia, sabia que era o Hurst. E eu sabia exatamente quem o roubara bem dali da minha vaga.

O olhar irado de Jerry se virou para mim, suas mãos já em punhos.

— Você foi seguida, Monroe? — ele perguntou entredentes.

— Não.

Ele se aproximou, cada passo um rompante de raiva que deixava os meus nervos à flor da pele.

— Então deu com a língua nos dentes.

— Não, não dei.

Eu poderia contar a ele o que acontecera, mas não teria mudado uma puta de uma coisa. Ainda seria culpa minha.

— Foi roubado da vaga. Não é minha...

A mão dele veio de encontro à minha bochecha e eu caí no chão com um baque. O sabor metálico do sangue tomou a minha língua e fechei as mãos. Apesar do medo que apertava a minha garganta como um torno, a adrenalina incendiou as minhas veias e o impulso de revidar veio com tudo.

— Isso é problema seu, putinha. — Ele apontou o dedo para mim. — Sugiro que conserte essa merda antes que eu exija que me pague de outra forma.

O olhar dele se arrastou pelo meu corpo, fazendo a bile subir por minha garganta. Jerry tinha a mão boba e dava um soco maligno quando ficava com raiva, mas a única coisa que ele nunca tentara fazer fora me comer. Era mais do que eu podia dizer de cada namorado que a minha mãe tinha levado para casa. Desde novinha, eu tinha aprendido a fugir e me esconder. Depois a revidar. Mas aquilo não queria dizer que Jerry nunca tentaria, e isso não me fazia sentir menos medo dele. O homem gostava de me ver sofrer. Gostava da minha dor, do meu medo. Mais que tudo, no entanto, eu achava que ele gostava da resistência, o fato de eu nunca aceitar calada.

— Vou pegar outro carro para você! — Minha voz vacilou sob a força do pânico.

O olho dele se contraiu antes de ele me agarrar pela garganta e me tirar de sobre os meus pés. Ele atirou a cabeça para trás, gargalhando enquanto minhas unhas arranhavam o seu braço. Então, jogou-me na parede, e todo o trailer chacoalhou com a força do impacto. Quando ele bateu o nariz sobre a minha bochecha, eu quis me encolher, mas não podia me mexer.

— Eu quero aquele carro! — Ele me atirou no chão como se eu fosse um monte de lixo. — Você tem dois dias, Monroe.

Eu odiava o Jerry com todas as minhas forças, de verdade. Ele não ficava por perto o tempo todo, mas o homem fazia a minha vida ser difícil, assim como qualquer namorado sanguessuga que a minha mãe arrastava para cá. Era assim que funcionava em Dayton. Uma parte da vida que eu me odiava por aceitar, embora não tivesse escolha. Nem saída. Algumas pessoas da minha idade sonhavam com uma vida bacana em uma casa grande com um carro chamativo. Eu tinha um único sonho: dar o fora de Dayton. Essa cidade era uma fossa, arrastando as pessoas para o fundo, afogando-as na imundície. Eu só precisava me formar com boas notas. Então, iria embora.

Colégio Dayton. Eu quase podia sentir o cheiro da pobreza e de adolescentes grávidas emanando do estacionamento. Jade, a minha melhor amiga, atravessou o lugar e caminhou ao meu lado.

— Você está uma merda.

— Nossa, obrigada. — Eu mal dormira na noite passada, graças a um babaca em particular.

Passamos pelas portas duplas e entramos nos corredores estreitos e lotados de estudantes. Até em meio ao caos matutino habitual, eu podia localizar Zeppelin Hunt a um quilômetro de distância. Todo o um metro e oitenta de tatuagens e arrogância rodeado, como sempre, por seus rapazes: Hendrix, Wolf e Bellamy. Eles estavam encostados nos armários enquanto um grupo de meninas fazia hora ali perto.

Uma fagulha de raiva acendeu em mim. Eu mal podia acreditar que ele tinha ido até a minha casa e roubado aquele carro da merda da minha vaga. Eu precisava dele de volta, ou Jerry ia me matar. E isso me forçaria a falar com aquele imbecil. Considerando tudo, eu não temia a reputação de *bad boy* de Zepp como a maioria das pessoas, mas eu tinha dado uma joelhada no saco dele... depois de tentar seduzi-lo. Ele ia ficar puto.

Respirei fundo e, com as mãos em punhos, fui até ele. Só... Eu ia ser direta. Simplesmente contaria a ele. Caminhei atrás do cara, o aroma de couro e óleo de motor fluindo sobre mim. Levantei a mão e hesitei, mas ergui os braços e dei cutucão em seu ombro.

— Ei.

O silêncio tomou o corredor quando ele se virou, deixando-me encarando o peito e o tecido preto da camiseta colada sobre os músculos rígidos. Pude sentir em mim o olhar do que pareceu ser a metade da escola, as ovelhas vigiando o grande lobo mau que bufava e soprava.

Quando inclinei a cabeça para trás, encontrei olhos escuros que estavam tão severos e irados quanto eu esperava. A essa distância, sob a luz do dia, Zepp tinha o tipo de beleza que era impossível ignorar: maçãs do rosto esculpidas, lábios carnudos e a mandíbula permanentemente tensa. E olhos que prometiam me arruinar dos piores jeitos possíveis.

— Você roubou a porra do meu carro.

O piercing no nariz brilhou sob as luzes fluorescentes quando ele inclinou a cabeça para o lado como um gato que brincava com um rato. Um lado da boca se contorceu de leve, mas foi a única rachadura em uma máscara até então impenetrável.

— E?

— Eu preciso dele de volta.

— E eu preciso que o meu pau seja chupado. — Ele me percorreu rapidamente com o olhar e então se afastou, os ombros enormes separando o mar de pessoas.

Meu coração disparou, o pânico e a raiva lutavam pelo controle. Zepp era um babaca, e agir feito uma megera com ele não me levaria a lugar nenhum, por isso engoli o impulso.

Corri atrás dele.

— Eu te pago mil pratas por ele. — Era quase todo o dinheiro que eu tinha, mas valeria a pena para eu não ter que lidar com o Jerry.

Ele parou a meio passo, virando-se para me olhar. Houve uma pausa, um lampejo de curiosidade que brilhou em seus olhos, como se ele pudesse ver o meu desespero.

— Sua vida ficaria mais fácil se eu vendesse o carro para você? — Havia um tom de deboche em sua voz que me fez querer dar um soco nele.

— Obviamente.

— Então, não. — Idiota arrogante. Ele começou a se afastar, mas eu o segurei pelo braço.

— Sério? Dinheiro fácil. E você não vai ter que vender o carro.

— Talvez você devesse ter mais cuidado com os lugares onde pousa o joelho. — Ele se aproximou, empurrando-me com força contra o armário mais próximo. Ele pairou sobre mim, todo músculos tensos e temperamento furioso. — Você quer o carro?

Eu não gostava dele, mas aquela energia perigosa e a proximidade me causaram uma reação que eu não podia negar. Ele olhou para a minha boca.

— Fique de joelhos e chupe o meu pau, então talvez eu pense na possibilidade de vender aquela lata-velha para você.

Meu gênio foi até a estratosfera em um instante.

— Não há carro que valha eu ter que tocar no seu pau.

— Azar o seu.

Ele se afastou de mim com um olhar furioso e logo se virou e seguiu pelo corredor, com seus rapazes o seguindo e as pessoas tropeçando para sair da frente deles.

Jade veio até mim com as sobrancelhas erguidas.

Então Chase apareceu sobre o meu ombro, vestindo a jaqueta do time.

— O que foi aquilo?

As pessoas estavam encarando, cobrindo a boca e cochichando. Suspirei, depois sacudi a cabeça e segui pelo corredor.

— Nada.

— Fala sério — disse ele. — Que merda você estava fazendo falando com o Hunt?

Chase era o único cara que conseguia se safar me enchendo de perguntas, e só porque ele tinha boas intenções. Como qualquer outro cara do Dayton, ele sabia que Zepp era um completo idiota.

— Ele tem algo de que eu preciso, só isso.

Jade me atirou um olhar confuso.

— Desde quando comprar maconha inclui ser atirado em um armário e praticamente levar uma sarrada?

— Eu não levei sarrada nenhuma! — O calor se espalhou por minhas bochechas, e os olhos de Jade se desviaram como se ela concordasse em discordar. — E eu não ia comprar maconha.

— Moe. — Chase me chamava por aquele apelido desde que éramos crianças, e eu odiava. Ele colocou uma mão sobre o meu ombro, detendo os meus passos. — Por favor, me diga que você não está de bobeira por aí com aquele idiota.

— É claro que não. Olha, só... deixa para lá. — Eu me afastei dos dois e fui para a aula de Inglês.

Eu tinha até amanhã à noite para recuperar aquele carro, e não queria descobrir o que aconteceria se não conseguisse.

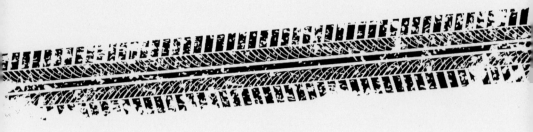

3

ZEPP

Nossa casa era um constante entrar e sair de pessoas. A maioria comprando, outras vendendo. E garotas... A noite de sexta-feira significava que o baixo bombando nos alto-falantes estaria mais alto que o normal.

Hendrix se jogou no sofá ao meu lado, abrindo uma cerveja.

— Alerta de puta. — Ele gargalhou em sua Miller Lite antes de Leah Anderson, uma das meninas ricas de Barrington, escorregar para o sofá e depois para mim.

Joelhos montaram o meu quadril e os braços me envolveram pelo pescoço.

— Oi, Zepp. — Ela colocou o cabelo louro atrás da orelha, esfregando os peitos no meu rosto enquanto eu olhava para além dela.

A menina era uma líder de torcida cujo nível de profundidade equivalia ao de uma poça de xixi de cachorro. Mas ela era boa de se olhar, e mais, os imbecis do Colégio Barrington ficavam putos quando as meninas de lá vinham para o lado lixo da cidade para serem corrompidas pelos marginais.

— Ei, Zepp? — a voz de Wolf se elevou sobre a multidão na sala de estar. Ele abriu caminho entre algumas garotas que bloqueavam a passagem. — Tenho algo para você.

Monroe estava bem atrás dele, o decote em plena exibição.

Percorri com o olhar a meia arrastão rasgada e a saia de couro justa, imaginando-a de joelhos.

— Decidiu aceitar a minha oferta?

— Só nos seus sonhos. Precisamos conversar.

Empurrei Leah do meu colo, dizendo a ela para ir para o meu quarto. Ela hesitou e olhou para Monroe com um olhar muito bem treinado e altivo de puta presunçosa.

— Ele tem ofertas muito melhores que a sua — observou ela. Então ficou parada e, por um segundo, pensei que Monroe fosse dar um soco na garota.

— Bem, você tem cara de quem chupa um pau com tudo de si. Então é isso mesmo.

Pessoas passaram entre nós rindo ao seguirem para a cozinha. Quando elas se afastaram, Leah já tinha saído e agora estávamos só Monroe e eu.

— Vamos ver. — Peguei um cigarro na mesa e o acendi. — Você quer o carro.

Houve uma pausa, uma em que ela pareceu completamente incomodada por estar ali.

— Eu preciso dele.

— Nós já falamos disso.

A garota tinha vindo até aqui para que tivéssemos a mesma conversa que havíamos tido mais cedo no corredor. A menos que ela fosse ficar de joelhos e puxar o meu pau para fora, eu não daria a mínima.

— Eu não vou te pagar um boquete. Você não quer dinheiro. — Monroe cruzou os braços sobre o peito e soltou um suspiro brusco. — O que você quer então? — Inquieta e desesperada o suficiente para se oferecer em sacrifício como um cordeirinho de meia arrastão, o que me dava infinitas possibilidades. — Eu faço uma troca — disse. — Por um de maior valor.

Eu não precisava da ajuda dela para roubar carros. Eu e meus meninos cuidávamos muito bem daquilo. E uma garota gostosa como a Monroe podia fazer muito mais por mim do que roubar veículos.

— Eu não quero um que valha mais. Mas... — Dei uma tragada no cigarro, encarando a menina por tanto tempo que a flagrei engolindo em seco. — Eu aceitaria três meses de seu fiel serviço.

— Serviço? — Ela estreitou os olhos. — Vou repetir, eu não vou dar para você.

— Não estou falando de sexo. Pensei em algo na linha de assistente pessoal.

O barulho dos alto-falantes preencheu o silêncio, o zumbido da conversa. As narinas de Monroe se dilataram. Eu quase podia ver a garota pesar as opções, e não pude deixar de imaginar por que diabos ela queria tanto aquela lata-velha. Joguei o cigarro em uma lata de cerveja e dei de ombros.

— Não quer o carro tanto assim? Sem problemas.

Com um gemido, Monroe descruzou os braços.

— Preciso dele agora — disse ela. — Não posso esperar...

— Você pode levar o carro hoje mesmo.

Aquilo fez a boca da garota fechar na hora. Um leve franzido apareceu em sua testa. Fazer um acordo comigo, ainda mais um vago desse jeito... Monroe não tinha como saber o tipo de merda na qual ela poderia acabar envolvida.

— Se eu concordar com isso... vai ter que ser na encolha.

— Temos um trato então?

— Tá bom. — Um sorrisinho se insinuou nos lábios dela. — Onde está o carro?

Se eu tivesse que adivinhar, ela pensava que ia pegar o carro e dar para trás no acordo, e eu não poderia culpar a garota. Nada a prendia a ele, exceto eu.

Eu me levantei do sofá, elevando-me sobre ela e forçando-a a recuar alguns passos.

— E não banque a estúpida. Você sabe do que eu sou capaz. — Torci um cacho de seu cabelo vermelho ao redor do dedo e puxei. — Não sabe, Roe?

A mandíbula dela se retraiu involuntariamente. Eu me virei e senti o ódio dela irradiando fedor de merda. Eu já estava atravessando a porta quando seus passos furiosos me seguiram pela escada.

— Onde está o carro, Zepp?

— Ah. Aquele carro? Vendi — atirei por sobre o ombro.

— O quê? Não vou fazer merda nenhuma para você sem ele.

— Pode ir parando com o choramingo. Eu vou te levar até ele.

Tinha vendido aquela coisa no mesmo dia em que havíamos roubado. Mas, mesmo se estivesse estacionado no meu quintal, eu o teria vendido antes de "dar" o carro para Monroe. Nem fodendo que eu reduziria a margem de lucro.

Trinta minutos mais tarde, o carro era dela. E ela era minha... por três meses.

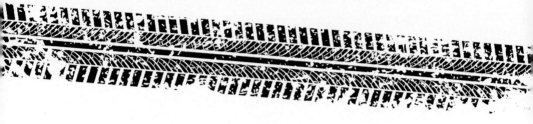

4

MONROE

Segunda de manhã, eu estava parada do lado de fora das portas do colégio, observando os alunos correrem pelos corredores lotados enquanto a raiva ainda pulsava em minhas veias. Zepp tinha me deixado no portão da Karl's Carmart na sexta à noite com um alicate corta cabo. Fizera um acordo com ele por um carro que eu tivera que roubar. De novo! Para piorar as coisas, eu havia tido que fazer uma ligação direta, o que fizera Bubba embolsar cem pratas. E, claro, Jerry me fizera pagar do meu bolso. Como se eu não ganhasse dinheiro o bastante para ele. Agora eu estava em dívida com Zeppelin Hunt, de todas as pessoas. Ele estava envolvido com roubo, tráfico e um monte de merda ilegal em que eu não precisava estar mais envolvida do que já estava.

Fui me desviando em meio aos estudantes e suas mochilas e me apressei com a combinação do armário, pensando que talvez pudesse voar baixo e ficar fora do radar de Zepp.

Jade surgiu ao meu lado, mexendo em seu cadeado antes de abri-lo e enfiar a mochila lá dentro.

— Boas notícias. Minha mãe me liberou do castigo.

— Como conseguiu sair dessa?

Ela me olhou e fez careta.

— Fui à igreja.

— Então Jesus te perdoou por fumar maconha no quarto?

— Provavelmente não. Mas minha mãe pensa que Ele perdoou, então...

Eu ri.

— Bem, vou trabalhar hoje à noite, senão eu sairia com você.

Ela bateu a porta do armário e se apoiou nela.

— Como aquele lugar ainda está aberto é algo que vai além da minha compreensão. Eles já deveriam ter sido presos a essa altura.

— Os policiais de Dayton não dão a mínima para um punhado de meninas de dezessete anos mostrando os peitos.

— Verdade.

Eu odiava o meu emprego. Muito. Mas pagava bem, e era quase impossível encontrar trabalho em Dayton. Eu tinha três escolhas: strip-tease, tráfico ou prostituição. O strip me parecia o menor dos males.

Nós nos afastamos dos armários e percorremos o corredor. Jade divagava sobre alguma menina da aula de cálculo quando parou no meio da frase.

— Ah, merda, Monroe. — Ela me cutucou com o cotovelo, seu olhar estavam fixo no final do corredor, de onde Zepp vinha direto na minha direção. — Ele é tão assustador e gostoso, e, Deus, eu daria muito para esse cara.

— Ele é um babaca, Jade.

Zepp veio até mim a passos lentos, dividindo o mar de estudantes diante dele.

Os olhos quase negros vagaram pelo meu corpo, e eu quis me dar um tapa por causa do jeito que o meu pulso acelerou. Ele colocou o telefone em minhas mãos.

— Número — disse alto o suficiente para que uma dupla de garotas que passavam parasse e encarasse. Havia somente uma razão para Zepp pedir o número de uma garota.

— Por que eu te daria o meu número?

— Porque eu mandei. — Nossos olhos se encontraram, as linhas de batalha sendo definidas. Uma risada nada divertida escapou dos lábios dele, e eu odiei ter achado sexy. — Número do telefone, Monroe.

Relutante, eu digitei o meu número, então empurrei o telefone contra o peito dele e saí pisando duro, com Jade a reboque.

A minha amiga se inclinou, abraçando os livros junto ao peito.

— Você acabou de dar seu número para o Zepp Hunt. E geral viu — ela sussurrou.

Sim, eu tinha dado. Um único pedido: ficar na encolha; e ele não pudera nem se prender a isso. Ele me deixou tão puta que só pude pensar naquilo pelo resto do dia letivo e durante a noite.

Eu tinha que trabalhar naquela noite, e a raiva acumulou enquanto eu dançava no pole e no colo de homens desprezíveis até as duas da manhã. Quando meu turno acabou, voltei para o camarim, me troquei e verifiquei o meu telefone. Havia um monte de mensagens de texto não lidas enviadas por um número desconhecido.

> Número Desconhecido:
> Preciso de um favor.

> Número Desconhecido:
> Não me ignora, Monroe.

> Número Desconhecido:
> Que merda vc tá fazendo?

Tinha que ser o Zepp. Meus dedos digitavam uma resposta quando aquele mesmo número apareceu na tela. Atendi e levei o aparelho à orelha ao pendurar a bolsa no ombro.

— Oi?

— Você dormiu ou alguma merda dessa? — A voz profunda veio do outro lado da linha. A batida do rap esmurrava ao fundo.

— O que você quer?

— Você. Na minha casa. Agora.

— Não.

O silêncio cruzou a linha. Eu podia imaginar aquela mandíbula cinzelada dele se contraindo de frustração.

— Não seja burra, Monroe.

Uma das meninas pavoneou-se pela sala, contando dinheiro ao me rodear.

— Eu fiz um único pedido, Zepp. Discrição.

— De que merda você está falando?

— Você pediu o meu número no meio da porra do corredor. Isso não é discrição.

Uma risada profunda retumbou através do receptor.

— Peço o número das garotas o tempo todo.

— Ah, que ótimo. — E agora eu parecia com uma das putas dele. Uma das meninas deu uma risadinha em sua penteadeira, então fui para o corredor. — Não quero ser ligada a você de forma alguma, entendeu?

— Jesus Cristo... Você tem vinte minutos para chegar na minha casa com duas caixas de cerveja — disse ele, e a linha ficou muda.

Ele tinha desligado. Encarei a tela preta, a raiva borbulhando como uma panela de água fervendo. Zepp não tinha cumprido a sua parte do acordo, então eu também não cumpriria a minha.

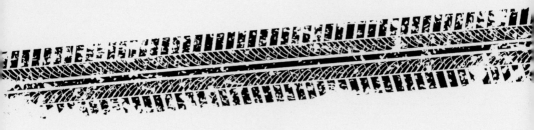

5

ZEPP

Vinte minutos se passaram. Trinta. A festa havia começado a esvaziar e eu ainda não tinha cerveja. Passei pelas garotas bêbadas encostadas na parede, e Wolf olhou para mim com uma sobrancelha erguida e um leve curvar em seus lábios.

— Ela tem coragem, cara. Coragem pra caralho. — Ele pegou um baseado com uma das meninas e deu um trago. — O que você vai fazer, Zepp?

E disso eu não tinha certeza. Ela era uma garota, uma que não estava doida para dar para mim, o que me deixava com as opções limitadas. Eu não a machucaria, mas com certeza poderia fazer a menina passar vergonha.

— Vou pensar em alguma coisa. — Abri caminho pela sala com os ombros e subi as escadas, indo para o meu quarto. Aquela garota era inacreditável.

Ouvi uma batida suave na minha porta antes de ela se abrir. Afastei o olhar da cama enquanto Leah entrava. Eu não estava com humor para a palhaçada dela hoje à noite. O problema de meninas como Leah era que elas pensavam que poderiam vir para o lado merda da cidade, dar para um dos pobretões de má índole, deixá-lo limpinho e transformá-lo em algo mais reluzente. Domar um de nós seria como pendurar a cabeça de um leão na parede. Um troféu. Algo sobre o que qualquer garota de Barrington poderia se gabar.

Ela se jogou na cama, esticando os braços em uma péssima tentativa de parecer sexy.

— Quer transar?

Inclinei o queixo em direção à porta.

— Tenho certeza de que meu irmão estaria mais do que disposto.

Ela se sentou, as bochechas tingidas de vermelho.

— Qual é, Zepp. — Ela esfregou a minha virilha. — Eu sei que você me quer.

— Jesus Cristo! Eu acabei de dizer para você ir dar para o meu irmão. — Empurrei a mão dela para longe. — Sai.

Leah se levantou aos bufos, atravessou o meu quarto pisando duro, como a garotinha mimada que era, e bateu a porta ao sair. O mais patético de tudo era que Leah iria me mandar um SMS mais tarde. Ela voltaria no próximo fim de semana porque ligava se eu não a respeitava. Do meu ponto de vista, respeito não era nem de perto tão importante para ela quanto as aparências. E aquilo era triste pra cacete.

Monroe, por outro lado... Ela sequer compraria a minha cerveja. Algo me dizia que, se eu falasse com ela daquele jeito, ela arrancaria sangue. Passei a mão pelo rosto. Eu estava lívido com ela, mas, ainda assim, aquelas pernas e o temperamento... Eu a odiava quase que com a mesma intensidade com que queria ir para a cama com ela. Talvez fosse por isso que, mais tarde naquela noite, eu me vi batendo uma ao pensar nas coxas de Monroe James enroladas em meu quadril enquanto mostrava a ela o real significado de ser uma menina má.

Na manhã seguinte, Hendrix arrastou algum moleque que estava vendendo maconha para dentro do banheiro para dar uma surra nele enquanto eu me encostava na parede de azulejos com um cigarro preso entre os lábios.

Hendrix afastou o braço para socá-lo novamente, mas o sinal bateu. Apaguei o cigarro na pia e soprei a fumaça no rosto ensanguentado do cara antes de nos enfiarmos no corredor e nos separarmos.

Metade dos alunos da minha aula de inglês já estava de cabeça baixa. Um punhado de esforçados estava com as pastas abertas sobre a mesa, verificando as anotações, como se ser o orador da turma fosse fazer qualquer diferença num lugar como aquele. Não faria.

Puxei uma das folhas que estavam na beirada da mesa da Sra. Smith e segui para o meu assento para apagar o nome de Bobby Graham e escrever o meu.

Uma série de assovios ecoou, e ergui os olhos da prova bem quando Monroe passava empertigada entre as mesas. Uma nuvenzinha de raiva subiu pelo meu peito, mas, quando ela se virou para se sentar, meu olhar caiu para a saia xadrez curta que parava poucos centímetros abaixo de sua bunda. Se ela fosse um cara, aquela proeza de ontem à noite teria terminado em uma briga a socos. Mas ela não era um cara. Ela era uma garota gostosa pra caralho com uma bunda na qual eu queria deixar a marca da minha mão. Bellamy estava certo. Meu pau me colocava mesmo em problemas.

Monroe mal tinha se sentado quando um dos jogadores de futebol americano atravessou a sala, empoleirou o traseiro gordo na beirada da mesa da garota e disse algo a ela.

A garota revirou os olhos.

— Como eu te disse da última vez, vaza. — Ela voltou ao livro.

Uma risadinha coletiva seguida por um "toco" irrompeu na sala enquanto o idiota voltava para a própria carteira com as bochechas vermelhas.

Aquela menina era como um animal selvagem que arrancaria o braço de alguém antes de permitir que a afagassem. Sorte a minha ter uma coleira eletrônica para ela em forma de uma dívida. Uma que ela pagaria querendo ou não. Eu me levantei da carteira, coloquei a prova roubada na mesa da professora e me joguei no assento vazio ao lado de Monroe.

— Você é corajosa ou estúpida? — Dei o sorriso mais filho da puta que pude ao enrolar uma mexa do cabelo dela ao redor do dedo.

As narinas da garota dilataram e ela libertou o cabelo que eu segurava.

— O fato de o autorrespeito nem passar pela sua cabeça diz muito sobre as suas companhias.

— Então é estúpida.

Fazendo cara feia, ela agarrou a mesa e a puxou. O silêncio percorreu a sala quando as pernas metálicas da cadeira rangeram sobre o piso de ladrilho, deixando-nos cara a cara. Medimos um ao outro com o olhar como leões se preparando para brigar ou para trepar. Ou ambos.

— Você pisou na bola, Roe. — Eu me inclinei para segurá-la e a cadeira tombou para o lado. — Não quer que ninguém saiba sobre nós, né? — E aí enfiei a mão por debaixo da saia dela.

Antes que eu pudesse chegar mais longe, as coxas quentes se fecharam, mas aquilo não me impediu de mover a mão para cima e para baixo por sob a saia, dando ao resto da sala uma ilusão bem obscena. Uma que garantiu uma onda de sussurros enquanto Monroe se remexia no assento com as bochechas coradas.

A porta da sala se abriu, mas eu não me mexi. Os dedos dela envolveram o meu pulso, puxando a minha mão, mas eu me recusei a tirá-la só por princípio.

— Aposto que você deve estar preferindo ter levado a minha cerveja, hein, Roe?

— Solte a garota, Sr. Hunt. — A Sra. Smith xingou baixinho. — Sr. Hunt. Srta. James! — Uma palma alta soou. — Deixem isso para depois da aula!

— Depois da aula então — repeti, apertando a coxa de Monroe antes de ficar de pé. — Na minha casa, Roe. Hoje. Às oito. — E levei os dedos aos lábios, fingindo chupar o sabor dela ao atravessar a sala, deixando todo mundo encarando Monroe.

A garota que não queria ser associada a mim estava agora, para todos os efeitos e até onde as fofocas sabiam, dando para mim.

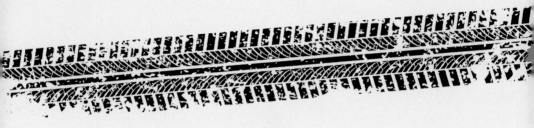

6

MONROE

Fui para Barrington. Minha mente ainda era uma tempestade de emoções. Meu ódio por Zeppelin Hunt crescia a cada segundo, mas eu estava com mais raiva de mim mesma. Eu devia ter me limitado a levar a maldita cerveja, mas meu gênio tinha se erguido como uma cascavel furiosa, recusando-se a recuar. E agora ele tinha se certificado de que todo mundo pensasse que eu era outra das suas putas.

Algumas meninas viam Zepp em toda a sua glória taciturna e desprezível, e elas queriam tanto ser usadas por ele quanto queriam salvá-lo. Ele podia ser gostoso, mas eu jamais me degradaria com aquele imbecil. E eu não dava a mínima para salvá-lo. Meu maior erro tinha sido permitir que ele visse o quanto eu não queria ser vista com ele, porque agora ele faria da minha vida um inferno. Minha resistência era tão inútil que era quase risível.

Quando eu finalmente estacionei na frente dos portões de ferro de Max Harford, tive tempo o suficiente para refletir sobre tudo, e o meu peito estava apertado. Bati a porta da carroça que era o meu Ford Pinto e fui feito um furacão até a casa de tijolinhos brancos. Antes de eu chegar a tocar a campainha, Max abriu a porta, exibindo um sorriso largo que gritava bom menino americano.

— Chegou cedo.

— Cheguei, tudo bem? — Pisei no vestíbulo de mármore e, como sempre, me senti como a sujeira que a empregada ia querer varrer.

— É claro. Só um idiota se importaria de passar um pouco mais de tempo com você. — O olhar dele desceu para as minhas pernas por um instante fugaz. — Você está bonita hoje. Gostei da saia.

Tentei não fazer careta. Elogios não eram bem-vindos, mas eu tinha que lembrar a mim mesma de que com ele não havia rodeios. Mesmo Max sendo o quarterback, o menino de ouro do Barrington, e provavelmente sendo um grandessíssimo idiota, ele era decente na verdade.

— Obrigada — murmurei.

Eu o segui pela imensa cozinha, toda branca e reluzente. Ele desapareceu atrás da porta da geladeira de aço inoxidável e reapareceu com uma lata de Grapico. Olhei para a lata roxa quando ele a entregou a mim.

— Sei que é o seu preferido. — Ele ergueu um ombro ao ir até a sala de estar.

Não me lembrava de ter dito a ele que Grapico era o meu refrigerante favorito.

— Que legal da sua parte. — Bati o dedo no anel de metal, me impacientando ao segui-lo até o sofá.

— Só uma passadinha rápida na loja. Está tudo bem. — Ele deu um tapinha no lugar ao lado dele. — Meu pai vai trabalhar até mais tarde hoje.

— Certo.

Coloquei os livros sobre a mesa de centro, então olhei o meu relógio, mal prestando atenção em qualquer outra coisa. Eu tinha mais três horas até ter que ir para o Zepp, e aquele pensamento causou uma agitação nervosa em meu estômago.

O motor do meu carro de merda estalou quando estacionei em frente à casa de Hunt. Energia nervosa se arrastava por minhas veias enquanto eu cruzava o caminho cheio de mato e seguia até a varanda apodrecida. Pensei em ir embora algumas vezes antes de finalmente bater na porta. Vozes gritaram lá dentro. Passos pesados vieram em direção à entrada e uma série de fechaduras clicou antes de a porta ser aberta por Hendrix. Ele deu uma olhada para mim e aquilo foi o suficiente para fazer o nojo se rastejar pela minha pele. O cara era quase tão bonito quanto o irmão, mas ele ainda era mais galinha que o Zepp.

— Com quem você vai querer trepar primeiro, Ruiva? — Ele mordeu o lábio em um sorriso. — Comigo ou com o meu irmão? Se quiser a gente ao mesmo tempo, vai custar mais.

— Que nojo. Estou aqui para ver o Zepp.

— Última resposta? — Ele abriu ainda mais a porta e deu um passo para o lado. — Porque o meu pau é maior.

— Parabéns.

Passei e o empurrei com o ombro, atravessando a porta enquanto ele ria. Fui em direção à cozinha e, segundos depois, o estouro de uma arma falsa veio da sala.

Zepp estava sentado à mesa menor, as sobrancelhas franzidas enquanto ele estudava a tela do notebook. A mão estava apoiada no tampo gasto e os dedos tatuados, cerrados em punho. Ele sempre parecia zangado. E perigoso.

Parei à porta e pigarreei.

A resposta dele: deslizar o telefone sobre a mesa.

— Peça uma pizza.

Eu queria estrangular o cara, mas, em vez disso, murmurei "otário" baixinho antes de discar o número do Pizza Barn e pedir duas pizzas de pepperoni. Quando o cara da entrega pediu o endereço, eu olhei para o Zepp.

— Sabe a espelunca no final da Victory Lane? É lá. — Então desliguei e atirei o telefone de Zepp de volta para ele. — Isso é tudo? — perguntei, o ácido pingando da minha voz.

Ele nem sequer afastou os olhos do notebook, muito menos respondeu. Ele era um puta idiota.

— Ótimo. — Fui para o corredor.

Odiava ser a escrava de Zepp, mas a tentativa de me livrar daquilo saíra pela culatra. Então era com isso que eu teria que lidar: compra de cerveja e pedidos de pizza.

— Eu não disse que você podia ir embora, Monroe.

Eu parei à porta da cozinha, encarando o papel de parede descascado antes de me virar para ele.

— Sério, Zepp? Podemos não fazer isso?

O olhar altivo que ele me deu fez o meu gênio se eriçar. Ele era um cretino arrogante com seu piercing idiota no nariz e seus músculos.

— Que se fodam você e seu abuso de poder para compensar esse seu pau pequeno.

Uma gargalhada veio da sala.

— Eu disse que o meu era maior — Hendrix gritou.

Mas o olhar de Zepp permaneceu fixo em mim, como um caçador olhando pela mira de um rifle.

Ele arrastou a cadeira para longe da mesa e a empurrou para mim.

— Fizemos um acordo. O que quer dizer que você deveria calar a boca e se sentar.

Minha mandíbula cerrou quando eu me sentei, forçando-me a engolir o orgulho.

Eu odiava aquele rosto perfeito demais e a forma como ele me olhava como se fosse um gato brincando com um rato.

— Continue sendo um babaca se quiser, mas eu posso fazer esses três meses serem bem difíceis para você também.

Ele se levantou do assento, dando tapinhas na minha cabeça ao rodear a mesa.

— Que fofo.

Meus dentes trincaram com tanta força que foi de se admirar eles não terem quebrado. Fechei os olhos e contei até dez para me impedir de pegar a cadeira e atirá-la na cabeça dele.

— Deus, você é muito babaca — murmurei para que ele não ouvisse.

E foi isso. Não dissemos uma palavra um para o outro pela próxima meia hora.

Bellamy e Wolf apareceram e, assim que os caras devoraram a pizza gordurosa, nós nos amontoamos na picape decrépita de Wolf, atravessamos a cidade e acabamos rodando pelas estradas sinuosas de Barrington.

Wolf apagou os faróis antes de parar o carro do lado de fora de uma das enormes casas de alvenaria.

— Por que estamos aqui? — perguntei, meu olhar fixo através da janela entreaberta.

Zepp saiu e os caras o seguiram. Com um suspiro resignado, eu abri a porta e fui envolvida pelo ar quente da noite. No segundo em que meus pés tocaram a calçada, Zepp veio em minha direção, um cigarro aceso pendia de seus lábios. O sorrisinho no rosto dele me fez dar um receoso passo para trás. Eu não confiava em nenhum deles nem a cacete.

— Agora, o que eu preciso que você faça... — O olhar dele baixou para o meu peito antes de ele agarrar a minha camisa, puxando o tecido até rasgar. — Porra, belas tetas.

Hendrix riu baixinho atrás dele, olhando para o meu sutiã exposto.

— Mas que merda, Zepp? Eu amo essa camisa.

O rosto dele se ergueu da minha blusa rasgada para o meu rosto.

— Chore por mim. — A fumaça rastejou por seus lábios a cada palavra, aquele olhar gelado passou direto por mim.

— O quê? — Um arrepio de consciência correu como uma fina linha pelo meu corpo. Eles poderiam fazer o que quisessem comigo naquele momento e ninguém saberia. Engoli o meu desconforto e cruzei os braços sobre o peito. — Diga o que eu estou fazendo aqui.

A brasa do cigarro dele refletiu em seus olhos quase totalmente negros. Ele apontou o polegar para trás, para a porta vermelha e brilhante iluminada por uma luz solitária na varanda.

— Você vai bater naquela porta até aquela puta rica abrir e fará com que ela fique na cozinha, dizendo que o otário do seu namorado está atrás de você.

— Por quê?

Ele se aproximou, o polegar afagando a minha bochecha de um jeito que fez o meu fôlego ficar preso.

— Você é a distração. Agora, chora. — A voz rouca escavou a minha pele de formas que eu odiei.

Fechei os olhos, inalando o odor da fumaça enquanto o calor do seu fôlego se espalhava pelo meu rosto. Chorar não era difícil para mim, era só eu permitir que um vislumbre da dura realidade da vida se infiltrasse pelas paredes que eu construíra para mantê-la do lado de fora. Por um momento eu me permiti ser arrastada para a desesperança contra a qual eu lutava com todas as forças.

Quando voltei a abrir os olhos, as lágrimas caíram livres. Ainda assim, mesmo através do borrão da vida de merda que tinha marejado meus olhos, encarei o rosto de Zepp escondido pela balaclava. Mesmo coberto, eu ainda podia ver a ruguinha de um sorriso satisfeito no canto de seus olhos.

— Boa garota — disse ele ao deslizar para as sombras.

Os outros o seguiram como servos leais. Babacas.

Em segundos eles desapareceram nos fundos da casa. E peguei aquilo como a minha deixa. Corri pela pequena trilha e comecei a bater o punho na porta em rápida sucessão. O fato de eu ser a única em risco veio à tona. Era o meu rosto que poderia ser visto. No segundo em que entendi aquilo, eu me virei para me afastar dali, mas a luz da varanda saltou à vida e a porta abriu sem fazer o mais baixo dos rangidos. Uma mulher alta usando um robe de seda e um cordão de pérolas sobre a base do pescoço apareceu na entrada com uma expressão perplexa no rosto.

— Posso...

Eu estava ferrada agora. Era melhor tornar a situação verossímil.

— Por favor, me ajuda — solucei, olhando para trás. — Ele está atrás de mim.

O olhar dela parou na minha camisa rasgada, então a mulher me agarrou pelo cotovelo e me puxou para dentro.

— Entre, querida. Rápido.

A porta enorme se fechou às nossas costas com uma batida e a mulher me guiou pelo brilhante piso de tábuas corridas. Ela me levou até a sala de estar, mas eu não me sentei. Ele havia me dito para segurá-la na cozinha.

— Por favor, a senhora poderia me dar um copo d'água? — Eu agarrei a minha garganta "seca" por eu ter "corrido".

— É claro. — Ela fez sinal para que eu a seguisse.

Atravessamos um corredor, e notei o retrato da família perfeita centralizado na parede. Foi quando percebi o quanto Zepp era perturbado. Na elaborada moldura dourada estava Leah entre a mulher que me conduzia pelo corredor e um cara que eu imaginei ser o pai da garota, todos eles sorrindo para a câmera. Aquela era a casa de Leah. Balancei a cabeça ao seguir a mãe dela até uma cozinha que era maior do que todo o meu trailer. Aquilo me fez odiar a mulher que estava diante de mim o mesmo tanto que eu desejava poder ser como ela.

— Aqui. — Ela colocou um corpo sobre o balcão de mármore da cozinha.

Bebi metade de um gole só, pensando que até mesmo a água deles tinha o gosto melhor.

As sobrancelhas finas franziram em uma expressão preocupada.

— O que aconteceu, querida?

— Meu ex-namorado. Ele... não aceita não como resposta. — Minha voz falhou um pouquinho e forcei as lágrimas a descerem por minhas bochechas antes de secá-las. Eu não tinha ideia do que deveria fazer.

— Minha nossa. — Ela arfou, a mão indo para o peito em horror, como se merdas daquela não acontecessem todos os dias. — Ele... — a voz dela foi sumindo, incapaz de dizer a palavra estupro.

Jesus. Leah, com toda certeza, não tinha herdado a inocência da mãe.

— Não. Eu escapei. — Sequei mais lágrimas. — Posso usar o seu telefone?

Assentindo, a mulher pegou o telefone. Meu olhar vagou para além do corredor ao mesmo tempo em que eu fingia ligar para alguém que daria a mínima por mim. Foi quando vi Zepp, como uma sombra sinistra. Os olhos escuros queimaram através da abertura da balaclava como carvão em brasa antes de ele desaparecer.

Energia nervosa correu por minhas veias enquanto eu sentava e esperava os caras terminarem. Quase saltei da minha pele quando uma batida finalmente soou na porta da frente. A mãe de Leah foi na minha frente para atender. Bellamy estava parado sobre o capacho. O olhar encontrou o meu e logo se desviou para a mulher.

— Obrigado por ajudar a minha irmã.

— Não foi nada. — Ela colocou a mão sobre o meu ombro. — Você deveria prestar queixa, querida. Não é certo deixar passar.

Bellamy envolveu um braço ao redor do meu ombro, provavelmente para que ela comprasse a história.

— Obrigada pela ajuda.

Assim que a porta se fechou às nossas costas, saímos correndo pelo gramado muito bem cuidado e entramos na caminhonete. Um dos caras abriu a porta que dava para a parte de trás. Eu me joguei lá dentro e Bellamy caiu atrás de mim. A porta ainda estava aberta quando Wolf arrancou do meio-fio, cantando pneus.

Ainda não tínhamos saído de Barrington quando a culpa se assentou no meu âmago. Aquela mulher tinha tentado me ajudar, mesmo sendo rica e criando vacas como a Leah Anderson. E nós a roubáramos. Mesmo sabendo que eram coisas que ela podia perder, pareceu errado.

— Parece que você consegue seguir ordens — disse Zepp lá do assento da frente.

— Você roubou a sua namorada?

Ele soltou uma gargalhada.

— Eu não namoro com as meninas, Monroe. Eu trepo com elas.

— Abrir as pernas deveria garantir a ela um pouco de lealdade, droga.

— Aquilo tinha sido insensível.

Hendrix bufou ao meu lado.

— Nada em Leah merece lealdade. Nem mesmo a boceta dela.

Eu não podia imaginar ir para a cama com alguém e descobrir que eu não significava absolutamente nada para a pessoa. Eu me perguntei se Leah tinha ideia do quão descartável era. Por um segundo, tive pena daquela vaca. No entanto, logo passou, porque ela tinha que ser idiota por ver Zepp como algo além do babaca que ele era. Não era como se ele escondesse esse traço.

Meu telefone vibrou, eu o peguei e li a mensagem de Max. Hendrix se inclinou sobre o meu ombro e olhei feio para ele ao travar a tela do telefone.

— Harford? — A voz envolta em desgosto.

Se eu tivesse que dar um palpite, Hendrix não sabia nada sobre Max além do fato de que ele frequentava o Barrington, mas, no que dizia respeito às pessoas do Dayton, aquilo era o bastante. Sempre houvera uma rixa entre nossos colégios, e Max era o inimigo público número um por ser o quarterback. O garoto de ouro com a vida perfeita entregue a ele em uma bandeja de prata. Ele era tudo aquilo, mas também era decente para um cara do Barrington.

— Você está falando com o Harford? — Hendrix chutou uma das bolsas cheias de coisas roubadas que estavam no assoalho do carro. — Por que diabos você está falando com aquele otário?

— Não é da sua conta.

Meu olhar ficou preso no retrovisor e pude ver Zepp olhando feio para o banco de trás.

— Trepando com o pau de ouro do quarterback, hein? — Ele riu, acendendo um cigarro. — Aí está o seu autorrespeito.

A negativa estava bem na ponta da minha língua.

— Diz o cara que come e rouba a líder de torcida.

— Líderes de torcida. No plural. — Ele abriu a janela e uma nuvem de fumaça espiralou para fora.

— Parabéns.

Caras como Zepp e Hendrix podiam trepar com todas as meninas ricas que quisessem. Mas, no segundo em que uma menina de Dayton escolhia um cara de Barrington em vez de um deles, especialmente se o cara em questão fosse o quarterback, o cara comeria o pão que o diabo amassou e a garota seria taxada de piranha... Mas, bem, não eram as meninas sempre as piranhas e os caras, os garanhões?

Era tarde quando eu cheguei em casa. Minha mãe estava deitada no sofá, desmaiada, com outra marca em seu braço. Jerry estava no outro sofá, várias garrafas de cerveja estavam espalhadas aos seus pés e uma de uísque pendia da mão dele.

Ótimo. Jerry era um bêbado horrível.

— Onde você esteve? — perguntou com a voz arrastada.

No mínimo, eu sabia que teria que tentar apaziguar o seu rabo bêbado, mas não pude controlar a indignação que subiu por mim. Apesar de saber que eu iria irritá-lo, respondi:

— Por aí. — Algo que eu sabia que não deveria dizer, mas eu ainda estava resistindo.

Não importava quanto poder ele tinha sobre mim, eu nunca pararia, porque, no momento em que parasse, eu me transformaria na minha mãe. Uma tragédia. Trepando com homens imundos para bancar o meu vício, tudo para que pudesse escapar da mesma vida que eu tinha criado. Ela era fraca, e eu me recusava a ser.

Aquele olhar bêbado e raivoso era familiar demais para mim. E no segundo em que ele deu um passo em minha direção, eu soube o que estava vindo, então me preparei.

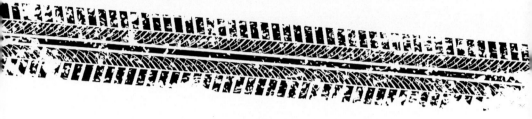

7

ZEPP

> LEAH: Levaram a coleira de strass do meu gato. Tipo, que merda tá errada com esse povo?

Fora Hendrix quem havia pegado. Por incrível que parecesse, o cara da casa de penhores tinha pagado sete pratas por ela. Leah estava mandando uma mensagem atrás da outra. Como se eu desse a mínima para os problemas dela. Inferno, eu era a razão de metade deles, ela só não sabia. Tudo bem que a gente podia ter pegado o colar de pérolas da avó dela, mas, olhando pelo lado bom, os pais dela não haviam se ferido. Estavam sem algumas relíquias de família e uns colares de diamante que não deviam ver a luz do dia havia mais de cinco anos, e Hendrix e eu precisávamos manter um teto sobre a nossa cabeça.

> EU: Pq vc tá reclamando dessas coisas? Vc não tem um namorado?

> LEAH: Eu e Max não temos nada!!!

Eles nunca tinham nada quando Leah queria um pau que valia a pena...

Fechei as mensagens sem responder e joguei o telefone no canto da mesa quando o Sr. Weaver distribuiu as provas. Li a primeira pergunta e marquei a letra C. A meio caminho da prova, meu nome chiou no sistema de intercomunicação.

— Zeppelin Hunt, você está sendo chamado na sala do diretor.

Largando o lápis, olhei feio ao redor da sala. Os olhos dos outros alunos se desviaram quando eu empurrei a cadeira. Se um daqueles filhos da puta tivera a coragem de me dedurar por vender maconha, eu ia matar todos eles.

Parei do lado de fora da sala do diretor e a voz abafada de Monroe veio do outro lado da porta.

— Uma ricaça diz que foi roubada por uma ruiva e o senhor chega à conclusão de que "deve ser um dos marginais do Colégio Dayton. Vou procurar por uma ruiva lá".

Esperei para ver o que aconteceria a seguir, mas só ouvi o silêncio. Empurrei a maçaneta. Monroe não se deu o trabalho de olhar para cima quando a fechadura clicou e eu entrei no escritório do Brown.

Conforme o esperado, o olhar reprovador do diretor encontrou o meu. O que eu não esperava era ver o policial Jacobs parado no canto, com as mangas da camisa enroladas sobre os braços meio musculosos, em toda a merda da sua glória. O cara estava puto com a gente desde que Hendrix tirara a virgindade da filha dele no banco de trás da viatura que ele dirigia. Tinha certeza de que aquele chamado fora o ponto alto do dia do policial.

Apoiei o ombro na parede e lancei um olhar severo para Monroe enquanto eu tentava ver como aquela situação estava prestes a desandar. Se eu tivesse que adivinhar, ela devia ter dito que eu a obrigara a fazer isso. Dito que não roubara nada, o que seria verdade. O único problema era que seria a palavra dela contra a minha. Não haveria provas. Eu tinha estado em cada cômodo da casa de Leah de propósito, então qualquer digital minha seria responsabilidade de Leah. Não havia câmeras, sendo assim, a polícia teria dificuldades para encontrar qualquer evidência que não fosse a Sra. Anderson identificando Monroe em uma fileira de suspeitos.

— Pergunte a ele. — Monroe empurrou o queixo em minha direção.

— Srta. James — Jacobs suspirou. — Usar aquele idiota como álibi não vai te fazer parecer menos culpada.

Ignorei o fato de Jacobs ter me chamado de idiota. Monroe tinha me usado como álibi? Eu tive que me impedir de olhar para ela, porque um álibi era a última coisa que eu esperava, já que me jogar em um reformatório teria garantido liberdade a ela.

Monroe tamborilou os dedos sobre o braço da cadeira dura.

— Mas *parecer* culpada não significa nada no tribunal, não é? — Um sorriso presunçoso brilhou em seu rosto como se ela tivesse ganhado a discussão. — E, a menos que me leve presa, tenho certeza de que o senhor não tem permissão para me interrogar aqui na escola.

As narinas de Jacobs se dilataram.

— Isso pode ser...

— Sr. Hunt — interveio Brown, a atenção voltando-se para mim enquanto ele olhava por cima da pilha de registros que estava sobre sua mesa. — A Srta. James disse que estava contigo na noite de segunda-feira. É verdade?

Corri os dentes sobre o meu lábio, então arrastei o olhar pelas pernas de Monroe.

— É. Ela estava.

O policial Jacobs pegou a merda do bloco de notas e a caneta como se fosse um detetive amador.

— De que horas a que horas?

— Bem, deixe-me ver. — Fui até as costas da cadeira dela, colocando as mãos no respaldo de madeira. — Fiquei com o pau dentro dela desde cerca de dez horas até meia-noite. Mas ela ficou na minha casa até terça de manhã, que foi quando ela me pagou um boquete no chuveiro.

Brown tossiu antes de afrouxar a gravata, como se fosse um laço pronto para enforcá-lo, ao mesmo tempo em que Monroe esticava a mão para trás, envolvendo os dedos nos meus.

— Amor — ela apertou com força até as unhas cortarem as costas da minha mão —, por que você não para de falar agora?

Jacobs revirou os olhos com um bufo.

— Espera que eu acredite nisso?

— Sinta-se à vontade para colher o meu DNA — sugeri com um dar de ombros.

Ele olhou para Brown.

— A senhora disse que um cara de cabelo escuro foi buscar uma ruiva que parecia ser do lado pobre da cidade.

Brown fez cara feia ao bater a caneta sobre a mesa.

— Entendo, mas isso não é bem uma evidência, Dan.

— Mas a minha porra poderia ser, não é?

Brown deixou escapar outra tosse estrangulada e agarrou a gravata já frouxa ao folhear os papéis, as bochechas ficando gradualmente vermelhas como um reator nuclear.

— Srta. James, Sr. Hunt, vocês podem ir.

Afastando-me da cadeira dela, fiz um movimento amplo em direção à porta com o braço. Monroe abriu caminho, passando pela porta primeiro. Olhei a bunda dela, então lancei um olhar sério para Jacobs antes de ir para a sala vazia da secretária. No segundo em que eu saí da sala de Brown, Monroe me deu um soco na boca do estômago. Os olhos dela chamejavam.

— Sinta-se à vontade para colher material nela?

— Só quis que ele comprasse a história. — Passei por ela.

A trava da porta de Brown clicou.

— ... nenhuma palavra sobre isso — disse Jacobs. — De qualquer forma, obrigado pelo seu tempo, Ed.

Um mocassim brilhante atravessou a porta. Jacobs tinha experiência o bastante comigo para saber que eu era um mentiroso, o que me fez sentir uma pontada de pânico.

Peguei Monroe pela cintura, empurrando-a contra um arquivo, com a intenção de que a ideia de que estávamos trepando se solidificasse na mente de Jacobs. Ela me agarrou pelos ombros, pronta para me empurrar, mas eu apertei sua cintura com força o bastante para fazer com que ela prendesse o fôlego.

— É melhor você gemer e agir como se estivesse querendo isso. — Enterrei o rosto em seu pescoço, beijando e mordiscando.

O corpo tenso relaxou um pouco, as mãos serpenteando por minhas costas, e ela soltou um gemido muito convincente. Não importava se ela estivesse fingindo, meu pau ainda ficou duro como pedra com aquele som ofegante, implorando para ficar cinco minutos trancado em uma sala com a garota. O que era problemático. Eu tanto odiava quanto amava a ideia de ficar com ela.

Outro gemido abafado subiu por sua garganta. Reuni cada grama de controle que eu possuía para não pegá-la no colo, envolver suas coxas em volta da minha cintura e dar ao Brown e ao Jacobs um espetáculo que os faria bater uma por dias. Para não mencionar dar à Monroe algo para levar para casa e sobre o que refletir.

Pude sentir alguém de pé atrás da gente. Quando me afastei do pescoço dela, olhei nos olhos de Jacobs.

— Algum problema? — perguntei, minhas mãos ainda em Monroe.

Com uma contração na mandíbula, ele caminhou pelo corredor. Mas vi o cretino parado na janelinha da porta. Monroe foi para me empurrar, mas eu a segurei com força, plantando meus lábios em seu pescoço.

— Ele ainda está observando.

O cheiro feminino do shampoo de coco inebriou os meus hormônios e eu não pude deixar de pressionar o meu quadril de leve contra o dela, só para conseguir um pouco de pressão.

Os dedos agarraram a minha camisa.

— Ele já foi?

Olhei rapidamente por cima do ombro dela. Jacobs tinha começado a percorrer o corredor, mas eu estava me divertindo demais.

— Não. — Afundei os dentes em seu pescoço e chupei, imaginando como um chupão de um roxo profundo ficaria em sua garganta, em seus seios.

O fôlego dela ficou preso mais uma vez, os dedos abertos sobre o meu peito.

Ah, ela estava a fim. Com certeza estava a fim.

O sinal para marcar o intervalo entre as aulas tocou. E eu considerei deslizar a mão pela bunda redonda. Ela me daria um tapa se eu fizesse aquilo, mas valeria a pena. O bater dos armários e o arrastar de pés se infiltraram pela abertura da porta. Mas Monroe ainda estava ali, pressionando contra mim. A respiração ofegante, as palmas das mãos ainda no meu peito. Foi só quando uns poucos alunos bateram o punho na janela do escritório que ela me empurrou, e o olhar de total mortificação no seu rosto foi impagável pra cacete. Talvez ela tivesse o mesmo problema que eu, ela me queria tanto quanto me odiava.

Ajustei o pau na calça jeans ao examiná-la com luxúria.

— Não custou muito, custou?

— Foi um avanço. — Ela deu um tapinha na minha bochecha. — Eu vou sarrar com você se isso me mantiver fora do reformatório. Para algo além disso, prefiro sair correndo e saltar em um vespeiro. — Ela deu meia volta, o cabelo ruivo voando às suas costas ao fazer sua saída triunfal do escritório, fingindo não estar nem um pouco perturbada.

Mas ela sabia, e eu sabia. Não havia dúvida de que eu iria comer aquela garota.

Hendrix saltou, batendo a mão por cima da soleira da porta do refeitório.

— Jacobs é um otário. — Ele parou ao lado de Wolf e de Bellamy na fila, pegou uma bandeja e se virou para mim. — Ele foi chamado na sala do Brown.

— Pelo quê? — Wolf observou uma das calouras passar desfilando e jogou um beijo para ela. — Boquete no vestiário das meninas? — perguntou por cima do tinido dos talheres e das bandejas de plástico.

— Não. Jacobs estava com a Monroe lá.
— Jacobs? O que...
Bellamy balançou a cabeça.
— Deveríamos ter pensado melhor antes de usar uma ruiva.
— Qual é o problema com as ruivas? — Hendrix empilhou os pãezinhos no prato e pegou duas caixinhas de achocolatado.
Bellamy pegou os talheres no suporte de parede.
— Quantas ruivas você conhece, seu idiota?
— Ah, tá. — Hendrix olhou feio para mim por sobre o ombro. — É culpa sua, cara.
— Ela não é a única ruiva em Dayton e em Barrington — respondi.
— Não, mas é a única que é gostosa. — Riu Wolf, pegando um prato de batata frita com queijo que cheirava a água suja. Quando ele olhou para mim, o sorriso desapareceu de seu rosto. — Relaxa, cara. Não estou tentando cantar a sua garota.
— Vai se foder, Wolf.
Hendrix gargalhou, então atirou uma batata frita na minha testa.
— Zepp e Monroe sentados numa árvore, T-R-E-P-A-N-D-O — cantou.
Eu o empurrei com tanta força que ele tropeçou, fazendo alguns dos pãezinhos caírem no chão. Enchi minha bandeja de comida gordurosa, paguei e segui para o refeitório lotado. A maioria das mesas estava cheia. Estudantes se sentavam lado a lado, rindo e conversando. Passamos do nosso lugar habitual e meu irmão resmungou.
— Sarah Fletcher está me olhando daquele jeito, cara. Por que temos que ir ficar com a ruiva nervosinha e a esquisita?
Ignorando-o, larguei a bandeja na mesa, ao lado de Monroe.
— Sentiu saudade? — Eu me afundei no banco.
Os outros caras se sentaram nos lugares vazios ao redor das duas meninas.
— Como se eu tivesse tido tempo.
— Ah, qual é, Roe. — Passei o dedo ao longo da gola alta da sua camisa, e ela me empurrou. — Somos praticamente um casal agora. Não ficou sabendo?
— Eu tenho namorado. Então, não, não somos.
Namorado? Ela não estava saindo com ninguém do Dayton, só sobrava o Barrington. E deixar um daqueles otários puto da vida era sempre uma coisa boa.
— Quem? O Harford? — Hendrix bufou antes de enfiar um pãozinho na boca.
Eu não acreditei nem por um segundo que ela estava de rolo com o Harford.

Monroe era gostosa, mas Max saía com meninas como Leah. Meninas que seus pais metidos a besta aprovariam, porque status era tudo o que importava em lugares como Barrington. Monroe não estava com ele. Trepando com ele? Sem dúvida. E pensar naquilo fez uma fagulha de ciúme se acender dentro de mim.

— Vai ser uma pena quando o riquinho terminar com você por estar dando uns pegas no meu irmão — disse Hendrix.

Monroe jogou o guardanapo no prato com um revirar de olhos.

— Prefiro trepar com um cacto, não vai rolar. — Como se a ideia de ela e eu juntos na cama fosse tão improvável assim.

— Não é o que estão dizendo, *amor*.

— Não quero ninguém pensando que eu estou transando com você — rebateu ela.

— As pessoas vão pensar o que quiserem, e eu não dou a mínima. — Enfiei uma batata na boca.

— Você é um babaca. — Pegando a bandeja, ela ficou de pé e foi até a lixeira, a amiga foi logo atrás. — Talvez eu peça ao quarterback para vir me buscar e faça um espetáculo mostrando que preferi um otário do Barrington a você.

Ou só fazer o otário do Barrington de idiota por pensar que ele tinha uma namorada fiel quando ela estava, ao que parecia, dando para mim. Não importava o que Monroe fizesse para mudar a situação, seria ela e o quarterback que pareceriam idiotas, não eu. A garota jogou a comida com bandeja e tudo na lata de lixo e saiu do refeitório.

Hendrix observou, sacudindo a cabeça, e enfiou outro pãozinho na boca.

— Harford? Que desperdício de um belo par de tetas.

Já passava das onze quando Wolf saiu da minha casa e foi para a dele. Hendrix e eu estávamos no sofá jogando *Call of Duty*. Depois de perder de lavada para mim por três vezes, ele atirou o controle no tapete e foi para a cama emburrado como uma criancinha que tinha se cagado toda. Caí de costas no sofá cheio de calombos, encarando o teto e ouvindo o zumbindo constante do tráfego de tarde da noite da vizinhança cheia de traficantes de drogas e cafetões. Meu telefone acendeu com uma mensagem de texto.

> LEAH: Posso ir aí?

Mas, antes de eu digitar "Não", o balãozinho de resposta dançou sobre a tela.

> LEAH: Max viu as suas mensagens.

> LEAH: Ele ficou bravo e pirou.

Se ele tinha pirado por causa das mensagens, não fora por causa das minhas, mas das dela. Metade do tempo, eu não respondia. Na outra metade, eu agia como um idiota arrogante.

> LEAH: Pfv, deixa eu ir ficar com vc.

> Eu: Alguma vez vc dormiu na minha cama?

A resposta era não. Meninas não dormiam na minha cama.

> Eu: Isso não vai mudar hj à noite.

> Leah: Pensei que ele fosse me bater.

Eu encarei aquela mensagem. Max era um idiota rico. Um cretino mimado que devia ter sido criado por um casal de cretinos mimados. Minha mãe havia tido casinhos com caras de Barrington quando eu era pequeno e eles a tratavam feito merda. Gritavam e xingavam, chamavam a mulher de tudo quanto era nome. Porque, tanto quanto sabiam, ela estava abaixo deles. Eu podia ver o Max agindo como aqueles idiotas, mas, mais uma vez, Leah era mimada e manipuladora. Eu não acharia que ela não seria capaz de mentir sobre Max quase ter batido nela só para tentar ganhar a minha piedade.

> Eu: Parece que vc tem o dedo podre

> Leah: Você é um indiota.

> Eu: *idiota

Então eu enviei alguns joinhas e me acomodei, mexendo no telefone. Passei pela mensagem que havia mandado para Monroe na noite em que ela não trouxera a minha cerveja. E entrei num buraco sem fundo.

Procurei o nome dela nas redes sociais. Nada apareceu, mas encontrei a página da esquisitona. Entre imagens de Jack Esqueleto e citações de Edgar Allan Poe, estavam algumas fotos dela e Monroe. As duas estavam sorrindo de verdade e, caramba, Monroe não era só gostosa quando sorria, ela ficava absolutamente linda.

Segui a marcação nas fotos de Jade e as únicas fotos que encontrei na página de Monroe eram uma imagem de um pôr do sol na interestadual e uma de algum gato laranja rajado com cara de sarnento. A garota tinha duas fotos no Instagram que nem sequer eram *selfies*. Nem fodendo ela estaria apaixonadinha pelo Max Harford. Ela parecia boa demais para aquele merda. Ou talvez eu só quisesse acreditar que ela era.

O sol da manhã se infiltrava pelas janelas do Frank's Famous Chicken, o restaurante fast-food pé sujo que marcava o limite entre Dayton e Barrington. O lugar fedia a gordura e água sanitária, mas o sanduíche de frango só custava um dólar.

Bellamy pegou uma batata rosti da bandeja do Wolf.

— Você estudou para a prova do Weaver? — O idiota estava olhando para mim, como se eu estudasse para qualquer coisa.

— Sério mesmo que você fez essa pergunta? — Eu não me dei o trabalho de afastar o olhar da minha comida.

— Porra, como você conseguiu não ser reprovado ainda?

Porque eu tinha boa memória e, contanto que eu ouvisse mais ou menos quando fingia estar dormindo na aula, conseguia nota suficiente para passar.

— E eu lá sei?

O sino acima da porta soou. Hendrix soltou um gemido.

— Só pode ser sacanagem. — Ele me cutucou nas costelas, apontando o queixo na direção do grupo que tinha acabado de entrar: Harford e alguns dos outros riquinhos usando a jaqueta do time de futebol americano.

— Que merda eles estão fazendo desse lado dos trilhos?

Pela forma que Harford e os amigos idiotas olhavam fixamente de lá do outro lado do restaurante para a nossa mesa enquanto esperavam para fazer o pedido, presumi que era para arranjar briga. Se aqueles otários de Barrington queriam começar uma, eu ficaria mais do que feliz em ajudar.

Hendrix esfregou as palmas da mão com um sorriso largo e sádico que lembrava muito o do Coringa.

— Aposto que, com um golpe ligeiro na boca — Hendrix deu um soco rápido no ar —, o Riquinho Rico sai chorando feito uma garotinha.

Eles pegaram as bandejas e se sentaram em uma mesa no canto oposto. Dois segundos depois, três ou quatro vieram até a nossa mesa, nos encarando.

Max enquadrou os ombros e os caras ao redor dele estufaram os peitos esqueléticos.

— Ouvi dizer que você está tentando chegar na minha garota, Hunt.

Não foi só por ele ainda querer Leah quando sabia que ela estava salivando pelo meu pau que me fez rir, mas juntei isso ao fato de que ele pensava que tinha chance contra mim em uma briga, o que era ridículo.

Fiquei de pé, elevando-me sobre ele, e esperei pela oportunidade de derrubá-lo no chão.

— Leah não fala muito quando está com o meu pau na boca.

As narinas dele dilataram, uma mancha vermelha tomou o seu rosto.

— Não a Leah, imbecil, a Monroe.

Uma fagulha de choque me percorreu, meus músculos ficaram rígidos. E Max devia ter percebido, porque os lábios dele se curvaram. Eu cerrei o punho, pronto para dar um murro na cara dele, mas congelei quando Jacobs e mais dois policiais entraram no restaurante. Jacobs parou a alguns metros, e Harford cumprimentou o babaca com um aceno.

No segundo em que Jacobs saiu do campo de audição, Harford se aproximou. Eu não podia dar um soco nele ali, e o quarterback sabia.

— Ah, o quê? Fere seus sentimentos saber que a sua puta da ralé quer ter um gostinho do dinheiro?

A raiva crepitou por mim como uma erupção vulcânica. Meus punhos imploravam para colidir com a lateral da cara dele.

— Acontece, Hunt, que ela é completamente inútil para mim, só serve para eu gozar. Pelo menos até eu perceber que ela deveria ser sua. Agora, cada vez que beijar a garota, você vai estar chupando o meu pau.

A palavra inútil ficou girando em minha cabeça até meu peito ficar apertado ao ponto de eu lutar para respirar de forma decente.

— Não faça isso, Zepp — a voz de Bellamy rompeu o transe enfurecido em que eu estava preso. — Jacobs vai arrastar o seu traseiro para fora daqui.

— Eu juro por Deus, Harford — com a mandíbula cerrada, eu me aproximei, deixando o rosto a centímetros de distância do dele —, que, se eu te ver por aí, eu vou te matar.

Eu reparei na forma como ele se encolheu, a fagulha de medo que cintilou em seus olhos antes de ele disfarçá-la com rapidez.

— Zepp... — A voz de Bellamy tinha um tom de aviso.

Dei um passo para trás. Jacobs estava observando.

Harford olhou ao redor da mesa, catando uma batata rosti da bandeja de Hendrix.

— Vá se foder, Hunt. Você e sua puta da ralé. — Harford começou a sair.

Hendrix lhe deu um chute na canela. Max tropeçou e caiu de cara no chão imundo. Com um grunhido, ele ficou de pé, espanando pedaços de comida da calça jeans.

Jacobs se enfiou entre nós.

— Algum problema aqui? — Ele olhou para Max e os caras do Barrington, ignorando a gente.

— Não, senhor. Só conversando sobre o jogo de daqui a umas semanas.

Jacobs deu um tapinha nas costas de Max.

— Com você jogando, vocês estão com o campeonato garantido.

Max nos lançou um sorriso falso pra cacete.

— A gente se vê por aí. — Então ele e a equipe voltaram para a mesa como os merdas privilegiados que eram.

Jacobs se aproximou um pouco mais da nossa mesa, passando os polegares pelas presilhas do uniforme.

— Uma pisada na bola e eu juro que vou enfiar vocês no reformatório mais rápido do que conseguem limpar a lamentável bunda de vocês. — Ele fez uma última careta para o meu irmão e foi até o balcão pegar o pedido.

Wolf pegou um pedaço de frango e atirou na cabeça de Hendrix.

— Você tinha que enfiar o pau na filha do policial, né? Seu idiota. Como se a gente precisasse chamar mais atenção do que já chamamos.

Hendrix jogou o gelo através da mesa.

— Cala a boca, cara. Ela tinha peitões.

Eles continuaram discutindo, e minha pressão arterial continuou subindo. Eu nunca quisera tanto socar a cara de alguém como queria socar a de Harford. E quanto mais tempo eu ficava ali no mesmo restaurante que ele, mais difícil era ignorar o impulso.

Eu ainda estava puto quanto cheguei na escola. Não pensei que poderia deixar passar aquele encontro com Harford. Quando cheguei à primeira aula, eu estava agitado o bastante para precisar de um cigarro. Aguentei quinze minutos de uma explicação idiota sobre a Revolução Industrial antes de me levantar para ir mijar... e fumar.

Virei no corredor do banheiro, avançando em meio à espessa nuvem de fumaça que preenchia o cômodo pequeno. Qualquer que fosse a maconha que aquele cara estava fumando, tinha cheiro de merda. Abri a braguilha e parei na frente do mictório, sacudi quando o cara por trás da porta do reservado falou:

— Bela calcinha.

Fumando maconha e trepando? Não era uma combinação ruim. Fui até a pia, então ouvi Monroe dizendo ao cara para parar de olhar.

Um sentimento inquietante fincou raízes em meu peito. Agora era algum outro otário da Dayton? Sem pensar, chutei a porta em suas dobradiças, fazendo-a se chocar contra a divisória de metal.

Monroe gritou, e eu esperava que ela estivesse curvada com algum cara atrás dela, mas não estava. Em vez disso, ela estava empoleirada na beirada do vaso, uma perna cruzada sobre a outra enquanto apertava os peitos.

Um dos jogadores de futebol americano estava parado, colado na outra divisória, segurando o baseado e com os olhos vidrados.

— Mas que porra, Hunt? — Ele deu um passinho para frente.

Inclinei a cabeça, acolhendo qualquer coisa que ele quisesse oferecer. Depois daquela manhã, eu estava pronto para uma briga. Mas, então, ele congelou. Ficou evidente que era uma bravura de curta duração.

— Está tudo bem, Chase. — Monroe ficou de pé, dando um aceno de desprezo em direção à porta. — Pode ir.

O olhar dele foi de Monroe para mim.

— Ele não vai me machucar — Monroe lhe assegurou.

Ele apagou o baseado na junta da divisória, o olhar fixo no meu ao passar por mim.

— Se está esperando por uma rapidinha, eu estou de boa — disse ela.

A porta do banheiro se fechou às costas de Chase e eu pressionei Monroe contra a divisória até os cantos de metal rangerem. A raiva se transformou em luxúria. Um truque de mágica que só o corpo quente dela contra o meu poderia realizar.

— Parecia muito a fim ontem.

— Eu finjo bem.

Se os gemidos falsos dela já haviam me deixado duro, eu só podia imaginar o que os de verdade fariam.

— Ah, eu aposto que sim. — Tracei o dedo pela gola alta que ela usava, movendo a boca para mais perto do seu pescoço. — Sabe no que mais eu apostaria? Que você vai ficar muito linda quando eu te fizer gozar.

Ela ficou tensa.

— Três meses — eu disse. Puxei a gola da blusa dela para baixo. — Tente não ceder a mim.

Um hematoma verde e feio apareceu por baixo da gola, e meu estômago embrulhou. Puxei o tecido mais para baixo e ela lutou para puxá-lo para cima.

— Tire a camisa.

— Não. — A mandíbula dela se contraiu. — Não vou trepar contigo.

Mas nós dois sabíamos que não era por isso que eu queria tirar a camisa dela. Se eu tivesse que apostar, havia mais hematomas ali. A mensagem de Leah pipocou na minha cabeça, seguida pelo sorriso nojento de Max. Eu estava tão focado quando agarrei a blusa dela que não vi a mão de Monroe recuar até que senti a dor na minha bochecha. Trincando os dentes, segurei o tecido e pressionei o nariz no dela.

— Tira. Isso.

Os braços cobriram o peito. Pude ver um brilho de ódio dançar em seus olhos, mas consegui ver algo a mais lá embaixo que dizia que ela ia resistir.

Meu sangue ferveu, chiou e saltou por minhas veias como uma furiosa dose de heroína.

— Tire a porra da blusa antes que eu a arranque do seu corpo.

— Só vá embora, Zepp. — Os ombros dela cederam, como se um pouco da resistência a tivesse abandonado.

Parte de mim sabia que eu deveria deixá-la em paz, que havia certas partes de nossas vidas que eram para ficar no escuro, mas eu queria provar que eu estava errado. Eu não queria encontrar nada lá embaixo além da pele clara. Prendendo o tecido no meu punho, eu a puxei lentamente por cima do umbigo até as costelas, revelando um punhado de hematomas feios e desbotados. Por um momento, tudo o que pude ver foi a minha mãe. Tudo o que pude ouvir foram as mentiras que ela contava para encobrir o abuso. Por mais merda que a nossa vida fosse, essa era a parte que eu recusava a aceitar.

— Quem? — perguntei entredentes. — A porra do quarterback do Barrington?

Ela arrancou a blusa da minha mão, escondendo as marcas da minha vista.

— Não. Só deixa para lá. — O olhar encontrou o meu, sério e ilegível.

— Você sabe como é essa merda. Estamos só sobrevivendo, certo? — Uma leve derrota se escondia sob o tom sarcástico. E a maior merda sobre aquela declaração era que ela estava certa.

Todos nós aqui estávamos apenas sobrevivendo, só tentando chegar ao dia seguinte e talvez encontrar um pouquinho de diversão ao ficar chapado ou dando uma boa trepada. Porque alguns segundos de êxtase eram, para ser sincero, o melhor que podíamos ter.

Em um único fôlego, todo o rastro de vulnerabilidade desapareceu, e em seu lugar se materializou algo intocável. Um sorriso irônico repuxou os lábios de Monroe e ela deu um tapinha na minha bochecha.

— Não banque o bonzinho comigo, Hunt — ela falou antes de escapar da cabine.

Pelo resto da tarde, a imagem do corpo machucado ficou em primeiro plano na minha mente, a palavra sobrevivência girando sem parar. Eu me sentei nos fundos na aula de Weaver, com a cabeça baixa como sempre, mas, em vez de dormir, estava pensando. Nela. Em Max e no quanto eu queria quebrar a cara dele.

Quando eu terminei a detenção, já tinha praticamente planejado a morte de Harford. Wolf estava no estacionamento jogando o equipamento de futebol americano na caçamba da caminhonete quando eu saí da escola.

— Por que você pegou detenção?

Tirei um cigarro do bolso e o acendi antes de prender a mochila na minha moto.

— Fumar na área da escola.

— Lamentável.

Um motor acelerou na rodovia, o rock que tocava era estridente. Olhei para o estacionamento vazio enquanto um Corvette Stingray vintage azul elétrico voava em torno da entrada da escola. Ele derrapou ao virar no estacionamento, então acelerou para a lateral do prédio.

— Quem diabos tem um carro desses em Dayton? — perguntou Wolf.

— Ninguém.

Monroe saiu correndo do prédio, foi até a porta do passageiro e entrou. O carro acelerou, diminuindo a velocidade ao passar por nós por tempo suficiente para que eu tivesse um vislumbre de Max Harford e de seu sorriso de merda antes de ele pegar a saída da rodovia.

Foi quando eu decidi que deixaria aquele boato idiota sobre Monroe e eu se espalhar, que eu jogaria gasolina e tacaria fogo. Porque, se as pessoas pensassem que ela era minha, ele não seria capaz de colocar um dedo nela.

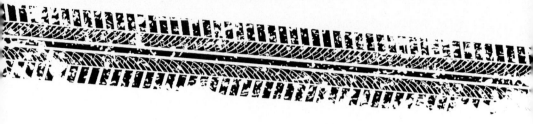

8

MONROE

Equilibrando meu café em uma mão, entrei com a combinação do meu armário e o abri. Depois do turno de ontem à noite, só tinha conseguido dormir por três horas, e havia cogitado matar aula naquela manhã, mas fazer isso não me ajudaria a dar o fora do clube de strip ou dessa cidade de merda. Peguei meus livros e virei no corredor, entrando bem no meio do caminho de uma briga. Um atleta idiota atirou um cara bem em cima de mim, me derrubando e fazendo meus livros e o café saírem voando pelo corredor.

Olhando feio para ele, eu me levantei.

— Obrigada, babaca.

Zepp era como um predador, todos os passarinhos paravam de cantar quando ele se aproximava. Talvez tenha sido por isso que o senti antes de o olhar do cara passar por mim e o sangue ser drenado do rosto dele.

— Entregue a porra dos livros para ela. — O rosnado baixo veio por cima do meu ombro.

O cara praticamente caiu de joelhos para pegar os meus pertences, tirou o pó das capas e os entregou a mim. Eu não precisava da ajuda de Zepp. Eu podia travar minhas próprias batalhas.

Quando eu me virei para gritar com Zepp, ele já estava a meio caminho do corredor junto com Hendrix e Wolf.

Desde que fizera o acordo com ele, minha vida tinha sido pura agitação. Eu não gostava da atenção dele, e com certeza não gostava da forma com que meu corpo ameaçava me trair sempre que ele chegava perto demais. Eu não tinha estômago para ir para o refeitório e continuar com aquele joguinho distorcido. Então, em vez de ir para lá, fui para o estacionamento, sentei-me no capô do lixo que era o meu carro e mandei mensagem para a Jade.

Uns minutos depois, ela contornou a lateral do prédio, atravessou o estacionamento correndo e saltou para o meu lado.

— Você está bem?

Uma nuvem encobriu o sol, roubando o calor por um momento.

— Estou, eu só precisava escapar de tudo... *aquilo*. — Acenei para a escola com uma mão.

— Você quer dizer Zepp e Hendrix? — Ela riu quando eu estreitei os olhos.

Alguns jogadores de futebol americano seguiram para o ginásio, vindos do campo de futebol, Chase em meio a eles. Ele olhou ao redor do estacionamento e me lançou um de seus sorrisos encantadores, depois acenou.

Jade se recostou no para-brisa com um brilho sonhador em seus olhos que quase me fez sentir vergonha por ela.

— O Chase é gostoso. Por que você nunca teve nada com ele?

Eu ri. A ideia de Chase e eu termos um relacionamento que não fosse estritamente platônico era engraçada. Ele podia ser popular agora, mas o garoto sempre tinha sido bonzinho demais para o próprio bem. O futebol americano era a única coisa que o impedia de levar uma surra diária.

— Chase não faz o meu tipo — respondi.

— Ninguém faz o seu tipo.

Aquilo não era verdade. Zepp era exatamente o meu tipo, e eu, como havia ficado evidente, tinha um péssimo gosto para homens, porque o Chase era bem menos idiota.

— Tem certeza de que você não é lésbica? — ela perguntou bufando.

Revirei os olhos.

— Se eu mudar de ideia, você será a primeira a saber.

A brisa ficou mais forte e as nuvens se espalharam, permitindo que o sol se infiltrasse entre elas.

— Olha, você é gostosa, mas eu não estou a fim de você. — Jade suspirou com uma risada. — Eu também não quero que o Zepp me dê uma surra.

Aquilo azedou o meu humor.

— Eu odeio esse cara.

— Ele te olha como se quisesse te colocar de quatro e mandar ver.

Minha bochechas aqueceram quando eu fiz careta para ela, e ela teve a coragem de rir.

Jade se levantou do capô do carro.

— E você olha para ele como se fosse deixar.

— Não olho, não! E era para você estar do meu lado.

— Eu estou. E é por isso que eu acho que você deveria dar para ele.

A garota era inacreditável.

— Você é doida, Jade. — Escorreguei de cima do carro e fui atrás dela.

— Só estou dizendo. Não seria a pior experiência do mundo.

— Eu não vou dar para o Zepp!

Ela me deu uma olhada que dizia que não acreditava em uma palavra do que eu dissera, então, graças a Deus, mudou de assunto para fofocar sobre um dos professores, que estava comendo uma estudante.

Caminhamos pela pista de corrida até o sinal tocar e entramos na escola antes de ir cada uma para um lado. Virei à direita em um dos corredores e meus passos falharam quando vi Zepp lá no meio, forçando os estudantes a se espalharem ao seu redor. Os braços tatuados cruzados sobre o peito enquanto tinha o olhar fixo em mim como se estivesse esperando a minha chegada. O jeito com que ele me olhou ao se aproximar fez as minhas bochechas aquecerem e o meu pulso acelerar. O cara jogou o braço ao redor dos meus ombros e o cheiro distinto de homem que vinha dele quase me sufocou.

— Vou te pegar às oito esta noite. — Zepp envolveu uma mecha do meu cabelo em volta do dedo, sorrindo como o cretino que era. — Use aquela sua saia xadrez vermelha. E um cropped branco.

As palavras desgastaram os meus nervos como se fossem uma lixa.

— Eu tenho cara de ser a sua Barbie particular?

— E sutiã de renda vermelha — prosseguiu, olhando para o meu busto. — Se não tiver, tenho certeza de que devo achar um lá em casa. — Um sorriso presunçoso se espalhou por seus lábios. — Qual é o seu tamanho? Quarenta e quatro?

Cruzei os braços na frente do corpo.

— Você deveria perguntar para a Leah. Ela iria gostar de ser vestida como uma boneca inflável.

Aquilo não arrancou nenhuma reação dele. Falar com Zepp era como falar com uma parede.

— E, é claro, as botas. — Ele olhou para os meus pés e cravou os dentes no lábio com um gemido sutil.

Eu o deixei lá. Não ia vestir nenhuma merda daquela por puro princípio.

— Oito em ponto, Roe — gritou às minhas costas.

Os faróis dos carros passavam correndo pela estrada, agitando a grama alta que flanqueava a entrada do parque de trailers. A brisa fria que soprava ao redor me fazia tremer. O short curto que eu usava não era muito melhor do que a saia minúscula que ele exigira que eu vestisse, mas, um, eu não me curvaria ao caprichos de Zepp e, dois, ao menos a minha virilha estava coberta, o que era bom quando ele estava por perto. Eu não confiava no cara, ou pior, eu não sabia se poderia confiar plenamente em mim mesma.

Um farol solitário apareceu no final da estrada, vindo em minha direção antes de se virar. A moto parou ao meu lado como um gato raivoso. Zepp olhou através do visor do capacete, fazendo um belo show ao arrastar o olhar pelas minhas pernas nuas ao tirá-lo e entregá-lo a mim.

— Esqueceu de vestir a saia?

— Esqueci. Claro. Se é o que precisa repetir para si mesmo. — Coloquei o capacete e subi na moto.

No segundo em que meus braços o rodearam pela cintura, uma perturbadora sensação de familiaridade se assentou sobre mim. Ele acelerou e a moto disparou pela rodovia. Apertei ainda mais a cintura dele, era impossível ignorar a musculatura firme por baixo da minha mão. O calor do corpo dele se infiltrou da jaqueta para o meu peito. O cheiro que era a marca de Zepp se envolveu ao meu redor quando ele acelerou ainda mais.

Passamos por uma refinaria abandonada e por várias casas em construção. Então ele fez uma curva fechada à esquerda, seguindo para uma trilha para motos que subia uma colina, passando em meio às árvores e por um caminho acidentado. As árvores se abriram para uma clareira na beirada do aterro. Havia ao menos umas vinte caminhonetes paradas em círculo ao redor de uma fogueira enorme, as carrocerias estavam abertas e as pessoas se espalhavam sobre elas. Zepp estacionou a moto em baixo de uma das árvores e eu desci quando ele desligou o motor.

Tirei o capacete e o pendurei no guidão da moto, dando uma avaliada rápida naquele arremedo de festa.

— Por que exatamente estamos aqui?

Ele enfiou um saquinho na minha mão.

— Volte quando acabar.

Encarei o saco de maconha. Traficar drogas? Era por isso que ele tinha me levado até ali? Não era como se fosse um monte de guloseimas, vender o bagulho não deveria ser muito difícil. Então, por que ele precisava de mim? Faróis passaram pelas árvores e o som alto explodiu antes da caminhonete de Wolf parar ao nosso lado.

Hendrix saiu, mexendo no nariz enquanto Wolf e Bellamy rodeavam a traseira do veículo.

— Mostrar os peitos para conseguir vender é trapaça.

Deus, ele era um idiota.

— Quanto? — perguntei a Zepp.

— Dez a trouxinha.

Quando eu me virei, as garotas mais perto de nós estavam encarando. Ótimo, agora era oficial, eu parecia com um dos seguidores de Zepp Hunt.

Levou menos de uma hora para me livrar da erva, e consegui ganhar uma cerveja no processo. Atirei a lata vazia no fogo, depois abri caminho pela multidão de párias de Dayton. Rodeei uma das picapes, parando por um breve momento quando notei Zepp na caçamba de uma Chevy enferrujada com uma morena de saia curta montada em seu colo. Os dedos dela passavam pelo cabelo escuro e bagunçado dele enquanto ela esfregava os seios no seu peito. Algo desagradável atingiu o meu estômago e eu disse a mim mesma que não dava a mínima.

Deus, o cara era tão previsível. Aqui estava eu, marcada como uma leprosa por ele ter decidido fazer aquela reivindicação ridícula sobre mim. Ainda assim, ali estava ele, firme e forte como o galinha que era.

Passei batido pela festa, indo em linha reta até a caminhonete que estava com o barril de cerveja na caçamba. Um grupo de jogadores de futebol americano estava lá atrás. Chase estava sentado em uma das cadeiras de praia ao lado do veículo, falando com uma menina.

Dale Davison levou a garrafa de cerveja aos lábios e tomou um gole lento antes de falar:

— Você finalmente vai chupar o meu pau, Monroe?

Alguns dos amigos dele riram.

Comentários como aquele eram diários, e eu tinha pensado que, depois do tanto de vezes que mandara Dale passear, ele já teria desistido de tentar.

Chase ficou de pé e deu um empurrão forte nele.

— Cala a boca, Davison. — Ele pegou um copo ao lado do barril e olhou para mim por sobre o ombro. — Quer uma cerveja, Moe?

— Claro, obrigada.

A menina com quem Chase estava falando me olhou da cabeça aos pés como se eu fosse uma adversária.

— Você não está saindo com o Zeppelin Hunt? — perguntou ela com um tom amargo na voz.

A garota olhou de mim para Chase e de volta para mim, um sorriso astuto nos lábios, como se pensasse que deixar escapar aquela pequena informação seria o suficiente para que ele me evitasse.

— Não, não estou.

— A Moe não se envolveria com aquele cretino — Chase veio em minha defesa.

A garota se virou e saiu bufando.

— Desculpa — falei.

Chase serviu uma cerveja, a espuma se derramava sobre a borda quando ele me entregou o copo.

— Não se preocupe com isso. Ela não é o meu tipo.

Nós nos aproximamos do fogo. Chase e eu não estávamos super próximos esses dias, mas éramos amigos desde sempre, e ele era a única pessoa ali com quem eu queria ficar.

— Eu nunca te vi nessas paradas — apontou ele ao cutucar meu ombro com o seu.

— Eu nunca vim nessas paradas. — Socializar não estava no topo da minha lista de prioridades, especialmente com essas pessoas.

Uma leve careta apareceu em seu rosto.

— Eu deixei você trançar o meu cabelo quando tínhamos seis anos e você nunca foi a uma festa comigo. Mas Zepp Hunt...

— Não é assim.

— Então o quê? Está traficando maconha para ele agora?

Não gostei do tom de acusação na voz dele, mas escolhi não falar nada. Eu não podia simplesmente negar, mas também não estava prestes a explicar sobre o acordo.

— Você está de rolo com ele?

O olhar estreitado se desviou para além das chamas da fogueira, e eu o segui até onde Zepp estava, uma garrafa de cerveja na mão e a mesma garota roçando nele sem vergonha nenhuma. Mas o foco dele não estava nela ou na saia curta, ficava indo de Chase para mim.

Puxei um suspiro aborrecido. Meus dedos se apertavam ao redor do copo de plástico em minha mão.

— Eu já disse que não.

— Pareceu que estava naquele dia lá no banheiro. E ele está olhando para você como se estivesse.

— Bem, eu não estou — respondi, lançando um dedo médio irado para Zepp.

O rosto de Chase dizia que ele não acreditava em mim, o que me deixou puta. Se uma das poucas pessoas que me conheciam de verdade não sabia que eu tinha um padrão mais elevado e que não me envolveria com aquele idiota, então eu estava muito ferrada. Virei a cerveja, bebendo-a em vários goles.

— Desculpa por ter te deixado com ele naquele dia. Eu não sabia... — A voz de Chase esvaneceu, a expressão cheia de culpa.

— Tudo bem, Chase. Eu disse que você podia ir. Não era como se ele fosse me machucar. — Não havia muito do que eu podia ter certeza, mas eu, ao menos, sabia daquilo.

— Precisa tomar cuidado com eles, Moe. — Ele esfregou a mão na nuca. — Eles não estão de brincadeira.

— Eu sei. Está tudo bem.

Olhei para o meu copo vazio e Chase o tirou da minha mão. Ele foi até o barril, mexendo na bomba.

Um estalo alto veio da fogueira e eu me aproximei, amando o calor incandescente no meu rosto. Foi quando vi Zepp vindo em minha direção como um furacão. Cada passo era raivoso e deliberado. Uma garrafa de bebida balançava ao lado dele.

A tensão percorreu as minhas vísceras e meus músculos ficaram tensos. Chase apareceu ao meu lado, me entregando a bebida, parecendo inconsciente do desastre vindo em nossa direção. Virei a cerveja na mesma hora, pois Zepp estava a poucos passos de nós.

Ele olhou para mim como se eu fosse um *running back* correndo com a bola e ele estivesse prestes a me derrubar no chão.

— Não se atreva...

Braços fortes rodearam a minha cintura e Zepp me jogou por sobre o ombro. Deixei cair o copo e o soquei nas costas, mas aquilo não o deteve. Ele continuou atravessando o aterro, indo em direção às árvores.

O imbecil me colocou no chão, prendendo-me contra o tronco áspero de um pinheiro. Seu nariz a centímetros do meu.

— Você não está aqui para flertar. — Ele deu um bom gole da garrafa, o olhar cravado em mim como um laser.

Revirando os olhos, tirei duzentos dólares do meu sutiã e enfiei na mão dele.

— Aqui está a merda do dinheiro das suas drogas.

Ele enfiou no bolso de trás ao mesmo tempo em que invadia o meu espaço.

— Você não vestiu o que eu mandei.

Havia pensado que já tínhamos superado aquilo. Eu me inclinei até os meus lábios estarem quase sobre os dele e sussurrei:

— Eu não pertenço a você, Zepp. Vou vestir a merda que eu quiser.

A risada que veio a seguir me deixou puta da vida. Tudo nele me dava raiva, incluindo a garota que havia estado bem no seu colo. E o fato de que aquilo me aborrecera me irritou ainda mais do que as ações dele.

Eu me aproximei mais de Zepp, a raiva prestes a explodir.

— Vou te dizer uma coisa — falei. — Continue com essa merda e eu vou dificultar muito a sua vida. — Dei um tapinha mais forte que o necessário na bochecha dele. — Amor.

Antes que eu pudesse tomar outro fôlego, ele me prendeu contra a árvore. Sua proximidade me deixou débil de formas que eu jamais admitiria.

O couro de sua jaqueta rangeu quando ele se aproximou ainda mais de mim.

— Você já dificulta. — Com um movimento rápido, ele me agarrou pelo pulso e colocou minha mão sobre seu pau ereto, então me deu um sorriso malicioso. — *Amor*.

Como um eclipse solar, ele bloqueou tudo o que não fosse ele, até mesmo meu coração frio bateu um pouco mais rápido, ansiando pela mesmíssima coisa que eu odiava. E aquele ódio sempre fora uma linha tênue e hesitante. Quanto mais ele me irritava, mais essa coisa entre nós ganhava vida, sussurrando promessas sórdidas em meu ouvido.

No escuro os olhos dele pareciam um abismo sem fundo, um em que eu me vi caminhando na ponta dos pés, perto da borda.

— Estou tentando decidir onde eu vou te comer primeiro. — O hálito permeado por uísque soprou em meus lábios, fazendo o calor se espalhar por meu estômago. — Se no capô do carro brilhante do seu namorado ou no que eu vou roubar.

As palavras dele gotejaram sobre meus sentidos como líquido quente. Eu deveria ter empurrado aquele cara e dado o fora dali. Qualquer coisa, *qualquer coisa*, menos entrar no jogo dele. Ainda assim, eu ansiava por aquela dança perigosa entre nós. E o álcool me deu coragem.

— Vai roubar algo bonito só para mim? — Serpenteei a mão pelo peito forte dele e segui para mais embaixo. O uísque que ele segurava caiu nas folhas com uma pancada abafada. Quando ergui o queixo, Zepp olhou para mim como se estivesse prestes a explodir. — Porque aquele Corvette me dá coisas — sussurrei.

Ele agarrou o meu cabelo, puxando minha cabeça para o lado e colocando os lábios perto da minha orelha.

— Aposto que ele nem te faz gozar.

A rouquidão profunda de sua voz agitou algo dentro de mim.

— E se ele for melhor que você?

Um sorrisinho arrogante se arrastou por seu rosto antes de a mão dele deslizar pela parte de trás das minhas coxas, as pontas dos dedos provocando a bainha do meu short. Minha respiração ficou presa quando o calor disparou pela minha pele. Parte de mim queria saber como era ser profanada por Zeppelin Hunt, mas a maior parte se recusava a ser outra marca em sua cabeceira, não importava o quanto ele fosse gostoso ou quanta cerveja eu tinha bebido.

— Eu não sou a Leah Anderson. — Agarrei o pulso dele e afastei a sua mão. — Você vai ter que se esforçar um pouco mais para poder tirar a minha calça.

— Eu acho que não vai ser necessário. — Seu nariz roçou ao longo do meu pescoço, o fôlego quente acendendo lugares que eu nem sabia que existiam. Cretino arrogante. — E eu estou disposto a apostar que você vai para casa hoje e brincar um pouco consigo mesma enquanto pensa nos meus lábios sobre a sua boceta.

Eu estava sendo tirada de prumo muito rápido. Zepp tinha muita prática naquilo, e o meu corpo não havia recebido o aviso de que eu não gostava dele.

Alguém cambaleou até as árvores a poucos metros de nós, engasgando e tossindo antes que o cheiro de vômito me alcançasse, me dando ânsia. Mas eu fiquei grata pela interrupção.

Zepp puxou a garrafa do chão, desenroscou a tampa, deu um gole e a entregou a mim. Eu nem ao menos gostava de uísque, mas ele me deixara tão fora de mim que nem parei para pensar. Levei a garrafa aos lábios e dei um bom gole enquanto deixava Zepp Hunt me conduzir para fora das sombras e de volta para a festa como se fosse o meu dono.

Resistir era inútil. Ele sempre ganhava, porque eu tinha vendido a minha alma.

Por três meses inteiros.

Por uma merda de carro.

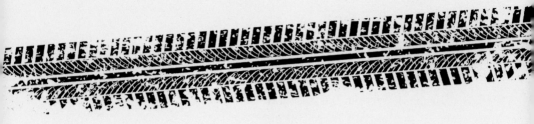

9

ZEPP

Nunca na minha vida eu tinha enfrentado um desafio igual estava sendo com a Monroe. Olhei ao redor da festa, incapaz de ignorar as encaradas das várias meninas. Seria bem fácil trepar com qualquer uma para me livrar das minhas frustrações, mas, a menos que fosse Monroe na minha cama, àquela altura, meu ego não ia gostar.

Pela última meia hora eu tinha ficado sentado na caçamba do Wolf com ela, nenhum de nós dissera uma única palavra.

Ela arrancou a garrafa da minha mão, bebeu até a última gota e então a atirou no chão com uma pancada.

— Eu juro, Roe. Se você vomitar...

Logo que me mostrou o dedo do meio, ela saltou da caçamba e foi em direção à fogueira. Uma música pop de merda explodia dos alto-falantes e ela jogou as mãos para o alto e se mexeu ao ritmo do grave. Deus, ela devia estar mamada para estar dançando. Levou dois minutos para um cara se mexer atrás dela sem parar de olhar para a bunda da garota.

Nem fodendo que eu ia deixar o idiota dançar com ela.

Saltei da caçamba e abri caminho em meio às pessoas dançando, entrando entre ele e Monroe. Foi só olhar mais sério para ele que o covarde saiu com os rabinho entre as pernas, igual a um cachorrinho de rua.

Eu a agarrei pela cintura, inclinando-me ao lado de sua orelha e sentindo o aroma de fogueira misturado a suor.

— Se você estivesse sem roupa, estaria cem vezes melhor.

As unhas dela se moveram pelo meu pescoço ao me puxar para perto.

— Bem aqui? — Ela pressionou a bunda em mim e começou a rebolar o quadril. — No meio de uma festa?

— Por que não? — Meus dedos apertaram as laterais do corpo dela, meu pau sendo atraído para a garota como se ela fosse um ímã. — Eu faria valer a pena, Roe. — Pressionei os lábios em sua garganta em um beijo. — Faria mesmo.

— Eu não duvido. — Ela se empurrou em mim mais uma vez, a fricção forte o bastante para levar um pouquinho de pré-gozo até a ponta do meu pau.

Eu estava tão concentrado na sarrada que só notei Bellamy se aproximar de mim quando ele bateu no meu ombro.

— Vendemos tudo — disse ele. — Vamos vazar.

Relutante, eu soltei a Monroe e fui em direção à caminhonete. Só quando abri a porta da picape que reparei que ela não estava conosco. Agarrei Bellamy pelo braço quando ele foi entrar na parte de trás e apontei para a fogueira com a cabeça.

— Vá pegar a Monroe.

Ele franziu a testa.

— Você vai, ela é sua garota.

— O caralho que ela é.

Um sorrisinho repuxou os lábios dele.

— Ah, então ela está livre?

Cerrei o punho.

— É. — Ele riu. — Foi o que eu pensei.

Eu o empurrei.

— Vá pegar a menina antes que deixemos o seu rabo aqui.

— É, cara — gritou Wolf lá da frente, dando a partida e sentando a mão na buzina.

Com uma risada, Bellamy atravessou a área. A melhor coisa que poderia acontecer naquele momento para nós seria deixá-la em casa, e para mim seria passar alguns minutos com um frasco de hidratante, batendo uma até tirar a garota da minha cabeça. Fiquei ao lado da caminhonete observando Bellamy tentar lutar com Monroe. Ela deu um tapa nele, mostrou o dedo e cambaleou alguns passos. Quando ele tentou ajudar, ela o socou no braço. Eu quase ri quando pulei sobre a lateral da caminhonete. Ela era feroz, não havia dúvida. Quando eles vieram em direção à picape, eu subi no assento do passageiro.

— Onde está o meu irmão? — perguntei a Wolf.

— Disse que tinha carona. — Ele verificou no retrovisor e riu. — Ela parece um chihuahua raivoso.

— Ela é um pé no saco. — Ou dava dor no saco, o que se encaixava melhor.

A porta dos fundos se abriu, e Monroe gritou para Bellamy antes de ele a enfiar na cabine estendida apertada.

— Jesus Cristo. Você para de falar em algum momento? — Bellamy expirou ao entrar logo atrás dela e bater a porta.

E... a Monroe bêbada continuou reclamando.

Wolf olhou para mim e eu ergui o queixo em direção ao assento traseiro.

— Basta deixar a garota na entrada do parque de trailers, Wolf.

— Não. — A mão dela foi para o meu ombro. O cabelo embaraçado cobria o seu rosto quando ela se inclinou entre os assentos da frente. — Não posso chegar em casa bêbada. Me leve para a casa da Jade.

Wolf me deu uma olhada ao engatar a ré.

— Que tal deixarmos a garota aqui?

Dei de ombros.

— Onde é a casa da esquisitona?

— Perto do cemitério? — Wolf riu.

Jade parecia mesmo o tipo de pessoa que passava tempo perto dos túmulos acendendo velas e invocando espíritos ou uma merda dessas. Wolf acelerou. As folhas esmagaram sob os pneus e o carro saltou sobre os sulcos.

— É perto... daqui — Monroe bufou.

Olhei pelo retrovisor.

— Você não sabe onde ela mora, sabe?

— Claro que eu sei.

— Bem, descubra ou vamos te deixar no parque de trailers. — Eu não a levaria para a minha casa, e não íamos dirigir por aí por toda uma eternidade tentando encontrar a casa da amiga dela.

Os faróis se moveram por cima das árvores. Wolf pisou nos freios e apontou para o para-brisa sujo ao dar uma gargalhada.

— Olha o seu irmão, cara. — As luzes brilharam bem em cima de Hendrix mandando ver em alguma garota que ele colocara de quatro lá na floresta. Wolf abaixou a janela, inclinou-se e gritou: — Manda ver, cara. Acaba com essa boceta! — Ele apertou a buzina mais algumas vezes antes de pisar no acelerador.

Hendrix balançou um braço vitorioso no ar e bateu na bunda da garota. Sem dignidade nenhuma. Todo mundo na caminhonete riu, exceto, obviamente, Monroe.

Quando Wolf finalmente estacionou na frente do parque, Monroe estava roncando. A picape percorreu a esmo o rebordo da estrada.

Wolf olhou do traseiro desmaiado de Monroe para mim.

— Você vai carregar a garota?

Eu não sabia nada sobre Monroe. Por tudo o que eu sabia, eu poderia carregar o rabo bêbado dela até o trailer e algum homem com uma barriga enorme de cerveja sairia cambaleando pela varanda improvisada empunhando uma espingarda.

— Nem fodendo. — Olhei para ela, a cabeça descansando na janela. — É só levar a menina para a minha casa.

Wolf virou o carro e voltamos para o trecho deserto da rodovia.

— Que tal deixarmos ela lá na casa do Harford? — perguntou Bellamy lá de trás, e minha mandíbula contraiu um pouco. — Aposto que ele vai amar essa merda.

— Eu não faço delivery de boceta. — Uma pequena fagulha de raiva se acendeu dentro de mim.

Claro, seria um tapa na cara daquele cretino se eu a deixasse na porta dele. Era mais provável que aquilo me desse a oportunidade de dar a maior surra que ele já levara na vida por colocar as mãos nela. Mas, com toda certeza, eu não a colocaria naquela situação.

A caminhonete percorreu as favelas aos trancos e barrancos, ziguezagueando entre os carros detonados estacionados ao longo da rua até os faróis pousarem na minha varanda envergada. E todos saímos, exceto a Monroe.

Bati o punho na janela do passageiro da parte de trás.

— Acorda, caralho. Eu não vou te carregar.

Monroe se levantou e afastou o cabelo do rosto com um olhar confuso. Ela tropeçou na calçada e franziu a testa ao olhar para a minha casa em ruínas.

— Por que estamos aqui?

— Você disse que queria dormir com o Zepp. — Wolf deu de ombros.

Monroe o fuzilou com o olhar.

— Valeu aí.

Eu não estava com paciência para ouvir a merda dela, então comecei a percorrer o caminho e destranquei a porta enquanto ela discutia com o Wolf. Cara, ele já tinha irritado a garota quando ela cambaleou para dentro da casa.

— Eu prefiro dar para o... Hendrix — ela falou arrastado. — Espera, não. Ele é nojento. Para você, Wolf. — O ombro dela bateu na porta e ela parou para me fuzilar com o olhar como se eu tivesse algo a ver com aquilo. — Você é um babaca.

Ela seguiu para a sala de estar, mas eu a peguei pelo cotovelo e a redirecionei para as escadas. Só Deus sabia em que estado Hendrix estaria quando chegasse em casa, e eu só podia imaginar a briga que estouraria se ele tentasse alguma coisa com ela. E ele tentaria. E o mais importante de tudo, eu queria ver o olhar na cara dela pela manhã quando ela acordasse. Na minha cama. E era provável que a garota teria pouquíssima lembrança de como acabara ali. Cruel? Claro que era, mas seria impagável.

Monroe trocou alguns passos, quase caindo de cara no chão várias vezes antes de chegarmos lá em cima.

— Espera. — Ela parou ao lado do meu quarto, o rosto franzido e os braços cruzados na típica pose de vai-te-catar que ela fazia. — Para onde você está me levando?

— Para a cama.

Suas sobrancelhas arquearam.

— Eu não vou subir na sua cama.

— O quê? Não quer contar para o príncipe quarterback que você dormiu comigo?

Ela abriu a boca para discutir, mas o fio de paciência que ainda me restava se partiu. Eu a joguei sobre o meu ombro e a carreguei até o meu quarto, jogando-a na cama como se fosse uma boneca de pano. Monroe retrocedeu na mesma hora, olhando feio para mim enquanto eu tirava a minha cueca boxer.

— Eu não vou fazer — o olhar dela caiu para o meu peito, então mais para baixo — sexo com você.

— Eu não faço sexo, Monroe. — Inclinei-me, agarrando as beiradas do colchão ao chegar a centímetros do rosto corado dela. — Eu fodo.

As molas rangeram quando ela ficou de pé e passou esbarrando em mim. Caí na cama quando ela tirou a camisa e pensei que finalmente estávamos chegando a algum lugar. Meu olhar seguiu pelo contorno de suas costas, parando na alça fina do sutiã de renda vermelha, e eu soube que a gente estava chegando a algum lugar. De todas as coisas que eu pedira para que usasse, ela escolhera aquilo.

— Sutiã de renda vermelha, hein?

— Sutiã de renda vermelha — ela me arremedou e, com um movimento ágil nos ganchos, a peça caiu no chão.

Ela não era nada mais que costas nuas, meia arrastão e short minúsculo. Meu pau endureceu enquanto eu tentava decidir por onde começar com ela, se seria bruto ou gentil. Uma olhada para aqueles coturnos e eu me decidi pelo bruto. Mas aí, ela voltou a vestir a blusa e tirou as botas.

Meu cérebro entrou em curto-circuito, soltando faíscas por alguns segundos, até que ela deslizou entre os lençóis cheia de raiva e virou de lado para me encarar. Não era assim que essas coisas aconteciam...

Ela fixou o olhar desconfiado em mim como se pensasse que, talvez, se me estudasse com muito empenho, pudesse descobrir alguma coisa. Monroe podia encarar o quanto quisesse, não havia nada a descascar. Nada do lado de dentro. O que ela via era o que teria.

— Sabe — ela finalmente falou com a voz arrastada ao acariciar a minha bochecha. — Você seria muito bonito se não fosse tão babaca.

Bufei. Aquela fora sua grande revelação. Como se a aparência tivesse qualquer coisa a ver com a personalidade.

Segundos se passaram antes de ela se virar de costas, o corpo rígido feito um cadáver.

— Esse foi o seu plano o tempo todo. Me trazer para a sua cama. — Ela moveu a mão ao redor por um segundo. — Gostei do abajur.

Olhei para o desbotado abajur de dançarina de hula, lembrando-me do dia em que implorara para que minha mãe o comprasse em um bazar quando eu tinha oito anos. Três pratas que ela não tinha, mas o comprara de qualquer forma. Fora o que bastara para cortar o clima.

— Sua casa é legal — ela apontou.

— Minha casa é uma merda.

Monroe ergueu um dedo, cutucando o ar.

— Mas é uma casa. — Ela tinha falado igual ao Jack Sparrow, Jesus Cristo.

— É.

Tentei ignorar o fato de que ela estava ao meu lado. Essa coisa toda era esquisita. Ela estava trêbada. E não nua. E na minha cama. Eu só queria dormir e fingir que não havia uma menina na minha cama com quem eu não treparia.

Mas ela se virou na minha direção e logo me cutucou.

— Posso perguntar uma coisa?

— Não.

— Por que você é tão babaca? Ou você só quer que as pessoas pensem que você é? Porque, sabe, é babaquice pra caralho.

Eu agarrei o travesseiro e o enrolei ao redor da cabeça. Eu deveria ter deixado o rabo dela lá embaixo. Eu não podia lidar com o falatório de menina bêbada.

— Você não deveria estar vomitando ou fazendo algo do tipo a essa altura?

— Não. Só estou deitada aqui. Com a sua babaquice.

O barulho da TV do Hendrix veio lá de baixo, preenchendo o silêncio. Por um segundo, eu pensei que ela tinha desmaiado, mas então o colchão saltou. As molas rangeram quando ela se sentou abruptamente e deslizou para a beirada da cama. Ela se contorceu para tirar o short e a meia arrastão. Graças à luz da rua que entrava pela minha janela, eu pude ver o quanto a bunda dela ficava linda de fio dental antes de ela voltar a se deitar ao meu lado.

Voltamos/de volta à estaca zero

— Nem sequer pense nisso — ela disse como se pudesse ler os pensamentos correndo soltos pela minha cabeça. — Estou com calor.

O número de vezes que eu ouvia merdas daquela saírem da boca das meninas... E dez segundos depois, elas estavam me tocando, me provocando. Agarrando o meu pau. Eu ia comer a Monroe hoje, ela sabia. E agora eu sabia. Como se aquele short minúsculo fizesse diferença no quanto ela ficava gostosa. É, tá bom.

Lutando com um sorrisinho presunçoso, passei a mão pela barriga, seguindo até o meu pau ereto. A qualquer segundo agora...

— Eu não vou dar para você. — Ela cutucou meu peito com dois dedos e me empurrou.

Senti minha testa franzir. Não era assim que essa merda costumava desenrolar. Era o "estou com calor". "Eu não sou assim". Seguido por um beijo e elas ficando nuas, enfiando meu pau goela abaixo enquanto repetiam o quanto não eram "assim".

— Ai, meu Deus. Você pensou que eu iria, não pensou? — Ela riu.

Agarrei o meu pau, então ajeitei o travesseiro para olhar feio para ela ali na escuridão.

— É você que está seminua aqui na minha cama.

— Ah, tá. Por favor, Zepp. — O tom monótono e condescendente da voz dela me deu nos nervos. — Me coma até me fazer esquecer de mim. — Ela se virou, rindo. — Eu não consigo entender como você sequer consegue transar.

Aquilo não deveria ter me incomodado. Ela era uma garota entre milhões, e eu pensei que talvez fosse por isso que aquilo me incomodava. Ela tinha sido a única garota que conseguira chamar a minha atenção e a única que não a queria.

— Eu acho que você consegue — rebati.

— O quê? Elas não se importam por você ser um babaca?

— Elas não vêm pela minha personalidade. — Eu me aproximei mais, meu pau pressionando a coxa dela quando comecei a mordiscá-la na orelha, e não deixei de notar que ela prendeu um pouco a respiração. — Elas vêm, Roe?

A palma da mão dela se encontrou com o meu peito, as sobrancelhas se juntando.

— Isso é meio triste — ela sussurrou, então me empurrou.

Minha mandíbula ficou tensa. Aquela era uma dose de realidade pela qual eu não pedira. Especialmente de alguém com a cara cheia, mas eu me recusava a dar a ela a satisfação.

— Diz a garota de rolo com um merdinha de Barrington. — Prendi o seu olhar, esperando que algo surgisse. Mas nada aconteceu.

— Você só quer que ele seja um merdinha porque ele é rico?

Ela achava que eu tinha inveja daquele merda?

— Vai se foder, Monroe. — Eu me afastei, acomodando-me no meu travesseiro e encarando a parede.

Talvez ela estivesse nessa merda de materialismo, de adoração ao ídolo de Barrington e do dinheiro deles. O dinheiro não os fazia nada diferentes dos babacas de Dayton, só causava problemas diferentes para eles. Talvez ela não tivesse qualquer profundidade no final das contas.

O silêncio mortal tomou o quarto.

— Ele não é muito ruim na verdade — ela falou.

Esperei. Mandíbula tensa, a pressão arterial subindo segundo a segundo. Ela achava que ele era um cara legal e ele achava que ela era uma vagabunda sem valor. Uma em quem ele podia bater.

— Você vai mesmo fazer isso, Monroe? Vai mesmo defender o cara?

Minha mãe sempre defendia aqueles babacas por causa do que o dinheiro deles podia fazer por nós se ela conseguisse conquistar um. Eu queria que Monroe fosse melhor que aquilo.

— Você não conhece o cara. — Ela bufou e virou. E aquela era a desculpa que minha mãe sempre dava. *Você não conhece o cara.*

O silêncio nos envolveu, mas não ajudou muito a acalmar a raiva estrondando sob a minha pele. Eu tinha visto os malditos hematomas. Eu não precisava conhecer o cara.

Acordei com alguém socando a minha porta.

— Se for o quarterback, diga que mandei oi. — Estiquei o braço, mas minha mão encontrou os lençóis vazios.

Outra série de batidas altas veio lá de baixo.

— Acordem, idiotas! — A voz de Bellamy vinha da janela ao lado da minha cama. — Temos um problema!

— Merda. — Atirei as cobertas para o lado, peguei a calça jeans e a vesti enquanto descia as escadas.

Bellamy continuou batendo na porta. Eu estava pronto para dar um soco nele assim que a abrisse.

— Não sabe atender o telefone? — Ele andava para lá e para cá na entrada, os cotovelos para fora e as mãos presas na altura da nuca antes de sair correndo pela cozinha. — Precisamos tirar a maconha daqui.

— De que merda você está falando?

— Jacobs e o resto da força-tarefa estão vindo para cá. Ouvi no rádio do meu pai.

Gritei por Hendrix e quase me arrebentei ao entrar na cozinha. Abri os armários, recolhendo as trouxinhas de maconha. Bellamy agarrou um saco de lixo e puxou as gavetas, jogando tudo lá dentro. A cada grama que eu atirava lá, meu pulso acelerava. Em uma cidade cheia de traficantes de metanfetamina e heroína, crianças vendendo maconha em festas deveriam ser a menor das preocupações da polícia de Dayton.

— Eles não têm razão para vir atrás de nós — falei ao bater a porta do armário, seguindo para o próximo.

— Um cara de Barrington foi parado ontem à noite. — Bellamy enfiou um cachimbo no lixo. — Disse que a erva que estava com ele tinha vindo de nós.

— Eles não podem provar!

Ele fez um nó no saco de lixo, fazendo careta.

— Eles podem se vierem revistar a sua casa.

Depois de dez minutos frenéticos, conseguimos limpar a casa. Nenhum traço de maconha. Nem um único cachimbo. Nem mesmo uma guimba. Bellamy levou o saco cheio de maconha e a parafernália com ele quando foi embora. Hendrix e eu esperamos pelos policiais.

Luzes azuis e vermelhas passaram pela janela. Freios cantaram. Portas bateram.

— Aqui vamos nós — falei, indo para a porta bem quando uma batida forte veio do outro lado.

— Polícia. Abra.

Eu sabia que não havia nada na casa, mas, ainda assim, a ideia fez uma dose fria de pânico correr pelas minhas veias. Eu abri a porta, prendendo o olhar de Jacobs.

— O que você quer?

Seus lábios formaram uma linha firme. Quando ele passou por mim, o ombro bateu contra o meu com força o suficiente para me fazer dar um passo para trás. Outros policiais entraram, os coturnos batendo no chão enquanto eles se espalhavam. Eles arrancaram as almofadas do sofá e despedaçaram as grades do aquecedor. Panelas e frigideiras retiniram lá da cozinha, seguidas pelo som de copos se quebrando. Eles destruíram a casa. Uma hora depois, tudo o que encontraram foi uma lata de cerveja amassada atrás do fogão.

Os policiais saíram, todos, exceto Jacobs. Ele parou perto da porta, o olhar indo do meu irmão para mim. Eu lancei um sorriso maroto para ele. Idiota, pensando que poderia me prender.

— Eu sei que vocês dois são uns merdinhas — ele disse com a mão na porta aberta. — E aquela ruiva de vocês — um sorriso doentio se assentou no rosto dele —, eles vão cortar com navalhas aquele rosto bonito dela lá no reformatório.

— Dê o fora da minha casa. — Eu ergui as mãos e o empurrei. A mão de Hendrix me segurou pelo ombro.

Aquela lata de cerveja que ele encontrara não me colocaria na cadeia, mas agredir um policial com certeza me mandaria para lá. Era tudo o que Jacobs queria. Ele foi para a varanda e eu bati a porta.

Aquele era só o começo da tormenta. Merda seria remexida. Eu podia sentir.

— Para onde a Monroe foi? — perguntou Hendrix.

— E eu lá sei?

Wolf pegou um livro no armário, então bateu a porta.

— A gente sabe quem foi que deu com a língua nos dentes?

— Ainda não — respondi.

A tentação de ir até Barrington, banhar metade dos quintais em gasolina e tacar fogo nos terrenos tinha estado presente. Mas teria sido uma idiotice do cacete.

Hendrix caminhou ao meu lado pelo corredor.

— Eu juro por Deus, o dedo-duro vai precisar de pontos depois que eu descobrir quem ele é.

Wolf riu antes de ele e Hendrix entrarem na aula. Eu estava quase no ginásio quando vi a Monroe. Os passos dela apertaram quando eu me aproximei. Ela tentou passar por mim, mas passei o braço ao redor dos seus ombros.

— Preciso que você venha na quinta-feira.

— Não posso. Vou estar ocupada. — Ela tentou escapulir de mim, mas eu a puxei para mais perto.

— Cancele.

— A gente pode não fazer isso agora? — Ela virou o rosto para o outro lado.

Algo estava errado com ela. Eu a peguei pelo queixo, forçando-a a olhar para mim. A ferida seca no lábio inferior foi impossível de ignorar. Aquele filho da puta batera nela por ficar na minha casa. Ficou evidente que o quarterback queria morrer. E seria uma morte que eu ficaria feliz em conceder. Meu humor disparou, a pressão se construindo como vapores inflamáveis em um tanque. O sinal tocou, seguido pela batida dos armários e uma enxurrada de estudantes correndo para as aulas.

Pela primeira vez eu não queria causar uma cena, então a arrastei até um canto perto do bebedouro.

— Esse merdinha do seu namorado... — Eu o imaginei batendo nela, chamando-a de inútil, do mesmo jeito que aqueles cretinos ricos haviam feito com a minha mãe, e minha visão ficou turva. — Eu vou quebrar as pernas dele, e ele pode dar adeus à bolsa de estudos.

— Não foi o Max. — A voz dela estava cheia de pânico.

Eu me aproximei da orelha dela.

— Eu vou matar ele, Roe. — E, assim, eu a afastei e bati o punho na parede ao virar no final do corredor.

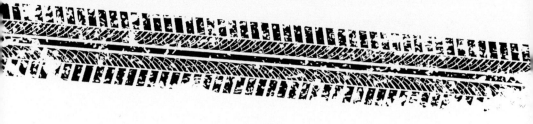

10

MONROE

Minha semana estava indo muito bem. Jerry e eu havíamos brigado no sábado, o que me fizera acabar com o lábio cortado. A merda do meu carro não queria ligar. De novo. O que significava que Jade teria que me pegar na casa do Max. E também havia o Zepp...

Eu vou matar ele, Roe. As palavras se repetiram na minha cabeça pelo que pareceu ser a centésima vez quando eu me sentei na imensa cozinha de Max. Eu tinha ferrado com tudo. Eu nunca dissera que estava saindo com Max, mas deixara Zepp supor que eu estava.

Bem, a suposição era a mãe de todas as merdas que a gente fazia, porque agora Zepp queria Max morto.

Eu poderia ter me limitado a dizer a verdade a ele, mas a última coisa que eu precisava era de Zepp pensando que ele poderia pegar o Jerry, porque a resposta simples era que ele provavelmente não podia. Adolescentes do ensino médio era uma coisa. Um traficante de metanfetamina barra pesada era outra completamente diferente. Verdade fosse dita, eu não queria que Jerry machucasse o Zepp, e tinha sido por isso que eu havia ficado de boca fechada, criando, sem querer, um problema diferente. Na raiz daquilo, eu sabia que Zepp só se importava porque Max morava em Barrington.

— Então eu só preciso dividir de novo? — perguntou Max, chamando a minha atenção para o balcão de mármore. Suas sobrancelhas estavam franzidas ao olhar para o caderno diante dele.

— É. — Eu rodeei o balcão e virei a página.

— Por que a gente precisa aprender álgebra?

— Quem sabe? Mas você precisa para tirar aquele dez. — O leve vigor na minha voz me fez estremecer. Max estava me pagando. Eu sentia como se tentar ser legal fosse algo que eu devia a ele, agir como uma pessoa normal.

— Eu só quero jogar futebol americano.

Eu invejava o fato de a vida dele ser tão fácil, por ele ter espaço para sentir paixão por algo tão trivial. Depois que terminamos de repassar as equações quadráticas, eu enfiei meus livros na minha mochila esfarrapada.

— Basta continuar fazendo os exercícios. Você vai pegar o jeito.

— Duvido muito — disse ele com um bufo. Max me acompanhou até o saguão muito parecido com o de um hotel, então abriu a porta. A luz lá de fora jorrava sobre o gramado bem cuidado. — Ei. — Ele me agarrou pelo pulso antes de eu descer o primeiro degrau, mas logo o largou quando lhe lancei um olhar penetrante. — Sei que eu já perguntei, mas você deveria mesmo vir a minha festa neste fim de semana.

Eu não poderia imaginar nada pior do que uma festa em Barrington.

— Ah, obrigada. Mas vou estar ocupada.

— Entendi. O Hunt não iria gostar. — Um sorrisinho pretensioso repuxou os lábios dele. — Né?

— Eu não tenho nada com o Zepp. — Eu me senti como se precisasse me defender.

— Que bom. Ele é desprezível.

Eu não sabia o que responder.

— Vamos lá, vai ser divertido. — Ele afastou uma mecha de cabelo do meu rosto, deixando-me desconfortável. — Traga uma amiga se quiser.

Fiquei irritada com a menção de Zepp e queria sair da varanda de Max.

— Vamos ver. — Recuei em direção aos degraus. — Qualquer coisa, eu falo.

Com um sorriso presunçoso, ele fechou a porta. Encarei o meu telefone ao descer as escadas, enviando uma mensagem para Jade para avisar que ela poderia me pegar. Foi só quando cheguei ao final da longa garagem que olhei para cima, e meus passos vacilaram. As luzes de cada lado dos portões de Harford refletiam na pintura preta e brilhante da motocicleta. Uma figura se separou das sombras. Ele deu um trago no cigarro e a ponta acesa reluziu antes de o jogar fora. As cinzas se espalharam pela calçada.

Congelei. Uma lista de perguntas passou pela minha cabeça: Como ele sabia que eu estava aqui? Como ele sabia onde o Max morava? Por que ele estava aqui?

— Eu disse que eu ia matar o cara. — Uma centelha descontrolada de fúria queimava em seus olhos quando ele começou a atravessar o gramado.

Corri atrás dele, entrando na sua frente e batendo a palma das mãos contra o seu peito. Como se fosse adiantar alguma coisa.

— Sai da frente, Monroe.

— Zepp, para!

Por uma fração de segundo, ele ficou parado. Mas então seu olhar disparou por cima do meu ombro, para a casa de Max. Ele brandiu um dedo furioso no ar, murmurando: "seu filho da puta". Eu me virei. Max estava na janela, nos julgando com o olhar fixo em nós.

Aquilo bastou.

Zepp deu passos determinados em direção à porta como um total psicopata. Eu achava que era disso que todo mundo tinha medo, desse lado dele que lhe garantira a reputação.

Passei correndo por ele, subindo os dois primeiros degraus para bloquear o seu caminho.

— Não é ele.

— Saia — ele grunhiu.

Eu segurei o seu rosto e o forcei a olhar para mim.

Os olhos dele eram um poço agitado de caos, demônios dançavam ao redor do fogo naquelas profundezas negras.

— Eu juro por Deus, Monroe...

— Eu não tenho nada com o Max!

Ele voltou a olhar para a janela, o rosto fervendo em vermelho.

— Você acha engraçado, putinha? Eu vou te estripar e pendurar suas vísceras na rodovia. — Ele me rodeou e bateu com o punho na porta de madeira.

— Você acha mesmo que Max Harford poderia bater em mim?

O único cara que conseguira encostar a mão em mim mais de uma vez fora Jerry, porque ele era grande como um defensor de futebol americano e não era moleza.

Zepp me encarou devagar, as veias saltando em seu pescoço.

— Não é questão de ele poder, é questão de você permitir.

— Ah, vai se foder, Zepp! — Eu desci os degraus.

Por tudo o que me importava, ele poderia bater na porta de Max pelo resto da noite e acabar preso.

— Ele não é meu namorado. Eu só deixei que você pensasse que era. — Fui em direção à calçada. — E ele com certeza não bateu em mim.

— Então o quê? Você só está dando para ele?

Minha mandíbula contraiu, os dentes rilhando uns nos outros. Eu poderia ter contado a verdade ao Zepp, mas o orgulho mostrou a sua cara feia. E aquela coisinha dentro de mim que se recusava a retroceder bateu o pé como uma criancinha irritada.

— E se eu estiver? — falei, virando e andando de costas. — Chateado por ser para ele e não para você?

Aquilo chamou a atenção dele. Bom. Zepp desceu os degraus feito um furacão, soltando fogo pelas ventas. Ele agarrou o meu queixo e o fôlego quente e raivoso correu pelo meu rosto. O temperamento dele deveria ter me assustando, aquilo teria sido racional. Mas, por razões que eu não podia explicar, eu me sentia segura com ele, e talvez eu fosse a única pessoa naquela cidade que podia dizer aquilo.

— Eu não dou a mínima para nada além de quem bate em você.

Algo se contorceu em meu peito.

— Então, por que perguntar se eu estou dando para ele?

Sua mão caiu para o lado. Ele a passou pelo cabelo e deu um passo para trás. Levou segundos, minutos, eternidades, antes de ele falar:

— Porque um cara daquele não merece a porra do seu tempo.

Enquanto ele caminhava pela garagem, a tensão chiou entre nós como um daqueles fogos de artifício que nunca chegavam a estourar. Minha raiva diminuiu e, com um suspiro, eu o segui até a moto.

— Estou ofendida por você pensar que eu daria para um quarterback de escola particular. E, só para você saber, eu nunca permiti que ele pusesse uma mão em mim — eu disse. Odiei a forma que o rosto dele mudou da raiva para pena. — Não se atreva a me olhar desse jeito. — Cravei o dedo nele.

Nós nos encaramos. O zumbido distante das sirenes da viatura se infiltrou pela noite. Os Harford deviam ter chamado a polícia, eu não os culparia. Algo estranho se passou entre nós, fazendo o meu peito apertar.

— E só para que *você* saiba, Roe. — Ele atirou o capacete para mim e eu o segurei junto à barriga. — Eu não vou *permitir* que ninguém bata em você também. — Não havia como deixar passar a ameaça na voz dele.

Aquela demonstração deveria ter me irritado, mas a triste verdade era que ninguém jamais se importara comigo a ponto de ficar tão bravo. Ninguém na minha vida jamais estivera disposto a brigar por mim. E a expressão dos olhos de Zepp quando ele pensara que Max estava me machucando... Ele estava disposto a matar.

A moto rugiu à vida, então coloquei o capacete e montei na traseira, envolvendo os braços ao redor de sua cintura. Absorvi o calor pelo qual eu não deveria ansiar assim tão de repente, mas Zepp dava a mínima. E aquilo complicava as coisas.

Ele parou ao lado da casa de Wolf e desligou o motor.

— Obrigada — agradeci, saindo da moto e entregando o capacete a ele. Fui em direção ao meu trailer.

— Quer uma cerveja?

Quando me virei, ele já estava no deque de Wolf, apoiando uma escada frágil na lateral do trailer. Eu poderia ter ido para casa e provavelmente teria ido, mas não podia ignorar o leve puxão que me conduzia para ele naquele momento. Uma cerveja não ia matar. Certo? Ele escalou os degraus feito um gato ágil, desaparecendo no telhado. Com um gemido, eu subi atrás dele.

Havia duas cadeiras de nylon velhas presas às telhas junto com um caixote de madeira que abrigava um frigobar. Daqui de cima eu podia ver a maior parte do parque de trailers e as luzes dos carros e dos caminhões passando pela rodovia. Ver tudo daquele jeito era meio deprimente. Aquilo era tudo o que havia.

Ele pegou duas cervejas no frigobar, jogou uma para mim e acomodou o corpo enorme em uma das cadeiras.

— Se você não está chupando o pau do Harford, o que você estava fazendo na casa dele?

— Eu dou aula para ele — confessei, afundando-me ao lado dele.

— Você? — Bufou. — Dando aula? — Ele jogou a cabeça para trás na cadeira de praia e riu alto.

Babaca. As pessoas me julgavam com rapidez o tempo todo. Elas me viam como a pobretona de saia curta. Sem nenhuma perspectiva. Sem neurônios, não havia dúvida. Eu já estava acostumada. Porra, eu encorajava aquilo, então por que fiquei incomodada por ele me ver daquele jeito?

— É tão difícil assim de acreditar? Você pensou que eu estivesse saindo com ele!

O olhar de Zepp se arrastou lentamente por mim. O sutil roçar de dentes sobre o lábio atraiu a minha atenção, desencadeando a memória nebulosa de sua boca no meu pescoço na noite de sexta. Um lampejo de calor aqueceu as minhas bochechas.

— Conte para alguém e eu te mato.

Ele bufou.

— Tá bom.

O silêncio se estendeu entre nós, o zumbido distante da rodovia permeado apenas pelo canto das cigarras. Eu tive que me perguntar por que ele se importava ao ponto de aparecer na casa do Max. Ele estava muito desesperado para Max ser o vilão.

— Por que você odeia tanto o Max?

Ele olhou além do parque de trailers. À distância, eu só conseguia distinguir as luzes brilhantes de Barrington.

— Aqueles babacas têm todas as oportunidades.

Eu dei de ombros.

— É assim que o mundo funciona.

— Eles pensam que são melhores, e, no entanto, as mães deles estão engolindo Vicodin com champanhe e os pais, batendo punheta em clubes de strip. — Ele bebeu a cerveja. — Eles não são melhores do que nós.

O comentário dele chegou um pouco perto demais. Quantas vezes eu havia dançado para esse tipo de cara?

— Ensinando o padre a rezar a missa — murmurei, e dei um gole na minha cerveja. Zepp estava certo, tínhamos zero oportunidade, e aquilo fazia uma vida difícil ser ainda mais difícil.

Um silêncio confortável nos envolveu por alguns minutos. Reparei no maxilar forte de Zepp, nos lábios, nas sobrancelhas que pareciam permanentemente franzidas com o peso do mundo, e meu coração disparou um pouquinho. Havia uma selvageria nele que muitos temiam, até mesmo por causa de sua aparência. Zepp Hunt era um animal porque ele precisava ser. Mas eu não tinha certeza de que ele era tão horrível quanto todos pensavam.

Um dos vizinhos começou a gritar, interrompendo meus pensamentos.

— Como você sabia onde Max morava?

Ele tomou um gole da cerveja.

— Até você decidir me contar quem bate em você, não vou dizer.

Meu gênio formigou sob minha pele.

— Vou *trabalhar* para você por três meses, Zepp. E é isso. Você não pode ditar a minha vida. — Olhei feio para ele. — Eu me viro sozinha.

Eu não precisava de um cavaleiro de armadura brilhante ou de um salvador. Aquilo não era um conto de fadas. Eu não era uma donzela, e Zeppelin Hunt com certeza não era nenhum príncipe.

Ele se inclinou na cadeira e agarrou o braço da minha, invadindo o meu espaço. O aroma da cerveja dançava em seu fôlego, acariciando o meu rosto.

— Pelos próximos três meses, eu *posso* ditar a sua vida — disse ele. — E eu vou.

Para lá e para cá nós íamos, e a cada vez que eu pensava que ele era ok, ele ia e me fazia odiá-lo de novo. Esculpido em pedra, Zepp era duro, implacável. Um babaca na maior parte do tempo, mas ele tinha lutado por mim quando pensara que Max estava me machucando. E aquilo significava alguma coisa, porque ninguém nunca se importara antes. Sob o peso daquela triste conclusão, meu gênio se apagou.

— Obrigada — falei, e logo fiquei de pé e desci as escadas.

Eu ainda não gostava dele e ele ainda era um babaca, mas talvez ele fosse menos babaca do que eu tinha pensado.

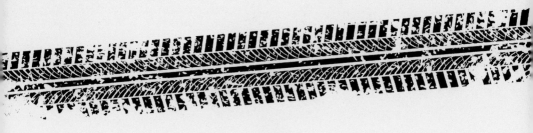

11

ZEPP

Eu estava na aula de cálculo, desenhando, tentando tirar aquela garota da cabeça. Eu não sabia merda nenhuma sobre a Monroe e, ainda assim, pensar nela me tirava o sono e a sanidade. Quando o sinal tocou, a folha estava coberta com rascunhos meio terminados de uma floresta cheia de demônios. Uma garota que se sentava no fundão parou ao lado da minha mesa e disse:

— Ficou bom.

Fechei o caderno com um tapa, saí da carteira e segui para o refeitório para me encontrar com os rapazes.

O espaguete se espalhou pela bandeja quando eu a deixei cair na mesa ao lado de Monroe. Ela ficou tensa, parando em meio a uma frase quando o resto dos caras se sentou ao redor dela e de Jade.

— Qual é, Monroe? — Jade espetou uma cenoura em seu prato. — Eu até mesmo tenho um vestido para amanhã. Vai ser divertido ir a uma festa.

Hendrix ergueu uma sobrancelha.

— Que tipo de vestido? Como um daqueles trajes de cerimônia que as pessoas usam para matar bodes e essas merdas?

Meu olhar se fixou em Monroe, mas ela não olhou para mim.

— Festa de quem, Roe? — Girei a sopa de macarrão nas pontas do garfo antes de enfiá-lo na boca.

— De ninguém.

Olhei para Jade, e ela congelou como se eu fosse um tiranossauro rex que não a notaria se ela não se movesse.

— Festa de quem?

Ela fez careta para mim.

— Eu não vou te dizer.

Hendrix se aproximou de Jade, deixando o nariz a centímetros da bochecha dela.

— Festa de quem?

Jade colocou as mãos no ombro de Hendrix, com os lábios curvados como se ele fosse um trapo sujo, e então o empurrou.

— Ai, meu Deus. É do Max Harford.

Monroe atirou um pãozinho em Hendrix, depois um pedaço de aipo em mim.

— Vocês são uma dupla de cretinos.

Deus, Monroe simplesmente não sabia quando desistir. Dar aula para eles, ir às festas deles.

Ela se virou para mim.

— Nem sequer pense nisso, Zepp! Eu não vou.

— Talvez você não vá, mas *nós* vamos. — Aparecer sem ser convidado em uma das festas de Barrington era como cagar na cabeça deles. E mais, no final da noite talvez conseguíssemos coagir alguma das meninas a nos dizer qual daqueles riquinhos dedurara a gente.

Uma fissura de preocupação cruzou o rosto de Monroe antes de a expressão ficar dura como concreto.

— Os Harford chamaram a polícia para te prender, Zepp. Você não pode aparecer na casa deles.

Senti o olhar dos caras em mim. Wolf atirou uma cenoura em minha direção.

— Porra, por que Max Harford chamou a polícia?

Eu cerrei a mandíbula. Eu contava quase tudo aos caras, mas aquela merda não era da conta deles.

— Ah, ele não contou para vocês? — Um sorriso presunçoso tocou os lábios da Monroe. — Zepp apareceu na casa do Max ontem à noite, ameaçando o cara. Ele achou que eu estava pegando o Max.

Eu olhei feio para ela.

— Você meteu a porrada nele? — Hendrix perguntou.

Ela amassou o guardanapo na palma da mão e o jogou na mesa com um sorriso espertalhão.

— Não, ele não fez isso.

— Devia ter enfiado as bolas dele no cu — Hendrix disse com a boca cheia de macarrão. — Você tem um gosto de merda para pau, Ruiva.

— Ai, meu Deus. — Ela bateu as palmas da mão na mesa, fuzilando meu irmão com os olhos. — Eu dou aula de reforço para ele.

Ele se engasgou com o espaguete, cuspindo o macarrão meio mastigado por toda a bandeja de Wolf.

— Você. Dá aula de reforço? — Hendrix se curvou em uma gargalhada. — De quê? Educação sexual?

Bellamy e Wolf se juntaram a ele, latindo suas gargalhadas.

Monroe ficou de pé e começou a atravessar o refeitório, a bandeja ainda na mesa.

— Vocês todos são uns babacas — ela disse por cima do ombro como se aquela fosse alguma descoberta grandiosa.

— São só umas duas crianças ricas brincando com o próprio pau depois que você vai embora.

Ela me mostrou o dedo do meio antes de empurrar as portas do refeitório.

Max Harford odiaria o dia em que a convidara para aquela festa.

Independente da atual situação com esses babacas, cada vez que a galera de Dayton ficava sabendo de uma festa em Barrington, nós sempre aparecíamos para estragar a diversão deles, assim como eles faziam conosco. Mas aquela era a primeira vez que invadíamos uma festa na casa de um deles.

Wolf estacionou no final da rua sem saída e nós saímos. Um grupo de meninas de Barrington desfilava em jeans apertados e saltos altos. Hendrix agarrou a virilha.

— Meu pau já está duro com as possibilidades.

Uma música pop horrível se espalhava pela noite quando Wolf abriu a porta com um baseado preso entre os lábios.

Uma escada em espiral serpenteava até o andar superior. Imensas pinturas a óleo decoravam as paredes e uma cabeça de zebra empalhada estava pendurada em um dos portais em arco. Era nisso que os ricos gastavam dinheiro. Coisas que não tinham valor sentimental. Merdas que os faziam se sentir importantes, que eles pensavam que impressionariam os convidados. Foi a primeira vez que a pena superou a minha inveja. Esses babacas eram tão perdidos quanto eu, só estavam no outro lado da moeda.

O rosto de Hendrix ficou animado como o de um menino de treze anos que via um par de peitos pela primeira vez.

— Tem noção de quanta merda a gente poderia roubar?

— Cara. — Wolf soprou uma nuvem de fumaça. O olhar dele foi para o ridículo lustre de cristal que pairava sobre nossas cabeças. — Eu vou levar o lustre.

Dei um tapa na cabeça dos dois.

— Não roubem nada.

— Tá. — Bellamy se colocou entre nós. — Os policiais de Barrington não são moleza.

Um grupo de atletas com seus sorrisos muito brancos parou de falar no segundo em que entramos. Um olhar feio foi tudo o que foi necessário para eles darem meia-volta. Eles podiam ser os reis da preciosa escola particular em que estudavam, mas, no mundo real, eram um monte de bosta.

Hendrix bateu as mãos, esfregando as palmas juntas enquanto seu foco se voltava para a sala de estar.

— E se roubarmos uns cabaços?

Segui o olhar dele até o grupo de meninas que estava perto da lareira, sorrindo e girando o cabelo em volta dos dedos.

— Mantenha o pau dentro das calças para variar — avisei.

Hendrix resmungou um "foda-se" baixinho e nos movemos como um grupo. As pessoas se afastavam como se a nossa pobreza fosse passar para elas. Meus passos vacilaram quando vi Monroe na cozinha. Eu nunca a vira usando nada que não ameaçasse mostrar a bunda se ela se agachasse do jeito errado, mas a saia que ela usava não estava prestes a mostrar nada. Jade estava ao lado dela, rindo e bebendo cerveja. Jesus. Elas estavam mesmo tentando impressionar aqueles babacas ricos que não mereciam uma segunda olhada delas.

Max apareceu atrás de Monroe e entregou uma cerveja a ela. A menina tomou a bebida. Então o olhar dela se virou devagar, como se sentisse os meus olhos queimando através da parte de trás da porra daquela cabeça ruiva. Ela ficou branca antes de tocar o braço de Max, em seguida traçou uma linha reta em minha direção. Eu pensei em abrir caminho entre aquela multidão de mauricinhos idiotas e agarrar o quarterback estrela deles, quebrar o pescoço daquele imbecil e cuspir na cara dele, mostrando àquele babaca o que era ser um valentão de verdade. Mas, então, eu fui envolvido pelo cheiro de perfume barato.

— Ah, ótimo. Você veio. — Suspirando, Monroe me agarrou pelo braço e me arrastou até o canto da sala.

— Achei que você não fosse vir. — Voltei a olhar para Harford, meu sangue aquecendo. Os olhos redondos se fixaram em mim como se eu fosse um desafio. — Mudou de ideia, Roe? — perguntei.

— A Jade queria vir. — Os olhos dela reviraram quase até a nuca. — E eu sei que vocês não seriam capazes de se segurar. Chame a minha presença aqui de uma tentativa patética de fazer controle de danos.

Controle de danos. Para aqueles cretinos? Mas nem fodendo. Eu puxei a bainha da saia dela.

— Qual é a dessa merda? Tentando não parecer da ralé, pobretona? — Porque era exatamente aquilo que Max e seus amigos pensavam de nós.

— Vai se foder, Zepp.

Ela começou a se afastar, mas Max abriu caminho atrás dela. Dois babacas usando a jaqueta do time de futebol o flanqueavam.

— Você não é bem-vindo aqui, Hunt. — Ele cruzou os braços de rato de academia sobre o peito.

Tudo o que eu pude fazer foi jogar a cabeça para trás e rir. De onde esse garoto vinha, um soquinho no rosto era considerado briga. Ele não fazia ideia de como era ter algumas costelas quebradas e uma fratura no crânio.

Hendrix cambaleou para frente, mas eu o agarrei pelo capuz e o puxei para trás, como se estivesse segurando um pitbull pela coleira. Meu irmão adorava brigas um pouco demais.

— Deixa eu cuidar do louro bonitinho, Zepp.

Monroe entrou entre nós.

— Jesus Cristo. — Ela olhou feio para mim como se fosse eu quem estivesse sendo um idiota. — Você vai mesmo começar uma briga, Zepp?

— Ei! — Eu dei de ombros. — Tudo o que eu fiz foi aparecer aqui.

Ela olhou para Max. A adrenalina incendiou dentro de mim quando ela disse a ele que estávamos de saída.

Max sorriu para ela. Um sorriso cheio de propósito.

— *Você* foi convidada, Monroe.

Eu fiquei puto por ela não ver através daquela baboseira de merda. Estalei o pescoço para um lado, as juntas doloridas de vontade de dar um soco na cara dele.

— Você está dando em cima da *minha* garota, Harford? — Com os ombros para trás e os punhos cerrados, dei um passo em direção a ele.

Max Harford era um garoto-propaganda que precisava de um bom soco na garganta. Eu iria estripá-lo antes de ele sequer pôr um dedo sobre a Monroe.

Wolf e Bellamy circularam feito abutres os caras que flanqueavam Max. E, ainda assim, o idiota corajoso deu meio passo à frente. Precisei de toda a minha força para não dar um soco na boca dele.

— Tem certeza de que ela é a sua garota? — perguntou ele.

Ela não era, mas aquilo não me impediu de agarrá-la como se fosse. Eu a puxei para perto, colocando uma mão na bunda dela e reivindicando sua boca com a minha. Ela ficou imóvel em meus braços e logo seus dedos agarraram a minha camisa. Os lábios dela se entreabriram. Se algum dia eu conseguisse levar aquela garota para a cama, ela não se sentaria por uma semana sem me sentir.

— Diga a ele que você é minha, Roe. — Eu mordi o seu lábio e ela me empurrou, me fazendo recuar um passo.

— Deus, vocês vão parar com essa merda de machismo? Ele não estava dando em cima de mim. — Ela pegou a minha mão, a exibição silenciosa foi inesperada, a forma como ela apertou os meus dedos até eu sentir minhas juntas estalarem, não tanto. — Somos amigos, não somos, Max?

Quando um cara estava a fim de comer uma garota, nada feria mais o seu orgulho do que ser chamado de amigo, e foi por isso que lancei um sorriso de orelha a orelha para ele.

— É. É claro. — Os lábios dele se contorceram em um sorriso de vamos-concordar-em-discordar e seu olhar desviou dela para mim. — Amigos.

Passei os dedos por baixo da bainha da blusa de Monroe e olhei aquele filho da puta de cima.

Virando-se para mim, o aperto dela na minha mão ficou mais forte.

— É melhor a gente ir.

— Como eu disse — os olhos de Max prenderam os meus —, você foi convidada, Monroe. Sempre será. — Uma frase que servia como uma explosão nuclear, um dedo sobre a linha que já tinha sido traçada.

Meus músculos se retesaram.

— A gente já pode meter a porrada neles? — Hendrix grunhiu atrás de mim.

Antes que eu pudesse responder, Monroe agarrou a minha camisa.

— Zepp... — ela disse, um tom de aviso em sua voz.

Ela sabia que eu bateria nele até cansar se tivesse a chance, e pensar que ela queria proteger aquele merda me deixou ainda mais afoito para atravessar a janela com a cabeça dele. Ou com o piano. Ou com os dois.

— Vamos procurar um banheiro — ela sugeriu, deslizando a mão pelo meu peito, mas eu não me movi. Ela puxou a minha mão em uma tentativa de me afastar.

Eu nunca havia desistido de uma briga em toda a minha vida. Mas, mesmo puto do jeito que eu estava, sabia que rasgar aquele merda de porrada com tantas testemunhas por perto não acabaria bem. A única razão para eu estar disposto a sair dali foi o fato de que Monroe estava, pelo menos, tentando fazer a saída ser um insulto para aquele imbecil.

Os convidados se afastaram quando ela me conduziu até o corredor. Hendrix entrou na fila ao meu lado.

— Você deveria ter sentado a mão nele, Zepp. — Ele olhou para Monroe quando ela parou na porta do banheiro. — Você está deixando o meu irmão mole.

Com uma sacudida de cabeça, ela me puxou pela soleira e bateu a porta na cara do meu irmão. Ele estava certo. Eu teria dado um soco bem no meio da cara de garotinho rico de Max. Eu não deveria ter me importado. Ela não era minha, mas a ideia de Harford *pensar* que poderia ter aquela garota era como ter uma tonelada de dinamite na minha cabeça, com o pavio aceso e prestes a explodir. E aquele último comentário dele: "*Você é bem-vinda, Monroe. Sempre*" havia sido um vá se foder se alguma vez ele já tinha ouvido algum. E eu havia deixado ficar por isso mesmo. Tudo porque ela estava com medo de que eu o machucasse.

Eu me virei para ela com a mandíbula cerrada.

— Preocupada com o seu namoradinho?

— Deus, você é um idiota. — Ela beliscou o alto do nariz. — Se vocês entrarem numa briga, quem vai sair mais prejudicado?

Eu parei de andar para lá e para cá para olhar feio para ela, meu olho tremia. Nem fodendo ela pensava que Harford era páreo para mim.

— Quem você pensa, caralho? — Minha voz rimbombou pelo banheiro chique.

Ela se recostou na pia de mármore, fazendo careta.

— Você. Sempre será você. Porque eles vão chamar a polícia, e eles não vão arrastar um filhinho de papai para a cadeia, vão?

Recomecei a andar para lá e para cá, ciente demais de que Monroe estava certa. Esses pais cheios da grana de Barrington sempre conheciam as pessoas certas. Sempre saíam com a desculpinha de que "ele vem de uma boa família". Eles sempre eram os heróis, e nós sempre éramos os vilões. Olhei para o meu reflexo no espelho. Porra, nós dois parecíamos deslocados dentro daquele banheiro imaculado com todos aqueles sabonetes caros. E as toalhas de mão dobradas? Talvez eles fossem melhores...

— Deus, eu odeio essa gente — falei entredentes.

Ficamos ali em silêncio. Se eu tivesse que adivinhar, ambos odiávamos a galera de Barrington pelo simples fato de eles terem coisas que jamais teríamos. Como porras de toalhas de mão dobradas.

Monroe abaixou a cabeça com um suspiro.

— Eu não sei o que me fez aceitar vir a essa merda.

Alguém bateu na porta. Hendrix soltou um gemido agudo de lá do outro lado.

— Bem aí, Zepp. Bem no meu ponto G. — Uma risada alta se seguiu antes de a porta chacoalhar novamente. — Vamos lá, cara. Eu preciso mijar.

Monroe me empurrou da pia e olhou para mim.

— A gente pode ir embora?

O meu lado mesquinho queria ficar até a última pessoa ir embora, mas ela queria ir. Minha mesquinharia não valia aquilo.

— Tanto faz. Vamos. — Abri a porta e entrei no corredor estreito.

Hendrix estava com uma das líderes de torcida do Barrington no canto, uma mão trilhando pelo braço dela enquanto a outra esmagava um dos retratos de família pendurados na parede. Ele sussurrou algo no ouvido da garota, que corou. Babaca.

— Ei, imbecil? — chamei. — Onde estão os outros caras?

Hendrix olhou por cima do ombro da garota.

— Wolf foi lá para cima com uma menina qualquer. E Bellamy... — O foco dele voltou para a menina. Ele parecia um esquilo atrás de nozes.

Fui até lá e dei um tapa na cabeça dele.

— Estou pronto para ir.

— Cara. — Ele fez careta, afastando-se da menina. — Eu estou prestes a levar qualquer que seja o nome dessa garota para o banheiro e trepar com ela até ela perder a cabeça.

Como toda garota do Barrington, ela ficou lá, fingindo não ouvir. Outra daquelas meninas do *eu não sou assim, me deixa engasgar nas suas bolas?*

— Pode dar um minutinho para um cara conseguir o que quer? — Hendrix sacudiu a cabeça como se eu tivesse acabado de mijar no cereal dele.

— Deus, você é horrível — Monroe apontou.

— Não odeie o jogador, Ruiva. — Ele deu um tapinha no ombro dela. — Odeie a porra do jogo.

Meu irmão era um idiota completo. Eu dei um empurrão nele.

— Dez minutos e a gente vaza.

Acompanhei Monroe até a sala de estar e a puxei para se sentar no meu colo em um daqueles sofás de couro. Ela ficou rígida e cruzou os braços sobre o peito. Max estava no canto mais afastado da sala bebendo uma cerveja. Coloquei a mão na perna da Monroe e ela ficou ainda mais tensa. Eu não perdi o sutil prender de respiração enquanto eu subia o dedo um pouco mais para o alto. E lá estava a minha curiosidade de ir mais longe, até a minha mão se afundar entre as suas coxas e eu fazer aquela garota gemer.

Meu olhar foi para os lábios dela e eu pensei no quanto a sensação deles era boa.

— Diga que você não gostou.
— Não gostei do quê?
— Do beijo.
Ela hesitou.
— Você se importa se eu gostei ou não?
— E se eu me importar?
— Então isso faria você ser menos idiota.
Passei o dedo pelo lábio inferior dela.
— E se eu quiser fazer de novo?
As bochechas dela ficaram coradas enquanto ela encarava a minha boca.
— Eu...
— Zepp! — O grito agudo e enjoado de Leah quase rachou os meus ouvidos.
— Ótimo. — Monroe revirou os olhos e ficou de pé, balançando um pouco. — Eu preciso encontrar a Jade.

No segundo em que Monroe saiu, Leah cruzou os braços sobre o peito e me fuzilou com os olhos.

— Você prefere trepar com aquele lixo a trepar comigo? Não posso acreditar, Zepp!

Não deveria ter sido difícil para ela acreditar. Monroe era mais bonita. Mais inteligente. Por que eu não a escolheria no lugar do rabo falso e superficial de Leah?

— Na verdade, eu gosto dela. — Eu me levantei do sofá. — Você é só um buraco onde eu posso enfiar o pau, o que, tecnicamente, faz você ser o lixo, Leah.

Eu não esperei pela reação dela; dei o fora dali. Eu estava a meio caminho, no corredor, quando Hendrix gritou "filho da puta" de algum lugar lá em cima. E um cara pelado voou pelo parapeito, pousando no piso de tábuas corridas lá embaixo com um baque. Hendrix se lançou do patamar do primeiro andar com um grito de guerra, pousando agachado, e saltou para cima do garoto, batendo na cara dele.

Vários caras do Barrington abriram caminho entre a multidão. Um agarrou Hendrix pelos ombros, e meu irmão arrebentou o nariz dele. Os outros caras o agarraram, e eu fui para cima deles.

Punhos voaram, cabeças bateram, sangue se espalhou. A merda ao nosso redor acabou quebrada. Por fim, eu fui arrancado de lá por Bellamy, enquanto um grupo de riquinhos chafurdava no chão.

— Dá o fora daqui, Hunt — gritou um dos babacas de jaqueta, mantendo distância. — Vamos chamar a polícia.

— É só falar, Zepp. — Hendrix limpou o sangue na blusa. — Eu vou foder com esses riquinhos.

O grupo de caras se escondeu por trás da ameaça como os mariquinhas que eram.

Aqueles filhos da puta *chamariam* a polícia. E a gente acabaria atrás das grades. O que significava que teríamos que reunir o resto do grupo e dar o fora dali. Dei uma cusparada cheia de sangue no chão.

— Cadê a minha garota?

Um dos caras que estava com Max no Frank's Chicken sorriu.

— Ah, ela resolveu ficar.

Bellamy saiu do nada e agarrou o meu ombro antes que eu pudesse dar um soco na cara do idiota.

— Não vale a pena, cara. Os policiais de Barrington...

Eu me afastei, olhando de Bellamy para Hendrix.

— Resolva essa merda enquanto eu procuro a Monroe.

Eu fui da cozinha até o porão e depois para o escritório e não a encontrei, nem ao Harford.

Abri caminho até a escada em caracol e abri a primeira porta que vi. Wolf estava com uma menina pendurada no balcão do banheiro, a saia enrolada ao redor da cintura e o fio dental em volta dos tornozelos. Ela gritou, mas ele continuou estocando nela enquanto sorria para mim.

— A gente tem que ir — avisei. — Me ajude a encontrar a Monroe.

Ele acelerou.

— Só me dá dez segundos.

— Agora, Wolf! — gritei, virando-me e seguindo até uma porta fechada no final do corredor.

Eu mal pude discernir a voz de Monroe dizendo a alguém para sair. E meu pé foi com tudo para a porta. Ela se abriu estourando as dobradiças, a luz do corredor se espalhando pelo quarto escuro.

Harford saltou da cama, os olhos arregalados enquanto ele se afastava de Monroe.

— Não toque em mim — ela falou arrastado. Então fez um péssimo esforço para se sentar.

A adrenalina me percorreu como um circuito elétrico. Não havia pensamentos, só um rugido em meus ouvidos que mais parecia um trem de carga.

— Seu filho da puta! — Eu rodeei a cama e acertei Harford bem no meio da têmpora, e ele desabou no chão.

O impulso de bater naquele desgraçado até ele ficar a um sopro de vida me comeu vivo, mas eu precisava tirar a Monroe dali.

— Zepp? — Ela fez careta, os olhos meio fechados. — Euqueroir. — As palavras saíram juntas.

Peguei seu peso morto em meus braços. Puto por ter deixado a garota sair das minhas vistas.

— Nós estamos indo — eu disse, saindo do quarto com o peito apertado pra caralho. Sabendo que não tinha como ela ter bebido o suficiente para ficar mal daquele jeito.

Wolf já estava descendo as escadas, o rosto ensanguentado, com uma Jade inconsciente nos braços. Ele olhou para mim.

— Isso é muito errado, cara. Isso é errado pra caralho.

Quando chegamos lá embaixo, encontramos o caos absoluto.

Grupos de pessoas estavam brigando. Garrafas de cerveja estavam sendo jogadas nas paredes, meninas choravam e Hendrix gritava com todo o ar de seus pulmões enquanto Bellamy quebrava um vaso na cabeça de um cara qualquer.

Alguém gritou:

— A polícia está vindo. A polícia.

— Vamos — gritei para os caras, seguindo Wolf até a porta.

Lá fora, as pessoas corriam pelo gramado, derrubando latas de cerveja e copos de plástico. Motores rugiram e os faróis brilharam antes de os carros arrancarem em uma nuvem de poeira. A rua em frente à casa dos Harford mais parecia algo saído de Velozes e Furiosos.

Nós nos amontoamos no carro de Wolf. As sirenes soaram ao longe, e logo entramos no meio dos BMW e das Mercedes.

No momento em que chegamos em casa, Monroe estava fora de si. E Jade estava cem por cento inconsciente. Eu coloquei Monroe na cama, a culpa me comia vivo. Se eu não tivesse implicado com ela sobre ir naquela festa idiota ou se não tivesse deixado que ela se afastasse de mim...

A imagem de Harford em cima dela não parava de rodar pela minha cabeça, e foi quando eu decidi que eu ia foder com ele. O cara teria estuprado a Monroe e teria saído ileso. Amanhã, caso ela se lembrasse do acontecido, teria sido a palavra dele contra a dela. Eu não podia mudar o que acontecera com ela, mas eu, com certeza, faria o merda do Harford pagar por aquilo.

    Na tarde seguinte, peguei meu taco de beisebol, fui até Barrington e foi exatamente o que eu fiz.

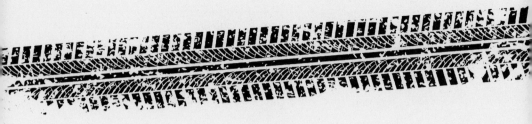

12

MONROE

Eu só acordei porque alguém acendeu uma luz ao meu lado. A primeira coisa que vi ao abrir os olhos foi o abajur da dançarina de hula. Lutei com a névoa nublando a minha mente, tentando me lembrar de como eu tinha ido parar no quarto do Zepp. Mas um buraco negro de nada consumia a minha memória.

Com um gemido, eu me sentei, a cabeça latejando no ritmo de uma banda marcial. Congelei quando meu olhar pousou em Zepp recostado na parede oposta. A camisa branca estava rasgada e coberta de respingos de sangue.

— Ah. Oi? — Meu olhar foi das roupas dele para o olhar letal em seus olhos.

O céu além da janela do quarto de Zepp estava quase negro, o que me deixou desorientada. Eu não podia me lembrar de quando eu chegara ali.

— Que horas são?

— Quase nove — respondeu ele, atravessando o quarto.

Nove? Joguei as cobertas para longe, então me levantei cambaleando e oscilei.

— Que dia é hoje?

— Sábado. Deita.

— O que aconteceu ontem à noite? — Meu olhar foi mais uma vez para a camisa dele.

Os segundos se passaram antes de ele finalmente soltar um longo suspiro.

— Você tem sorte pra caralho. — A raiva irradiava a cada palavra pontuada.

Meu pulso acelerou quando ele começou a andar para lá e para cá, o pânico dissipando a névoa na minha mente.

— Zepp! O que aconteceu? — Olhei mais uma vez para a camisa ensanguentada. — O que você fez?

— Dei um jeito naqueles filhos da puta que doparam você e a sua amiga.

Doparam? Eu tinha sido drogada. *Jade* havia sido drogada. Fechando os olhos, eu me acomodei na cama quando a culpa veio com tudo.

— A Jade está bem? — sussurrei.

— Acho que sim. O Wolf levou ela para casa.

Encarei o edredom e tentei forçar a minha memória a iluminar quem tinha sido ou o que ele havia feito.

— Eles...? — Eu nem sequer podia terminar a frase. O nojo rastejou pela minha pele como um monte de insetos. As próximas palavras que ele diria poderiam acabar comigo.

— Eu não sei o que ele fez, Monroe. — Ele passou a mão pelo rosto. — Você ainda estava vestida. Ele também.

Eu fiz que sim, encarando o carpete gasto enquanto lutava com as lágrimas que ameaçavam verter. Houve um momento em que eu me senti tão suja, tão degrada. E então, como tudo o mais em minha vida, enfiei aquela memória numa caixa que eu tranquei e joguei a chave fora.

— Quem foi?

O olhar cheio de ódio e fúria de Zepp encontrou o meu.

— Harford.

Meu estômago despencou. Max? Eu tinha pensado... Deus, eu era tão idiota. Max tentara me estuprar. Como eu não havia enxergado qual era a intenção dele? Como eu o julgara tão mal?

Meus olhos se moveram para o taco de beisebol sujo de sangue no canto do quarto.

— Ele está vivo?

— Por que você se importa, porra?

Eu fiquei de pé. Minha mão pousou no peito de Zepp, hesitante e insegura. Eu não sabia como encará-lo sem estar vestindo a minha armadura e, naquele instante, eu estava completamente nua.

— Porque eu não quero que você vá para a cadeira por minha causa.

Max merecia estar atrás das grades, o Zepp não.

Dedos calejados roçaram a minha cintura antes de ele me puxar para perto, apoiando o queixo na minha cabeça. Fechei os olhos e me deleitei no calor seguro de seus braços.

— Eu vou acabar na cadeia por alguma razão, Roe. Melhor que seja por você. — E, então, ele se afastou, saindo do quarto.

Algo em mim se alterou com o peso das palavras dele. Zepp era um bandidinho, mas eu não podia mais me convencer de que ele era ruim. E num mundo de pura merda, não ser tão ruim era praticamente ser angelical.

Os canos embaixo do assoalho soltaram um ruído antes de eu ouvir a água ser desligada no banheiro. Peguei meu telefone na cômoda e comecei a enviar uma mensagem para a Jade, mas logo o quarto começou a se inclinar e a minha cabeça, a girar. Caí na cama, inalando o cheiro sutil de Zepp que permanecia nos lençóis.

> Eu: Você está bem?

Uma pergunta idiota, mas eu não sabia mais o que dizer.

> Jade: Estou.

A culpa bateu com força. Eu não podia lidar com todas as minhas emoções nesse momento, então foquei naquilo. Na minha amiga.

> Eu: Tem certeza?

> Jade: Sim, te ligo amanhã.

Encarei o teto, esperando que Zepp tivesse machucado Max ao mesmo tempo em que me preocupava com as repercussões se ele tivesse feito isso. Eu só havia tido um vislumbre do temperamento de Zepp, mas, pela aparência da camisa dele, a fúria tinha sido assassina. Meu estômago estava em nós quando Zepp voltou para o quarto, coberto apenas por uma toalha. Quando ele foi até a cômoda e a deixou cair, eu olhei para o outro lado.

As molas do colchão rangeram sob seu peso quando ele subiu na cama. O cheiro de sabonete e um toque de frutas cítricas flutuaram ao meu redor.

Em questão de vinte e quatro horas, algo vital havia se alterado entre nós; o terreno tinha mudado. Ele me salvara do que, sem dúvida nenhuma, seria a pior coisa que qualquer um poderia ter feito comigo. E sem que eu sequer lhe concedesse aquilo de sã consciência, Zepp tinha ganhado a minha confiança.

— Você foi me procurar — eu disse por fim.

— Fui. — Sem explicações, apenas uma simples afirmação.

Estendi a mão, hesitando antes de permitir que os meus dedos se encontrassem com a pele quente de seu peito. Zepp me surpreendeu ao agarrar o meu pulso e me segurar junto a si. A batida forte do seu coração trovejava contra a minha palma enquanto o silêncio se esticava entre nós.

Ele virou de lado.

— Eu sinto muito. — Uma rara vulnerabilidade se arrastou para fora do exterior revestido em ferro e ele me olhou como se procurasse alguma coisa.

Pela primeira vez, notei o ar de tristeza que Zepp usava como um casaco velho, estragado e já nas últimas, surrado, mas confiável.

— Por quê?

Ele encolheu um ombro, girando uma mecha do meu cabelo ao redor do dedo enquanto eu o afagava fazendo círculos minúsculos em seu peito.

— Obrigada — sussurrei.

Os dedos dele roçaram a minha bochecha e logo ele virou de costas, mantendo a minha mão cativa.

— Eu pensei mesmo que ele fosse decente. — Eu apoiei a cabeça em seu ombro largo, e o seu aperto em mim ficou mais forte.

— Não, ele é um escroto do caralho.

Max era, e o fato de eu sequer ter pensado o contrário fazia com que eu me sentisse idiota. Lição aprendida. Novamente. Não confie em ninguém. Exceto talvez em Zeppelin Hunt, por incrível que pareça.

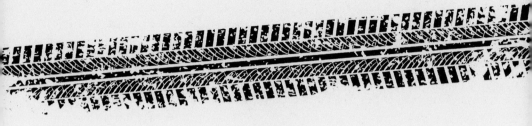

13

ZEPP

Na manhã seguinte, eu deixei Monroe na entrada do parque de trailers porque ela me pedira para não levá-la até em casa. Ela desceu da moto e arrastou a ponta da bota pelo chão, deixando uma linha na terra.

— Obrigada por... — Outro arrastar de pé. — Você sabe.

— É.

Seu olhar encontrou o meu por um momento e ela logo se virou e saiu andando.

Esperei até ela estar a meio caminho da estrada de chão e dei a partida na moto. Passei acelerado por ela e me virei para ir para o Wolf. O pai dele estava na varanda, servindo comida para os gatos de rua da vizinhança.

— Oi, filho. — Ele se ergueu, pegando a Bíblia na grade da varanda e a enfiando debaixo do braço.

— Oi, Sr. Brookes.

— Como está o seu irmão?

— Bem.

Um dos gatos saltou pela balaustrada da varanda, roçando ao redor das pernas do Sr. Brookes. Ele se agachou e afagou as costas do bicho.

— Estou indo para a igreja, vamos?

A cada vez que eu aparecia lá aos domingos, ele me chamava, e toda vez eu respondia:

— Fica para a próxima.

— Tudo bem então. — Ele deu um tapinha nas minhas costas e desceu as escadas, indo até o carro.

E eu logo entrei no trailer.

De todos nós, Wolf tinha o mais próximo do que se podia chamar de lar. Cortinas com babados emolduravam as janelas e um tapete floral estava disposto na frente do sofá. Bibelôs cobriam as prateleiras da área da televisão. O pai não mudara nada de lugar desde que a mão dele morrera de câncer havia um ano. E eu entendia. Eu nem sequer abrira a porta do quarto da minha mãe.

— Cadê você, Wolf? — gritei pelo trailer.

— Pegando comida. — Uma porta de armário se fechou. Wolf entrou na sala arrastando os pés e carregando meio galão de leite e uma caixa de cereal Fruity Pebbles. Ele se afundou no sofá, embalando o leite enquanto enfiava a mão na caixa de cereal. — Você levou a Monroe para casa?

Aquela seria a única razão para eu estar naquele lado da cidade tão cedo.

— Levei.

Ele atirou a tampinha de plástico sobre a mesa, ergueu a garrafa até os lábios e bebeu.

— Que merda do caralho, cara.

E tinha sido. Pra caralho. Eu não esperava muito da galera de Barrington, mas o que acontecera sexta-feira à noite os levara de riquinhos cretinos a uns merdas totalmente desprezíveis. Eu me larguei na poltrona reclinável no canto da sala e passei a mão no rosto.

— Está com medo de ser preso?

— Não. — Para ser sincero, eu não me importava se eu fosse.

Monroe não teria qualquer chance de colocar aquele filho da puta na cadeia, e se a surra que eu havia dado nele era tudo o que ela conseguiria, bem, era melhor do que nada.

— Uma pena você não ter matado aquele merda. — Wolf enfiou outra mão cheia de cereal na boca e logo pegou o controle remoto e ligou a televisão, mudando de canal até chegar nas notícias pré-jogo da NFL, a liga de futebol americano.

E eu fiquei sentado lá, viajando, meio que prestando atenção, porque tudo em que eu podia pensar era em Monroe.

Fiquei na casa do Wolf até a hora do jantar. O pai dele esquentou comida congelada e fez uma oração. Depois de comermos, eu fui para a minha casa, peguei meu taco de beisebol, segui para o ferro-velho do lado sul da cidade e escalei a cerca.

Fazia meses que eu não ia ali, meses desde que eu havia precisado de um escape. Por um tempo, depois que a minha mãe morrera, eu tinha feito daquele lugar um ponto de parada todas as noites. Eu batia e destruía carros antigos, descarregando a raiva em cada golpe do meu taco. E, embora eu tivesse tentado me livrar de cada grama de fúria quando levara esse taco para o Harford, não tinha sido o suficiente.

Abri caminho entre o monte de sucata e de eletrodomésticos enferrujados. O zunido distante dos carros na interestadual soava como o bater de ondas em uma cidade do interior, mas aquilo fez muito pouco para aliviar a tensão nos meus músculos. A cada passo sobre o chão coberto de entulho, eu segurava o taco com mais força. Ao longo dos últimos dias, a culpa havia se misturado com um constante fluxo de raiva que zumbia por minhas veias. Culpa porque eu sentia que tinha, sem querer, tido um papel no que acontecera com Monroe. Não pudera deixar de pensar que eu iniciara uma reação em cadeia, algum efeito dominó desgraçado que terminara com Harford colocando droga na bebida dela. Puxei o taco para trás do ombro e bati no para-choque de uma velha caminhonete Ford. A madeira estalou contra o metal, o impacto subiu vibrando pelos meus braços. Mirei e dei outro golpe. Quanto do que acontecera fora por Harford me odiar, por odiar que Leah estava de rolo comigo? Eu não tinha dúvida de que o egoísmo e a vontade que ele tinha de me irritar haviam sido a força motriz.

O para-brisa estilhaçou sob o taco e cacos de vidro se espalharam pelo chão. A cada golpe, eu batia com mais força e me culpava mais, até o suor escorrer pela minha testa e minha camisa molhada se agarrar à minha pele como papel celofane. Pensei que, se eu a reivindicasse, ela estaria protegida, mas, na verdade, eu tinha acabado dando início a uma situação que havia acabado com ela.

Eu era tão tóxico quanto a cidade de Dayton. E eu não sabia como consertar aquilo.

Na manhã seguinte, meu ombro doía por ter dado tantos golpes com aquele maldito taco, o que fez ser uma merda para virar a moto na curva acentuada no caminho para a escola.

Wolf estava em frente às portas, sorrindo com o telefone na mão.

— Cara. — Ele virou o aparelho. Passei os olhos pela manchete que dizia: Astro do futebol americano de Barrington, vítima da violência de gangues. — Violência de gangues? — Wolf gargalhou antes de enfiar o telefone no bolso de trás. — Hilário. Você é uma gangue agora, Zepp.

Ele me deu um tapa de parabéns nas costas ao passar por mim para entrar na escola. Ameacei Max que o deixaria à beira da morte se ele sequer insinuasse para os policiais que tinha sido eu. E, pela primeira vez, aquele merda devia ter ouvido.

Wolf e eu nos separamos, e eu fui direto para o armário de Monroe, esperando encostado na porta de metal enquanto o cara do outro lado do armário dela mexia nos próprios livros. Busquei o cabelo ruivo de Monroe nos corredores lotados até a hora que o sinal tocou. Portas de armário ressoaram ao se fechar e o embalo da conversa se calou quando os alunos foram assistir à primeira aula. Enviei uma mensagem para ela: Não vai vir pra aula?

Uma descarga no banheiro das meninas ecoou pelo corredor vazio.

— Ouvi dizer que tudo começou porque ela estava dormindo com o quarterback deles — a voz de uma garota veio lá de dentro do banheiro.

Eu me afastei do armário de Monroe, aproximando-me da porta aberta.

— Ela está de namoro com o Zepp... — a voz de outra garota flutuou pelo corredor.

— Pelo amor de Deus, Courtney. O Zepp não namora ninguém.

— Ouvi dizer que aqueles caras do Barrington fizeram umas paradas bizarras com as meninas do Dayton... — O rugido do secador de mão cortou a conversa.

Minha mandíbula ficou tensa quando uma sensação de impotência se arrastou pelo meu peito. Não havia nada que eu pudesse fazer para mudar aquilo. O secador parou de fazer barulho.

— Vamos. Como você disse, a garota está por aí com o Zepp Hunt. Só pode ser puta.

Era como se alguém tivesse encharcado meu corpo de gasolina e jogado um fósforo. Quando ela virou na divisória que impedia as pessoas de ver dentro do banheiro, eu pude sentir as veias da minha testa pulsarem.

— Quem drogaria uma piranha?

A garota congelou, a boca ainda aberta quando as duas chegaram ao corredor. A menor se agarrou à amiga, olhos arregalados e bochechas completamente brancas.

— Eu, é...

— Precisa aprender quando calar a porra da boca!

As duas saltaram quando eu soquei o armário, deixando uma marca lá antes de me virar e ir para a minha aula.

> Monroe: Não

E, Deus, eu estava feliz por ela não ir. Pelo menos eu teria um dia para dar um jeito nos idiotas dessa escola.

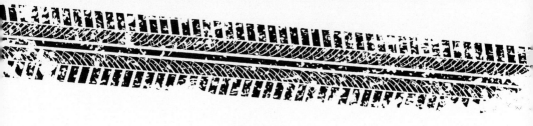

14

MONROE

Meu caderno de química estava aberto no capítulo de ligações covalentes, minhas anotações estavam espalhadas pela colcha. Rock explodia nos meus fones, dificultando a minha concentração, mas eu preferia me esforçar ao som dos solos de guitarra e da bateria do que ao som dos gemidos teatrais da minha mãe.

Estudar era a única forma de impedir a minha mente de tropeçar nos "e se", a única forma de me impedir de pensar sobre coisas que eu não queria reconhecer. Não reparei na hora até eu me levantar para usar o banheiro e notar que o céu do lado de fora da janela do meu quarto estava escuro.

Eu tinha acabado de me acomodar na cama com o meu livro de matemática quando meu telefone apitou.

> Jade: Tá por aí?

A culpa me pressionou como chumbo. Eu não tinha entrado em contato para saber como ela estava, tão envolvida eu estava na minha autopiedade. Deus, eu era uma amiga de merda.

> Eu: Estou. Você está bem?

Eu me sentia horrível por causa do que acontecera com ela. E responsável. Jade ainda era ingênua, mas eu não deveria ser, e ainda assim...

> Jade: Posso ir aí te pegar?

> Eu: Claro

Deixei os livros de lado e peguei o casaco antes de sair. Quando passei pelo trailer do Wolf, eu me vi procurando a moto do Zepp lá na frente, decepcionada com a ausência dele. Prossegui pelo caminho de terra que levava até a entrada do parque de trailers, me chutando por me importar com o paradeiro dele.

Um farol solitário cortou a escuridão, seguido pelo jipe detonado da Jade saindo para o acostamento. Abri a porta amassada do passageiro e me acomodei no assento esfarrapado. Um casaco de moletom com um capuz imenso, que eu tinha certeza de que era do Wolf, praticamente engolia o corpo minúsculo da Jade.

— Você está bem? — perguntei.

— Não. — Ela agarrou o câmbio manual e pisou fundo no acelerador.

O vento soprava através das janelas quebradas, fazendo o cheiro de cigarro e de gasolina girar em torno de mim. No fim da estrada, ela afundou o pé nos freios. O cinto de segurança cravou no meu ombro, e tudo o que estava no assento de trás voou para o assoalho do carro.

— Ok... — Eu não era boa com essas coisas. Eu não tinha ideia do que acontecera naquela noite, com nenhuma de nós, e ainda estava tentando lutar com os meus próprios sentimentos. Mas eu estava preocupada com ela. — O Zepp e o Hendrix te contaram o que aconteceu?

O jipe deu uma guinada para frente.

— Eu quero matar aqueles caras do Barrington.

— Tenho certeza de que o Zepp já deve ter feito isso — murmurei.

— Eu procurei a polícia.

Suspirei. Os policiais de Dayton não fariam nada. Aqueles caras eram de Barrington, os pais deles eram policiais, médicos e advogados. E nós não éramos nada para eles.

— Jade...

— E sabe o que eles disseram? — Ela respirou fundo mais uma vez. — Disseram que não haveria provas suficientes. — Ela pisou fundo numa curva, fazendo os pneus cantarem. — Disseram que eles eram de boa família. E, não nos esqueçamos, os craques do futebol americano do Barrington.

Eu abaixei a cabeça até o meu queixo se encostar no peito.

— As coisas são assim. — Eu odiava a situação. Mais que qualquer coisa, eu odiava que eu tinha aceitado aquilo. Que eu encorajava a minha amiga a aceitar. Eu era uma guerreira, mas a vida que a gente levava era difícil, e era necessário escolher as batalhas.

— Às vezes, você só precisa resolver as coisas com as próprias mãos.

— Por próprias mãos eu queria dizer as de Zepp. — Tenho certeza de que o Zepp e o Hendrix quebrariam mais uns ossos se você quisesse. É capaz de eles não se importarem com um assassinato.

Ela balançou a cabeça, então colocou o volume do rádio no talo. Rock furioso explodiu dos alto-falantes, e ela continuou dirigindo pela cidade até chegarmos ao bairro planejado bem cuidado e bem iluminado de Barrington.

Jade pegou uma estrada secundária que levava até os fundos do campo de futebol americano do Colégio Barrington. Ela estacionou perto do alambrado que rodeava o estádio, desligou o motor e saiu do carro. A minha amiga já estava com a porta traseira do jipe aberta quando eu rodeei o veículo, e duas latas enferrujadas de gasolina estavam na grama.

— Vamos queimar essa merda até as estruturas? — perguntei.

Com os olhos marejados, Jade atirou as latas para cima, jogando-as do outro lado da cerca, e logo saltou, marchando até a linha de cinquenta jardas.

Pulei a cerca e a segui pela escuridão. Ela andou de costas, inclinando a lata. O cheiro forte da gasolina foi levado pela brisa. Uma queimação lenta se acendeu no meu peito enquanto eu pensava em Max e nos outros caras do Barrington, em Jade e em mim. No que teria acontecido se os "bandidos" não tivessem detido os "mocinhos". Um pouco de grama queimada não faria mal algum.

— Tem fósforo?

Ela atirou uma caixa de fósforos do Velma's para mim, e eu a guardei no sutiã, peguei a segunda lata e fui para o outro lado do campo. Jade podia queimar toda a grama que quisesse; eu queria algo mais grandioso. Havia uma fileira de janelas estreitas nos fundos do vestiário, eram baixas por causa da colina em que o prédio tinha sido construído. Ergui a lata de metal e dei um golpe, o vidro inteiriço da janela quebrou. Abri a tampa e virei o líquido pela janela, quebrei a janela seguinte e derramei um pouco mais.

Nada foi mais satisfatório do que atirar aquele fósforo e observar o fogo rugir à vida no mesmo instante. O brilho laranja tomou todo o prédio em questão de segundos.

O campo estava queimando e o vestiário tinha virado um inferno quando voltamos para o carro. A fumaça espiralava pelas janelas quebradas e dava para ver as chamas lambendo a porta. Não era muito bem justiça na verdade. Mas, se isso era o que Jade precisava para se sentir minimamente melhor com a imoralidade daquilo tudo, então eu ficaria feliz em tacar fogo naquelas merdas.

A mente inconsciente. Um lugar em que eu gostava de ficar tanto quanto possível, longe da realidade de Dayton. Algo me atraiu para o meu quarto com cortinas puídas. Meu telefone vibrou na cama com uma série de apitos, e eu gemi antes de pegar o aparelho e olhar a tela.

> Babaca: R

> Babaca: O

> Babaca: E

> Babaca: Vc vai vir pra escola ou não?

Claro que era o Zepp.

> Eu: Não. Mas obrigada por me acordar às sete da manhã.

Ele não precisava saber que fazia dois dias que o sono me deixava na mão.

> Babaca: Quer que eu dê um pulo na sua casa?

Aquilo era tudo o que eu precisava. Ele. Na minha casa. Se a minha mãe estivesse sóbria, ela talvez fosse tentar pagar um boquete para ele a troco de vinte pratas. Também havia a possibilidade de o John aparecer. Ou o Jerry. Eu não queria que ele visse nada da minha vida porque eu tinha vergonha.

> Eu: Com certeza não.

Eu me recostei no travesseiro e fechei os olhos, esperando que outra mensagem chegasse a qualquer segundo. Meu telefone continuou em silêncio e um pequeno tremor de ansiedade me atravessou. E se ele já estivesse aqui? Enviei outra mensagem.

> Eu: Sério, não apareça aqui.

Os segundos pareciam minutos.

> Eu: Zepp!

Com um gemido, eu atirei o telefone na cama, então arranquei as cobertas. Puta. Tudo o que eu queria era ser deixada em paz por um tempo. Não ter que lidar com pessoas. E ficou evidente que Zeppelin Hunt, quem diria, seria a pessoa que me arrastaria para fora da minha autopiedade.

Os corredores do Dayton pareciam ainda mais lotados do que o normal. As fofocas sobre a briga na casa de Max e o campo recém-incendiado do Barrington ainda flutuavam pelos corredores como um cheiro ruim, passando de um aluno ao outro. Abri caminho através da multidão de corpos, passando pelos olhares invejosos das meninas, e, ao chegar no meu armário, vi que Zepp esperava por mim. Um ombro largo encostado no armário ao lado do meu, e o olhar no rosto dele dizia tudo. Ele pensava que eu era frágil. Porra. Eu não precisava daquela merda às oito da manhã, porque eu estava frágil, de uma forma que eu desprezava e que mal podia admitir para mim mesma. E eu odiava a ideia de que ele visse aquilo. Engoli a sensação, erguendo uma fachada que eu esperava que fosse se manter.

— Oi. — Entrei com a combinação do cadeado e abri a porta, tentando o meu melhor para ignorá-lo ao lutar para tirar meu livro de química lá de dentro.

— Você se divertiu tacando fogo no campo do Barrington?

— Foi a Jade. — Bati a porta. — O vestiário fui eu.

— Um pouquinho piromaníaca, hein? — Um sorriso presunçoso atravessou o seu rosto quando ele pegou uma mecha do meu cabelo e a entrelaçou ao redor dos dedos.

Um toque de alívio percorreu o meu corpo. O hábito irritante que ele tinha de tocar o meu cabelo pareceu normal. Como se talvez ele fosse deixar tudo para lá e eu fosse poder fingir que nada daquilo jamais acontecera.

— Talvez. — Forcei um sorriso e me afastei para ir à aula.

Levou três passos para que eu percebesse que ele me seguia. Ele me alcançou e caminhou ao meu lado, apenas uns dois centímetros entre nós. Ele não estava me acompanhando até a aula, né? Zepp Hunt não era cavalheiresco.

— Hum... oi? — falei.

Em vez de reconhecer a minha presença, ele rasgou os enfeites do armário do Chase quando passamos por lá, atirando tudo no chão. Ele percorreu todo o corredor ao meu lado, afastando-se sem dizer uma palavra quando eu entrei na aula de história.

Eu me sentei no fundo da sala, abri o livro e mantive a cabeça baixa. Parecia que todo mundo me encarava, sussurrando, mas eu disse a mim mesma que era a minha imaginação, que eu estava paranoica. Eu me concentrei nas palavras ali da página até Chase se jogar na carteira ao lado da minha.

— Cuidado. Pode ser suicídio social — falei, passando a caneta pela palavra vagabunda que alguém escrevera com um estilete no canto superior da carteira.

Eu esperava que o Chase fosse dizer alguma coisa que me fizesse sentir melhor, mas, em vez disso, ele me cumprimentou com silêncio. Quando eu parei de olhar para a carteira e ergui os olhos, encontrei um olhar furioso. A mandíbula de Chase estava tensa, o olhar duro.

— Que merda deu em você? — A mão dele pousou na mesa, cobrindo o vagabunda quando ele se aproximou. — Você deu pro Harford?

Meu estômago despencou. Obviamente, houvera rumores. Eu não esperava nada menos dos alunos do Dayton, mas Chase? Eu esperava que ele, dentre todas as pessoas, fosse me defender, não acreditar nas fofocas.

— Transou, não transou? — Ele sacudiu a cabeça, o nojo evidente em sua voz. — Porra, Monroe.

A vergonha se transformou em raiva, formando um nó apertado no meu peito. Chase não tinha ideia do que acontecera naquela noite, e o fato de ele acreditar naquela história com tanta facilidade me magoou.

— Vá se foder, Chase.

— Eu pensava que você fosse melhor do que o quarterback do Barrington. — Ele ficou de pé, o olhar enojado fixo no meu.

— O que foi que você acabou de dizer para ela? — Uma sombra pairou sobre a minha mesa, e quando olhei para cima, Bellamy estava enquadrando o Chase.

— Está tudo bem, Bellamy — eu disse.

— Nossa. Harford. Hunt. Até mesmo os seguidores do Hunt estão atrás de você.

Bellamy sorriu no instante em que acertou o estômago de Chase. Eu deveria ter me sentido mal por ele, se ele não tivesse merecido aquele soco. Chase se curvou e tossiu, e Bellamy o agarrou pelo cangote, murmurando algo em seu ouvido antes de empurrar Chase e fazê-lo cambalear pelo corredor.

Bellamy se largou no assento vago, e nós não nos falamos pelo resto da aula.

Eu esperava que a fofoca sobre a briga estivesse comendo solta, talvez sobre a surra que Max levara. O que eu não tinha esperado era que os rumores defenderiam Max e me fariam sair como a puta da história. Iludida.

A culpa era sempre da garota.

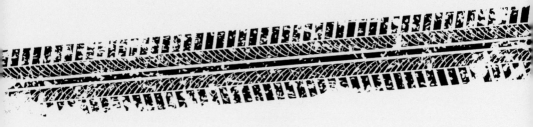

15

ZEPP

O sol se pôs por trás das antenas de TV irregulares que se projetavam acima dos trailers. Wolf se largou na cadeira de praia, mexendo no telefone.

— Ah, merda, cara. Aquela garota do Barrington que eu estava comendo naquele dia disse que sabe quem dedurou a gente.

Com tudo o mais que se passava, eu quase me esquecera daquilo e, por um segundo, quis dar um tapinha nas costas de Wolf.

— Quem?

— Disse que não vai me mandar por mensagem, que me contará no nosso encontro.

Eu virei o rosto para ele devagar, uma sobrancelha curiosa erguida. A gente não tinha encontros. Levávamos as meninas para algum lugar e trepávamos com elas, sem toda a besteira do "vou pagar pelo seu jantar e por um filme".

— Um encontro? — perguntei.

Pressionando o nariz, ele se inclinou sobre os joelhos e agarrou um galho que estava no telhado, jogando-o por cima da calha.

— É. Eu sei. Mas duas horas no cinema para descobrir quem foi o babaca que deu com a língua nos dentes...

— Se sacrificando pelo bem de todos. — Bati a mão no ombro dele.

— Ah, tá me tirando, cara. — Ele sorriu feito um idiota. — Você vai também. A amiga da garota quer sair contigo.

— Eu juro por Deus, Wolf. Se você prometeu a alguma menina que eu iria à porra do cinema...

Ele apertou o meu ombro.

— Qual é? Ela é gostosa. Loura. Peitão. Ginasta. Uma boceta garantida para você.

Como se aquilo fizesse diferença. Mas nem fodendo que eu ia suportar duas horas ou mais assistindo a um filme ruim com uma garota do Barrington a troco de um possível orgasmo. Ou a troco do nome do caguete. Nem pensar.

— Eu já disse que você iria. É melhor já ir se conformando, cara.

A porta do trailer de Monroe se abriu, chamando a minha atenção antes de tornar a bater. Ela virou a esquina arrastando um saco de lixo. As palavras que Wolf estava dizendo não passavam de zumbido nos meus ouvidos.

— Tanto faz, cara. — Eu me levantei e meio que acenei para ele ao cruzar o telhado inclinado. Segurei o alto da escada e comecei a descer, parando quando Wolf me perguntou aonde eu estava indo.

Ele olhou por cima do meu ombro, na direção do trailer da Monroe.

— Tenho que perguntar umas merdas para a Monroe — eu disse ao continuar descendo até a varanda.

— É. — Ele bufou lá de cima. — Valeu aí.

As luzes da rua acenderam quando eu comecei a atravessar a estrada de terra, o poste que iluminava o lote de Monroe estava piscando. Ela içou o saco e a lata de lixo tombou com um estrondo. Ela xingou, largou o saco e chutou o alumínio amassado antes de colocar a lata em pé. Ela enfiou o lixo lá dentro, tão concentrada em dar na lata um último chute que não me viu. A garota bateu a poeira das mãos, se virou e congelou.

— Ah, oi. — Ela olhou para o trailer do Wolf, depois para mim. Uma ruga apareceu em sua testa. — Você está bem?

— Estou. — Passei direto, me virando para olhá-la ao mesmo tempo em que andava de costas até as escadas da varanda dela. — Vai me convidar para entrar?

— Minha mãe está em casa. — Ela desviou o olhar para o trailer atrás de mim, uma pontada de pânico atingindo seus olhos. — Ela está doidona.

Eu congelei ao ouvir aquele comentário. Eu me lembrei como era ter uma mãe viciada, não querendo que as pessoas soubessem porque eu não queria que vissem minha mãe na sarjeta. Apesar de todos os defeitos, ela tinha sido uma boa mãe. Ela havia tentado. E eu a amava. Eu não suportava pensar que as pessoas não entendessem que havia mais do que o que elas viam.

Como eu.

Como Monroe.

Ela encarou o trailer por mais um segundo, uma expressão ilegível se assentando em seu rosto ao apontar o queixo para o outro lado da estrada.

— Vem.

Atravessamos um dos lotes, passamos por um carro El Camino apoiado em blocos de concreto e um cachorro barulhento espremido em uma casinha.

— Desculpa. Minha mãe não costuma estar bem à noite. Ou nunca na verdade.

Passei o dedo pelo nariz. Aquela merda era pessoal, e eu não sabia lidar com merdas pessoais. Aquilo fazia as pessoas serem mais reais, e era melhor manter as pessoas que não eram os caras à distância.

— Não sei por que estou te contando isso. — Ela passou por cima de um alambrado caído que separava a fila de casas pré-fabricadas do matagal que percorria a interestadual.

Eu a segui, o constrangimento ficando mais pesado do que o ar úmido ao meu redor.

— O que você faz aqui? Desova corpos?

Um sorrisinho repuxou o canto dos lábios dela.

— Como você sabia?

— Você tem meio que uma *vibe* de ruiva psicótica.

Ela bufou.

— Olha só quem está falando.

O crepúsculo caiu assim que entramos na floresta e a temperatura ficou mais baixa por causa do escudo de folhas acima de nossas cabeças. O barulho do escapamento dos carros e dos cães latindo foi substituído pelo cantar dos pássaros e o murmúrio distante de um ribeirão. Monroe abriu caminho entre os pinheiros até chegarmos a uma pequena clareira no meio das árvores onde uma árvore caída cruzava a trilha do riacho. Parei perto da água, observando-a correr sobre as pedras, sem saber exatamente por que diabos eu estava ali com ela.

— Quer conversar ou algo assim? — ela perguntou.

Eu me virei. Monroe tinha se jogado em um tronco coberto de musgo, com uma perna para cima.

— O quê? — Eu me sentei ao lado dela, tirei um cigarro do bolso e o acendi. Em vez de me concentrar nela, eu me concentrei na fumaça que ondulava sobre o riacho, minha perna quicando.

— Você foi até o meu trailer...

— Sim. E? — Eu era bom com as meninas. Ótimo em tirar a calcinha delas. Essa merda... Olhei para Monroe pelo canto do olho. É, eu era uma merda em qualquer porra que fosse aquilo.

— A gente pode voltar. — Ela pisou com a bota no chão.

Eu não queria voltar. Mas eu não tinha ideia de como manter a garota ali. Sinceramente, eu não fazia ideia de quem ela era de verdade.

— Quando é o seu aniversário? — perguntou, e dei outro trago.

— Vinte de agosto, por quê?

Outra tragada no cigarro. Um encolher de ombros, o olhar ainda fixo na água. Eu nunca tinha me sentido tão idiota em toda a minha vida.

Ela bufou.

— Eu pensei que você fosse bom nisso.

Eu joguei o cigarro fumado pela metade na água, observando-o ser carregado para as pedras.

— Eu não converso com as meninas, Roe. Que merda eu deveria te perguntar?

— Como assim você não conversa com as meninas? Toda semana tem uma diferente chorando por sua causa no banheiro.

Eu nunca havia prometido nada a qualquer garota, nunca dera a entender que me importava. E não era como se eu não tivesse uma certa reputação. Por que uma menina desperdiçaria tempo chorando por mim?

— Que merda há de errado com as meninas?

— Não é? Você praticamente tem babaca estampado na testa. A verdade pode arruinar as suas chances. — Uma risadinha borbulhou dos lábios dela. — Não se preocupe. Seu segredo está a salvo comigo.

Aquele comentário me fez olhar para ela. Um leve sorriso brincava em seus lábios, e eu não pude deixar de pensar em dar um beijo nela, mas eu não tinha certeza de como fazer aquilo se não fosse tentar trepar com ela. Monroe pensava que eu não era um babaca, e mesmo aquilo sendo fofo, era perigoso tanto para mim quanto para ela.

— Eu não sou um cara legal, Roe.

— Um cara idiota não se importaria em dar avisos.

— E um cara legal não faria garotas chorarem por ele, faria?

Ela traçou um dedo sobre uma ranhura do tronco.

— Elas querem um cara que não vale nada... — O olhar dela encontrou o meu. — Você dá a elas exatamente o que elas querem.

E era ali que ela estava errada. Aquelas meninas queriam um traste que elas pudessem consertar. Queriam um cara que seria bom por elas. E aquele não era eu. Eu jamais seria bom por ninguém.

O vento aumentou por um segundo, soprando entre os galhos das árvores e deixando que os últimos raios de sol se infiltrassem. Um raio de luz dourada tocou o rosto dela e, caramba, aquilo a deixou linda.

— Você deveria saber, Monroe. As meninas não querem o cara idiota, não de verdade. — Peguei uma pedrinha no chão e fiquei de pé, atirando-a pelo lago. — Elas só querem um que possam consertar.

— Eu não percebi que você estava quebrado. — Monroe se aproximou de mim, me estudando como se quisesse separar as minhas camadas, uma por vez, e aquilo me deixou inquieto. — Você não é ruim de verdade, Zepp.

O olhar dela caiu para a minha boca e os dedos roçaram a minha mandíbula. Ela, então, pressionou os lábios na minha bochecha. Na. Minha. Bochecha. E se virou, pegando a trilha que levava ao parque de trailers.

Eu me senti como um bicho acuado, confuso pra cacete e pronto para ser capturado.

Nunca na minha vida eu havia pensado que estaria parado no cinema esperando para entrar na sessão de quinta-feira à noite enquanto Wolf comprava um pacote de pipoca com manteiga e um refrigerante para uma garota com quem ele já transara.

Ainda assim, aqui estávamos. O cheiro de manteiga da pipoca e o de perfume de menina rica flutuavam ao meu redor.

A menina de escola particular, feita do mesmo molde de todas as outras, que eu tinha sido obrigado a acompanhar, se aproximou, roçando o braço no meu.

— Eu quero pipoca.

Eu acenei para o balcão.

— Vá pegar então. Não tem ninguém te impedindo. — Eu podia ter sido obrigado a vir a essa merda, mas não ia gastar um centavo em qualquer coisa além de na minha entrada.

Um beicinho profundo marcou seus lábios. Aquela cara poderia funcionar com o paizinho rico dela. Que pena, Samantha, mas essa merda não rolava comigo.

— Você vai ou não pegar a pipoca?

Wolf se afastou do balcão, enfiando uma mão cheia de pipoca na boca enquanto ria.

Samantha não pegou a pipoca, mas choramingou com a amiga sobre o fato enquanto entrávamos na sala.

Wolf abriu caminho pelas escadas mal iluminadas, pegou um assento na fileira do fundo e apoiou o pé na cadeira da frente. A acompanhante se sentou ao lado dele, toda sorrisos. Segui para um corredor poucas fileiras na frente da deles e me larguei no assento, esperando que Samantha fosse para mais adiante. Mas ela não foi.

Trailers de filmes da Marvel passavam na tela. Ela se sentou ao meu lado, fazendo um show dramático ao cruzar uma perna acima da outra e depois ajustando a bainha da saia. Claro, ela tinha que estar usando uma saia. Garotas usavam essas merdas no cinema por apenas uma razão. E eu não estava nem um pouco a fim de dar uma dedada nela, mesmo ela tendo uma aparência semi-decente.

Como se o filme e o óbvio desespero de Samantha não fossem tortura suficiente, Wolf me arrastou para o Waffle Hut depois da sessão. A garota que estava com ele devia ser uma negociadora do caralho, porque estava fazendo nós dois de idiotas. Filme e jantar. Que palhaçada.

Depois de todo mundo ter pedido as bebidas, as meninas sumiram no banheiro. Apoiei os braços sobre a mesa e encarei o Wolf.

— Eu juro por Deus, Wolf. Eu vou matar você.

— O quê? — Ele pegou um dos cardápios cobertos de gordura e o abriu. — Não ganhou um boquete?

— Vai se foder.

Ele riu.

— Nunca pensei que chegaria o dia em que eu veria Zepp Hunt virar um pau mandado.

Eu atirei o saleiro nele. Se havia algo que eu não era, era pau mandado, principalmente quando a menina em questão sequer se aproximara do dito pau.

— Uma pena. — Suspirando, ele jogou o cardápio na mesa. — Ganhei um senhor boquete lá no cinema.

Risadinhas abafaram a música ruim que tocava nos alto-falantes do Waffle Hut e nossos "encontros" voltaram para a mesa, sorrindo ao se acomodarem ao nosso lado.

Samantha girou uma mecha de cabelo no dedo, olhando ao redor daquela pocilga cheia de motoqueiros e prostitutas encostados no *jukebox* fumando um cigarro. Eu tinha cem por cento de certeza de que ela nunca estivera em um lugar como aquele na vida.

— Este lugar é... — Ela pigarreou. — É fofo.

Wolf devia ter visto o último fio de paciência que eu tinha com essa menina arrebentar. Era a única explicação razoável para ele ter decidido jogar lenha na fogueira.

— Zepp. — Ele bateu a mão na mesa. — Não quer ver se a Samantha quer passar um tempo na sua casa qualquer dia desses?

— Ah, eu iria amar. — Ela parecia um daqueles bonequinhos idiotas que balançam a cabeça que a gente prende no painel do carro.

— Wolf, você vai conseguir descobrir a porra do nome antes que eu pegue essa faca e crave em você? — Segurei a faca com força no meu punho, o olhar fixo nele.

O sino acima da porta tocou. O zumbido da rodovia voou para dentro, seguido por Jade, e Monroe em seu encalço.

— Ah, merda. — Wolf riu baixinho. — E a trama se complica. Dum. Dum. Dum!

Peguei o pimenteiro e o acertei na testa. Eu não tinha certeza do que se passava entre Monroe e eu, mas, o que quer que fosse, eu gostava. O bastante para que eu nem me aproveitasse dos espólios de uma garota bonita, mas burra, do Barrington. E mesmo eu sabia que uma garota como Monroe não brincaria por muito tempo com a ideia de me ter.

— Sai. — Ewu empurrei Samantha, mas ela não se moveu.

— Desculpa? — a garota choramingou.

Deus, eu não tinha tempo para aquela merda. Fiquei de pé no assento, passei a bota por cima da mesa, derrubando o refrigerante de Samantha no colo dela, então saltei para o chão. O grito agudo que a garota deixou escapar foi o bastante para que todo o Waffle Hut ficasse em silêncio. Com certeza foi o bastante para garantir as adagas que Monroe atirou em mim antes de uma leve careta tomar o seu rosto.

Eu me joguei na mesa dela, deslizei no banco ao seu lado e lancei o braço ao redor de seus ombros.

Ela os moveu para se livrar de mim, concentrando-se no cardápio plastificado.

— Você está em um encontro?

— Você se importa?

— Por você me usar como bode expiatório para se livrar de um encontro ruim com uma garota do Barrington? Sim. — Havia um nível de hostilidade naquela declaração do qual eu gostei muito.

— Eu não estava em um encontro — rebati.

Jade cruzou os braços sobre o peito com mais atitude do que eu já a tinha visto agir.

— Com certeza parece um encontro.

— Não é. — Apoiei os antebraços na mesa. — Eu não tenho encontros. Eu não levo as meninas para sair. Eu não convido nenhuma delas para passar muito tempo na minha casa. — Olhei para a Monroe, esperando que ela entendesse a última parte. Ela com certeza tinha ficado mais tempo na minha casa do que qualquer outra garota.

— Ótimo. Bem, então talvez seja melhor você voltar para o seu "não--encontro" — frisou Monroe, virando o cardápio até a parte com as opções para o jantar. Ninguém nunca pedia jantar ali no Waffle Hut... — Ela parece estar com saudade de você.

Alisei uma mecha do cabelo de Monroe para trás do ombro, me concentrando em seus lábios.

— Você fica gostosa quando está brava, sabia?

— Você é arrogante pra cacete, sabia?

— Você deveria aprender a aceitar um elogio. — Tomei o cardápio da mão dela, mas ela o pegou de volta.

— Oh, o Zeppelin quer tirar a minha calça. — Ela pressionou a mão no peito, batendo os cílios antes que uma expressão azeda se assentasse em seu rosto. — Que elogio maravilhoso. — Acenou em direção ao Wolf e às meninas do Barrington. — Está óbvio que não é preciso muito.

— Quer saber? — Saí da mesa. — Vai se foder. — Então segui para a porta, olhando para Wolf. — Estou fora, cara.

— Cara, você veio comigo.

— Eu posso andar, porra.

Ela me deixara puto pra caralho, e eu nem sabia o porquê. Ela não tinha feito nada, mas... Deus. Mulheres! Abri caminho entre um grupo de motoqueiros de meia-idade vagando pelo estacionamento, e ouvi Monroe chamar o meu nome. Mas segui em frente. Eu estava quase na estrada quando ela me segurou pelo braço.

— Zepp!

— O quê? — Eu me virei para olhar para ela. Meu coração batia forte no peito, uma forma de me odiar por dar a mínima para o que ela pensava de mim. — O que foi, Monroe?

As mãos dela foram para o quadril, a bota batendo no chão, e, por fim, ela soltou um suspiro profundo.

— Desculpa. Você não me deve explicações. Nós somos... — Ela franziu as sobrancelhas. — Amigos, eu acho.

Mas nem fodendo ela estava tentando jogar aquela baboseira de amigo para cima de mim. O que quer que fosse isso entre nós, eu tinha certeza absoluta de que não era amizade. Bufei.

— Claro, Monroe. Amigos.

Seu olhar se demorou em mim, como se ela quisesse dizer mais alguma coisa, mas então ela se virou e voltou para o Waffle Hut.

— Jade pediu um milk-shake para você.

Quer dizer que ela tinha se sentido culpada antes de vir atrás de mim... Fui atrás dela, alcançando-a e caminhando tão perto que nossos braços se tocavam.

— Eu tenho cara de quem toma milk-shake, Monroe?

— Quem não toma milk-shake? Você é um psicopata mesmo.

— E você é gostosa mesmo.

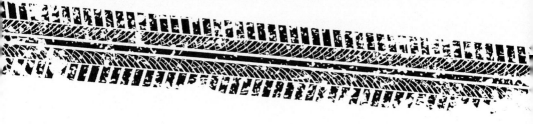

16

MONROE

O sinal que marcava o fim da quinta aula tocou. Os estudantes enfiaram os livros nos armários e saíram pelas portas dos fundos para o encontro pré-jogo. Hm... que se fodesse aquela merda. Havia muitas coisas que eu preferia fazer, arrancar meus olhos era uma delas. A massa de estudantes foi para a esquerda, e eu virei à direita, em direção ao estacionamento.

Cheguei até a beirada do passadiço, então parei ao ouvir o Sr. Brown me chamar. Quando eu me virei para olhá-lo, ele estava fazendo cara feia para mim. A forma como ele cruzava os braços sobre o peito fazia o paletó grande demais estufar nos ombros.

— Matando aula por acaso?

— Só vou pegar uma coisa no meu carro — menti, colando um sorriso falso nos lábios.

— Você não tem permissão para voltar para o carro durante o horário escolar. Você conhece as regras. — Jesus, ali não era o Barrington. Em qualquer momento na hora do almoço dava para encontrar alunos sentados no carro fumando maconha. Ele só era um babaca. Ele apontou o polegar para o campo às suas costas. — Posso sugerir que você não permita que Zeppelin Hunt manche o seu histórico, até então, impecável?

Claro, aquilo era culpa do Zepp. Porque eu não podia simplesmente não querer ir para aquela idiotice de "espírito de equipe". Comecei a descer a calçada e vi Zepp na minha frente, caminhando de costas com um sorriso presunçoso no rosto. Ele esperou por mim, passando um braço pelos meus ombros quando o alcancei. O cheiro de fumaça e couro me cumprimentou, familiar e reconfortante de certa forma.

— Brown comeu o seu rabo? — Ele riu como o espertinho que era.

— Prefiro pegar cocô e bater palma do que assistir a essa merda.

Seguimos a horda de estudantes através da cerca que rodeava o campo de futebol e fomos para as arquibancadas. Segui Zepp pelas escadas enferrujadas, indo até onde Hendrix e Bellamy estavam com Jade. Olhei para ela, me perguntando se ela tinha escolhido de bom grado se sentar com eles.

Eu me inclinei para frente e olhei feio para Hendrix.

— Se o seu irmão tentar transar com a Jade... — sussurrei para Zepp, e ele colocou um dedo na minha testa, me empurrando para trás.

— Ele não vai comer a sua amiga. Sossega o facho.

— O Hendrix enfiaria o pau num pão doce se isso o fizesse gozar.

A microfonia estalou nos alto-falantes, seguida pela batida de uma música animada. A chefe das líderes de torcida saltitou para o campo com o rabo de cavalo balançando e sorriu antes de parar no meio do campo, na frente do microfone.

— Vocês estão prontos para acabar com o Barrington neste fim de semana?

Cada fibra do meu ser se encolheu.

— Que ridículo.

Zepp tirou um baseado do bolso, colocou-o entre os lábios e o acendeu. Bem ali, no meio do pré-jogo.

Outras líderes de torcida correram para o campo, dando cambalhotas e gritando enquanto os jogadores se exibiam, liderados por Chase. Wolf vagava atrás do rebanho, meio perdido, provavelmente por estar chapado.

O olhar de Zepp se arrastou por minhas pernas, a fumaça densa rastejava de seus lábios.

— Aquelas sainhas ficariam foda em você.

— Bem, todos nós sabemos que você tem uma quedinha por líderes de torcida, Zepp. — Nem morta eu vestiria um uniforme de líder de torcida.

— Não líderes de torcida, gata. Eu só tenho uma quedinha por boceta.

— Bom saber. — Eu odiava me importar, porque não era como se eu não soubesse que ele era um galinha.

Um sorriso lento abriu caminho entre os lábios dele.

— Com ciúme, Roe?

Nossos olhares travaram.

— Quer que eu esteja?

O cheiro pungente da maconha flutuou diante do meu rosto. Zepp cruzou os braços, apoiando-os nos joelhos antes de se inclinar para mim.

— Eu não odiaria se você estivesse.

Olhei para o campo, odiando essa atração que fincava raízes em mim.

Eu não sabia quando eu tinha parado de odiar aquele cara. Provavelmente quando ele me salvara de ser estuprada. Ou talvez quando ele tentara matar um cara que ele tinha pensado ter batido em mim. Eu não queria ser aquela garota, mas ele fazia a missão ser muito difícil.

Olhei para as arquibancadas, prestando atenção de verdade pela primeira vez. Metade dos olhares das meninas estava fixo em Zepp, como se estivessem dispostas a abrir mão de cada migalha de dignidade que tinham por um momento da atenção dele. E elas me olhavam como se eu fosse a vagabunda que estava roubando a oportunidade.

— Não tenho ciúme de coisas que não são minhas — respondi.

Ele bufou. Wolf atravessou uma daquelas faixas ridículas nas quais as líderes de torcida tinham pintado coraçõezinhos e estrelas sem qualquer traço do entusiasmo dos outros jogadores. Olhei para Zepp, a rigidez do queixo, a forma como o sol refletia na argola de prata em seu nariz. Os limites entre nós estavam mudando. Tínhamos sido inimigos, mas não éramos mais. Eu havia dito a ele que éramos amigos, mas não éramos também, e eu queria algo dele. Só não sabia o quê.

— O que você vai fazer mais tarde? — ele perguntou, ainda sem olhar para mim.

— Não sei. Por quê?

— Você deveria vir com a gente.

— Você está me pedindo para fazer algum trabalho ou...

— Importa?

Nossos olhos se encontraram e algo passou entre nós. Por um momento, ficamos só nos rodeando, nenhum disposto a ceder.

As líderes de torcida começaram a cantar uma musiquinha sobre acabar com o Barrington, e eu consegui arrancar o meu olhar do de Zepp. Olhei para Jade. Havia lágrimas nos olhos dela e ela abraçava o peito.

— Merda. Eu preciso ir cuidar da Jade.

A mão de Zepp pousou em minha coxa e ele ficou de pé. Fui para trás dos caras e me sentei ao lado de Jade.

— Você está bem? — perguntei, mas ela só balançou a cabeça.

— O que ele está fazendo? — Bellamy falou.

Segui o seu olhar até o campo, bem quando Zepp saltou por cima do alambrado que rodeava o lugar. Ele foi até a líder de torcida e tomou o microfone dela.

— Vá se foder, Barrington! — a voz profunda ribombou pelos alto-falantes, e o corpo estudantil vibrou. — Que se fodam eles e os papaizinhos riquinhos e as garotas safadas. — Ele agarrou a virilha e empurrou, imitando o movimento bem ensaiado dos astros do rock. — Todos eles podem chupar o meu pau, o Brown também.

O rugido da multidão ficou mais alto, e Hendrix ficou de pé, socando o ar e movendo o quadril.

— Isso aí. Que se foda o Brown e a sua bunda de putinha.

O cara enlouqueceu, mas eu não pude deixar de sorrir ou controlar a batida no meu peito enquanto assistia ao Zepp Hunt fazer exatamente o que ele fazia de melhor: ser mau. Por mim.

Brown, seguido por alguns professores, atravessou o campo feito um furacão. Eu fiquei de pé e peguei a Jade pela mão, descendo a arquibancada com ela.

— Ah, olha — a voz de Zepp ecoou pelo campo. — Lá vem ele para ficar de joelhos e chupar a minha merda.

Outro estouro alto de risadas irrompeu ao nosso redor. Brown tomou o microfone. Uma microfonia de furar o tímpano soou quando o som foi cortado.

Eu agarrei o braço de Jade, puxando-a arquibancada abaixo antes de sair correndo para o estacionamento. Apesar das lágrimas que escorriam por suas bochechas, ela riu quando paramos ao lado do jipe.

— Ele vai ficar tão encrencado.

— Nada com o que ele já não esteja acostumado — falei, entrando no carro antes de ela dar a partida e acelerar.

Passamos a tarde dirigindo por aí, ouvindo música e falando sobre qualquer coisa, menos Barrington. Saímos de uma loja de conveniências 7-Eleven nos limites de Dayton tomando uma raspadinha. Jade estava chegando a oitenta quando encontramos um sinal vermelho e ela parou cantando os pneus.

A palavra "puta" passou pela janela quebrada dela. Quando olhei feio para os caras no SUV novinho ao nosso lado, eles riram.

— Ouvimos falar que as meninas do Dayton montam um pau com vontade. — Eles voltaram a gargalhar, e Jade se encolheu no assento.

O calor percorreu todo o meu corpo. Se eu pudesse sair daquele carro e cuspir neles, eu sairia. Mas o melhor que eu podia fazer num cruzamento movimentado era mostrar o dedo.

— A mesada que o seu papai paga não seria o bastante para me fazer tocar no seu piu-piu.

O motorista atirou um copo enorme no jipe de Jade. Refrigerante e gelo se espalharam pelo para-brisa. O sinal ficou verde e eles aceleraram, a risada mais alta que o zumbido do motor.

Levou um momento para Jade pisar no acelerador. E naquele meio-tempo, meu gênio cresceu, virando um inferno furioso, se agitando e cuspindo fogo.

— Babacas — rosnei.

Os olhos marejados dela se concentraram na estrada.

— Como você pode estar bem, Monroe?

— Eu não estou — confessei. — Só sou boa em esconder. — Eu jamais diria aquilo para outra pessoa.

Ela secou as lágrimas, mas mais continuavam a escorrer, e eu não sabia o que dizer ou fazer. Eu era uma amiga de merda. Eu não chorava desde os oito anos, quando minha mãe tivera a primeira overdose. Uma sensação horrível se assentou no meu âmago, e a aceitação que eu forcei sobre mim e Jade de repente pareceu correntes que me prendiam. Eu queria estar bem, mas, lá no fundo, eu não estava. Porque Max e seus amigos não sentiam uma gota de remorso pelo que haviam feito conosco. Eu queria que eles pagassem, mas nada parecia ser o bastante, nem mesmo a surra que Zepp dera neles. Eles iam se curar, mas eu não sabia se Jade iria. Eu queria tirar algo de Max da mesma forma que ele tirara algo de mim. Havia apenas uma coisa que conseguia pensar que significava algo para ele, não importava o quanto fosse inconsequente por comparação.

— Me leve para Barrington — pedi.

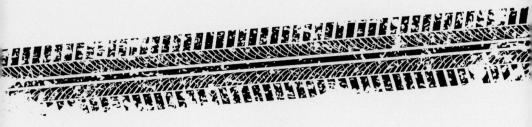

17

ZEPP

Encarei o nome de Monroe no meu telefone, a mensagem digitada na tela: vc tá bem?

Hendrix atravessou a porta da frente, seguido por Wolf, e eu deletei a mensagem. Eles largaram as mochilas no chão e foram direto para os pufes na frente da TV, ligando o PlayStation.

— Pegou quanto tempo de suspensão? — Hendrix perguntou, atirando um controle para Wolf.

— Três dias.

Wolf estreitou os olhos.

— Só isso? Cara, o Brown está ficando mole.

Até mesmo o Brown odiava aqueles moleques do Barrington e os pais deles. Se eu não tivesse largado a oferta para ele chupar o meu pau, apostava que eu teria terminado com nada mais do que uma semana de detenção.

Os caras mal tinham começado o jogo quando um motor acelerou lá fora, disparando o alarme do carro de um dos vizinhos. Hendrix olhou para trás, as orelhas praticamente de pé.

— Isso é um V8?

Outro rugido sacudiu as janelas de alumínio, e eu atravessei a sala, girando a pecinha para abrir as persianas de plástico. O Corvette Stingray 1970 azul-elétrico do Harford estava parado na minha garagem, a porta aberta, e as pernas longas cobertas por meias arrastão da Monroe balançavam ao sair de detrás do volante.

— Puta que pariu.

Eu pisei na varanda bem no momento em que ela empoleirou no capô parecendo uma modelo de roupa de banho da *Sports Illustrated*, cruzando uma perna sobre a outra.

— Trouxe uma coisinha para você — ela disse, passando a ponta da unha sobre o emblema de bandeira quadriculada.

E tão gostosa quanto ela parecia ali no capô do carro, aquela não era uma lata velha enferrujada. Era um carro clássico de cinquenta mil que pertencia a um cara em quem eu dera uma surra até a vida dele ficar por um fio. A janela do carro estava quebrada e, se eu tivesse que dar um palpite, ela tinha feito ligação direta nele. Aquela era uma conexão da qual eu não precisava.

— Mas que merda, Roe? Por que você está com o carro do Harford? — Desci correndo os degraus da varanda, parando ao lado do carro brilhante. — Na porra da minha garagem!

O sorriso no rosto dela desapareceu, uma expressão implacável o substituiu quando ela se levantou.

— Porque isso significa que *ele* não ficará com o carro.

As sirenes das viaturas soaram ao fundo. Aquele som era uma constante nesse lado de Dayton, mas eu tinha a sensação de que, dessa vez, eles estavam atrás dela.

— Entra na porra do carro — eu disse, correndo até a porta do motorista.

— Nem fodendo. — Ela me empurrou e entrou atrás do volante, olhando feio para mim. — Eu roubei, eu dirijo.

Engolindo um gemido contrariado, fui para o lado do passageiro e entrei. A coisa ficava praticamente no chão. Uma pontada de inveja subiu dentro de mim quando notei o interior original completamente restaurado. Babaca mimado.

O motor rugiu, trovejando pelos assentos de couro. Monroe encaixou a marcha e o carro voou para a rua cantando pneus. Monroe o dirigiu como se o tivesse roubado, o que era o caso, passando por cima de buracos e ficando praticamente sobre duas rodas quando virava as esquinas. Quando o som das sirenes se elevou sobre o do motor, ela pisou ainda mais no acelerador, voando pelas favelas até chegarmos ao acesso da autoestrada. O velocímetro marcava duzentos e quarenta quilômetros por hora.

Passei a mão pela mandíbula, encarando a interestadual diante de nós. Entendi. Ela perdera a cabeça, mas, porra, roubar esse carro e levar para a minha casa? Ela poderia ter só tacado fogo nele...

Algum rock de merda explodiu dos alto-falantes quando Monroe ligou o rádio. Uma risada escapou de seus lábios.

— Eu amo esse carro.

O fato de ela estar agindo como se aquilo fosse algum tipo de passeio arrebentou a fina linha de paciência à qual eu tinha me agarrado. Desliguei a música.

— Em que merda você estava pensando, Monroe?

Os braços dela se enrijeceram sobre o volante.

— Ele mereceu.

Max merecia coisas muito piores. Piores do que o que eu já fizera com ele, mas o problema era que aquilo tudo seria um ponto no radar. Os cortes, hematomas e ossos quebrados sarariam e o seguro iria pagar aos pais dele pelo carro roubado. Por mais que quiséssemos acreditar que tínhamos dado o troco em Harford, aquilo não era nada que ele não pudesse bater a poeira dos seus sapatos de grife.

— E que merda você vai fazer com ele? — perguntei.

— Você pode vender.

— Você está louca? Eu não posso vender esse carro!

— Ele tem que valer mais de trinta mil. Você pode sim!

Eu não achava que Monroe fosse burra, mas aquilo era uma burrice.

— Esse carro não é uma lata-velha de um bêbado qualquer! É um Corvette Stingray 1970. Em perfeitas condições. — Olhei para a janela quebrada. — Praticamente. As orelhas ficariam em pé em todos os lugares se eu tentasse vender essa coisa, e então o meu rabo terminaria na cadeia.

As juntas dela ficaram brancas por causa da força com que ela agarrava o volante. Lá estava. Eu tinha acabado com o momento de diversão, havia pisado na sua pitada de felicidade.

— Bem — ela disse com a mandíbula tensa. — Eu não posso devolver!

Eu joguei a cabeça para trás contra o assento e, em seguida, apontei para a rampa de saída pela qual o carro estava passando.

— Só... Saia da interestadual.

Com um gemido, ela virou o volante, derrapando nas pistas para chegar à rampa. Eu não podia vender aquela merda, e parte de mim só queria largá-lo na beira de alguma estrada secundária, mas aí Harford iria recuperá-lo. Tinha que haver um meio-termo. Percorremos estradas pouco movimentadas até chegarmos a um beco sem saída no lago Marvin. Monroe olhou de mim para o lago e de volta para mim.

— Coloque em ponto-morto — pedi, e ela olhou fixamente para frente, os dedos curvados ao redor do volante de couro. — Você o roubou. — Eu abri a porta e saí. — Você o afunda.

— Não... — Inflexível, ela balançou a cabeça. — Não, Zepp. — Havia um pouco de angústia no tom dela.

E eu entendia. Arruinar um carro vintage como aquele era um maldito sacrilégio, mas eu iria para o Inferno antes de ir para a cadeira, ou de permitir que Harford recuperasse aquele carro.

Descansei o braço no teto e me inclinei para olhar para ela através da janela quebrada.

— Ou ele vai para o lago ou nós vamos para o reformatório.

— Merda. Tá bom. — Com um suspiro, ela saiu e bateu a porta com tanta força que a coisa toda sacudiu. Monroe foi para a parte de trás, colocou as mãos na pintura brilhante e jogou todo o seu peso ali. O carro nem se mexeu. — Me ajuda então!

Bati as mãos no porta-malas, forçando o veículo a se mover. As folhas foram esmagadas e galhos se partiram sob as rodas. A meio caminho da margem, ela deu um passo para trás.

— Ah, já desistiu? — murmurei.

O suor descia pelas minhas sobrancelhas quando as rodas dianteiras caíram na represa. Um último empurrão e o nariz aerodinâmico deu um mergulho. A água entrou pelas janelas antes de o veículo afundar na superfície escura do lago.

— Obrigado pela ajuda — eu disse, olhando feio para Monroe, que estava de pé na margem mexendo nas unhas.

Ela me varreu com o olhar.

— Bom saber que esses músculos não são só para mostrar.

Peguei meu telefone no bolso para ligar para Hendrix vir nos pegar, mas não havia sinal. Estávamos no meio do nada e a uns bons cinquenta quilômetros de Dayton. Sem um carro. E eu tinha um monte de merda para fazer. Uma fagulhazinha de raiva acendeu dentro de mim. Talvez aquilo tivesse sido algum tipo de terapia para ela, mas fora inútil. O Corvette estava no lago, nós estávamos presos, e Max acabaria com um carro novo de qualquer forma.

— Você sabe que os pais dele devem comprar um carro novo para ele antes mesmo de o filhinho sentir falta desse aqui, né? — Joguei as mãos para o alto. — Mas, contanto que você se sinta melhor...

— Vá se foder. — Ela levou as mãos ao quadril. — Isso é tudo o que eu vou conseguir, porque ele não vai para a cadeia por ter tentado estuprar a ralé da cidade. — Olhou para a água através do mato alto.

Ela estava certa. Eu tinha dado uma surra nele e havia encontrado um pouco de justiça a cada pancada do taco, a cada osso quebrado. Eu tinha feito o meu melhor para tirar dele a bolsa de estudos que ele não merecia, assim como ele teria ficado muito contente ao tirar algo de Monroe. Mas aquilo não me fizera sentir menos culpado por não ter encontrado a garota dois minutos mais cedo. Não mudara nada quanto àquela noite. Nem ela roubar o precioso carro dele mudaria.

Peguei um cigarro no bolso e o acendi, observando Monroe parar de repente na beirada do lado. Ela passou uma mão inquieta pelo cabelo, os ombros curvados enquanto se abraçava. Eu não era psicólogo, mas qualquer idiota sabia que, não importava o quanto Monroe parecesse forte, ela era só uma menina. Uma que tinha sido posta em uma situação de merda por pessoas de merda, as mesmas que nos olhavam como se fossemos a gentalha inútil só porque não tínhamos dinheiro. E ali estava a ironia; moral não tinha valor nenhum. Aquilo não significava porra nenhuma para os endinheirados, porque dinheiro podia comprar a liberdade de uma pessoa. E não significava nada para nós, pobres ferrados, porque tínhamos que ignorar qualquer moral para poder sobreviver.

Atirei o cigarro no chão, pisei nele e atravessei o mato alto, parando a alguns passos atrás dela, sem ideia de como lidar com a situação.

— Ei. — Coloquei a mão no ombro dela, então afaguei as suas costas. — Você não está prestes a pirar comigo, está?

— Eu estou bem. — Mas a leve hesitação na sua voz me dizia que ela não estava.

— Nós acabamos de afundar um carro de cinquenta mil dólares no lago, Roe...

— Mas pelo menos aquele idiota não vai ficar com ele, não é? — Uma risada indiferente escapou de seus lábios. — Eu deveria ter tacado fogo nele na garagem.

Aquilo teria sido melhor, mas, mais uma vez, nenhum de nós mudaria o que tinha acontecido. Ela sabia daquilo. Eu sabia daquilo...

— Eu só estou com raiva. — Ela se virou para me olhar, as bochechas vermelhas e as lágrimas caindo de seus olhos. — Eu sei que não devo confiar em ninguém. Acho que foi só um lembrete. — Respirou fundo. — Todo mundo quer alguma coisa, não é?

Eu não fazia ideia do que dizer ou fazer, então fiquei parado lá por um segundo, observando-a lutar com as emoções, até que algo no meu peito se apertou e eu não pude mais suportar aquilo.

Aquele sempre tinha sido o meu lema: Não acredite em nada nem em ninguém. Não tenha muita esperança, porque, se tiverem a chance, as pessoas vão te decepcionar. Todas as vezes. Olhei para as cores furiosas do sol poente refletidas no lago.

— Se eles disserem que não, estarão mentindo.

— Eu sei.

Eu quase podia vê-la pensando, mais provavelmente imaginando o que era que eu queria dela. E se ela tivesse me perguntado uma semana antes, teria havido uma resposta fácil para a pergunta. Mas agora estava muito mais complicado. Claro, eu poderia beijá-la, prender seu cabelo em meu punho e dar uma rapidinha, porém, além disso, eu não tinha nada a oferecer a uma garota como Monroe. Sentimentos tentaram se arrastar pelo meu peito, e eu logo os sufoquei. Eu me virei para longe dela e comecei a andar pela estrada de cascalho.

— Nós vamos ter que andar.

Passamos por casas à beira do lago e por uma fileira de trailers de viagem sem dizer uma palavra. Eu me distraí com o barulho do cascalho sob os meus pés, pensando em como devia ter sido uma merda para a Monroe saber que o nome da família de um cara era mais importante do que a dignidade de uma menina.

— Deus, este lugar é um lixo. — Ela pegou uma lata de cerveja amassada jogada no mato crescido. — Mal posso esperar pelo dia da minha partida.

Lá estava a vã esperança dela, e eu a odiei por ela. Dayton era como uma teia de aranha, e quanto mais a gente lutava para se libertar, mais preso ficava naqueles fios pegajosos e invisíveis. Passei a mão pelo queixo.

— Você, às vezes, pensa em ir embora? — perguntou.

Eu bufei.

— Não. — Esperamos uma fileira de carros passar antes de atravessarmos a estrada correndo. — Ninguém escapa de Dayton, Monroe.

— Ninguém luta para escapar. Há uma diferença.

Minha mãe havia lutado. E olha aonde aquilo a levara. Uma sensação ruim se assentou em meu peito, como ratos se remexendo no ninho. Atravessamos o estacionamento de um supermercado Piggly Wiggly abandonado e verifiquei o meu telefone para ver se tinha sinal. Liguei para Hendrix quando vi que tinha um único pauzinho e disse para ele vir nos pegar. Eu me sentei no meio-fio e Monroe se largou ao meu lado, puxando os joelhos para o peito e descansando a cabeça neles.

— Você ficou encrencado por causa do pré-jogo?

— Uns dias de suspensão. — Coloquei um cigarro nos lábios, encarando uma formiga se arrastar pela calçada.

— Se for de algum consolo, você se dedicou muito à apresentação.

Eu bufei uma risada.

— Foi a minha intenção. O Brown pode chupar o meu pau.

— Tenho certeza de que você tem ofertas melhores.

Eu foquei nela, tragando uma nuvem de fumaça.

— Não a que eu quero.

— Bem, obrigada. — Ela arrancou uma erva daninha que crescia de uma fenda no concreto, dando nós nela. — Me conte alguma coisa sobre você, Zepp.

Que jeito de mudar de assunto, pensei, e dei outra tragada.

— Você vai me dizer quem é a pessoa que bate em você?

Ela deixou o mato cheio de nós cair de seus dedos.

— Não, porque não é importante. E esse olhar aí — ela apontou para mim — me diz que você vai fazer uma tempestade em copo d'água.

Não importava o que ela quisesse pensar, aquilo era importante.

— Não quer me contar? Ótimo. — Atirei o cigarro através do estacionamento vazio e ele rolou até parar perto de um engradado abandonado. — Acha que eu não vou descobrir?

— É Dayton. Minha mãe é uma prostituta viciada. Eu moro no pior parque de trailers da cidade. — Ela deu de ombros. — Por que você se importa?

Porque eu sabia o que poderia acontecer. Eu havia assistido acontecendo com a minha mãe, e eu não queria que nada acontecesse com ela.

— Não importa. — Eu me levantei do meio-fio, indo até a lateral da estrada, lutando com as emoções que gritavam para virem à tona. Claro, ela veio atrás de mim.

— Você sabe que está sendo enigmático pra caralho, né?

— E você, teimosa pra caralho.

— Eu não pedi para você se intrometer na minha vida.

Eu me virei, puto por ela não querer me contar. Puto com tudo o que tinha a ver com as nossas vidas de merda nessa cidade de merda.

— Mas você, com certeza absoluta, apareceu na porra da minha porta com um carro roubado. — Eu dei um passo na direção dela, a voz subindo. — Que pertencia ao cara que eu quase matei!

— Ah, meu Deus. Sim, eu roubei o carro. Já pode deixar para lá.

Eu fiquei boquiaberto. Eu tinha certeza absoluta de que o meu olho estava tremendo. Essa garota era inacreditável pra caralho.

— Deixar para lá? — Eu suspirei, sacudindo a cabeça. — *Deixar* essa porra para lá? Claro, eu vou deixar para lá o fato de que você quase me custou uma vida na cadeia, Roe. — Joguei as mãos para o alto. — Sem problemas.

— Ah, desculpa por pensar que você talvez fosse querer ganhar um pouco de dinheiro! — Ela saiu pisando duro. Então se virou, apontando o dedo para mim. — Quer saber? Você é uma babaca.

— Diga algo que eu não sei. Jesus Cristo. — Tirei outro cigarro do maço, pensando que essa menina ia me deixar com pulmão negro antes do final do ano.

Ela se aproximou feito um furacão e arrancou o cigarro da minha mão. Atirou-o no concreto, pisou nele e foi em direção à estrada, rebolando o quadril a cada passo pesado.

Deus, ela me deixava lívido. Ela atravessou o estacionamento deserto, fumegando.

Peguei outro cigarro, levei-o aos lábios e o acendi.

— Agora, quem é o babaca?

— Eu não vou entrar naquele carro com você! — Ela começou a descer pelo acostamento da rodovia.

Soprei uma nuvem de fumaça, supondo que ela pensava que andaria os cinquenta quilômetros que faltavam para chegar a Dayton. E eu ia deixar. Ela chegou até uma cabine telefônica grafitada e parou.

— Mudou de ideia? — gritei.

Ela estava de costas para mim, mas eu ainda podia ver o movimento quando ela cruzou os braços sobre o peito. Eu só pude supor que ela estava soltando fogo pelas ventas, puta pra caralho porque sabia que não tinha outra opção além de voltar comigo.

O ronco baixo de um motor surgiu à distância. Uma picape velha voava pela estrada vindo em nossa direção, e Monroe apontou o polegar. Minha mandíbula ficou tensa. A menina não tinha qualquer senso de autopreservação. Nenhum. Nesse ritmo, ela ia me dar pulmão negro e um aneurisma. A caminhonete reduziu a velocidade. Que ótimo.

Eu joguei o cigarro e fui feito um furacão até ela.

— Você enlouqueceu?

A Chevy engasgou ao parar bem quando eu a alcancei. A janela abaixou e um homem de meia-idade usando um boné se inclinou para fora.

— Precisa de carona? — O olhar do cara se arrastou por ela como se ele estivesse faminto e ela fosse um bife suculento.

Eu a agarrei pelo braço e a puxei um passo para trás.

— Que merda você acha que está fazendo?

— O que parece? — As narinas de Monroe dilataram enquanto ela lutava para se libertar dos meus braços.

— Você está bem, docinho? — o homem perguntou.

Eu olhei direto para ele.

— Ela está bem. — Minha pressão arterial disparou quando ele não arrancou com o carro. — Eu disse que ela está bem.

O olhar desafiador encontrou o meu. Se ela tentasse entrar naquele carro...

— Eu estou bem — ela praticamente grunhiu. — Obrigada.

O cascalho rangeu sob os pneus quando a caminhonete se afastou do acostamento, voltando para a estrada. Eu tive uma intuição ruim. Ela ia entrar no carro com aquele cara.

— Sério? — Eu apontei para as lanternas desaparecendo na pequena colina à distância. — Isso foi idiotice.

— Eu não quero ir com você! E eu faço isso o tempo todo. — Ela deu um aceno cheio de atitude em direção ao corpo. — E ainda estou viva.

Jesus Cristo. Passei as duas mãos pelo rosto, frustrado. Deus, eu precisava socar alguma coisa.

— Você acha que eu não posso cuidar de mim mesma? É isso?

— Não comece com essa merda. — Eu apontei um dedo para ela e dei um passo. — Você é uma *menina*. Você não tem a mínima chance contra um cara, Monroe. Não importa o quanto você pense que seja durona.

Os olhos dela se arregalaram, as mãos se fecharam em punhos e ela me deu um soco no estômago. Aquele devia ser o soco mais forte que ela conseguia dar, e eu nem me encolhi.

— Só prova o que eu disse, porra. — Eu dei um peteleco na testa dela. — Você é uma menina!

O rosto dela ficou muito vermelho. Um grunhido de verdade retumbou entre os dentes cerrados quando ela me empurrou.

— Eu não preciso de você!

Aquele foi um golpe inesperado no meu peito. Eu havia pensado que ambos precisássemos um do outro de alguma forma. Ou talvez eu só quisesse que ela precisasse de mim porque havia uma parte minha que já estava muito envolvida com Monroe para deixá-la ir.

Eu a agarrei pelo queixo e a prendi contra o vidro quebrado da cabine telefônica.

— Diz isso de novo.

Ela se aproximou. O fôlego quente lavou o meu rosto, transformando a minha frustração em desejo, e o meu aperto sobre ela ficou mais forte.

— Eu não preciso de você — ela sussurrou.

— Mentirosa do caralho! — Cobri sua boca em um beijo furioso, cheio de dentes e língua.

A sensação de seus lábios e do corpo minúsculo contra o meu era uma coisa de que eu precisava desesperadamente. O beijo dela, a droga que me garantia uma dose para a minha fissura. Seus dedos remexeram os meus cabelos, me puxando para mais perto, e o beijo se aprofundou mais, ficando mais violento. Eu poderia beijar aquela garota por uma eternidade, e aquilo foi o suficiente para me deixar aterrorizado, e foi por isso que eu me empurrei para longe dela.

Para proteger a mim.

Para proteger a ela.

— Mentirosa do caralho — repeti e me virei, voltando para o estacionamento do Piggly Wiggly.

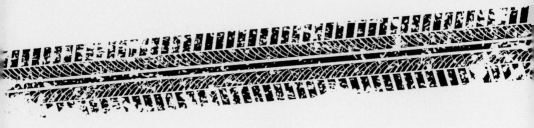

18

MONROE

As estradas secundárias passavam correndo pela janela enquanto eu estava sentada no banco de trás do velho sedan, me recusando a olhar na direção de Zepp. Ele tinha me deixado puta. E aí ele havia me beijado quando eu estava puta. Odiei a forma como meu coração tinha batido um pouco mais rápido, a forma como aquele beijo fizera eu me sentir... fraca.

— Vocês dois transaram sobre o capô do carro do Harford ou algo assim?

Olhei feio para Hendrix pelo espelho retrovisor e um sorriso se esticou nos lábios dele.

— Aqui dentro está mais tenso que o meu pau — ele disse.

— Falando em carros roubados. — Olhei para os cabos torcidos da ignição pendurados na coluna de direção. — Por que estamos dentro de um? — Roubar carros para vender era uma coisa, mas andar neles por aí era praticamente pedir para ser algemado.

— Era do velho Otis. — Hendrix inclinou a cabeça e fez o sinal da cruz, e acabou desviando o carro para fora da faixa. — Deus tenha aqueles velhos ossos pervertidos.

Zepp agarrou o volante, redirecionando o carro para a pista.

— Olhos na estrada, babaca.

— Você roubou uma sepultura? — perguntei.

— Ele não precisa mais do carro. — Hendrix gargalhou como uma hiena. — Além do mais, aquele homem era um otário. E eu roubei da frente da casa dele, não da sua sepultura. — Ele ligou o rádio e uma música country animada estalou nos alto-falantes. Ele olhou para Zepp. — O que aconteceu com o carro do Harford?

Eu respondi antes de o Zepp abrir a boca:

— Ele o empurrou no lago.

— Por que você fez uma porra dessas, seu idiota? — Hendrix se virou todo para olhar para mim, o carro desviou para o acostamento. — Por que você o deixou fazer isso?

Eu bati na parte de trás da cabeça dele.

— Atenção na estrada! Jesus Cristo. Quem te ensinou a dirigir?

Ele voltou a olhar para frente.

— O velho Otis. — O carro entrou na rodovia na altura da escola e eu me inclinei entre os assentos da frente. — Você pode me deixar na escola? O meu carro está lá.

Hendrix olhou para Zepp como se ele fosse Deus e precisasse da aprovação dele.

— Não olhe para ele. — Voltei a bater na cabeça dele.

— Ai! Mande a sua garota parar.

Zepp falou:

— Ela não é a minha garota.

Ao mesmo tempo em que eu dizia:

— Eu não sou a garota dele.

Hendrix soltou uma risada.

— Vocês estão se comendo. — Ele fez uma dancinha no assento enquanto cantava: — Bow-chica-wow-wow.

— Me leve para a porra do meu carro, Hendrix! — Eu precisava sair de perto desses dois.

— Por favor, Deus. Sim! — Zepp resmungou. — Leve a garota para a porra do carro dela.

Olhei para a parte de trás da cabeça dele. No segundo em que Hendrix parou no portão da escola, eu saí, batendo a porta do carro. O escapamento do sedan soltou um tiro quando eles aceleraram.

Eu não tinha ideia do que acontecera. Como Zepp e eu tínhamos ido de gritar um com o outro a ele me prendendo contra aquela cabine telefônica. Eu odiei ter gostado. Aquele beijo tinha sido violento, irado e inesperado. Parei no meio de um estacionamento vazio, encarando o meu carro. Eu havia dito a ele que não precisava dele, mas uma parte de mim já precisava. Eu estava fodida. Para variar, meu carro decidiu dar a partida, e eu nunca fiquei tão grata pela cooperação daquela lata-velha.

Sábado à noite, eu liguei para o The White Rabbit falando que estava doente. Eu não tinha estômago para tirar a roupa e deixar aqueles homens me olharem com lascívia. Só fazia uma semana desde que Max me drogara, mas coisas como aquela aconteciam o tempo todo. A situação era uma merda, mas me sentar no trailer fazendo nada só me dava tempo para pensar. E essa foi a única razão para eu ter ido ao shopping com a Jade.

Jade olhava os produtos com desconto enquanto eu observava, já entediada e me arrependendo da decisão de ter ido.

O claro som de saltos parou bem ao meu lado. A garota bufou e eu olhei para trás, tendo que impedir um revirar de olhos. Claro, tinha que ser Leah com seu suéter e a saia xadrez, usando até mesmo a merda de uma tiara. Ela não poderia ser mais Barrington mesmo se tentasse. Duas das amigas estavam com ela, como pequenos clones em modelitos combinando. Ela passou as roupas com um repuxar de nojo nos lábios e seu olhar logo vagou para mim.

— Ah, olha. É a ralé da ralé de Dayton. — Ela ergueu uma sobrancelha, cruzando os braços sobre o peito com uma atitude péssima.

— Deus. Vá para a puta que te pariu, Leah. — Imitei a postura dela. — Você é a maior cadela do Barrington. A gente já sabe.

Ela cravou o punho no quadril, fazendo uma pose clássica de líder de torcida.

— Só para que você saiba, o *meu* namorado não ia querer você. — Ela se aproximou um passo, as duas mãos no quadril agora. — Então, aquela mentirinha que você está espalhando por aí sobre ele tentar te levar para a cama, você pode deixar de lado. É patético.

Eu tentando ir para a cama com *ele*? Tinha sido Zepp quem dera início àquela merda.

Apesar disso, o calor se espalhou por mim, uma pontada de ciúme apertando o meu peito. Eu não deveria ter ficado aborrecida por Leah pensar que tinha direito sobre Zepp, mas fiquei. Mas eu jamais a deixaria saber.

— O Zepp é todo seu. O que quer que você tenha ouvido é mentira.

O nariz da garota se enrugou como se ela estivesse cheirando cocô de cachorro.

— Aquele rato de esgoto? Eca. — As meninas ao lado dela riram, e aquilo me deixou puta. Ela estava se jogando em cima dele na semana passada. — Estou falando do Max Harford. Você sabe, o quarterback do Barrington.

Senti um aperto na barriga ao ouvir o nome dele. Eu sabia que ela estava saindo com o Max antes, mas tinha imaginado que ela o trocara por Zepp.

Jade chegou ao meu lado em um instante.

— Boa sorte com ele. Imagino que ele não precise te drogar.

— Como se ele fosse fazer isso com essa piranha. — Os olhos dela se desviaram para mim.

— Pode ficar com o seu namoradinho estuprador. — Eu me aproximei, e ela deu um perceptível passo para trás. — Mas não sei se ele vai conseguir dar no couro agora. Ouvi dizer que alguém deu uma surra feia nele.

Os olhos dela se estreitaram, virando fendas, as bochechas ficando vermelhas.

— E aquele marginal deveria ir para a cadeia por isso!

Eu dei um passo, fazendo a garota recuar para a arara de roupas.

— Não é ele quem tem que estar na cadeia.

Ela se afundou um pouco mais nos suéteres.

— Para ser sincera, pela forma como você se veste — o olhar venenoso me percorreu —, você mereceu.

Antes que eu percebesse, meu pulso atingiu o nariz perfeito da garota. Ela caiu na arara, gritando ao segurar o rosto. Então, é claro, as lágrimas começaram. Suas amigas me olharam como se eu fosse algum monstro.

— Ah, merda. — Jade agarrou a minha mão e me puxou para fora da loja às pressas.

A agitação em meu estômago crescia a cada segundo. Leah podia ser uma cadela, mas aquele fato não impediu que as palavras revolvessem na minha mente: *você mereceu*. Um cara saiu da sapataria, os olhos se demorando nas minhas pernas como se eu fosse um pedaço de carne. Pela primeira vez na vida, aquilo me incomodou. Pela primeira vez, eu quis me esconder. Tudo se transformou em um frenesi, um ciclone girou à máxima velocidade na minha cabeça.

Eu me enfiei na loja de roupas mais próxima e os meus olhos foram para a prateleira de jeans. Peguei duas calças e paguei por elas sem nem me preocupar por estar gastando dinheiro desnecessariamente. Naquele minuto, eu não me importava. O jeans pareceu um paraíso seguro, e eu não tinha um desde os doze anos.

Jade me observou pegar a bolsa com o caixa, uma linhazinha se afundando entre as suas sobrancelhas.

— Você está bem?

— Eu estou bem, Jade. — Eu não estava.

Saímos da loja e eu fui direto para o banheiro do shopping para me trocar. Eu não reconheci a menina me encarando do espelho de corpo inteiro. A tristeza nublava os olhos dela como cinzas de algo que antes tinha sido um incêndio brilhante. E eu a odiei no mesmo instante.

Jade deu uma olhada rápida para o jeans e um sorriso amarelo tocou os seus lábios.

Jade era a única pessoa para quem eu sabia que não teria que explicar aquilo.

— Almoço? — perguntou.

Eu não estava com fome, mas assenti mesmo assim.

— Claro.

Fomos até uma hamburgueria ali no shopping e nos sentamos em uma mesa estilo bistrô. A praça de alimentação sempre me deixava nervosa. Ficava bem no meio do shopping, rodeada por caminhos de mezanino no segundo e no terceiro piso. Já houvera vários tiroteios ali. Bem, era um shopping perto de Dayton. E aquela era só uma das razões para eu não gostar de ir.

Uma criança gritou umas mesas abaixo e eu quase saltei da minha pele. Jade olhou para mim como se eu estivesse perdendo a cabeça.

— Sério, Monroe, você está bem?

— Eu estou bem! — gritei, o que me rendeu uma olhada feia do grupo da creche Mother's Day Out na mesa ao lado da nossa.

Os olhos de Jade se arregalaram por um segundo.

Abaixei a cabeça até o meu queixo se encostar no peito, passando um dedo sobre a mesa.

— Desculpa.

— Tudo bem. — Ela ficou de pé. — Eu vou pedir um hambúrguer, você quer um?

— Claro. Obrigada.

Jade atravessou a praça de alimentação, entrando na fila do Burger Barn. Eu odiei ter falado com ela daquele jeito, mas eu só... meu telefone tocou. Quando eu o tirei da bolsa e olhei para a tela, senti um sorrisinho repuxar os meus lábios, mas logo fiz careta.

> Babaca: o q vc tá fazendo?

Eu ainda estava brava com ele pela parada de ontem. Digitei uma resposta, deletei, digitei de novo.

> Babaca: Ainda tô pensando naquele bj que te dei.

Minhas bochechas aqueceram. Aquele beijo tinha sido tudo o que eu esperava de Zepp. Ardente e furioso. Violento. Mas eu não estava prestes a dar a ele qualquer insinuação de que eu tinha gostado.

> Eu: Ainda tô pensando no quanto vc é babaca

> Babaca: Não me obrigue a te chamar de mentirosa dnv, Monroe

> Babaca: Vem pra cá

> Eu: Ocupada

> Babaca: Duvido mt.

Tão arrogante. Uns segundos se passaram antes de o meu telefone vibrar de novo.

> Babaca: E se eu pedir desculpa pra vc?

> Eu: *Você.

> Eu: Pelo quê? Por me beijar ou por ser um babaca?

> Babaca: Nenhum dos dois

> Eu: Então pelo que estaria se desculpando?

> Babaca: Coisas

Estava óbvio que ele não sabia como um pedido de desculpas funcionava.

> Eu: Coisas? Se isso for uma tentativa de tirar a minha calça, não vai rolar.

Nenhum PRÍNCIPE

Para ser sincera, eu já sabia que estávamos muito além daquilo, mas, se aquele não era o objetivo ali, isso nos deixava em uma zona cinzenta na qual eu não sabia como navegar. Luxúria, eu sabia o que fazer com aquilo. Eu vinha me defendendo dela desde que os meus peitos haviam crescido. Mas Zepp não me tratava como todos os outros. Ele não me desrespeitava nem me olhava como se eu fosse um pedaço de carne. Eu não sabia como lidar com aquilo.

> Babaca: Isso é? Jura?

> Babaca: E se eu estiver com saudade de VoCê?

Idiota.

> Eu: Você me viu há dois dias.

> Babaca: E?

> Babaca: Ainda sinto saudade de VoCê

Hesitei.

> Eu: Deve ser por causa da minha personalidade encantadora

> Babaca: Nada. Total que é por causa desses peitos que VoCê tem.

> Eu: Obviamente

> Babaca: VoCê vai vir ou não?

> Eu: Não sei

> Babaca: Vejo VoCê daqui a pouco, Roe.

Cretino evasivo.

Com um suspiro, atirei meu telefone na mesa. Em algum lugar ao longo do caminho, o ódio se transformara em desejo, e eu sabia, simplesmente *sabia* a estupidez que aquilo era. Zepp comia e chutava garotas com frequência, cada uma pensando que ela seria a idiota que o mudaria. Mas eu não tinha pensado nem por um segundo que eu poderia mudá-lo, e eu não estava prestes a ser a próxima garota de quem ele partiria o coração. Cada fibra do meu ser sabia que me envolver com ele era uma má ideia, mas ele também parecia ser minha única segurança nesse mundo caótico. Perigoso. Tão, tão perigoso.

Depois de deixar a Jade em casa, fui para a minha, para o trailerzinho dilapidado da minha mãe. Eu me sentei no meu quarto minúsculo, estudando, tentar purgar os pensamentos da minha cabeça. Enquanto eu encarava as páginas do livro de história, uma sensação se arrastou por mim, enterrando-se no meu peito e cavando um vazio que parecia mais amplo agora. Era a profunda dor da solidão, algo que eu raramente me permitia sentir porque eu sempre estava sozinha. Quando eu era mais nova, minha mãe costumava ter momentos de lucidez entre uma dose e outra. Por alguns minutos, era como se eu tivesse mesmo uma mãe e, Deus, como eu ansiava por aquela sensação de só... ter alguém. Qualquer um. Um nó se agarrou à minha garganta. Como se ele pressentisse a minha fraqueza, meu telefone vibrou com uma mensagem de Zepp.

> Babaca: Kd vc?

> Eu: Em casa

> Babaca: Era pra vc dizer: a caminho da sua casa

Respirei fundo, ressentindo-me daquela centelha inútil de esperança que sentira. Zepp Hunt não era um cara por quem sentir qualquer tipo de esperança. Minha cabeça sabia, mas meu coração solitário...

> Eu: Você não tem coisa melhor para fazer?

Era domingo à noite, mas eu tinha certeza de que ele podia estar fazendo outras coisas.

Babaca: Não. Vem.

Segundos se passaram antes de uma nova mensagem chegar.

Babaca: Por favor

Eu tinha certeza de que Zepp raramente pedia por favor para alguém.

Minha indecisão significava que já era tarde quando estacionei em frente à casa dele. Em essência, eu sabia que deveria enfrentar aquela merda sozinha, da mesma forma de sempre. Mas uma vozinha terrível sussurrava que eu não precisava.

Bati na porta, então me apoiei na moldura, ouvindo os grilos trinarem na grama. A porta se abriu, lançando luz na varanda. Zepp preenchia a entrada, a camisa e a calça de moletom larga ficando melhor nele do que deveriam.

— Oi — eu disse, odiando o quanto soei desencaixada. Mas aquela era a primeira vez que eu ia até Zepp porque eu queria. Porque ele tinha me convidado.

Seu olhar vagou sobre mim, parando na minha calça por um segundo a mais.

— Jeans, hein? — Ele deu um passo ao lado, convidando-me para entrar antes de fechar a porta e girar a tranca, passando uma série de correntes que eram comuns em Dayton.

— É. — Percorri o corredor e fui até a sala de estar com Zepp em meu encalço.

Ele se jogou no sofá esfarrapado, pegando um controle de videogame na mesa.

— Por que o jeans?

— Cadê os caras? — Eu não ia falar disso com ele.

Os lábios dele se pressionaram.

— Saíram.

Peguei o outro controle na mesa e me sentei ao lado dele no sofá.

— Me mostra como jogar.

— Te mostrar como jogar? — Ele riu, e logo se arrastou para a beirada do sofá e roçou o joelho no meu. — Já jogou alguma coisa antes?

— Minha mãe não saiu decorando o trailer com um videogame. Mas eu posso jogar boliche com uma pedra e umas garrafas de cerveja.

Zepp sorriu, o primeiro sorriso genuíno que eu já tinha visto no rosto dele. E aquilo fez o meu coração dar uma cambalhota ridícula. Que ótimo.

— Tá bom. — Ele pegou o meu polegar e o colocou sobre os botões. — Esse aqui você pressiona para pular. — Moveu meu dedo pelo botãozinho vermelho. — Esse aqui atira. E esse aqui... — Meu polegar bateu no pino. — Você usa para correr e essas merdas. Sabe, mover o seu jogador.

— Tá bom. Entendi.

Pressionei o botão e o meu soldado disparou pela tela. Balas passaram zunindo e eu me escondi atrás de um arbusto. Zepp me matou em menos de um minuto.

Quando a próxima partida começou, ele se moveu no sofá, chegando um pouco mais perto. O estouro rápido de tiros saiu pelos alto-falantes, alto o bastante para acordar quem quer que estivesse em casa. Olhei para trás, para a entrada, imaginando se os pais de Zepp estavam por aqui. Eu nunca os vira, mas aquilo não era incomum em Dayton. Metade de nós tinha uma mãe prostituta, um pai malandro ou pais que tinham três empregos só para sobreviver.

— Sua mãe está em casa?

O dedo dele pressionou o controle com mais força.

— Não.

Zepp matou meu bonequinho, a tela ficou vermelha e eu me joguei no sofá.

— Por que você tinha que me matar? Por que não podemos só ser amigos?

Ele me olhou com uma sobrancelha erguida.

— É um jogo. Nós lutamos um contra o outro.

— Você sabe como eles dizem que os videogames encorajam a violência... — Eu me sentei quando o barulho voltou a soar dos alto-falantes. — Hendrix.

Zepp riu.

— Ele já estava fodido bem antes de comprarmos o videogame. — A língua espiou entre seus lábios enquanto os dedos se moviam rápido pelos botões. — Ele prendeu uma criança qualquer com uma trava de segurança na terceira série, colocou o moleque em um carrinho de mão e o jogou nos trilhos do trem. Isso tudo só porque o garoto beijou a menina de quem ele gostava.

— Ai meu Deus. Ele deve ser o sonho de todo psicólogo.

Continuamos jogando, e eu continuei morrendo, até vários jogos depois, quando finalmente consegui atirar nele. Dei um sorriso presunçoso para Zepp. E o jogo recomeçou.

— Então, já que você é inteligente o bastante para dar aulas... — Ele encarou a tela, movendo o seu jogador pelo deserto. — Imagino que você vá para a faculdade ou uma merda dessas, né?

— É. Sou boa com números. Acho que posso conseguir uma bolsa para cursar contabilidade.

Ele bufou.

— Contabilidade?

— Paga bem.

Os segundos se passaram. Zepp continuou se remexendo no assento, os dedos pressionando o botão com mais força, como se ele estivesse frustrado.

— E você? — perguntei. — Você vai se inscrever para a faculdade?

— Não.

Eu podia sentir a tensão dele. Eu queria perguntar por que não, mas Zepp era um labirinto de paredes móveis que subiam logo que deslizavam para baixo pelo mais breve dos momentos.

Nós nos sentamos e jogamos, e por algumas horas eu não pensei em nada além de tentar matar o bonequinho dele. Depois dos dez primeiros jogos, eu não conseguia mais saber se eu tinha melhorado ou se Zepp só tinha me deixado matar o seu jogador.

A mensagem de GAME OVER apareceu na tela quando eu atirei no bonequinho dele. Zepp tirou o controle da minha mão e o jogou na mesa.

— Cansada?

Eu não estava, embora, àquela altura, já devesse ser as primeiras horas da madrugada.

— Tentando me levar para a sua cama? — falei. Não que eu já não tenha estado lá, mas bêbada e drogada não contava.

— Importa? — Ele se levantou do sofá, pegou a minha mão e me puxou até eu ficar de pé.

— Importa — bufei. — Eu vou indo. Não vim para cá para saltar na sua cama, Zepp. Eu só precisava... — Dele. Eu tinha precisado dele.

— E eu não te convidei para vir para dar umazinha. — Ele me puxou para perto. — Eu só quero que você fique. Tudo bem, porra?

Agarrando a camisa dele, descansei a testa em seu peito, inalando o seu aroma inebriante. Eu queria ficar, e essa era a razão pela qual eu deveria ir. Mas, em vez disso, sussurrei:

— Tudo bem.

Ele me levou escada rangente acima até o seu quarto. A porta se fechou às nossas costas.

Ele deu uma rápida olhada para as minhas pernas vestindo jeans e mexeu no piercing em seu nariz. Então, se largou na cadeira em frente à pequena escrivaninha.

— Venha aqui.

A cada passo mais perto, o nervosismo me envolvia. Uma batida sufocante de silêncio se estendeu entre nós antes de os dedos de Zepp roçarem a pele nua da minha cintura.

— Qual é a do jeans, Roe?

— Eu, é... — Lutei para pensar em alguma coisa, qualquer coisa, menos a verdade. — Queria mudar?

— Que mentira. — Ele ficou de pé.

Todo o seu corpo se eriçou com a energia agressiva que era tão natural para ele quanto respirar. Minha palma descansou em sua barriga, encontrando o músculo duro feito pedra debaixo da camisa surrada.

— O quê? Não posso usar jeans agora?

— Eu nunca te vi cobrir essas pernas. — Os dedos calejados contornaram a bainha da minha blusa, deixando calor em seu rastro. — Nem mesmo em plena nevasca do ano passado.

Meu olhar caiu para o chão. Zepp e eu nunca havíamos nos falado até o dia em que eu roubara o carro dele. A ideia de ele ter notado algo sobre mim um ano atrás não deveria ter causado aquela vibração idiota no meu peito. Mas foi o que aconteceu.

Eu não tinha uma explicação para ele, porque a verdade era que a roupa que eu sempre usara como uma armadura agora fazia com que eu me sentisse nua e vulnerável. As palavras de Leah haviam cortado mais fundo do que eu deveria ter permitido. Eu estava apodrecendo de dentro para fora, e pela primeira vez na vida, eu não me sentia confortável na minha própria pele. Mas eu não diria nada daquilo para ele.

Ele pressionou um dedo sob o meu queixo, forçando-me a olhá-lo.

— Eu gostava das saias e das meias arrastão.

— Bem, tudo bem então. Zeppelin Hunt gosta.

Estávamos tão próximos que eu gravitei em direção ao calor do seu corpo, ao calor do seu toque. Zepp tinha se tornado um paraíso seguro; um protetor improvável que eu não queria, mas de quem eu precisava naquele momento.

Porém, eu não sabia como fazer aquilo com ele. O embaraço se arrastou por mim e eu dei um passinho para trás. Ele me olhou como se não soubesse o que fazer. Como se estivesse completamente perdido. E, por alguma razão, eu não podia imaginar que Zepp Hunt já tivesse estado perdido quando se tratava de uma garota em seu quarto.

Ele passou uma mão pela nuca ao ir em direção à cômoda e pegou uma camiseta na gaveta de baixo. Ele a amassou até virar uma bola e a jogou para mim.

Olhei para o tecido surrado na minha mão.

— Obrigada.

— Posso te dar uma boxer se quiser.

— Está tranquilo.

Evitei fazer contato visual com ele antes de ir me trocar no banheiro. Vesti a camisa de banda que cheirava toda a Zepp. Minha imagem se refletiu no espelho salpicado de pasta de dente e eu julguei a menina me olhando de volta, porque ela estava fraquejando por um garoto sem qualquer perspectiva de futuro.

Parei na porta quando notei Zepp espalhado sobre os lençóis usando nada além da cueca boxer. Todo tatuado, pele bronzeada e linhas cinzeladas à mostra. Ele levou um baseado aos lábios, o olhar trilhando sobre mim de um jeito que fez o meu coração disparar no peito.

— Aquela saia fica bem em você, Roe. — Ele ofereceu o baseado quando eu me arrastei na cama. — Você deveria continuar usando.

Eu não fumava com frequência, mas meus nervos estavam à flor da pele. Então eu aceitei, puxando muito ar para dentro.

— Obrigada — disse enquanto a nuvem pungente flutuava na frente do meu rosto. Dei outra tragada, então o passei para ele.

Segundos depois, meus músculos relaxaram. Toda a tensão evaporou, e eu não dava a mínima sobre qualquer coisa que não fosse Zepp. Eu queria partes dele que garotas como Leah Andrews jamais teriam esperança de ver.

— Conte alguma coisa sobre você.

Distraído, ele girou uma mecha do meu cabelo em volta do dedo.

— Eu estou chapado pra caralho...

Eu também estava, e aquilo fez com que o muro com o qual eu normalmente me rodeava quebrasse e ruísse.

— Conte alguma coisa que ninguém mais sabe sobre Zeppelin Hunt.

— Eu acabei de te dizer que eu estou chapado, não? Tipo, ninguém mais sabe disso nesse momento. Certeza. — Ele largou o meu cabelo aos risos.

— Eu também estou. Mas você não está me vendo evitando as merdas.

— A primeira vez que eu te notei foi há dois verões, quando você estava lavando alguma lata-velha na frente da sua casa. Eu disse aos caras para não olharem para você. — Ele me cutucou. — De nada. Hendrix teria tentado te comer.

Aquilo foi quase fofo. Para Zepp.

— Mas você nunca falou comigo.

— Eu disse, eu nunca falo com meninas com quem eu não vou para a cama.

— Eu deveria ficar ofendida por você nunca ter tentado também?

— Você está brincando? — Ele virou de lado, trilhando um dedo quente pelos meus lábios. — Você tem noção do quanto eu te quero?

E para quantas meninas ele tinha dito aquilo? Quantas tinham caído aos seus pés com aquela frase? Eu queria algo dele, mas não era aquilo.

Algo estalou para a vida quando a palma da minha mão escorregou por seu peito forte, como eletricidade estática acendendo cada partícula de ar entre nossos corpos. Tudo o que eu sabia sobre Zepp me dizia que aquela era uma má ideia, eu sabia, mas, naquele momento, ele era só um garoto que me fazia sentir.

— E se eu só quiser beijar você? — sussurrei.

— Eu não te impediria.

Dedos fortes cravaram em meu quadril, e houve uma pausa, um precipício diante do qual nós dois parecíamos nos demorar. Os lábios de Zepp encontraram os meus, roubando cada traço de ar dos meus pulmões. Ele me fez querer quebrar por ele, porque aquele beijo dizia que ele cataria cada um dos pedacinhos e os reorganizaria em algo mais forte e indestrutível.

A gentileza só durou uns instantes antes de ele estalar e me puxar para o colo. O beijo foi ficando tão brutal quanto ele, e o calor queimou em cada centímetro da minha pele quando Zepp se pressionou entre as minhas pernas, os braços fortes me rodeando.

— É tão bom te tocar, Roe — ele murmurou contra os meus lábios. As mãos foram para a minha bunda, e eu as coloquei de novo em minha cintura. — Porra.

Ele voltou a se pressionar contra mim, agitado, como um animal selvagem andando de um lado para o outro dentro da jaula.

Eu podia sentir que ele estava pronto para explodir.

— Diz que você não quer. — Ele apalpou o meu peito, e eu guiei a sua mão mais uma vez para a minha cintura.

— Eu não vou dar para você — eu disse em um fôlego vacilante, embora não pudesse negar ter gostado da sensação dele pressionado entre as minhas coxas.

— Outras coisas. — Ele agarrou o meu cabelo e dentes afundaram no meu lábio inferior enquanto ele se empurrava contra mim. O calor disparou pelo meu corpo como uma droga. — Podemos fazer outras coisas.

Agarrando a mandíbula dele, eu o forcei um centímetro para trás.

— Só um beijo — murmurei.

Mas eu tinha certeza absoluta de que Zeppelin Hunt nunca havia parado em "só um beijo" em toda a sua vida, e isso... bem, isso era muito mais do que só um beijo. Eu sabia bem.

— Bobagem.

— Eu não quero dar para você, Zepp.

Ele congelou com as mãos no meu quadril.

— Então, por que você está me beijando? — Ele soou muito confuso, e eu quase sorri.

— Você odiou o beijo?

A boca cobriu a minha. As mãos agarraram a minha camisa.

— Não. — Ele gemeu e se afastou, descansando a testa no meu pescoço. — Eu estou muito chapado para essa merda. — Ele me deu um último beijo forte, me tirou de seu colo e ficou de pé.

Ele sumiu dentro do banheiro, deixando a porta levemente aberta. Uns minutos se passaram e logo um gemido gutural veio de lá. Zepp Hunt estava no banheiro batendo punheta porque eu o levara a isso. Ele poderia ter me pressionado por mais, tentado me comer, mas não fizera nada disso. Vindo dele, era praticamente uma gentileza.

Uns instantes depois, a luz do banheiro se apagou e Zepp voltou para a cama.

— Só um beijo é o meu rabo — ele falou, arrastando-se sob os lençóis e virando de lado antes de desligar o abajur.

Naquela noite, adormeci ao som da respiração irritada de Zepp.

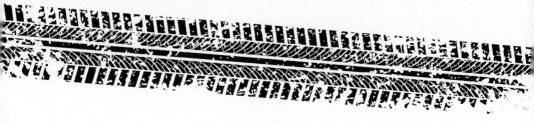

19

ZEPP

Quando eu havia acordado, Monroe já tinha ido embora. A menina estava criando o hábito de dormir na minha cama, não dar para mim e vazar na manhã seguinte. E agora eu não conseguia tirar a garota da porra da cabeça.

Deslizei a ponta vermelha do lápis pela página em uma tentativa de me concentrar. Passei meia hora tentando misturar as cores para combinar com as mechas mais claras do cabelo dela. Mais quinze na meia arrastão rasgada...

Meu telefone vibrou na mesa ao meu lado.

> WOLF: Encontrei o dedo-duro.
> Vamos te pegar depois da escola.

Uma hora mais tarde, acelerávamos para longe de Barrington, seguindo pelas estradas secundárias que levavam a Dayton enquanto o sol se punha no horizonte.

— O caguete que dormiu no ponto vai ficar cheio de ponto. — Hendrix gargalhou do assento de trás, agarrou o meu descanso de cabeça e o sacudiu. — Aquele cara se mijou no segundo em que você pegou ele pelo pescoço. No lugar todo, feito uma cadelinha.

Wolf e Bellamy riram.

Meu irmão gostava de brigar. Eu brigava porque era necessário. Dayton não era igual a Barrington. O dinheiro não te dava poder. A violência, sim. E no segundo em que alguém era visto como fraco, a pessoa estava ferrada.

Limpei o respingo de sangue no joelho do meu jeans, qualquer merda que os caras estavam falando desapareceu ao fundo. Se Bellamy não tivesse ouvido aquele chamado, tanto eu quanto o meu irmão estaríamos no reformatório. Aquele merdinha de Barrington tinha merecido cada soco que recebera.

Wolf entrou na rodovia.

— E aí o moleque ofereceu cem pratas para a gente deixar ele em paz. — Outra rodada de risadas preencheu a cabine. — Otário. — Ele se inclinou um pouco sobre o volante, estreitando os olhos através do para-brisa. — Aquela lá é a... Monroe?

A meio caminho da estrada, um Ford Pinto laranja berrante estava no acostamento. Fumaça espiralava do capô. Uma ruiva estava encostada na lateral do veículo, as pernas cobertas pelo jeans cruzadas uma sobre a outra, e o polegar estava esticado. Pedindo carona. Ela estava pedindo carona. De novo.

— Puta que pariu. Encosta.

A caminhonete saiu da estrada, parando atrás do carro dela. Bati a porta do passageiro e percorri a trilha marcada sobre a grama. Monroe acenou para mim. Acenou e sorriu. Ah, ela sabia que eu estava puto.

Joguei as duas mãos para o alto antes de chegar até ela, o sangue pulsando atrás dos meus olhos.

— Sério?

Ela me olhou de cima a baixo.

— Você matou alguém?

— Não me ignora. Que merda você está fazendo?

— Meu carro quebrou. Preciso voltar para Dayton.

— E aí você resolveu pedir carona? Em vez de me ligar?

Ela revirou os olhos até praticamente a parte de trás da cabeça.

— Não é como se eu não reconhecesse a caminhonete do Wolf.

Eu tive que estreitar os olhos para conseguir ver o carro dela. Um Ford Pinto laranja fluorescente que feria os olhos. Não havia como ela saber que era a caminhonete do Wolf.

— Jura? — Agarrei o pulso dela, puxando o polegar estendido. — Isso aqui estava para fora quando estávamos bem longe na estrada. — Larguei a mão dela, e ela logo cruzou os braços sobre o peito.

— Bem. Você estava obviamente ocupado. — Ela passou uma mão pelo meu corpo. — Matando alguém ao que parece. Sabe, você deveria mesmo ser menos óbvio.

Ela era inacreditável. E teimosa. Enfiei uma mão no bolsa dela e ela se afastou, mas não antes de eu pegar o seu telefone.

— Isso. — Sacudi o aparelho na cara dela. — Usa essa merda, Roe. — Então o empurrei em seu peito e fui a passos largos até a frente do carro.

No segundo em que ergui o capô, a fumaça me envolveu. Folhas cobriam o motor cheio de peças enferrujadas e mangueiras remendadas com fita *silver tape*.

— Puta merda... — A bateria estava presa por um cabide de metal. Eu entendia não ter dinheiro para o conserto, mas aquilo ia além do ridículo.

— O quê? — Ela olhou por cima do meu ombro. — Ele está morto?

— Deveria estar. — Afastei a pilha de folhas. — O que você estava tentando fazer? Tacar fogo nessa coisa? Garotas... — Balançando a cabeça, eu bati o capô. — Tire suas merdas do carro.

— Não posso deixar ele aqui. Vão roubar.

Passei por ela, indo em direção à caminhonete do Wolf.

— Ninguém vai querer essa carroça.

— Como se você não fosse roubar um carro desse.

Parando, apontei o capô fumaceando com o polegar.

— É aí que eu traço um limite. E eu vou pedir a um dos caras para vir pegar o carro. — Continuei indo até a caminhonete, esperando que ela pegasse as coisas.

Ela resmungou ao subir na traseira, sentando-se ao lado do meu irmão.

— E aí, Ruiva. Gostei da calça — Hendrix disse antes de eu fechar a porta.

Monroe discutiu com o meu irmão o caminho todo até chegarmos em casa. Ao entrarmos, ele foi pisando duro até o sofá e pegou o controle do videogame, mostrando o dedo para Monroe.

— Vai me deixar acabar contigo no *Call of Duty*, Zepp? — Ele agarrou o controle remoto e a TV ganhou vida.

— Você vai simplesmente se sentar aí todo coberto pelo sangue de alguém? — Monroe perguntou.

— Está seco. — Hendrix fez careta, olhando para mim. — Quem é ela? A Mary Poppins?

— Bem, tudo bem então. Hepatite seca. — Ela olhou para mim, tirou o telefone do bolso e o levou à orelha. — Cristo, ele é nojento. — E deixou escapar um resmungo. — Porra, Jade. Atende o telefone. — Bateu o dedo na tela e guardou o aparelho.

— Não quer ficar? — perguntei ao começar a subir as escadas.

— Não é como se eu pudesse ir a qualquer lugar — respondeu ao me seguir. — E eu com certeza não vou fazer companhia ao psicopata americano ali.

— Nem é tanto sangue assim.

— Bem, então está tudo bem — ela disse com a voz pingando em sarcasmo ao passar por mim e entrar no meu quarto.

No. Meu. Quarto.

Com qualquer outra garota, aquilo significaria que o jogo ia começar. Mas com Monroe... Eu estava começando a pensar que, se eu conseguisse dar uns amassos, estaria indo bem. Parando à porta, tirei a camisa e a atirei nela. Ela a jogou para longe antes de os olhos pousarem no meu peito e seguirem ainda mais para baixo.

— Se quiser tomar um banho comigo... — sugeri.

— Tentando me fazer ficar nua?

Sorri.

— Sempre. — Segui para o banheiro, deixando a porta entreaberta caso ela mudasse de ideia.

Quando entrei no chuveiro, meu pau já estava a pleno mastro. Cada rangido no assoalho o fazia se contorcer em expectativa. Havia a pequena esperança de que, quando eu voltasse para o quarto, a Monroe estaria nua e com as pernas abertas na minha cama, esperando. Fazia tanto tempo que eu vinha fantasiando sobre comer a garota que eu acabaria em menos de um minuto. E foi por isso que eu bati uma punheta rápida antes de desligar a água.

Quando voltei para o quarto, Monroe não estava nua. Ela não estava toda espalhada na minha cama. Ela nem estava na minha cama. Ela estava ao lado da minha escrivaninha, encarando o bloco de desenhos que eu tinha deixado aberto. No desenho que eu tinha feito dela. Fui até a cômoda pegar roupa, fingindo não me importar; fingindo que ela não tinha visto uma parte vulnerável minha, quando tinha sido aquilo mesmo que acontecera.

— Você que desenhou? — ela perguntou.

— Foi.

— Você é muito talentoso, Zepp.

Eu a ignorei e peguei uma cueca boxer na gaveta. Ela ver aquele desenho expôs mais de mim do que eu queria que ela visse, e aquele elogio fez com que eu me sentisse como um lobo ferido mancando pela floresta.

— Obrigada pela carona — ela disse baixinho.

— Sim. Claro. — Deixei cair a toalha, observando-a me olhar pelo espelho antes de eu vestir a cueca.

— O que você vai fazer hoje à noite? — Ela se sentou na beirada da cama, passando o dedo pela colcha. Ela era fofa quando estava sendo estranha.

Bufei.

— Porra nenhuma. E você?

— Ficar na sua casa esperando a Jade atender o telefone. — Ela parou por um segundo. — Ela deve estar cansada de ter que me socorrer toda vez que aquela lata-velha quebra.

Havia uma parte minha que odiava que ela chamasse Jade em vez de mim. Deus, eu estava muito ferrado.

— Basta me ligar de agora em diante.

Ela mastigou o lábio.

— Tá ligado que isso acontece toda semana...

— Não me importo. — Eu me afundei na cama ao lado dela.

Ela se inquietou, entrelaçando os dedos no colo.

— Vejamos se ainda vai dizer isso ao fim dos três meses. — Ela bufou.

Desenhei um círculo sobre o joelho da calça dela.

— Acho que já estamos um pouco além disso, você não acha? — Segundos se passaram e meu peito foi ficando apertado.

— Eu acho... — Ela hesitou, e seu olhar caiu para a minha boca.

Para o inferno com aquilo. Eu a agarrei pelo cabelo e pressionei os lábios nos dela com força antes de me afastar.

— O que você acha?

— Que nós não somos amigos. — Ela suspirou.

— Não brinca. — Então eu a prendi no colchão, me acomodando entre suas coxas.

Suas mãos trilharam pelas minhas costas e eu me inclinei para beijá-la de novo.

— Pau no cu! — Hendrix gritou.

Antes de a minha porta bater contra a parede, Monroe me empurrou e se sentou.

— Eu sabia! — Hendrix apontou para mim com um sorriso pervertido e se jogou na cama.

Deus, eu queria estrangular o filho da mãe.

— Vocês estão fodendo. — Ele rachou de rir.

— Cai fora! — Dei um tapa na testa dele. — Babaca.

— Olha, a festinha vai ter que esperar. — Ele agitou as sobrancelhas para Monroe e logo olhou para mim. — O cara de quem roubaram o Trans Am já prestou queixa. O Bell disse que a coisa está no radar da polícia.

— Vaza, Hendrix. — Enterrei meu pé nas costelas dele e o empurrei para o chão.

Meu irmão caiu fazendo barulho. Ele estava tirando uma comigo porque pensara que eu estava prestes a dar umazinha. De jeito nenhum os caras pegaram.

— Sério, cara. — Ele se levantou do chão, o sorriso tinha desaparecido por completo. — Eles estão a caminho. Precisamos tirar aquela merda daqui.

O cantar dos pneus soou através da janela do meu quarto, e Hendrix foi para a porta.

— Qual é, cara? Sério. Manos antes das minas e essas merdas.

No momento em que eu me vesti e cheguei ao quintal coberto de mato, Hendrix estava riscando o número do chassi do carro.

— Tem um engate de reboque. Fodão. — Monroe olhou o Trans Am enferrujado e se largou no degrau da varanda. — Que merda vocês vão rebocar com isso?

— Jesus Cristo... — A única coisa que aquele carro rebocaria seria um cooler cheio de cerveja. — Mas que merda? Esse não é o Trans Am que o Tony queria.

Wolf parou de mexer na placa nova e olhou para trás.

— Um cara teve uma overdose naquele. Tivemos que improvisar.

Cobri o rosto com as mãos. Aquela era a merda mais idiota que eles já haviam feito. E aquilo era dizer muito.

— Vocês improvisaram? — Chutei cascalho no carro, então olhei feio para o meu irmão, porque eu tinha certeza de que ele estava por trás daquilo. — Foi você, não foi?

— Quer dizer... — Ele acenou para o carro. — É um Trans Am.

— De quem? — perguntei. Hendrix nem sequer estava com eles.

— Do cara da loja de 1,99.

Tive que fechar os olhos e contar até vinte. Depois até trinta. Não importava o quanto eu quisesse dar um soco bem na cara dele, ele era meu irmão.

— Você é um idiota.

Bellamy apareceu por debaixo do capô.

— Essa merda não dá partida. — Ele atirou uma chave de catraca pelo quintal, que bateu na fonte para pássaros. — É um lixo. Não sei nem por que o cara se deu ao trabalho de prestar queixa.

Não queria pegar? Rodeei a frente do carro.

— Como um carro com ligação direta morre do nada? — Eu o empurrei para longe e me inclinei sobre o motor.

Uma olhada para ele e eu xinguei. Tinha morrido porque era literalmente um monte de merda. Um com um par de bolas pendendo do engate de reboque. E os policiais estavam atrás dele.

— É o alternador.

Um carro roubado. Com bolas. E um alternador quebrado. Aquilo tinha que desaparecer. Agora.

— Wolf! — gritei. — Corra até a loja de 1,99 e compre meia-calça.

— O quê? Não. — Ele olhou ao redor da traseira do carro, apontando a cabeça para a Monroe. — Mande a garota ir. Eu não vou deixar o Paul espalhar rumores de que eu estou virando travesti e essas merdas.

Monroe o fuzilou com os olhos, como se pudesse matá-lo.

— É menos provável que eu use uma meia-calça do que você.

Wolf fez cara feia antes de jogar as chaves para ela.

— Você é menina. Eu tenho bolas.

— Discutível. Você joga futebol americano.

— Roe — falei. — Por favor?

Com um revirar de olhos, ela pegou as chaves do chão e foi até onde estávamos reunidos na frente do carro.

— Quem vai pagar?

Wolf colocou vinte pratas na mão da garota, então apontou para ela.

— Eu quero troco. E um pacote de Doritos.

— Sem chance. — Ela deu a volta na casa. Segundos depois, um motor rugiu.

Wolf olhou para mim com as sobrancelhas franzidas.

— Ela vai devolver a minha caminhonete, né?

Pus as mãos na massa, limpando cada centímetro do interior para me certificar de que não havia qualquer marca que identificasse o carro. Eu mal passei o pano pelo porta-luvas e a coisa caiu. Uma pistola Glock fosca estava enfiada entre guardanapos amassados. Normalmente era correspondência antiga, caixa de camisinha, talvez uma seringa. Mas aquilo... Peguei o metal frio, sabendo que poderia conseguir pelo menos duzentas pratas por ele na loja de penhores do Tony. Enfiei a arma sob o cós do jeans e terminei de limpar as superfícies.

— Doritos. Meia-calça. — Monroe atirou a sacola para Wolf e, segundos depois, ele tinha posto o cinto improvisado no lugar.

O motor rugiu à vida e Bellamy e Wolf arrancaram do quintal, deixando marcas de pneu na grama alta.

Tirei a arma da calça, segurando-a no alto.

— Encontrei isso no porta-luvas.

— Ah, porra. — Os olhos de Hendrix brilharam.

— É melhor você se livrar disso. — Só Monroe mesmo para cortar o meu clima. — Até onde você sabe, ela pode pertencer a um serial killer.

Voltei a enfiar a arma no cós da calça.

— Posso conseguir duzentas pratas por ela.

— Ah, bem. Por *essa* quantia vale a pena ir para a cadeira. — Ela balançou a cabeça com complacência e começou a voltar para a casa.

— Ei. — Hendrix se agitou ao meu lado, acenando para Monroe com a cabeça enquanto ela subia os degraus. — Não temos mais vaga no Tony este mês. Você acha...

Pela primeira vez, meu irmão foi sensato. Cada um de nós tinha permissão para negociar na loja de penhores do Tony uma vez por mês. E eu não queria circular com essa coisa por aí por mais três semanas.

— Roe? — gritei, e ela parou, virando-se com as mãos no quadril. — Você me faria um favor?

— Depende. Ele envolve a arma de um serial killer?

— É claro que sim.

— Então, não. — Ela se virou de volta para a casa.

— O quê? Covarde demais para vender uma arma? — Aquilo a pegou. Tudo o que eu tinha que fazer era insistir um pouco.

Ela deu uma olhada superficial para a arma.

— Quero metade.

Ou eu dava metade para ela ou atirava a arma na floresta e terminava sem nada. Mexendo no nariz com o polegar, eu fui em direção à casa.

— Tá bom.

— E você vem comigo.

Passei a mão ao redor da cintura dela.

— É claro.

Rodeamos a casa e subimos na minha moto.

— Você está corrompendo a ralé do parque de trailers, Zepp — ela provocou antes de o motor rugir à vida. — É uma proeza e tanto.

Ah, e eu estava só começando...

Quinze minutos mais tarde, nós passamos pelas prostitutas que estavam paradas perto da cabine telefônica e entramos no estacionamento da loja de penhores do Tony. A luz fluorescente cor de rosa piscava e apagava. Monroe saltou da moto. No segundo em que ela tirou o capacete, lançou um olhar superficial pelo estacionamento, se demorando no grupo de prostitutas.

— Você conhece os melhores lugares para levar uma garota, Zepp.

— Tente não foder comigo até eu te levar para casa, valeu? — Ela enfiou a arma na parte de trás da calça. Algo na forma como ela ficou me deixou de pau duro. Toda *Tomb Raider* e essas merdas... — Eu não vou mentir. Isso foi sexy pra caralho.

Ela revirou os olhos.

— Espera. — Uma carranca tomou o seu rosto assim que ela chegou a alguma conclusão terrível. — Por que sou eu que tenho que vender isso? Por que não você?

— Tony fez um trato com a gente. Cada um de nós pode vir uma vez por mês. Sem perguntas. E nossa cota já foi cumprida.

— Me fala a verdade, eu vou ser presa por isso?

Como se eu fosse deixar que ela fosse para a cadeia.

— Me diz que você não está falando sério.

Ela se aproximou um pouco mais, olhando por sobre o ombro.

— Ela pode ter matado pessoas! — sussurrou.

— Tony está cagando para isso. — Apontei para as portas gradeadas. — E ele registra nomes falsos.

Com um suspiro, ela se virou e atravessou o estacionamento.

Uns minutos mais tarde, ela saiu pisando duro.

— Ele não vai ficar com ela. — Ela empurrou a Glock na minha barriga. — Disse que precisa da papelada.

— Mas que... — Eu enfiei a coisa no jeans.

Tony sempre aceitava qualquer coisa que trazíamos. Joias, facas, armas, sem a papelada. Mas, mais uma vez, ele nos conhecia. Ele não conhecia a Monroe.

— Tudo bem — eu disse.

Voltamos para casa. Quando ela saltou, peguei o capacete com ela e o coloquei na cabeça.

Monroe olhou para mim desconfiada.

— Aonde você vai?

— Vender a arma. — E arranquei.

Fui até o Northside, um lugar para o qual eu não me atrevia a levar Monroe. Dayton era ruim, mas aquele lugar... As coisas que eu fazia por algumas centenas de dólares. Fiquei feliz ao dar o fora dali, acelerando pelas esquinas e ultrapassando os sinais vermelhos. Assim que voltei para o meu lado da cidade, parei no Jet Pepp para comprar um maço de cigarros e camisinhas. Só para garantir. Assim que voltei para as bombas de combustível, um cracudo estava saindo com a minha moto.

— Mas que merda, cara? — Eu saí correndo. No segundo em que eu ia derrubá-lo, algo atravessou a minha pele. O fogo irradiou do meu braço e, então, notei a lâmina na mão do homem. — Cracudo do caralho! — Dei um soco na cara dele, derrubando-o antes de pegar a moto. Liguei o motor e arranquei, não notando o sangue no meu braço até chegar ao sinal vermelho.

Quando cheguei em casa, o sangue tinha encharcado a manga da minha blusa.

Bellamy afastou os olhos do jogo quando a porta bateu às minhas costas. O olhar foi para o meu braço.

— Mas que merda, cara?

Monroe atirou o controle do videogame no sofá.

Wolf pausou o jogo, tirando o baseado dos lábios ao se virar.

— Você está sangrando?

— Não brinca, idiota — eu disse, indo para a cozinha pegar uma cerveja. Eu a abri e bebi inteira com a porta ainda aberta.

Peguei outra e fechei a geladeira.

— O que aconteceu? — Monroe se apoiou à porta com os braços cruzados sobre o peito.

— Fui cortado por um mendigo qualquer.

Ela se afastou do batente da porta e parou na minha frente, agarrando o meu pulso e verificando o corte.

— Vai precisar de pontos.

— Não vou pagar trezentas pratas para alguém me costurar no hospital.

— Eu sei. — Ela me empurrou para uma das cadeiras da cozinha. — Senta.

— Eu não vou te deixar me costurar também. — Inclinei uma sobrancelha, mas ela me ignorou, foi até os armários e remexeu neles.

Ela encheu uma panela com água, então a colocou no fogão e jogou meio pote de sal lá dentro.

— Ele não cortou nada importante, ou eu teria sangrado...

Ela voltou e agarrou o meu braço, cutucando ao redor do corte.

— Eu sei. Mas imagino que a lâmina não estivesse totalmente limpa. Você não pode fechar o ferimento sem que ele esteja limpo, Zepp.

— Quem disse que eu ia fechar? — Nem fodendo eu ia deixar aquela garota chegar perto de mim com uma agulha.

— Você não pode deixar o corte assim. Você tem Super Bonder?

Eu ri.

— Você está de sacanagem, né?

— Minha mãe passou por uma fase de automutilação por causa de uma leva ruim de crack. — Ela pegou a panela e o papel toalha, então voltou para a mesa e começou a limpar o corte. — Eu não podia levá-la para o pronto-socorro, porque eu ia acabar no manicômio. Então, Super Bonder.

— Deu de ombros. — Deu certo. Onde está a cola?

Apontei para a gaveta ao lado do fogão. Roe pegou o tubo enrugado, voltou e juntou a pele ao redor do ferimento enquanto desenroscava a tampinha verde com os dentes. No segundo que aquela merda entrou em contato com a minha pele, eu estremeci, cerrando os dentes com a dor extremamente desagradável.

Ela sorriu.

— Não aja feito uma criancinha.

Eu não podia me lembrar da última vez que alguém tinha cuidado de mim daquele jeito. E só foi naquele momento que eu percebi o quanto eu queria, o quanto eu precisava que alguém fizesse algo assim. Monroe soprou antes de me soltar. Olhei para baixo, para a pele enrugada e nojenta que estava presa por gotas secas de cola.

— É melhor eu ir para casa — ela disse, ficando de pé.

O carro dela não estava aqui e já estava tarde.

— A Jade vai vir te pegar?

— Ela não atendeu. A mãe deve ter confiscado o telefone de novo.

Eu a observei por um segundo, mudando de um pé para o outro e encarando o chão.

— Você poderia ficar.

Ela mordeu o lábio.

— Ou você poderia me levar.
— Eu poderia. — Mas não queria. Atravessei a porta, indo até a sala.
— E se eu não quiser ficar?
Parei ao lado do sofá.
— Você não quer ficar?
Esperei, sabendo que isso, que *nós* estávamos virando um hábito. Que ambos deveríamos estar fora da nossa zona de conforto. Éramos reclusos no que dizia respeito a relacionamentos, mas, quanto mais tempo eu passava com ela, mais estava achando difícil acreditar que todo mundo queria mesmo ficar sozinho. Isso a incluía.
Monroe puxou um fio solto na manga da blusa.
— Eu não sei.
— Bem... — Eu agarrei o corrimão e comecei a subir os degraus, indo para o meu quarto. — Até que você se decida...
Eu estava a meio caminho da escada quando ouvi seus passos me seguirem ali e ao percorrer o corredor. Ela parou à porta.
— Mudou de ideia?
— Não tenho certeza ainda. — Ela foi até a minha escrivaninha e se sentou, passando a mão pelo caderno de desenho. — Posso ver os outros?
Eu não mostrava aquilo para ninguém. Nunca. Não desde que a minha mãe morrera. Aquele caderno estava cheio de pesadelos e arrependimentos, e o pior de tudo, esperanças.
— Você não precisa deixar — adicionou.
Dei um passo para trás dela, olhando por cima de seu ombro para o esboço que eu tinha feito dela. Parte de mim queria mostrar a ela, e aquilo me assustou pra caralho.
— Por que você quer ver?
— Eu não sei. — Ela passou um dedo pelas linhas. — Talvez eu só queira saber mais sobre você.
Com um bufo, eu peguei o caderno.
— E você acha que os desenhos vão te contar alguma coisa?
— Isso diz mais do que qualquer coisa que você já falou. — Ela bateu o dedo na página. — Enigmático, lembra?
Eu folheei as páginas.
— E quando você vai me deixar saber algo sobre você? — Reparei na forma que os ombros dela ficaram tensos, como se ela estivesse se preparando para uma briga.
— O que você quer saber?

Um milhão de coisas. Fui até a minha cama e me sentei, virando a primeira página. Um rosto verde pavoroso me olhou de volta, a palavra CRACK em letras amarelas no lugar dos dentes. Era a minha mãe, o jeito que eu a via quando ela não estava sóbria.

— Para cada desenho que eu te mostrar, eu faço uma pergunta, ok? — Ofereci o caderno. Quando ela o pegou, eu não o soltei nem por um segundo. — Porque eu não deixo ninguém ver esses desenhos... *nunca*.

No momento em que os olhos de Monroe caíram para a página, eu me concentrei na colcha. Eu não queria ver a reação dela.

— Pergunta.

Eu não tinha ideia de por onde começar, porque eu não sabia quantos desenhos eu aceitaria mostrar a ela. A cada página, aqueles desenhos ficavam mais e mais sombrios. O que significava que eu deveria começar com a pergunta que me consumia.

— Quem bate em você?

Seu olhar estalou para o meu e ela fechou o caderno.

— Isso foi uma má ideia.

— Você não quer continuar? Tudo bem. Mas você já viu o desenho, e essa é a minha pergunta. — Minha mandíbula se contraiu. — Responda, Roe.

Ela respirou fundo, o olhar caindo para a cama.

— Não é tão ruim assim. O cara só fica violento quando bebe. Ou quando eu o deixo puto.

Não era tão ruim assim. Eu agarrei o lençol com o punho, tentando controlar a raiva que corria por mim.

— Você tem que prometer que não vai fazer nada — ela disse.

Tanto quanto eu quisesse fazer justiça, à essa altura, eu ficaria muito feliz em pagar alguém para fazer isso.

— Eu não vou fazer nada.

— Tá. É o Jerry. O namorado da minha mãe. Cafetão. Traficante.

E o Jerry ia levar uma surra. Devolvi o caderno para ela.

— Só isso? Nenhuma ameaça de morte? Nada de bater no peito? — Ela hesitou antes de abrir o caderno de desenho.

— Qual é a pior lembrança que você tem?

Ela congelou, embora o olhar nunca tenha se erguido da folha de papel diante dela.

— Meu aniversário de oito anos, minha mãe teve uma overdose pela primeira vez. Próximo.

Algo sobre a velocidade com que ela respondera, quase como se tivesse ensaiado, me incomodou. Ela foi virar a página, mas eu coloquei a mão na frente.

— Eu não posso mentir para você com eles. Então, não minta para mim.

Monroe fechou os olhos e passou uma mão pelo cabelo. Ela abriu a boca, depois a fechou, então voltou a abrir.

— Tudo bem. Minha pior lembrança é da primeira vez que um dos namorados da minha mãe tentou me estuprar — ela disse em um fôlego só, e eu engoli em seco. — Eu tinha doze anos.

Meu pulso acelerou, e houve um momento em que eu não sabia se queria descobrir tudo sobre ela.

Quando ela voltou a abrir os olhos, eles estavam duros e ilegíveis.

— Ainda quer saber coisas sobre mim? — Havia algo na voz dela, raiva, medo... eu não tinha certeza.

Encarei o meu caderno de desenho, pensando. Havia desenhos e falas, frases curtas e pensamentos que diriam mais do que os mais lábios jamais falariam.

— Depende do quanto você quer que conheçamos um ao outro. — Bati o caderno nas mãos dela. — Não é bonito.

— A verdade nunca é. Qualquer coisa bonita é sempre mentira. — Ela veio para a minha cama e se acomodou contra a cabeceira antes de virar a próxima página.

— Você gosta de si mesma?

— Eu não tenho certeza — ela disse, a confusão franzindo sua testa.

Eu me joguei no colchão ao lado dela, olhando sobre o seu ombro para o desenho de árvores retorcidas e lobos, então virei a página para ela, passando a mão sobre um desenho que era uma forca, um punhado de pílulas e uma arma. Ela tocou o papel com os dedos, como se os objetos fossem reais.

— Você queria ser como eles? — perguntei.

— Quem?

— Barrington.

Tanto quanto eu os odiava, seríamos idiotas se não desejássemos ter famílias meio funcionais e dinheiro. Eu só esperava que, se tivéssemos tido aquela sorte, teríamos sido agradecidos em vez de nos tornamos cretinos mimados.

— Não quisemos todos em algum momento? Eu odeio aquela gente, mas eu tenho que me perguntar se não estou só sendo amargurada por eles terem uma sorte melhor. Penso que, se tivesse o dinheiro deles, aquilo não faria de mim uma babaca. Da mesma forma que eles pensam que não são babacas.

Próxima página, próxima pergunta.

— Por que você quer aparentar ser uma menina má?

O olhar dela se ergueu da folha em um meio-sorriso.

— Você está dizendo que eu não estou me saindo bem?

— Basicamente.

— Eu não gosto das pessoas.

— Não brinca — digo. — Mas você ainda não respondeu a minha pergunta.

— Eu não gosto de precisar das pessoas. E eu não sou do tipo com quem as pessoas podem contar.

— Por quê?

Ela virou a página. Demônios e diabos se arrastavam de uma caixa torácica cheia de teias de aranha.

— Porque as pessoas sempre te decepcionam. — Ela hesitou por um segundo. — A conexão humana é uma mentira que contamos a nós mesmos quando precisamos. Não precisamos de ninguém além de nós mesmos, e é melhor assim.

Até mesmo para mim, aquilo foi triste pra caralho.

— Você quer ficar sozinha então?

As folhas farfalharam quando ela as virou.

— Eu só quero algo verdadeiro.

— E como você saberá quando algo for verdadeiro?

Outra página virada para um desenho a lápis de uma cabeça gritando dentro de uma cabeça gritando dentro de uma cabeça gritando até não haver nada mais do que o negro vazio.

— Você desenha o que sente? — perguntou.

— Evitando a minha pergunta? — Toquei a página. — É o único jeito para eu desenhar. De outra forma, só sai merda.

Os olhos dela se estreitaram ao encarar um ponto na parede.

— Eu não sei. Eu acho... que é de verdade quando você confia em alguém.

Tirei a mão, e ela foi para o próximo desenho. E antes que eu sequer percebesse que tinha dito em voz alta, perguntei:

— Você confia em mim?

— Confio. — Outra página virada.

— Por quê?

Os dedos dela agarraram os cantos do caderno, e dessa vez ela hesitou antes de o seu olhar encontrar o meu.

— Porque você se importa. E ninguém nunca se importou.

Eu podia sentir o quanto ela estava exposta. Meu pulso bateu um pouco mais forte, palavras na ponta da minha língua que eu não tinha certeza se queria cuspir. Tirei o caderno da mão de Monroe e o coloquei sobre a mesinha de cabeceira.

— Você é a única garota com quem eu já me importei. — Eu a agarrei pelo quadril e a puxei para cima de mim.

As mãos dela vieram para o meu rosto.

— Bom. — E, então, ela me beijou.

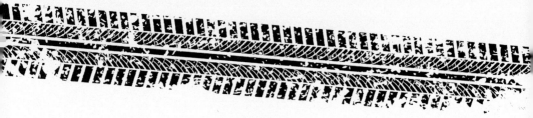

20

MONROE

O sol da manhã se arrastou sobre o telhado do Frank's Famous Chicken. Eu não podia lidar com o odor pungente de fritura àquela hora da manhã.

Apesar de eu dizer a ele que não queria nada, Zepp enfiou uma bandeja de comida na minha frente ao se jogar no assento. Olhei para o frango escapando do pãozinho, a massa brilhando de gordura.

No entanto, peguei o copo de papel com café, aninhando-o em minhas mãos enquanto eu o observava. A situação era estranha, porque, de certa forma, parecia normal. Eu tinha visto algo dele na noite passada que ninguém mais tinha; algo naqueles desenhos me fizera ansiar pelo tipo de conexão que eu sempre tivera muita facilidade em descartar. Talvez a dor só buscasse companhia, e pessoas como nós precisavam de alguém igualmente danificado para nos ajudar a nos sentirmos inteiros.

Zepp devorou metade da caixinha de batata rosti.

— Coma o sanduíche, Roe.

— Eu não tomo café da manhã na verdade. — Beberiquei meu café. — E com certeza absoluta eu não acordo meia hora mais cedo só para comer no Frank's Famous Chicken. Quem faz uma coisa dessa?

— Essa merda é gostosa. Você é louca.

Revirei meus olhos e peguei um pedaço do sanduíche. O que pareceu aplacá-lo um pouco.

A porta do restaurante se abriu com uma pancada. Olhei por cima do ombro de Zepp assim que Max e Leah entraram. Os olhos de Max travaram com os meus pelo mais breve dos momentos, um sorriso doentio escorregando por seus lábios. Meu estômago revirou e senti como se insetos estivessem rastejando sobre a minha pele. Eu abaixei o olhar para a mesa.

— O que foi? — Zepp perguntou antes que o clique das muletas passasse pela nossa mesa.

— Nada.

O olhar de Zepp acompanhou Max pelo restaurante, a raiva se agitando dentro dele como as Cataratas do Niágara. Ele parecia estar prestes a explodir.

A tensão pesava como chumbo sobre os meus ombros. Tudo o que eu queria fazer era correr para que não tivesse que estar no mesmo ambiente que aquele babaca mimado, mas me forcei a permanecer sentada. Max Harford não me faria fugir de lugar nenhum. Nem mesmo do Frank's Famous Chicken.

Ficando de pé com um impulso, Zepp agarrou a bandeja. O olhar furioso estava fixo em Max como se ele fosse matar o cara se ele sequer olhasse na minha direção. Larguei a minha comida intocada e fui até a porta, tentando acalmar meu pulso acelerado. Eu não via Max desde aquela noite, e dera o meu melhor para não pensar naquilo. Agora, no entanto, todas as emoções lutavam para vir à tona, tentando quebrar a caixa em que eu as enfiara. Eu não queria ser fraca assim.

Paramos em frente ao trailer para que eu pudesse tomar banho e mudar de roupa. E quando chegamos à frente da escola, eu estava arrependida da roupa que escolhera: uma saia. A mesma que havia usado por anos e que agora fazia eu me sentir nua e exposta.

Eu tinha deixado Max e Leah me mudarem, e eu odiei aquilo. A forma como eu me vestia nada tinha a ver com o que acontecera comigo, e sim tudo a ver com a merda de ser humano que Max era. Foi do que eu continuei me lembrando enquanto descia da moto.

Zepp me agarrou pelo pulso e me puxou para perto. Seus lábios pousaram nos meus por um breve momento antes de ele sair correndo, me deixando perplexa em meio à nuvem de fumaça de escapamento. Zepp tinha acabado de me beijar. Na escola. E eu não era idiota o bastante para pensar que aquilo não significava nada.

Mantive a cabeça baixa ao cruzar o corredor lotado. Um nozinho horrível de autoconsciência repuxava o meu âmago, e eu puxei a bainha da saia. Pela primeira vez desde que o conhecera, desejei que Zepp estivesse ali. Eu detestava aquela sensação de necessidade.

Na hora do almoço, eu estava a caminho da cantina quando ouvi Dale Davison.

— E aí, Monroe. — Ele se afastou do grupo de jogadores de futebol americano amontoados contra os armários. — Ouvi dizer que você laçou o Zepp Hunt. Você deve ter uma boceta de ouro.

Uma explosão de risadas preencheu o corredor.

— E você deve ser mesmo muito imbecil — eu disse com um suspiro.

O olhar dele me percorreu de um jeito que eu normalmente relevaria, mas que hoje me fez chegar ao limite.

— Sabe... — Ele deu um passo à frente e os dedos roçaram no tecido da minha saia.

Algo ardente e volátil rasgou por mim como um trem desgovernado. E eu estourei. Por que esses caras pensavam que podiam me tocar sem a minha permissão? Eles podiam dizer o que quisessem e esperar que eu ignorasse. Por quê? Porque eu estava de saia? Porque eu "pedi por isso"...

Vi tudo vermelho, cerrei o punho e, antes que eu soubesse o que estava fazendo, soquei-o na garganta. Ele tossiu e os olhos se arregalaram enquanto cambaleava para trás. A sensação de machucar aquele imbecil foi ótima. E eu bati nele de novo. Quando ele caiu no chão, eu parti para cima dele, socando-o de novo e de novo. Uma fúria ardente e feroz percorreu as minhas veias, me conduzindo como um diabinho sobre o meu ombro. Dale. Max. Todos eles. Todos mereciam isso. Mesmo que Dale não tenha revidado. Nem uma vez.

Eu não parei até um braço forte rodear a minha cintura, me arrastando para longe. A adrenalina disparou por minhas veias, e eu chutei e gritei quem quer que tenha me segurado.

— Calma, Moe. Mas que merda? — Chase abriu a saída de incêndio e me arrastou para fora da escola antes de a porta bater às nossas costas. Ele ergueu as mãos. — Droga, Moe.

Respirei com dificuldade e minhas mãos começaram a tremer. Pressionei a testa na parede fria de tijolos, tentando acalmar meu coração acelerado.

— O que ele fez contigo? — Chase perguntou. Como se ele se importasse.

Eu era só uma vagabunda qualquer aos olhos dele, ao que parecia.

— Vá se foder, Chase. — Puxei a porta com força e saí feito um furacão em direção ao banheiro das meninas.

Jade me viu no corredor e me seguiu em silêncio, fechando a porta da cabine. Eu escorreguei pela parede até o chão.

— Você está bem? — ela perguntou, apoiando-se na divisória.

De um jeito estranho, bater em Dale fora libertador.

— É, eu estou.

— Você, tipo, acabou de quebrar o nariz do Dale...

— É, bem, ele é um otário. — Não era uma desculpa. Eu sabia que tinha ficado perturbada.

— É claro que ele é um otário. — Ela olhou para a minha blusa. — Nojento. O sangue dele está em você.

Olhei para as manchas na minha camisa.

— Ótimo. — O sistema de comunicação chiou. — Dale Davison e Monroe James, por favor, compareçam à sala do diretor.

— Merda. — Fiquei de pé e segui para a porta. — Eu devo levar uma suspensão.

Ao me virar no corredor que levava à direção, vi Dale se aproximando pelo outro lado. O rosto dele estava ruim. Absorventes internos estavam enfiados em seu nariz e o lábio estava cortado. Eu não podia acreditar que fizera aquilo.

Dale não disse uma palavra para o diretor além de que ele dera de cara com um armário. Eu sabia que aquilo não tinha nada a ver comigo e tudo a ver com Zepp e o medo que ele inspirava. Senti como se aqueles fiozinhos que me puxavam para Zepp tivessem ficado mais fortes. Eu estava começando a me sentir como um deles, e mesmo sabendo que aquilo não era nada bom, lá no fundo, eu ansiava por aquela sensação de pertencimento.

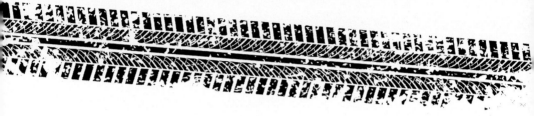

21

ZEPP

Trouxinhas verdes estavam espalhadas pela mesa. Wolf fumava um baseado ao encher um saquinho ziploc com erva.

— Ei, você ainda anda com o Dizzy? — perguntei.

Dizzy tinha sido o cara que nos introduzira na venda de maconha, até ele acabar na cadeia por uma acusação de agressão.

— De vez em quando. Por quê?

Peguei o saquinho, pesei, lacrei e joguei na mochila aberta de Wolf.

— Acha que ele aceitaria cem pratas para dar uma surra em um cara?

— Capaz. — Ele me passou outro saquinho. — Em quem?

— Um cara aí que está comendo a mãe da Monroe.

— Claro, Dizzy aceitaria. Quer que eu ligue para ele?

Assenti para ele enquanto a nuvem de fumaça flutuava sobre a mesa. Empacotamos mais algumas trouxinhas antes de Wolf romper o silêncio.

— Você gosta dela.

Eu me concentrei nos números piscando na balança. Estava claro que eu gostava de Monroe, mas algo em confessar aquilo me parecia pessoal demais. Até mesmo para o Wolf.

— Cara, você beijou a garota lá no estacionamento.

— E? — Enfiei a trouxinha na mochila dele. — Meninas já pagaram boquete para mim no banheiro.

— Zepp Hunt tendo qualquer coisa com uma menina fora do quarto é estranho pra cacete. — Ele se levantou da cadeira e foi até a geladeira. — Mas ela é bacana — disse.

E aquela foi a forma de Wolf dizer que não iria mais me incomodar com isso.

O cascalho rangeu sob os pneus do Cadillac de Dizzy quando ele deu ré e saiu da garagem de Wolf.

Wolf apoiou a escada na lateral do trailer e subiu os primeiros degraus antes de parar e olhar para mim.

— Pera. Por que você não está dando a surra no Jerry?

Porque eu havia prometido à Monroe que não poria um dedo nele.

— É complicado.

— Tanto faz, cara.

Nós nos largamos nas cadeiras de praia surradas, e meu olhar se fixou na placa de um Camaro marrom que dizia: OCHEFÃO.

— O chefão está prestes a levar uma surra.

Wolf riu e se inclinou para pegar uma bebida no frigobar. Ele suspirou.

— Cara, não demos nenhuma festa desde que a Monroe começou a ficar por perto.

— Tem acontecido um monte de merda.

O gorgolejar profundo de um motor ecoou pelo parque de trailers antes de um Mustang vir voando pela estrada, uma nuvem de poeira se levantando sobre o brilho das lanternas traseiras. Ele foi reduzindo a velocidade até parar do lado de fora do trailer de Monroe. A porta se abriu, Monroe saiu e logo sumiu para dentro do trailer. Segundos depois, ela emergiu das sombras carregando uma lona.

Wolf tossiu uma risada.

— Ah, eu me esqueci de te contar. Ela deu uma surra no Dale Davison hoje.

Desviei o meu olhar de Monroe para ele.

— Mas que merda, por que só agora você está me contando?

Wolf deu de ombros, erguendo o baseado permanentemente preso aos dedos.

— Esqueci.

Jesus Cristo. O sangue pulsou pelas minhas têmporas, aumentando de forma progressiva enquanto as possibilidades para ela bater em alguém giravam como um fichário automático na minha cabeça.

Quando Monroe começou a ir em direção à porta, eu umedeci os lábios e assoviei. Ela congelou, olhando pela rua em nossa direção.

— Ei, Roe! — gritei. — Por que você bateu no Dale?

Ela levou as mãos ao quadril.

— Porque ele é um otário.

Eu tinha agido como o rei de todos os otários com ela e levara umas boas semanas para ela chegar a me socar.

— Ele tocou em você?

A cabeça dela caiu com um gemido, então ela jogou algo dentro do trailer e veio correndo até a varanda do Wolf. A escada rangeu antes de a cabeça dela aparecer por cima das calhas. O olhar oscilou entre mim e Wolf e um sorrisinho repuxou o rosto dela.

— Bem, esse lugar parece confortável.

Wolf se afundou na cadeira.

— É a hora dos caras, mano. Ela está interrompendo a hora dos caras.

— Me desculpe, eu não quero gritar pelo trailer como uma jeca. Não se preocupe, eu não vou ficar.

Agarrei o pulso dela antes que ela pudesse descer.

— Ele tocou em você?

— Não.

Meu aperto nela ficou mais forte.

— Então por que você socou o cara, Roe?

— Eu já disse, ele é um otário. E me deixou puta. — Ela me estudou por um momento, então bufou. — Você vai parar?

Ela havia me dito na outra noite que confiava em mim e, ainda assim, aqui estávamos nós dançando em torno da verdade. Como Monroe sempre fazia.

— O que ele fez exatamente?

Wolf suspirou, ficou de pé e se arrastou até a escada.

— Estou com fome — ele disse ao descer.

Os dentes de Monroe arranharam o lábio inferior.

— Ao que parece, eu devo ter uma boceta de ouro para conseguir te laçar. Palavras dele, não minhas.

Wolf riu lá da varanda, murmurando um boceta de ouro antes de a porta lá embaixo abrir e fechar.

Aquilo era o tipo de merda para o qual Monroe se limitaria a revirar os olhos, merda pela qual eu normalmente pegaria alguém.

— Não olhe assim para mim. Eu estava meio irritada hoje de manhã. — Ela se largou na cadeira de praia, cruzando as pernas.

Parte de mim queria dar uma chave de braço nele, mas então cheguei à conclusão de que, para Dale, ser nocauteado por uma garota era humilhação o suficiente. Monroe era o tipo de garota que podia lutar as próprias batalhas.

— Você tem uma boceta de ouro?

Ela me lançou um olhar penetrante.

— Engraçadinho.

— Foi o que me disseram. — Voltei a olhar para o trailer dela.

Um cara enorme rodeou o carro coberto pela lona. Minha mandíbula ficou tensa enquanto eu brincava com a ideia de ir até lá e dar um soco nele. Movi o queixo em direção ao filho da puta.

— Era por isso que você queria tanto o Hurst de volta?

— Sim. Obrigada por isso aliás. — Um sorriso torto apareceu no rosto dela. — Ele ficou muito puto quando você roubou o carro bem dali da entrada.

Minha mandíbula cerrou e eu me apoiei sobre os joelhos, encarando o filho da puta enquanto ele espiava debaixo da lona.

— Não é engraçado, Roe. — Se eu tivesse sabido, a teria deixado ficar com ele.

— É o que é.

É o que é... Eu sabia que a mãe dela estava lá. Eu sabia que ela era viciada em crack. Minha mãe podia ter deixado os caras baterem nela, ela podia ter escondido de qualquer um que tentava ajudar, mas, sóbria ou chapada pra cacete, ela jamais deixaria um dos merdas dos namorados tocarem na gente. O que tinha chegado a encostar em Hendrix levara uma facada na barriga. Monroe havia me dito na outra noite que os namorados da mãe tinham tentado estuprá-la, mas aquilo era algo que acontecia atrás de portas fechadas na calada da noite. Os hematomas que Monroe tinha, não era possível serem passados despercebidos; ignorados, mas não despercebidos.

— E a sua mãe simplesmente permitiu que essa merda acontecesse?

— Àquela altura, parte de mim queria tacar fogo naquele trailer. Aquela era uma pergunta para a qual eu já sabia a resposta.

— Ela já está perdida demais para se importar com algo além da próxima dose. — Monroe sugou uma respiração irregular. — E ele está fornecendo para ela, então...

Jesus Cristo. Eu queria matar os dois.

— Você não tem que ficar lá, sabe — as palavras saíram da minha boca antes que eu as registrasse. E não era por eu não a querer na minha casa, mas, sim, por estar com medo de que eu fosse fazer a garota pirar.

Ela abraçou uma perna junto ao peito, descansando a testa no joelho. Monroe me observou como se tentasse me entender.

— E para onde mais eu iria?

— Você pode ficar comigo.

Uma expressão desconfortável franziu as sobrancelhas dela e entrei em pânico. Muita coisa, rápido demais. Idiota demais. Deus, ela me deixava estúpido.

— Ou na Jade ou algo assim. — Dei de ombros como se não fosse grande coisa. Só uma sugestão.

— Tenho certeza de que os seus pais não iam gostar de abrigar um cachorro de rua. Nem os de Jade.

Afundei um pouco na cadeira, balançando a perna ao passar a mão pelo rosto.

— Eu não tenho pais.

— O quê?

— Minha mãe está morta.

Ela respirou fundo.

— Eu sinto muito.

Meu peito se apertou até eu não poder mais respirar direito.

— Está tudo bem. — Não estava. Eu sentia saudade dela todos os dias.

O som das cigarras parecia ficar mais alto a cada segundo. Eu odiava aquela merda. Tudo aquilo de "eu me sinto mal e eu deveria deixar transparecer, mas não sei o que dizer". Era uma droga. Mas era a vida, e aquilo estava ficando desconfortável.

— Então, quer ir a algum lugar?

— Claro. Para onde?

Eu a estudei por um segundo, sabendo muito bem que havia uma tormenta cozinhando dentro dela. Max. Dale... eu poderia dizer um milhão de vezes a ela que aqueles caras eram uns otários, mas ela não daria ouvidos. Ela devia ter socado o Dale por estar com raiva. E ela tinha todo o direito de estar, mas bater naquele merda não seria suficiente. Não por Max e Jerry e nem o arremedo de mãe que ela tinha.

Sem responder, eu a puxei da cadeira e desci a escada. Fui até a porta de Wolf e bati.

— Abre, seu merda.

Ele abriu a porta um centímetro, a correntinha de segurança travou quando ele olhou lá para fora.

— É melhor ser bom. Eu estava no Porn Hub.
— Posso pegar o seu taco?

Ele deu de ombros e saiu, voltando uns segundos depois com um Louisville Slugger de alumínio.

Monroe saltou da escada, erguendo uma sobrancelha para o taco.
— Eu vou querer saber?
— Provavelmente não.

Estacionei nos fundos de um banheiro químico; então, atravessamos a rua e fomos para o ferro-velho. Enfiei o taco atrás da minha calça e escalei a cerca.

— É aqui que você vai me matar e esconder o meu corpo no porta-malas de alguma sucata? — Monroe perguntou, olhando para mim do outro lado do alambrado.

— Talvez.

Ela subiu rapidamente, passando uma perna por cima antes de pular, pousando de pé ao meu lado.

— Então você acha que vou te matar, mas ainda está aqui, hein?
— É, bem, eu confio em você.

E aquilo... fez eu sentir que valia alguma coisa para ela. E eu gostei e odiei ao mesmo tempo.

Passei pelas pilhas de lavadoras e geladeiras velhas, contornando montes de para-lamas amassados antes de pararmos. Encarando a pilha de lixo na minha frente, tirei o taco do jeans e o entreguei a ela.

— Janelas e faróis são os mais recompensadores.

Ela olhou do taco em sua mão para mim.

— Você quer que eu bata nas coisas?
— Bater nessas merdas me faz sentir melhor. — Tirei um cigarro do bolso, acendi e me encostei no para-choque de uma picape Chevrolet Silverado.

— Tenho certeza de que bater no Dale teve esse efeito — ela disse, erguendo o taco para bater no para-brisa dianteiro. Vidro se espalhou, e ela foi até a janela do passageiro.

— Não minta para si mesma, Monroe. — Precisava de muito mais do que bater em uma pessoa para purgar essas emoções.

Ela deu a volta no carro e, com cada vidro quebrado e lataria amassada, eu sabia que a raiva devia estar sangrando por ela.

— É bom, né? — Peguei um silencioso enferrujado no chão e dei um golpe no capô de um Toyota. Pensei na minha mãe e no cara que nunca pagara suas dívidas quando se tratava dela. E voltei a bater.

— Tudo bem. — Ela socou a ponta do taco através de um farol. — Confesso. Estou com raiva. — Deixou uns amassados no carro, então parou e olhou para mim. — Com o que você está bravo? — perguntou entre arfadas.

E não foi uma pergunta complexa.

— Com muitas coisas.

— Tipo o quê?

Bati o silencioso em um para-brisa. Cacos de vidro voaram para todos os lados. Era melhor manter algumas vulnerabilidades para mim. E foi por isso que fiquei chocado pra caralho quando eu disse:

— Minha mãe.

— Eu... — Monroe congelou, batendo o taco no chão. — Como ela morreu? — sussurrou tão baixinho que eu mal ouvi. — Você não precisa me contar — apressou-se a dizer.

Dei mais alguns golpes, dessa vez na porta de um carro. Bati na coisa até meus braços doerem e o suor empoçar na minha testa. A única coisa sobre a qual eu não queria falar era aquela, e assim eu descobri que a única coisa da qual ela não queria falar era sobre Jerry.

Mas ela tinha falado.

— Algum babaca bateu nela até a morte. — E, então, bati o silencioso com força no capô. Ninguém além do Hendrix sabia.

O queixo dela encontrou o peito.

— É claro. — As palavras foram uma afirmação abafada. Peças se juntaram na sua mente. — Encontraram o cara?

Fechei meus olhos. Contei até dez. E disse a mim mesmo que Roe só estava perguntando porque se importava, e eu deveria ficar feliz com aquilo.

— Ele era de Barrington. — Pude sentir meu coração pulsar nos ouvidos.

Olhei para o carro arrasado, o silêncio se estendeu entre nós pelo que pareceu uma eternidade. Porque ela sabia o que aquilo queria dizer. Que o cara escapara por causa do nome. Por causa do dinheiro dele. Porque a minha mãe não tinha valor nenhum comparada a ele, a qualquer um, exceto Hendrix e eu.

A mão dela roçou o meu ombro antes de os braços me envolverem pela cintura e o queixo pressionar o meu ombro. E, caramba, aquilo me deixou aos pedaços. Enterrei o rosto em seu pescoço. Monroe estava se tornando uma tábua de salvação, e eu estava fodido.

— Isso é uma merda, Zepp.
— É só a vida, Monroe.

22

MONROE

O fôlego quente escorreu pelo meu pescoço até eu me afastar dele devagar. Zepp era forte, de uma forma que só pessoas destruídas de verdade podiam ser. Agora eu sabia o motivo, e ele causava uma pontada de dor no meu coração.

Ele se encostou na grade dianteira do Silverado, e eu saltei para o capô ao lado dele, apoiando o pé no para-choque.

— Então você e o Hendrix moram sozinhos? — perguntei.

— Desde os meus quinze anos.

Engoli com dificuldade o nó que de repente havia se formado em minha garganta, imaginando um Zepp mais novo de luto pela mãe e tendo que cuidar do irmão. Zepp *tinha* que ser forte. Ele não tivera escolha. O mundo tinha feito de Zepp uma ilha de rochas afiadas e impenetráveis que ninguém poderia transpor, a menos que ele deixasse.

— Ninguém veio atrás de vocês quando sua mãe morreu?

Ele traçou um padrão sobre o capô empoeirado.

— Meu tio não contou para qual Estado foi quando meteu o pé da Flórida. E com certeza absoluta eu não ia abrir a boca e acabar enfiado no sistema de acolhimento familiar.

— Entendi. — Eu havia estado no acolhimento duas vezes quando minha mãe tivera uma overdose. Ninguém queria estar à mercê do sistema. — Então você cuida do Hendrix?

— Nós cuidamos um do outro.

A dor dele era visceral, pairando no ar como um gás tóxico, e eu queria que ele não se sentisse tão sozinho naquele momento. Peguei a mão dele, e ele olhou para baixo, para os nossos dedos entrelaçados.

— Bem, você tem sorte. Por ter seu irmão e os caras. — Ele, Hendrix,

Wolf e Bellamy eram meio que uma família. Mesmo tendo inveja, eu estava feliz por ele ter isso.

Ele se moveu, ficando entre as minhas pernas e colocando a mão em meus joelhos.

— E quanto a você?

— O que tem *eu*?

Aqueles olhos escuros buscaram os meus. Havia desespero neles, um pânico que eu nunca tinha visto antes.

— Eu tenho você?

Meu coração martelou, tropeçando dentro do meu peito como uma garotinha apaixonada. As mãos dele deslizaram pelas minhas costelas até a minha cintura. Eu não precisava pensar naquilo. Eu sabia que ele tinha a mim, mas dizer as palavras parecia ser algo monumental. Não era um simples "você tem a mim", era também um "eu preciso de você".

— Porque eu preciso disso. — Os dedos dele se arrastaram pela minha bochecha.

A vulnerabilidade se igualou à dor, e eu senti como se estivesse segurando meu coração, pronta para colocá-lo na palma da mão de Zepp, onde ele poderia esmagá-lo com facilidade. Eu confiava que ele não faria isso? Era uma pergunta simples, mas a verdade se igualava a pular de um penhasco esperando que ele fosse me pegar.

— Você tem a mim — sussurrei.

Seus lábios se pressionaram nos meus. Ele me beijou como se eu fosse o oxigênio e ele estivesse sufocando. Foi muito mais que um beijo, pareceu uma promessa inquebrável e irrevogável. As mãos dele foram para o meu quadril, me puxando com força para si.

A repentina explosão do tiro de uma espingarda soou, fazendo os cachorros latirem e uivarem. Eu me arranquei de Zepp, o coração quase explodindo pelas costelas.

— Ei! Caiam fora do meu terreno. — Outro estrondo alto.

Zepp agarrou a minha mão e disparamos, correndo em meio aos montes enferrujados até chegarmos à cerca. Escalei o alambrado alto e Zepp me seguiu, puxando-me pela estrada até o banheiro químico.

— Você não deveria ter me alertado quanto ao doido varrido que poderia sair atirando?

Ele se apoiou no revestimento apodrecido para recuperar o fôlego.

— A essa hora da noite, ele costuma estar desmaiado por causa da bebedeira.

— Sem fôlego aí? — Sorri para ele. — Você precisa parar de fumar tanto.

— Por quê? Está preocupada?

Peguei o capacete no guidão da moto e logo passei a perna sobre ela.

— Não.

— Mentirosa.

Sexta-feira era sinônimo de espírito escolar vomitado por todos os corredores do Colégio Dayton. Faixas estavam penduradas sobre as passagens. Fitas vermelhas e azuis tinham sido presas nos armários dos jogadores. As líderes de torcida desfilavam por aí com as sainhas e os rabos de cavalo presos com laços impecáveis. A coisa toda era digna de riso.

Naquela manhã, Zepp me esperava perto do meu armário, sorrindo.

— Pronta para enjaular as panteras, Roe? — Ele riu, então bateu a mão sobre o meu peito, deixando para trás um adesivo do "espírito escolar" que dizia Enjaule as Panteras.

— Eu não vou hoje. Você pode ir à merda. — Arranquei o adesivo e colei nele.

Ele se afastou da parede de armários e caminhou ao meu lado.

— Você está sempre tão irritada.

— Vai me dizer que essa palhaçada não te deixa de mau-humor? — Acenei ao redor, apontando as decorações.

Zepp arrancou um chumaço de festão de um dos armários.

— Eu acho divertido.

Wolf apareceu no corredor. Uma penca de fitas estava pendurada ao redor do seu pescoço, formando um cordão improvisado: um medalhão de papelão coberto por purpurina e com o número de sua camisa pendia dele.

Zepp deu um peteleco nele.

— Que gracinha.

Wolf deu de ombro.

— Sai pra lá, cara. A garota que fez tem peitão e bundão. Vou usar se me garantir uma trepada.

Um grupo de risadas profundas veio de trás de nós, seguido por Chase chamando meu nome. Por instinto, eu me virei.

Ele enfiou as mãos no bolso.

— Posso falar com você?

Eu não tinha nada a dizer ao Chase. Ele me deixara puta, ultrapassara os limites.

— Não, vaza.

— Ah, qual é, Moe? — Ele começou a vir na minha direção. — Eu só quero pedir desculpa.

— Não quero suas desculpas.

Chase meio que revirou os olhos.

— Por que você é sempre tão teimosa?

— Por que você é um garotinho mimado que dá ouvido a fofocas?

Zepp se enfiou entre nós, os ombros eretos e o queixo erguido.

— Por qual merda você precisa se desculpar com ela? — Ele parecia um imenso gorila alfa batendo no peito bem no meio do corredor do Dayton.

— Não é da sua conta, Hunt.

Wolf saltou entre Zepp e Chase, os braços esticados como uma estrela do mar.

— Cara, Zepp. Ele é o receptor. Você pode esperar até domingo para esmurrar o cara?

Chase agarrou o Wolf e o empurrou para o lado.

— Não preciso da sua ajuda, Brookes — ele falou com raiva. Deus, ele era um idiota.

Wolf abaixou o queixo e deu risada, então bateu a mão no ombro de Chase.

— Confie em mim, você precisa.

— Zepp. — Meus dedos envolveram os dele. — Vamos. — Eu o puxei pela mão, tentando tirá-lo do meio do caminho, enquanto Wolf empurrava Chase até ele virar no corredor.

— Você deu pra ele? — Zepp arrancou a mão da minha, a testa encrespada.

Meu gênio subiu na mesma hora.

— Vai se foder. — E comecei a ir para a sala sem nem olhar para trás.

— Não fica puta comigo. É uma pergunta válida. — O cara estava bem ao meu lado.

Eu não estava prestes a discutir com ele no corredor, então tracei uma linha reta até o banheiro feminino. A porta mal teve a chance de se fechar às minhas costas antes de ela voltar a abrir e Zepp entrar com tudo.

Duas meninas que se olhavam no espelho saíram correndo.

— Não. Eu não trepei com ele. — Cruzei os braços sobre o peito, odiando até mesmo ter dado a ele a moral de eu ter respondido. Chase era praticamente um irmão para mim.

— Ele te chama pela porra de um apelido.

— Nós somos amigos.

— Balela. — Ele me fuzilou com os olhos. — Caras não são amigos de garotas.

— Bem, nós somos. — Eu me recostei na pia, olhando feio para ele. — Algum problema com isso?

— Sim, eu tenho. — Ele se aproximou um centímetro de mim, e eu me endireitei. — Tenho sim um problema com *isso*.

— Você não é meu dono, Zepp.

Os olhos dele se estreitaram.

— Pelo que ele quer se desculpar, Roe?

— Nada com o que eu não possa lidar sozinha.

A cada segundo que passava, a raiva se aprofundava no rosto dele.

— Bem, ele fez alguma coisa. — Ele deu um breve aceno de cabeça, as narinas dilatadas como as de um touro psicótico. — É tudo de que eu preciso — disse ao ir para a porta.

— Espera. O quê? — Corri atrás dele. — O que você vai fazer?

Ele já estava dobrando no corredor.

— Zepp, seu maluco do caralho.

As pernas longas dele devoravam a distância, e eu o perdi no mar de estudantes que não abriam caminho para mim da mesma forma que abriam para ele. Quando eu finalmente o encontrei, Chase estava preso contra o armário, segurando o lábio ensanguentado, com Zepp rosnando palavras bem na cara dele.

— Eu fui um idiota! — Chase confessou.

— Por quê? — Zepp bateu Chase contra a parede de metal.

— Eu pensei que ela tinha dado para o Harford. — Os olhos de Chase se desviaram para mim. — Eu sinto muito, Moe. Eu não tive a intenção...

Zepp voltou a socá-lo antes de dar um passo para trás. Chase foi direto para o chão.

— O receptor, cara! — Wolf agarrou a cabeça. — Que merda, Zepp.

Zepp me agarrou pela cintura e me puxou pelo corredor.

Eu dei uma cotovelada nas suas costelas.

— Você sabe que você é louco, né?

— Você me faz ser.
— Não me culpe...
— Você acha que um *amigo* ficaria puto porque pensa que você deu para alguém?
— Eu... — Eu não tinha uma resposta para aquilo.
Um sorriso presunçoso se formou em seus lábios.
— Caras não são amigos de garotas, Roe. Aceite.
Ele me beijou antes de sair andando. Mas acontecia que ele estava errado. Chase era só um amigo.

Passei as duas aulas seguintes pensando no quanto Zepp era lunático. Eu não deveria ter gostado, e já que parte de mim tinha achado bom, talvez eu fosse tão ruim quanto ele.

— Monroe James — meu nome chiou no sistema de comunicação, me afastando dos meus pensamentos. — Sua presença é requisitada na diretoria para dispensa.

Eu não era dispensada da escola desde o ensino fundamental. Eu me levantei, guardei meus livros devagar e segui para a diretoria.

A secretária me passou o papel de dispensa pelo balcão, uma expressão de piedade no rosto.

— Vai ficar tudo bem, querida. — Ela bateu a mão enrugada sobre a minha como se alguém tivesse morrido. Talvez minha mãe tivesse finalmente se matado com aquela merda que ela injetava nas veias. — Disseram que vão te pegar lá na frente.

— Ah, obrigada?

Ela me acompanhou até a entrada e eu olhei para o estacionamento, procurando pelo Camaro do Jerry. O medo agitou o meu estômago, porque, se ela estivesse morta, o que o Jerry tentaria fazer?

A fumaça do cigarro passou flutuando.

— Meus pêsames — Zepp falou, saindo da lateral da escola.

— Foi você? — Acenei com o pedaço de papel.

— O quê? — A fumaça serpenteou de seus lábios. — Você preferia ir para o pré-jogo?

Revirei os olhos.

— Seria legal me dar um aviso de antemão. Pensei que minha mãe tivesse morrido.

Ele não disse nada.

— Pera, diz que você não matou ninguém.

— Na verdade, dei cinco pratas para uma prostituta ligar. — Ele jogou o cigarro no chão. — A velha Betty lá da secretaria conhece a minha voz.

Foi bem fofo. Para o Zepp. Os dedos dele afagaram a minha bochecha, os olhos escuros me estudando enquanto ele inclinava o meu rosto para trás. Lábios quentes roçaram os meus antes de ele passar um braço pelo meu ombro e irmos em direção à sua moto.

— Deus tenha a alma do seu vovô Joe. — Ele bufou uma risada.

Zepp saiu do estacionamento da escola e acelerou pela estrada que levava para Dayton.

Duas partidas de *Call of Duty* e eu o derrotei em ambas. Ele atirou o controle para longe e bufou.

— Eu nunca deveria ter te ensinado a jogar.

— O pupilo se torna o mestre.

— Isso significa que, tudo o que eu te ensinar, você será capaz de fazer melhor? — Os dentes arranharam os lábios, o olhar baixou para a minha boca.

— Depende. Em que você está pensando?

— Algo em particular. — As mãos dele foram para a minha cintura. — Você é gostosa pra caralho. — Ele me puxou para o colo, então pressionou os lábios nos meus. Forte e faminto, o beijo ameaçou roubar o meu fôlego.

— Você não faz ideia do quanto eu te quero.

E eu o queria. Mas eu não estava pronta para fazer sexo com ele. Uma coisa era beijar. Outra era fazer sexo. E havia a área cinzenta no meio que eu não sabia bem como percorrer. Principalmente com Zepp. Ele parecia ser tudo ou nada, e, para ser sincera, se ele quisesse começar alguma coisa, eu não tinha certeza se seria fácil parar. Meus dedos correram por seu cabelo, puxando-o para perto. Parecia que eu não podia ter o suficiente dele, e eu queria mais... eu só não sabia exatamente o quê.

— Você está pensando na possibilidade — ele sussurrou contra os meus lábios.

— De quê?

— De dar para mim. — Os dedos dele se afundaram em meu quadril, cada músculo tenso por causa da repressão.

Zepp parecia uma bomba-relógio esperando para explodir. Parte de mim queria levá-lo ao limite só para ver o que aconteceria, mas a energia nervosa percorria as minhas veias, me fazendo hesitar.

Ele me empurrou para o sofá, cobrindo meu corpo com o seu.

— Como seria eu te comer enquanto você está de bruços no capô de um carro? — As mãos dele vagaram pelas minhas costelas.

O calor eriçou a minha pele e meus pulmões de repente pareceram pequenos demais.

— Na minha cama — ele prosseguiu entre beijos no meu pescoço. — Contra a parede...

— Difícil não imaginar — eu disse com a respiração aos frangalhos.

Ele se pressionou entre as minhas pernas e algo a mais atravessou a luxúria.

— Se isso não for um convite, Monroe, é melhor você me dizer agora.

Era? Eu não sabia, mas eu não queria que ele parasse. Pela primeira vez na vida, eu ansiava por uma conexão. Queria coisas com Zepp que eu nunca quisera com qualquer outra pessoa, mas eu estava aterrorizada com o que cruzar aquela linha com ele poderia significar.

— Não é um convite para me comer, mas... é alguma coisa. — Tropecei com as palavras enquanto sua boca descia pelo meu pescoço, os dedos cravando a minha cintura com força o suficiente para deixar marcas.

— A gente não precisa transar.

Eu não pude segurar o sorriso. Vindo de Zepp, era quase cavalheiresco. Fez com que eu me sentisse importante para ele, e era tudo pelo que qualquer um de nós nessa vida de merda realmente procurava: significar algo para alguém.

— Mas, pelo amor de Deus, me deixa fazer alguma coisa. — A mão dele envolveu a minha nuca. Outro beijo brutal nos meus lábios. Ele estava em toda parte, arrebatador.

Minha mente se demorou em algum lugar entre o nervosismo e a curiosidade, e o meu corpo exigia mais.

— Tá — respondi, tentando recuperar o fôlego.

Ele passou a mão pela minha coxa.

— Ótimo.

Os dedos trilharam sob a minha saia, escorregando entre as minhas coxas. Houve um momento, uma pausa em que o único som era o da minha respiração ofegante.

— Você está bem? — Ele estava bem ali.

— Estou. — Eu o agarrei pela nuca e o beijei assim que sua mão escorregou para dentro da minha calcinha, então o dedo calejado entrou em mim.

Meu fôlego engatou e meu corpo ficou tenso antes de eu ceder a ele.

— Está gostoso, Roe?

Eu não podia pensar além da sensação de ele me tocando e da necessidade visceral por mais. A única resposta que ele recebeu foi o leve mover do meu quadril.

Ele foi mais fundo, gemendo contra o meu pescoço.

— É tão difícil não te comer bem agora. — O toque dele era áspero e dominador, e eu imaginei como seria ser fodida por ele, ter a sua pele nua pressionada contra a minha.

Um gemido escapou dos meus lábios e minhas costas se curvaram para longe das almofadas do sofá.

— Porra, Roe.

A respiração ofegante acariciava a minha pele e ele controlava cada centímetro do meu corpo enquanto eu rachava sob seu toque habilidoso. Era como se ele soubesse cada botão que deveria pressionar, cada carícia no exato lugar que me faria gozar.

A tensão se construiu, meus dedos cravaram em sua pele até eu estar desesperada pela libertação que ele me daria. E quando aconteceu, ela quebrou sobre mim como uma onda em alto-mar, grande e pesada, roubando a sensação de tudo o que não fosse ele.

Ele continuou enquanto eu o agarrava pelo pulso.

— Não quer outro? — Os dedos dele se curvaram mais uma vez dentro de mim, e eu recuei.

— Você é um idiota.

Quando olhei para ele, ele se retirou, então escorregou os dedos entre os lábios. Corei, todo o tempo querendo mais. Eu o apalpei sobre o jeans, querendo que ele perdesse o controle do mesmo jeito que eu tinha acabado de perder.

Uma batida soou na porta dos fundos assim que eu levei a mão à braguilha dele.

— Ei, otário! Por que você matou aula? — Hendrix gritou ao contornar a porta. — Eu sabia que vocês dois estavam trepando! — Uma mochila voou pelo ar, pousando ao nosso lado no sofá.

— Cai fora daqui — Zepp gritou.

— Você é nojento. Tentando molhar a ponta do pau no sofá em que eu me sento. — Ele me olhou com escárnio. — Fluidos.

Revirei os olhos.

— Eu já vi gente chupando o seu pau aqui neste sofá. — Aquela foi uma constatação asquerosa. — Nojento. — Empurrei Zepp. — Precisamos sair desta coisa.

— Hendrix! — Zepp gritou, me empurrando de novo para baixo. — Dá o fora daqui antes que eu te mate.

Ele ignorou o irmão completamente.

— São os meus fluidos, não os seus, Ruiva. — Hendrix se enfiou na cozinha e saiu de lá com um saco de batata chips.

O olhar dele saltou entre Zepp e eu.

— Isso é esquisito. Eu não gosto. — Ele se jogou no sofá, enfiando as batatas na boca.

Com um suspiro, eu me sentei e, dessa vez, Zepp permitiu.

— Ai, meu Deus. Vocês estão namorando! Isso é nojento. Tipo, nojento pra cacete, cara. — Ele deu um soco no ombro de Zepp. — Qual é o seu problema?

Zepp pegou o controle remoto na mesa e o atirou no irmão, que lhe mostrou o dedo médio.

— Vocês vão arrumar um quarto. Eu vou ver televisão.

— Tudo bem. Eu deveria ir embora de qualquer forma. — Fiquei de pé. — Tenho que trabalhar hoje à noite.

— Eu ainda estou esperando a peça para o seu carro.

— Tudo bem. Vou pedir para a Jade me dar uma carona. — Tirei o telefone do bolso para mandar mensagem para ela, mas Zepp tirou o aparelho das minhas mãos.

— Eu te levo.

Parei. Eu não queria que Zepp me deixasse no The White Rabbit. Merda.

— Tudo bem. — Fiz uma pausa. — Obrigada.

Ele arrancou o controle das mãos de Hendrix.

— Que horas você tem que chegar no trabalho?

— Só às dez. Você pode só me levar para casa?

Uma de suas sobrancelhas abaixou.

— Por quê?

Porque eu não queria que ele soubesse que eu era uma stripper.

— Tenho que tomar banho e me arrumar.

— O Jerry está lá? — Ele estreitou os olhos. — Basta se arrumar aqui. Eu levo você.

Ele me encarou, e talvez tenha sido só a minha consciência culpada, mas eu senti como se ele soubesse que eu tinha algo a esconder. E total que eu tinha. Naquele momento, eu havia acabado de perceber o quanto eu tinha começado a gostar de Zepp, porque eu estava aterrorizada com ele descobrindo que eu era stripper. Nenhum cara queria estar com uma garota que tirava a roupa para outros homens, e eu não poderia culpá-lo. *Eu* ficava enojada, e era eu que estava tirando a roupa. A ideia de fazer o necessário não era estranha a ele, mas ele nunca tinha sacrificado a dignidade no processo.

— Tudo bem — respondi, mas o que eu queria mesmo era que ele me levasse para casa e pedir à Jade para me deixar no trabalho.

Assistimos a um filme e pedimos pizza. Hendrix reclamou o tempo todo. Pareceu normal só ficar ali, o que me assustou, porque aquela não era a minha vida. Eu estava acostumada a ficar sozinha a maior parte do tempo, não via nada de errado com a situação, mas como eu poderia sentir falta de algo que eu nunca tivera? Zepp estava começando a se tornar o meu normal e, dessa vez, se tivesse que voltar a ficar sozinha, eu saberia o que estava perdendo. O filme acabou, e Zepp me pegou pela mão e me levou até o quarto. A porta se fechou atrás dele, a fechadura clicou.

O olhar que ele me lançou deixou o meu estômago em nós. Mordi o lábio, tentando esconder o sorriso.

— Precisa de alguma coisa?

— Terminar o que começamos mais cedo.

Ele fechou o espaço entre nós e agarrou o meu cabelo, enviando uma pontada de dor pelo meu couro cabeludo antes de os lábios arrebatarem os meus. Zepp havia me embebedado tanto com ele que me fizera querer coisas que eu nunca quisera antes. Tipo querer vê-lo estourar e perder o controle do mesmo jeito que ele tinha feito comigo.

Os dentes cravaram no meu lábio inferior quando eu puxei o seu cinto. Engolindo o nervosismo, puxei o jeans e a cueca dele para baixo, então caí de joelhos. Um bastão de prata brilhou sob a luz. É claro que Zepp teria um piercing no pau. A pele sobre ele parecia tão fina.

— Com medo? — O olhar dele prendeu no meu enquanto seus dedos brincavam com o meu cabelo. — É sensível.

Eu não era lá muito experiente com isso. Duas semanas de namoro no segundo ano não haviam me preparado nada para um cara como Zepp, e eu estava preocupada se seria muito ruim em comparação às outras meninas que tinham vindo antes de mim.

— Você não faz ideia de quantas vezes eu te imaginei de joelhos. — Ele agarrou o meu cabelo.

Respirei fundo, engolindo o nó de desconforto que tinha se alojado em minha garganta. Quando eu o peguei, aquele piercing foi o primeiro lugar sobre o qual a minha língua trilhou. Ele sibilou ao suspirar, o corpo ficando rígido.

— Merda. — Ele puxou ainda mais o meu cabelo.

Minha confiança aumentou um pouco e eu o engoli tanto quanto pude. Dentro de minutos, Zepp estava gemendo, os dedos emaranhados no meu cabelo antes de me puxar para longe, e eu o vi perder o controle, se punhetando enquanto um gemido gutural rasgava os seus lábios. Havia algo descaradamente primitivo naquilo, o que me fez querer aquele cara mais do que eu já queria. Ele olhou para cima, ainda se segurando na mão.

— Esse olhar. — Ele mordeu o lábio, bombeando a si mesmo. — Eu juro por Deus, Roe, se você não quiser que eu coma você...

Ele me olhou como se fosse me arruinar e o desejo logo se misturou com o anseio.

— Preciso tomar banho. — Peguei a toalha atrás da porta e fui para o banheiro.

Entrei no chuveiro, com a porta que não fechava porque a moldura estava muito empenada. Eu tinha acabado de passar o shampoo que cheirava a pinheiro quando ouvi passos pesados e, então, um ranger no assento do vaso. Alguém assoviava a musiquinha dos sete anões.

— É melhor ser você, Zepp — falei.

— Você vai se mudar para cá? — resmungou Hendrix.

— Não! Você simplesmente veio cagar enquanto outra pessoa está tomando banho?

— Quando eu tenho que cagar, eu tenho que cagar.

Deus, ele era nojento.

— Zepp! — gritei.

O assoalho rangeu.

— Que merda você está fazendo? — A voz de Zepp veio lá da porta.

— Tinha umas pelotinhas presas no meu buraco, cara.

— Limpa e cai fora!

A descarga foi acionada e logo veio o spray do aerossol.

— Pronto. Frescor da montanha e merda para a princesa. — Hendrix bufou.

— Ai, meu Deus. — Enxaguei o resto do shampoo e desliguei a água, prendendo a cortina ao corpo ao estender a mão para pegar a toalha. Eu a envolvi ao meu redor e peguei as minhas roupas. Quando saí, encontrei Hendrix andando pelo corredor.

— Todo seu.

— Está quase saindo — ele disse e passou correndo por mim. O cara nem se deu o trabalho de fechar a porta.

— Uau. — Entrei no quarto de Zepp e fechei a porta. — Não sei como você faz isso.

Tudo o que ele fez foi suspirar e balançar a cabeça.

— Mais uma vez, de nada por ter dito que você estava fora dos limites dois anos atrás.

Ele ter marcado o território mijando em mim como um cachorro sem sequer termos trocado uma palavra deveria ter me irritado. Mas, nesse caso, eu fiquei grata.

— Obrigada.

Vesti a calça e a camiseta.

— Onde você trabalha? — ele perguntou.

— É... no Cha Cha's. — A mentira escapou dos meus lábios com muita facilidade. O bar que ficava bem em frente ao The White Rabbit era um disfarce razoável. — Recolho os copos.

— Você precisa ir em casa pegar o uniforme?

Um minúsculo fio de pânico me puxou.

— Não. Está no trabalho. — Um armário cheio de calcinha fio-dental e lingerie.

Eu me sentia uma merda por mentir para ele. Zepp não fizera nada além de me ajudar, mas aquela era a justa razão por eu precisar esconder aquilo dele. Era um problema do qual eu não podia me livrar. Eu estava tão envolvida com esse cara que não tinha escolha além de seguir em frente e esperar que ele não arrancasse meu coração de dentro do peito.

Meu estômago se contorceu quando ele parou no Cha Cha's e estacionou debaixo da placa de neon. Eu saltei e entreguei o capacete.

O olhar vagou para trás de mim.

— Então você recolhe os copos?

— É. Eu tenho uma bela identidade falsa. — Não era mentira. Eu tivera que mostrar uma identidade falsa para conseguir o trabalho no The White Rabbit, mas não havia como ela ser boa o bastante para eles não saberem que eu era menor de idade. Eles só não se importavam.

— Volto à uma para te pegar?

Porra.

— Às duas. Mas uma das meninas pode me dar uma carona. Você não precisa vir aqui às duas da manhã, Zepp.

O olhar dele se voltou para a fachada do Cha Cha's com a sua placa luminosa.

— Nada, acho que tenho sim.

— Tudo bem. — O que mais eu poderia dizer? — Obrigada.

Zepp me beijou antes de eu seguir para a porta do bar, a culpa me comia viva. O motor acelerou e o ronco foi diminuindo até que ele desapareceu. Eu me virei e fui correndo para o The White Rabbit. Eu não queria mentir para o Zepp, mas, por alguma razão, eu era a exceção dele, diferente de cada uma das garotas que se atiravam em cima dele. Eu não queria que ele soubesse que eu era muito pior do que qualquer uma delas.

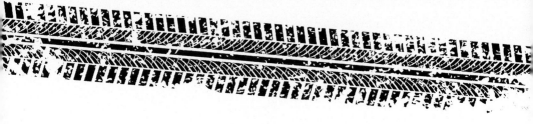

23

ZEPP

A última semana tinha sido um borrão de boquetes e preliminares, e cada vez que eu pensava que Monroe ia enfim implorar para que eu a comesse, ela não falava nada.

A garota estava me fazendo esperar. A porra da Monroe James estava me fazendo esperar.

O Civic de Bellamy passou por um buraco e eu agarrei a coxa de Monroe para impedir que ela batesse a cabeça no teto. A fricção da menina no meu colo quando ele passou por outro buraco fez o meu pau ficar atento.

Jade se mexeu ao meu lado, espanando fumaça para longe do rosto e tossindo.

— O quê? — Wolf olhou para trás, os olhos meio vidrados. — Nunca fez sauna de maconha?

— É, mas... — Jade sacudiu a cabeça e tossiu novamente antes de voltar a se afundar no assento.

A fumaça preenchia o carro, e quando saímos para a rodovia, eu não sabia como Bellamy estava conseguindo ver a pista.

— Por que estamos indo para essa festa mesmo? — Monroe perguntou, fazendo carinho no meu cabelo.

— Bebida grátis.

Ela se inclinou para o meu ouvido.

— A gente bem que podia ir só para a sua casa, e eu aproveitaria para te chupar.

Meu aperto em sua coxa ficou mais forte e eu pressionei o pau contra ela.

— Você pode me chupar na festa.

— Vocês alguma vez já pensaram, tipo... — Wolf disse, afastando o meu foco de Monroe. — E se todos fôssemos só amebas no corpo de algum gigante? Tipo flutuando por aí e essas merdas? — Ele passou o baseado para Jade com um sorrisinho levemente malicioso.

— Você parece ser do tipo que pensa muito, esquisitona.

O carro parou no cruzamento, o sinal lá fora iluminando apenas o suficiente para que eu pegasse Jade olhando para Monroe em um apelo silencioso de "socorro".

— Pare com essas viajadas de Plantão, Wolf. — Hendrix quase se jogou do banco de trás para dar um soco no estômago de Wolf. — Se a Jade for cair de boca em alguém, não vai ser em você.

— Ai, meu Deus. — Gemendo, Monroe arrastou uma mão pelo rosto. — É Platão, seu babaca. E ela não vai tocar nesse seu pau rodado.

Jade murmurou um "merda" baixinho. Quanto mais Monroe dizia ao meu irmão para deixar Jade em paz, mais ele ia atrás dela como um cachorrinho no cio.

— Ela tem mente própria — Hendrix rebateu.

— E, infelizmente para você — Monroe deu um peteleco na testa dele —, neurônios.

Wolf abaixou a janela e enxotou a fumaça para fora.

— Fique chapada, vizinhança. Fique chapada.

Deixei minha cabeça cair contra o assento, ignorando a discussão entre Monroe e Hendrix, até Bellamy estacionar no fim da rua sem saída e todo mundo sair da carro.

A música vinha da casa no final da rua escura.

Monroe olhou do lugar para mim.

— Sério. Boquete. — Ela ergueu as mãos como se fossem uma balança. — Festa...

Eu preferia muito mais receber um boquete, mas os caras já estavam me enchendo a paciência por não fazer mais essas merdas com eles.

— Você age como se fosse uma tortura. — Peguei a mão dela e segui os caras pela rua.

— E é.

Jade se inclinou ao lado dela.

— Você não pode me deixar aqui.

— Tudo bem. — Monroe suspirou. — Alguém tem que te proteger do Hendrix.

Hendrix bufou ao passar por nós. Ele parou no portão, esfregou as palmas das mãos uma na outra e olhou para as pessoas que lotavam o quintal dos fundos.

— Vejo com os meus olhinhos algo começando com B. E é boceta! — Ele deu um tapa nas minhas costas. — Não tema, irmão. Vou martelar uma em sua memória.

Eu dei um empurrão nele, e logo ele e os outros caras saíram desfilando pela festa enquanto Monroe e eu pegávamos cerveja no barril. Copos em mão, fomos até a gangorra vazia nos fundos do quintal e nos sentamos. Fiquei olhando para a área lotada, pensando que eu costumava vir a essas festas por duas razões: garotas e cerveja. Agora, ambas pareciam um desperdício de tempo. Eu preferia ter ficado em casa com Monroe, mas os caras nunca me deixariam esquecer o fato.

Friends in Low Places tocava nos alto-falantes, o baixo da música country animada chiava. Todo mundo na festa cantava junto, exceto Monroe e eu.

Eu a cutuquei nas costelas, chegando um pouco mais perto.

— Não quer cantar?

— Eu pareço ser o tipo de garota que canta? — Ela levou o copo aos lábios, olhando-me por sobre a borda. — *Você* não quer cantar?

— Eu pareço ser o tipo de cara que canta?

— Não. E eu fico feliz por isso.

Olhei através do jardim. Hendrix jogou o braço ao redor de alguma garota certinha que estava usando saia jeans azul.

— Seu irmão é tão cachorro. — Ela olhou para mim, mas eu não podia discordar daquilo. — Por que você nunca saiu com as meninas?

Aquela era uma resposta simples.

— Nenhuma valia o trabalho. — A maioria das garotas queria sair comigo porque eu era o *"bad boy"* que não namorava. Elas queriam ser a pessoa que mudaria isso. Monroe, ao menos era o que eu queria acreditar, estava comigo porque eu não era quem ela pensava que eu fosse.

Jade veio correndo pelo quintal e pegou a mão de Monroe.

— Me salva dele. — Ela olhou para Wolf de pé perto do barril e jogando um jato de cerveja na boca. — Ele está falando esquisitice.

Monroe bufou ao ficar de pé.

— É o Wolf. Ele é sempre esquisito.

— Vem no banheiro comigo.

Peguei mais cerveja no barril, assistindo ao rebolado da bunda de Monroe até ela e Jade sumirem dentro da casa. A espuma tinha acabado de escorrer pela minha mão quando a de alguém bateu no meu ombro.

O cheiro forte de perfume me envolveu.

— E aí, Zepp. Meu chapa. Meu brother.

Dizzy me rodeou e parou na minha frente, terminou a vodca que segurava e jogou a garrafa no chão.

— Vou cuidar do seu cara, Jerry, em breve.

— Bom.

— Aquele filho da puta é ruim. Por que você tretou com ele? Você não está metido em tráfico de metanfetamina, está?

Afastei a mão dele do meu ombro com um tapa.

— Não, porra.

— Então, por que você quer que o velho Jerry leve uma surra, pivete? — Dizzy era sensato, e a única coisa que ele odiava eram homens que batiam em mulheres. Não custava nada contar a ele.

Cerrei a mandíbula.

— Ele está fodendo com a minha garota.

— Bagunçando com a sua garota. Ah, que merda, cara. — Uma careta profunda se arrastou pelo rosto dele. — Espera. *Sua* garota? Porra, maluco. Você tem uma garota? — Ele apontou o queixo em direção à gangorra vazia em que Monroe e eu havíamos estado sentados. — Aquela ruiva?

— É.

— Porra, cara. — Ele bateu nas minhas costas. — Ela tem um belo par de peitos. Meus meninos sempre tentam conseguir uma *lap dance* com ela lá no The Rabbit. E você está comendo aquela garota? Espalhando aquelas pernas como manteiga de amendoim em uma torrada. — Ele riu, e meus dedos se fecharam em punhos.

Parte de mim queria perguntar se ele tinha certeza de que era ela, mas então eu soube.

Ela havia tido uma atitude suspeita pra caralho quando eu a deixara no Cha Cha's porque ela trabalhava no clube de strip do outro lado da rua, fazendo *lap dances* para babacas como o Dizzy. Precisei de toda a minha força de vontade para não socar o cara.

Ele continuou com a matraca.

— Ela também tem uma senhora bunda. Sabe roçar direitinho. Maluco, você tem sorte.

O sangue corria por meus ouvidos parecendo um trem desgovernado. Precisei me controlar para não calar a boca de Dizzy com um murro.

— É, cara — eu disse, e fui em direção à casa.

— Ei, Zepp! — de trás de mim, Dizzy me chamou. — Aonde você vai?

Ignorando-o, abri caminho entre a multidão de adolescentes tomando cerveja pelo funil e entrei na cozinha. O calouro enfiando molho na boca perto da mesa congelou quando eu parei na porta.

— Onde é o banheiro? — perguntei.

O Cara do Molho apontou com a batata para o corredor e eu saí. Eu estava puto por ela ter mentido para mim. Puto por outros caras terem posto a mão nela. Puto por não ter ideia de quem ela era quando eu pensara que tinha.

Jade apareceu no corredor estreito, os passos falhando quando seu olhar pousou em mim.

— Ah. Oi. Zepp.

Passei por ela com um resmungo, bloqueando a porta assim que Monroe chegou ao limiar.

— O que você está fazendo? — ela perguntou.

Eu a empurrei de volta para o banheiro e bati a porta às minhas costas. Uma torrente de insultos dançou na ponta da minha língua, a raiva sangrava pelas minhas veias, mas eu abafei tudo.

— Você é minha garota, né? — Eu a agarrei pela cintura, trazendo meu rosto a centímetros do dela como se fosse beijá-la.

— Você sabe que eu sou. — Uma leve ruga se assentou entre suas sobrancelhas. — Zepp, o que...

— O que quer dizer que nenhum outro cara pode tocar em você.

— O quê? — Ela empurrou o meu peito, abrindo à força um espaço entre nós. — Você acha que eu estou te traindo?

A visão dela fazendo strip-tease e montando no colo de homens piscou em minha mente e uma explosão de calor disparou por minhas veias.

— Não foi o que eu disse. — Eu a encarei.

A confusão enrugou o seu rosto, e parte de mim pensou que talvez Dizzy não soubesse do que estava falando. Mas lá no fundo eu sabia e me odiei por ter confiado nela.

— Vai mentir para mim, Roe?

O leve rubor nas bochechas dela foi lavado em branco. O olhar caiu para o chão quando ela engoliu em seco.

— Você sabe — ela sussurrou.

Bati o punho na parede, minha mandíbula cerrou. Eu estava puto por ela tirar as roupas para os homens, por outros caras a tocarem, passarem a mão nela, mas o que me deixou com mais raiva do que qualquer coisa foi ela ter mentido. O que significava que ela não confiava em mim. A música da festa lá fora se infiltrava por baixo da porta do banheiro.

— Você quer terminar comigo?

— Jesus Cristo, Monroe. Eu odeio que você permita que outros homens a vejam nua. — Agarrei-a pelo queixo e ergui o seu rosto, mas ela se afastou das minhas mãos. — Mas o que eu mais odeio é você ter me dito que confiava em mim sendo que não confiava.

— Eu confio em você.

— Não confia, ou teria me contado, caralho.

— Como eu te contaria uma coisa dessa? Você olha para o Chase como se quisesse matar o garoto, e ele nunca sequer me tocou!

— Porque ele te olha como se te quisesse. Não tem nada a ver com você, e todo o caralho de coisa a ver com ele. — Pensei na forma com que Chase olhava para ela e como devia ser nada comparada à forma com que aqueles pervertidos do The White Rabbit olhavam quando ela estava montada no pau deles.

— Eu não podia contar.

A raiva fervendo em meu sangue por fim transbordou, e eu bati a mão na parede ao lado da cabeça dela.

— Como não podia, porra? Você mentiu para mim.

— O que eu deveria dizer?

Dei um passo para trás, passando uma mão sobre o rosto ao tentar me recompor.

— Diz que você não teria me deixado — ela falou.

— Não.

Recuei um passo e arrastei as mãos pelo meu cabelo.

— Eu nem ligo para isso, Monroe. Eu ligo para o fato de você não confiar em mim.

Ela era a única pessoa em quem eu tinha confiado além dos caras. Além da minha mãe, e eu havia desejado com desespero ter aquilo com ela.

— Eu confio em você. Eu só não queria te perder. — Aquilo foi uma facada no meu peito.

Eu não a teria deixado por causa daquilo.

Alguém bateu na porta do banheiro e Monroe escorregou por debaixo do meu braço, destrancando a porta. Ela abriu caminho aos empurrões entre um grupo de meninas que esperava do lado de fora do banheiro. No momento em que cheguei ao quintal dos fundos, ela estava na gangorra com a Jade. Ela parecia envergonhada pra cacete, então decidi deixá-la em paz.

Na hora seguinte, observei Jade e ela virarem drinques, até que uma menina de escola particular desfilou até mim, batendo os cílios. Um "oi" mal tinha saído da boca da garota quando Monroe, bêbada pra caramba, chegou bem ao meu lado, balançando e apontando o dedo na cara da menina.

— Passa reto, porra. — Ela enxotou a menina como se fosse um gato de rua e logo virou a bebida.

Peguei o copo agora vazio da mão dela.

— Você me odeia? — Ela oscilou antes de a mão pousar no meu peito. Deus, ela estava bêbada.

— Não. — Envolvi um braço ao redor da sua cintura, colando-a em mim antes de reivindicar sua boca com um beijo.

Monroe pressionou os seios no meu peito.

— Eu quero você, Zepp. — Ela agarrou o meu pau por cima da calça.

— Muito.

E eu a queria. Eu poderia levá-la de volta para o banheiro e dar a nós o que ambos desejávamos.

— Tudo bem — concordei, pegando-a pela mão e indo em direção à casa. — O banheiro então.

A meio caminho do quintal, um grito veio do deque. Claro, Hendrix estava lá no meio, distribuindo socos.

— Jesus Cristo — murmurei.

Na hora que cheguei à porta, um cara tinha sido nocauteado e Wolf e Bellamy seguravam Hendrix pelos braços.

Bellamy olhou para trás quando chegamos.

— Prontos para ir?

— É. — Eu não queria esperar, só rodeei a casa e entrei na parte de trás do carro de Bellamy.

No segundo em que a porta se fechou, Monroe estava no meu colo, os lábios nos meus, toda língua e dentes.

— Puta merda, Monroe. — Jade deu um tapa em nós dois. — Eu estou aqui. Que nojo.

Monroe se atrapalhou com o meu cinto.

— Eu juro por Deus — Jade grunhiu bem quando as outras portas se abriram e os caras entraram.

Hendrix estava com uma menina. Caralho, como meu irmão tinha conseguido dar uma surra em um cara qualquer e pegar uma menina enquanto saía?

— Eu quero dar para você — Monroe sussurrou no meu ouvido, e meu pau ficou atento.

— É uma constatação?

Passei os próximos quinze minutos tentando impedir Monroe de puxar meu pau para fora ali no carro, e na hora que chegamos a minha casa, eu estava pronto para deixá-la pelada e mandar ver com ela bem ali no gramado. No segundo em que a porta do meu quarto se fechou, os dedos dela foram para o meu cinto.

— Eu quero você.

— É mesmo? Você não para de falar isso.

Antes que eu pudesse dizer outra palavra, ela ficou de joelhos e levou o meu pau à boca. Eu engoli um gemido.

Monroe já tinha me chupado inúmeras vezes, mas isso... Isso estava indo na direção que eu estava tentando ir havia mais de um mês. Sempre que eu estava perto dela, parecia que o meu pau estava prestes a explodir com a espera. E toda vez que ficávamos perto de estar os dois nus, ela me parava. Hoje, no entanto... Essa noite eu ia comer essa garota até ela não ter escolha além de me sentir por dias quando se sentasse.

Ela provocou o meu piercing com a língua e, puta merda, aquilo fez os meus joelhos cederem de desejo.

Meu aperto em seu cabelo ficou mais forte, meus olhos se fecharam enquanto eu me imaginava tirando cada peça de roupa do corpo dela, me enfiando entre as suas coxas e então acabando com ela. Monroe me deixou a ponto de gozar quando eu me afastei.

— Prefere gozar dentro de mim? — Ela mordeu o lábio em um sorriso.

— Puta merda...

A garota nunca falava sacanagem. Monroe era muito estranha, mas bastava dar a ela um pouco de cerveja e... Eu a agarrei pela cintura e fui tirando o jeans aos chutes, a cueca boxer foi logo em seguida, enquanto eu empurrava a menina para a cama.

— O que você quer? — Empurrei a camisa dela para cima e puxei o sutiã para o lado, então suguei um mamilo para dentro da boca ao sarrar nela. — Hein?

— Tudo. — Ela agarrou a minha camisa, arrastando-a pelo meu corpo.

Abri caminho pela barriga dela, puxei o fio-dental por suas pernas e enrolei a saia em volta de sua cintura.

— Você quer que eu te provoque ou que vá rápido? — Afastei-lhe as coxas, deixando meu rosto a centímetros do dela ao fazer movimentos circulares com o polegar bem no lugar que fazia com que suas costas arqueassem para fora da cama.

— Zepp — ela gemeu, agarrando o meu cabelo.

Dei uma lambida lenta, quase perdendo o controle. Se eu continuasse com isso, iria gozar em mim mesmo antes de sequer ter a chance de comer a garota.

— Gosta? — perguntei, dando a ela outra passada de língua.

Ela se arremessou para cima, gemendo e xingando. Agarrando os lençóis, depois o meu cabelo. Eu a tinha arfando e roçando contra o meu rosto, e quando eu senti que ela estava pronta para gozar, me sentei, jogando-me na cama ao lado dela e me punhetando.

— Bom?

— Não! — Ela arrancou a camisa e logo o sutiã, mas eu a impedi quando ela levou a mão ao cadarço das botas.

— De jeito nenhum. Fique com essas merdas.

Seios quentes e nus pressionaram o meu peito quando ela me montou. E, puta merda, não havia nada nos separando. Nenhuma puta coisa. Eu a girei de costas, beijando-a ao pegar uma camisinha na mesa de cabeceira.

— Você tem certeza?

— Tenho. — A voz dela ficou presa com a respiração ofegante.

Batalhei comigo mesmo enquanto a beijava. Eu não deveria trepar com ela estando nessas condições, mas eu a desejava. Só a ela. Eu precisava muito daquela conexão. E não era como se não tivéssemos feito tudo menos isso. Não era como se essa não fosse uma linha tênue com a qual havíamos estado brincando por quase um mês. Então, eu rasguei a embalagem e desenrolei a camisinha. Monroe me convidou ao abrir as pernas um pouco mais. Eu congelei a centímetros dela, lutando com o pensamento de que deveria esperar até ela estar sóbria. Estávamos namorando. Quase tínhamos trepado umas dez vezes antes. Gemi porque o meu dilema era verdadeiro.

— Tem certeza? Você quer que eu te coma? Aqui e agora? — Meu pau puxava na direção dela como um imã, querendo mergulhar antes que eu mudasse de ideia.

— Tenho. — Ela me beijou. — Eu só quero você. Ninguém mais.

Eu mudei o peso de braço e encabecei quando ela me empurrou um pouquinho.

— Espera. Vai doer muito?

Meu estômago despencou. Não era um "vá devagar". Era um "eu não tenho ideia do que está acontecendo. Isso vai doer?"

— O quê? — Eu me afastei o suficiente para observar o rosto dela. Havia um indício de alguma coisa, alguma coisa de que eu não gostava. — Roe...?

— Só vá em frente. — Ela agarrou a minha bunda, envolvendo as coxas ao meu redor e tentando me puxar para perto. — Está tudo bem. Eu confio em você.

Puta que pariu, ela era virgem.

— Porra. — Rolei para o lado, agarrando o meu pau enquanto eu encarava o teto, lutando para respirar.

— O que você está fazendo?

Eu não tinha ideia do que estava fazendo. Virei o travesseiro para poder olhar para ela.

— Você está bêbada.

— E?

Meu olhar foi dos seios dela para a boceta e eu fechei os olhos para me impedir de saltar para cima dela de novo.

— E é virgem?

— Ah, então você não me quer só porque eu não tenho noção do que estou fazendo? — As palavras se misturaram uma na outra.

Passei a mão pelo rosto. E foi esse caminho que a mente dela seguiu. Talvez pela primeira vez na vida, eu estava tentando ser um ser humano decente. Por mais excitado que eu estivesse, não precisaria de nada mais do que sentir a garota me apertando uma vez e eu teria praticamente acabado. Eu não precisava que ela soubesse o que estava fazendo e, para ser sincero, a ideia de que eu seria o único cara que já a possuíra era o bastante para me fazer gozar.

— É isso? — Ela bufou, e eu olhei para o rosto dela.

— Não. É porque eu não quero que você perca a virgindade bêbada desse jeito.

Segundos se passaram, e a batida da cabeceira de Hendrix no quarto ao lado quase fez o meu olho estremecer.

Monroe, por fim, virou de lado com tanta força que o colchão saltou.

— Por que importa, Zepp?

— Porque eu não quero que você me odeie amanhã.

Ela trilhou um dedo pelo meu estômago.

— Eu jamais poderia odiar você.

Tanto quanto eu quisesse acreditar naquilo, eu sabia muito bem. Sob certas circunstâncias, qualquer um podia odiar qualquer um. Eu ainda segurava meu pau com força, tentando estrangular o desejo ao encarar o teto com os pensamentos emaranhados.

— Você poderia — respondi.

Quando olhei para o lado, Monroe tinha fechado os olhos. Os seios nus subiam e desciam com um movimento constante. Ela havia desmaiado usando nada mais do que suas botas, me deixando com nada mais do que o meu pau duro e os meus pensamentos.

Foi então que fui atingindo como que por um caminhão de oito eixos descendo desgovernado uma estrada: ela era stripper e era virgem. Que desgraça aquilo era. Vivíamos o tipo de vida em que ela esfregava os peitos no rosto dos homens e montava no colo deles quando nem sequer tinha feito sexo. Algo naquilo era completamente trágico. Monroe James não era nada do que eu pensava que fosse, o que qualquer um pensava que fosse. E ela era muito melhor do que o que eu merecia.

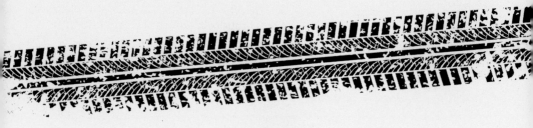

24

MONROE

Resmungando, girei o rosto no travesseiro de Zepp e inalei o cheiro dele que se agarrara ali. Foi só quando me virei de costas e senti o ar frio tocar o meu peito que eu abri os olhos. Eu estava nua. Bem, exceto por minhas botas.

Minha cabeça latejava como se houvesse uma banda marcial lá dentro, e meu estômago ameaçou se rebelar quando eu me sentei. Zepp estava na escrivaninha, movendo o lápis sobre uma página. Uma ruguinha de concentração se afundou entre suas sobrancelhas, uma incisão na superfície perfeita do seu rosto. Não foi o Zepp em si, no entanto, que fez meu coração acelerar no peito. Foi a visão da camisinha usada na mesinha de cabeceira. Eu me lembrava de ter beijado o cara, de ter chupado o seu pau e, depois, nada. Como eu tinha ficado bêbada ao ponto de não me lembrar daquilo? Fiz um balanço do meu corpo, porque com certeza eu saberia. Eu sentiria.

— É... a gente... — Puxei o lençol para cobrir o meu corpo.

— Fez sexo? — Segundos de silêncio se passaram enquanto ele desenhava. — Não.

— Tudo bem. Ótimo. — Eu não queria ter soado tão aliviada.

Ele balançou a cabeça, o lápis correndo mais rápido pela página.

— Ótimo, hein?

— Não. É só ótimo porque eu não me lembro do que aconteceu. — E eu não queria me esquecer de uma experiência como aquela.

Eu caí de costas sobre os travesseiros.

Ele se virou na cadeira, um braço ainda apoiado na escrivaninha e um sorriso presunçoso colado no rosto.

— No entanto, não foi por falta de tentativa da sua parte. Nota dez pelo esforço.

A forma como ele disse aquilo fez a vergonha se rastejar por mim e minhas bochechas ficaram quentes.

— Desculpa.

Uma expressão contemplativa se desenrolou em seu rosto.

— Você quer saber o que me deteve? — Ele se levantou da cadeira e cruzou o quarto.

Eu me ocupei chutando as botas, tentando não olhar para ele quando ele se sentou na beirada da cama.

— Porque eu estava bêbada feito um gambá e nem um pouco atraente?

— Ah, você estava muito atraente. — Ele apertou a minha coxa. — Então não foi esse o problema.

Minha mente começou a trabalhar ao mesmo tempo em que eu me encolhia. Eu sabia que Zepp queria me comer. Muito. Eu só podia imaginar o que talvez eu tinha feito para impedi-lo. Gemi.

— O que aconteceu?

— Então. Não se lembra mesmo da minha boca na sua boceta? — Os dentes dele rasparam o lábio inferior. — É uma puta vergonha.

O fio de memória cintilou na minha cabeça. Eu agarrando o cabelo dele, me esfregando em seu rosto. Ah, Deus.

— Talvez um pouco.

— E quanto a você me perguntando se doeria?

Eu cheguei a sentir a cor se esvaindo do meu rosto.

— Não se eu ia te machucar. Mas se o *ato* ia ser doloroso. Como se você não tivesse ideia do que esperar. — A mão dele largou a minha coxa e seu olhar firme pousou em mim.

Não, eu não tinha dito aquilo a ele. Que se fodesse a cerveja e todas as suas consequências. Por quê? *Por quê?* Olhei fixamente para o teto.

— O que mais eu disse?

— Que você é virgem.

Devagar, eu foquei nele, lutando com a vergonha.

— É um problema? — Eu podia ouvir a acusação na minha voz.

— Não.

— Ótimo. Bem, então, a gente pode não falar disso? — Eu fui até a beirada do colchão.

— Por que você está entrando na defensiva?

Arrebatei meu sutiã do chão e o vesti, então fiquei de pé ao colocar a blusa.

— Não estou. Eu só... — Encontrei a calcinha do outro lado da cama e a puxei por minhas pernas. — Não estou a fim de falar sobre isso.

Ele rodeou a cama e agarrou o meu queixo, forçando-me a olhar para ele.

— A única razão para eu não ter te comido com vontade ontem à noite foi essa, tanto quanto eu quisesse ser egoísta, eu não podia fazer isso com você.

A tensão escoou para longe de mim. Esse garoto me deixava numa posição perigosamente precária. Meu coração estava prestes a saltar do peito e se jogar aos pés dele. E aquilo foi aterrorizante.

Eu o agarrei pela camisa e pressionei os lábios nos seus.

— Obrigada.

Eu tinha prometido à Jade que estudaria com ela, mesmo eu me sentindo uma completa idiota. Jade atendeu a porta com o imenso capuz do moletom puxado sobre a cabeça. Parecia que ela não dormia havia uma semana, graças ao rímel borrado sob os seus olhos.

— Você aparenta como eu me sinto — apontei ao deslizar pela entrada.

— Estou com a pior ressaca que eu já tive.

Atravessamos a sala de estar e fomos em direção ao quarto dela, passando pelo pai deitado no sofá assistindo ao jogo de futebol.

A luz do sol se infiltrava pela janela, refletindo nas paredes rosa-chiclete do quarto da minha amiga. A claridade era insuportável de se olhar com a dor de cabeça que eu estava. Estreitei os olhos ao tirar as botas e me joguei na cama dela, os livros abertos ao meu lado saltaram por causa do repentino aumento de peso.

— Você está estudando mesmo? — perguntei, folheando algumas das páginas. Deus, eu não achava que meu cérebro pudesse processar qualquer coisa nesse momento.

— É, com ou sem ressaca, eu ainda tenho uma prova de matemática na semana que vem. — Assim como eu, Jade estava esperando tirar vários dez e ganhar uma bolsa de estudos para a faculdade.

— Eu não me lembro de metade da noite de ontem. — Passei o dedo pela costura do edredom de Jade.

— Bem, você se atirou no Zepp. Isso eu posso dizer.

Gemi.

— Ai, meu Deus. — Jade agarrou um dos ursinhos de pelúcia que ficavam sobre a cama e me bateu com ele. — Me diz que você não perdeu a virgindade enquanto estava bêbada feito um gambá.

— Não! Por sorte, Zepp se comportou como um cavalheiro. — E eu não sabia bem o que fazer quanto a isso.

— Espera. — Ela largou o bichinho. — Eu pensei que ele não sabia...

Soltei um suspiro e me larguei de volta na cama, deixando a cabeça pendurada sobre a borda.

— É, bem, ao que parece, eu disse a ele.

— É meio irônico no entanto, você não acha? Zepp Hunt é o cara mais gostoso da escola e você é a única garota com quem ele já teve um lance mais sério. — Jade cutucou o meu pé. — Uma virgem que não dormirá com ele. — Ela riu daquela última declaração.

— Zepp comeu um monte de menina. — Eu me concentrei no abajur cor-de-rosa, tentando sufocar a sensação desagradável que se rastejava pelo meu estômago a cada vez que pensava nele com qualquer uma daquelas garotas. — E se eu for para a cama com ele e tudo ficar por aí? — Fechei os olhos, dando voz ao único medo que me mantinha afastada de Zepp. — E se a única razão para ele me querer for porque ele não pode ter a mim?

— Você está de sacanagem, né? — Ela bufou. — Por Deus, Monroe. Ele te olha... Eu não sei nem como explicar. — Balançou a cabeça.

— De qualquer forma, basta de falar sobre mim. Precisamos estudar.

Mas foi difícil para eu me concentrar.

Minha mente continuava vagando para Zepp. E a coisa estava ficando cada vez mais frequente esses dias. Às vezes eu sentia como se eu só ficasse feliz estando perto dele. E era aí que estava o dilema. Depender de outra pessoa para ser feliz não podia ser bom. A vida tinha me ensinado isso, mas ele era como uma droga a qual eu não podia me negar. E mesmo que eu planejasse ir para casa, no segundo em que saí da casa de Jade, mandei mensagem para ele.

> Eu: O que você está aprontando?

> Babaca: Voltando da zona norte. O q vc tá fazendo?

Talvez eu devesse mudar o nome dele no meu telefone, mesmo que aquele me fizesse sorrir.

> Eu: Acabei de sair da Jade. Quer alguma coisa?

> Babaca: Chupar sua boceta...

Uma bolinha de calor se assentou no meu baixo-ventre ao pensar no rosto de Zepp entre as minhas pernas.

> Eu: Talvez... eu vá para a sua casa.

Eu fui para o Zepp, mas não entrei. Em vez disso, eu o levei para os arredores de Dayton.

Virei em uma estrada secundária estreita que se ramificava da rodovia, permitindo que meu carro parasse na pequena clareira aos pés de um outdoor. Coloquei a mochila no ombro ao irmos em direção à escada de metal colada ao suporte e começamos a subi-la.

Eu me icei para a plataforma. Sempre tinha a sensação de estar mais no alto do que parecia lá do chão. O sol poente pintava o horizonte em tons de laranja e dourado, fazendo a salada de casinhas projetadas e placas de neon dos fast-food parecerem quase bonitas. Pendurei as pernas sobre a borda da plataforma, peguei uma lata de Grapico da mochila e a entreguei ao Zepp quando ele se largou ao meu lado.

Ele fez careta para a bebida como se ela o tivesse ofendido.

— Você só pode estar de sacanagem, né?

Abri a minha e bebi.

— Ei, é o meu preferido.

Ele abriu a dele, encarando a lata.

— Você sabe que isso é basicamente comida de beija-flor, né?

— Me deixa ajustar o meu nível de açúcar. E, sem dúvida, não é pior do que cigarro e cerveja.

— Bobagem. — Ele tomou um gole e fez careta como se eu tivesse acabado de alimentá-lo com cocô.

— Para. É gostoso.

Ele me beijou, depois lambeu os meus lábios.

— O gosto fica melhor em você.

— Eca, Zepp. — Passei a parte de trás da manga sobre a boca, e ele riu.

— Você não estaria dizendo isso se fosse entre as suas pernas. — A mão dele foi para a minha coxa, subindo mais e mais.

Apesar do vento lá em cima, minhas bochechas queimavam, e quando os dedos dele se arrastaram para baixo da minha saia, minhas pernas se abriram por instinto. E ele logo aceitou o convite.

— Agora eu sei por que você é tão apertada.

— Não aja como se você não estivesse tirando virgindades desde os catorze anos. — Minha voz saiu ofegante quando ele curvou os dedos.

— Eu não sei. Nunca me dei o trabalho de perguntar. — Ele pressionou os lábios nos meus antes de voltar para o meu pescoço.

— Mas não tirou a minha?

— Você é diferente. — O toque se aprofundou.

E algo em estar acima da estrada, com carros zunindo embaixo de nós, sem que ninguém soubesse o que estava se passando, me deixou um pouco excitada.

— Se eu não estivesse bêbada... — Minhas mãos agarraram o parapeito com força quando a primeira e perfeita onda me inundou.

— Eu teria te comido até que você me implorasse para parar. — Mais forte. Mais fundo. — E aí eu ia continuar.

As palavras dele só atiçaram as chamas até eu estar queimando e tremendo, inconsciente de qualquer coisa que não fosse ele. Como se eu estivesse emergindo de águas profundas, respirei fundo pela primeira vez, então olhei para Zepp. Ele lambeu um dedo, depois o outro, e eu reconheci aquele olhar.

— Eu não vou dar para você em um outdoor — falei, meio rindo.

— Ah, quer dizer que tudo bem quando você está de cara cheia, mas não no outdoor? — Ele ajustou o pau por cima do jeans, erguendo uma sobrancelha. — Ia ser inesquecível pra caralho.

— E aqui estava eu achando que você estava querendo um carro roubado com todo o seu coração.

— Eu estou. Um carro roubado. E agora um outdoor...

— E se eu estivesse querendo um carro roubado com todo o meu coração? — Mordi o lábio, provocando-o.

— Então, o que você está dizendo é que eu não posso te comer até roubar outro carro?

— Você me faz soar muito exigente.

Ele ficou de pé e foi em direção à escada, colocando uma perna no primeiro degrau antes de olhar para mim.

— Me dê meia hora.

Eu ri e o agarrei pela mão, puxando-o de volta para mim.

Ele se deixou cair na plataforma, apoiou a coluna no outdoor e me puxou para o colo.

— Pensou melhor sobre o outdoor, hein? — perguntei.

Seus lábios encontraram os meus, os dedos cravando nas minhas coxas enquanto ele se impulsionava para mim. Por um momento, cogitei a ideia, mas a racionalidade logo deu as caras. Estávamos em um outdoor, com carros passando por perto, e, verdade fosse dita, o pensamento de perder a minha virgindade bem aqui e agora me deixava nervosa. Eu não estava psicologicamente pronta.

Afastei a boca da dele.

— Eu não te trouxe aqui em cima para isso.

Ele me olhou, uma linhazinha se afundando entre as suas sobrancelhas.

— Bem, então por que diabos você me trouxe aqui em cima?

Para mostrar a ele um lugar para onde eu ia quando queria escapar das merdas. Mas agora que tinha pensado melhor, eu me sentia idiota. Encolhi um ombro.

— Está tudo bem. A gente pode voltar para a sua casa.

Ele voltou a ajustar o pau com um bufo que mal deu para ouvir.

— Por que você me trouxe aqui para cima?

— É só um lugar de que eu gosto.

Ele encarou o horizonte, o zumbido dos carros na interestadual se misturando com o canto das cigarras nas copas das árvores ao nosso redor.

— É importante para você?

— Meio que é. Não é como se houvesse uma tonelada de lugares aqui em Dayton para onde a gente possa fugir.

— Por quê? — Mais uma ajustada. Ele estava tentando, mas, Deus, a mente dele só conseguia mesmo pensar em uma única coisa.

— É só que eu venho aqui em cima para lembrar a mim mesma de que há mais do que essa merda. — Saí do colo dele e me sentei ao seu lado, olhando para o horizonte lavado no tom quente de âmbar do sol poente. — Dá para ver a fronteira do Estado daqui — observei.

Ele agarrou a lata de Grapico ali da beirada e tomou um gole.

— Você pode ver a fronteira do Estado... e?

— E eu fico imaginando como será quando eu finalmente puder atravessá-la sem olhar para trás.

— Você acha que atravessar uma fronteira muda as coisas?

— Pode ser. Eu não sei. — Dei de ombros. — Gosto de ter esperança.

Ele tirou um cigarro do bolso e acendeu.

— Lá é a mesma merda que é aqui, Monroe.
— Mas você não odeia como é aqui? Em Dayton?
— Não há nada que eu possa fazer quanto a isso.
— Então você só aceita? Isso? — Com a cabeça, apontei para as casas projetadas que deviam ser melhores que o trailer da minha mãe.

Eu estava genuinamente curiosa. Eu me sentia como se tivesse passado semanas tentando descobrir o que motivava Zepp, e eu ainda não sabia. Ele cuidava do Hendrix, da casa, vendia maconha para pagar as despesas. A situação dele era difícil, mas eu havia presumido que ele quereria algo a mais em algum momento.

Houve uma longa pausa. Uma em que Zepp encarou o horizonte, uma linha fina de fumaça escorregando por entre os seus lábios.

— Isso. Aquilo. — Ele apontou na direção de Barrington. — Você acha que aqueles otários são felizes?

— Acho que eles vão dormir à noite sem ter que imaginar de onde virá o dinheiro do próximo aluguel, ou se a polícia vai aparecer fazendo uma batida. — Ou se a mãe teria uma overdose durante a noite.

Ele se arrastou de lado pela plataforma até a perna roçar na minha. Olhei para ele e, por um momento, imaginei como a nossa vida poderia ser. Se escapássemos de Dayton. Pela primeira vez, eu me atrevi a visualizar um futuro para Zepp e eu longe daquele lugar, mas, então, a memória se esvaiu. Sufocada pela nossa realidade. Eu nunca havia perguntado se ele queria ou não ficar ali naquela cidade. Só tinha presumido que todo mundo queria ir embora. Mas, bem, algumas pessoas queriam sumir dali, elas só não acreditavam que podiam.

— Você poderia arranjar um lugar melhor que Dayton, Zepp.

Ele deu outra tragada no cigarro, então o jogou pela beirada e as faíscas se espalharam pela plataforma. Depois, ele olhou para mim com os olhos gentis.

— Direcione sua esperança para onde ela seja necessária. Mas não ponha esperança desse tipo em mim.

— Mas, e se eu quiser? — sussurrei, minhas palavras mal se erguiam acima da murmúrio distante do tráfego.

— Não.

— Uma vez você disse que eu estava aos cacos. Mas a gente só fica assim quando perde a esperança. — O que fazia ele ser o mais danificado de nós dois, mas eu já não sabia disso?

Ele era o cara que eu havia dito a mim mesma que não tentaria salvar.

Ainda assim, aqui estava eu, de repente desejando poder salvá-lo. E eu não sabia o que aquilo significava.

Seus dedos trilharam pela minha mandíbula enquanto uma careta franzia profundamente o seu rosto.

— Do jeito que eu vejo as coisas, só pessoas que estão aos cacos precisam de esperança.

— Então, o que isso faz de nós?

Os segundos se passaram.

— Fodidos? — Zepp disse por fim.

Não, isso fazia nós dois estarmos aos cacos. E, naquele momento, eu não me importei se eu estava. Eu queria que Zepp me consertasse tanto quanto eu precisava consertá-lo.

— Se você pudesse ir para qualquer lugar, para onde você iria? — perguntei, encarando o chão coberto de lixo alguns metros abaixo.

Ele pegou um punhado de folhas na plataforma e as atirou pela beirada.

— Não sei.

Eu não tinha certeza se ele não havia mesmo pensado no assunto ou se só não queria dizer em voz alta.

— E quanto a você? — perguntou.

— Eu só queria ir a uma praia. Você já foi?

Ele riu, pegando um galho do rebordo de metal e arremessando-o nas árvores.

— É claro. E você?

— Não. — Como se a minha mãe fosse gastar o dinheiro das drogas em uma viagem. Tomei um gole da minha bebida. — Imagino que a sensação seja como estar nos confins da Terra.

— Meio que é.

— É bem patético eu nunca ter saído dessa merda de cidade.

Ele me encarou por vários minutos antes de agarrar a minha mão e nos colocar de pé. Desci as escadas atrás dele e, ao chegarmos lá embaixo e me virar ao redor, Zepp estava parado no lado do motorista do meu Ford Pinto com a palma da mão para cima.

— Jogue as chaves.

— Por quê? — Eu as entreguei para ele. — Aonde vamos?

— Dar um passeio.

Entramos no carro e Zepp saiu para a estrada, seguindo na direção oposta da de Dayton. Uma bolinha de animação se assentou em meu peito.

Eu não fazia ideia de para onde a gente estava indo, mas era como se eu estivesse esperando por toda a minha vida a só dirigir para a direção oposta à daquela cidade maldita.

Dirigimos por horas por estradas vicinais, só parando uma vez para Zepp ir a um Wal-E-Mart. Em algum momento, eu caí no sono e, ao acordar, a primeira coisa que notei foram os faróis iluminando as dunas.

O brilho fraco do painel brincava sobre as feições de Zepp. Meu coração bateu estranho dentro do peito, como se, por um segundo, ele tivesse se esquecido de como funcionar.

— Você me trouxe para a praia?

— Tenho quase certeza de que é isso que o lugar é — ele falou com um sorrisinho espertalhão.

Ele me levou até a praia. Em um impulso. Porque eu nunca tinha estado numa. Ninguém jamais fizera por mim o que Zepp fazia. E ele havia feito muito sem esperar nada em troca. Ele podia ser um *bad boy*, mas era a melhor pessoa que eu já tinha conhecido na vida.

Agarrando o rosto dele, esmaguei meus lábios nos seus.

— Eu não mereço você — suspirei em sua boca.

Seus dedos afagaram a minha bochecha.

— Você merece melhor.

— Não há ninguém melhor.

Ele me beijou de novo, então desligou a ignição, deixando-nos no escuro por um momento antes de abrir a porta.

— Você vem? — Ele rodeou a traseira e abriu o porta-malas, tirando de lá uma sacola do Wal-E-Mart antes de fechá-lo.

Caminhamos pelo calçadão de madeira. O tranquilo vai e vem das ondas batendo na praia me fez sorrir. Soava melhor pessoalmente do que nos filmes. Uma brisa morna tocou o meu rosto, chicoteando os meus cabelos e trazendo consigo um aroma que eu nunca tinha sentido antes. Algo espesso, fresco e convidativo que me acalmou na mesma hora: ar salgado.

As tábuas gastas deram lugar à areia, e eu tirei a bota aos chutes, afundando os pés na superfície macia, saboreando a forma como ela passava através dos meus dedos.

Zepp quase desapareceu na escuridão enquanto seguia em direção à água e largava as sacolas na areia. Ele tirou de lá um cobertor e lutou contra o vento ao abri-lo. Antes mesmo de ele acabar, eu estava puxando a camisa pela cabeça e tirando a saia, disparando para a água.

A água morna se lançou às minhas pernas. Caminhei até ficar com água na altura das coxas e Zepp me agarrar pela cintura.

Os lábios dele roçaram a minha orelha.

— Parece com os confins do mundo?

— Não. — Eu me virei e envolvi os braços ao redor do seu pescoço. — Longe disso.

— Que bom. — Ele cobriu minha boca com a sua em um beijo lento e suave. As ondas batiam ao nosso redor, e o beijo ficou mais profundo. — Você ficou feliz? — perguntou.

Eu o toquei na bochecha.

— Você me faz feliz. — As palavras pareceram uma confissão, embora fossem um simples fato.

— E você costumava dizer que me odiava. — Suas mãos desceram para a minha bunda. — Você também dizia que a última coisa que você faria na vida seria dar para mim.

— Eu ainda não dei para você — sussurrei. Mas eu queria. O que quer que estivesse fazendo com que eu me segurasse tinha desaparecido.

— Tem algum ditado idiota que fala que coisas boas vêm para os filhos da puta que esperam. — Seus dedos cravaram na minha cintura. — Esperarei o tempo que for necessário.

Envolvi as pernas ao redor da sua cintura, beijando-o mais uma vez.

— Bem... Não vai precisar — eu disse contra os seus lábios. Seu comprimento rígido pressionava em mim. — A não ser, é claro, que você queira esperar um pouco mais. — Lutei contra um sorriso.

Ele não precisou de mais que isso. Zepp me puxou para fora da arrebentação, os lábios nunca se afastando dos meus enquanto ele me deitava sobre o cobertor. Em questão de segundos, ele ficou nu, os dedos enterrados profundamente dentro de mim ao mesmo tempo em que sugava um dos meus mamilos para dentro da boca.

— Tem certeza? — As mãos vagaram pelas laterais no meu corpo, alcançando a sacola.

— Tenho.

Um furacão descontrolado de emoções me atingiu, estranho e esmagador. Nunca sentira qualquer tipo de ligação com ninguém, e de todas as pessoas no mundo, tinha que ser com ele. Talvez eu fosse uma idiota, mas, naquele momento, eu não me importei. Enredei os dedos em seus cabelos e puxei-o para perto, ansiando por tudo o que ele tinha para me dar.

Seus dedos se moviam com firmeza dentro de mim quando ele levou o pacotinho laminado até a boca, abrindo-o com os dentes. Um tremular nervoso fincou raízes em meu peito quando ele se sentou e colocou a camisinha. No segundo em que o seu peso voltou a cair sobre mim, meus músculos se retesaram.

Ele se acomodou entre as minhas pernas e, por um segundo, eu parei de respirar. Ele me beijou de novo, hesitando.

— Me diga se doer, tá?

— Tá. — Cravei as unhas em seus ombros porque ele estava bem ali.

Zepp me observou por um instante, a testa encrespando antes de a língua umedecer os lábios.

— Roe. Eu...

Eu podia ver as palavras estampadas em seu rosto, as mesmas que eu quase queria dizer para ele, mas eu não estava pronta. Para ouvir ou para dizer.

— Está tudo bem. Eu confio em você — eu me apressei.

Então, ele empurrou para dentro de mim. Devagar. Com firmeza. A cada segundo me roubando o fôlego.

Ele fez uma pausa para beijar o meu pescoço.

— Você está bem?

— Estou.

Ele foi mais fundo, então congelou em um gemido baixo.

— Porra...

Eu só precisava acabar com aquilo. Como arrancar um curativo. Eu o agarrei pela bunda e o puxei totalmente para dentro de mim. A dor me atingiu até a alma e minha respiração sibilou por entre os meus dentes.

— Jesus Cristo. — A testa dele caiu para a minha com um forte grunhido. — Me dê um segundo.

Cada músculo do corpo dele estava rígido, e eu podia praticamente sentir as correntes de controle se apertando ao redor dele.

Zepp estocou em mim com gentileza.

— Você é gostosa pra caralho.

As ondas batiam na praia, as estrelas brilhavam sobre nós. Eu nunca na vida tinha me sentido mais conectada a outra pessoa como eu me sentia conectada a ele naquele momento.

Zepp era tudo pelo que eu nunca pedira nem nunca quisera, mas de que precisava. Em pouquíssimo tempo, ele tinha se tornado vital para mim, a única esperança em um mundo desolador.

— Roe, eu não posso... — Ele congelou, entrando em mim com tanta força que uma pontada súbita de dor atravessou a minha barriga.

Deslizei a palma da mão pelo seu rosto, e ele virou a cabeça, roçando os lábios sobre a parte interna do meu pulso.

— Está tudo bem.

Os movimentos ficaram mais rígidos. Então seus lábios cobriram os meus em um gemido profundo.

— Um minuto. — Arfando, ele desabou ao meu lado no cobertor. — Só me dê um minuto. Eu vou te fazer gozar. Foi só que... — A mão dele afagou a minha bochecha, e ele rolou até ficar de lado. — Eu não pude evitar.

— Estou bem, Zepp.

Alguns segundos se passaram antes de ele vir para cima de mim, beijando ao longo do meu pescoço e descendo pelo meu corpo. Zepp mordiscou a minha barriga, me lançando um sorriso convencido.

— Eu vou fazer com que seja memorável.

— Você me trouxe para a praia. Não poderia ser muito mais... — Meu fôlego ficou preso quando a sua língua desceu com tudo sobre mim.

— Ah, pode sim.

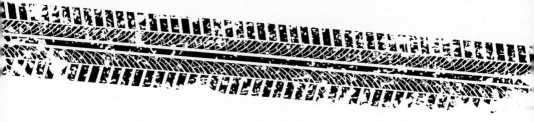

25

ZEPP

Eu me sentei em frente à Monroe, o sol do começo da manhã se espalhava pela mesa do pátio. Eu não podia parar de olhar para ela. Nunca na minha vida eu quisera estar com uma menina do mesmo jeito que estava com ela. Eu não podia ter o bastante daquela garota; eu não podia beijá-la o bastante. Ela tinha feito de mim um molenga de carteirinha, e eu nem sequer me importava. E a noite passada havia sido muito mais do que só perseguir um momento de euforia. Eu tinha certeza absoluta de que o que havia tido com ela fora algo pelo que as pessoas passavam a maldita vida procurando. E lá no fundo eu pensava que, daqui a poucos meses, tudo poderia chegar ao fim. Porque ela queria ir para a faculdade, e eu não tinha ideia de para qual.

A garçonete se aproximou e deixou uma pilha de panquecas na mesa antes de sair resmungando.

— Ela parece meio escrota — falei.

— Mas deve ser uma merda trabalhar tão perto da praia e ter que ficar presa aqui.

— É. — Cortei uma das panquecas com o garfo e enfiei metade na boca. — Então, para qual faculdade você quer ir?

— Depende de qual me der uma bolsa. Isso se alguma chegar a dar.

Aquilo não me fez sentir melhor. Ela era inteligente. Eu pensaria que ela teria algumas ofertas. Entornei um bocado de calda no meu prato antes de mandar mais comida para dentro.

— Nunca perguntei o que você quer fazer — ela disse.

— Não sei. — Eu não tinha ideia do que eu queria fazer, desde a morte da minha mãe, Hendrix e eu estávamos na luta, o que deixava pouco tempo para pensar em merdas que pareciam fúteis e rebuscadas, como a faculdade. — Trabalhar com carros ou alguma merda dessa.

E ela queria ser contadora. Deus, a garota era areia demais para o meu caminhãozinho. Ela tinha que saber.

Monroe sorriu para mim como se aquela fosse a melhor coisa que ela já tinha ouvido.

— Bem, você conseguiu consertar aquela carroça de merda, então... deve ter mãos mágicas. — Ela levou a caneca de café aos lábios, mas não escondeu o leve rubor que tingiu suas bochechas.

— *Devo* ter. — Sacudi a cabeça, querendo desviar o assunto para algo que não tivesse nada a ver com a merda dos meus objetivos e comigo, e a única forma que eu conhecia para isso era fazer insinuações sexuais. — Se eu não estou ouvindo um "suas mãos são épicas, Zepp", eu não devo estar fazendo bem o meu trabalho.

Ela corou ainda mais.

— Eu nunca disse essas palavras na vida.

— Então, eu sinto muito. Vou tentar com mais afinco. — Olhei para a minha virilha. — Talvez você tenha mais chances já que agora está no jogo.

— Ai, meu Deus. — Ela pegou uma batata rosti e atirou em mim. — Eu não posso contigo.

— Ah, mas sabe que tem comigo. — Agarrei a batata em cheio e joguei pela janela.

Ela deixou o café de lado.

— Você acha que temos tempo de ir à praia antes de irmos?

— Por tudo o que me importa, a gente pode faltar aula amanhã.

Ela se remexeu no assento, olhando para todos os lados, menos para mim.

— Tenho que trabalhar hoje à noite.

Minha mandíbula contraiu e eu a forcei a relaxar. Eu odiava o que ela fazia, mas não queria que ela se sentisse mal por isso. Já estava muito evidente que ela tinha vergonha. Porém, em Dayton, todos ganhávamos dinheiro conforme podíamos. E não havia muitas opções boas.

Era meia-noite quando deixei a Monroe no trabalho, no The White Rabbit, não no Cha Cha's. Ela estava com mais maquiagem do que já a vira usar. O excesso de sombra e o batom forte faziam com que ela parecesse ter pelo menos vinte e três anos, e eu odiei muito aquilo.

— Quer que eu venha te pegar?

— A Crystal está trabalhando hoje. — Monroe arrastou a bota pelo chão. — Ela mora perto de mim, então vai me dar uma carona.

Eu me inclinei sobre a moto e a beijei.

— Te vejo amanhã?

— Sim. — Um leve sorriso tocou os seus lábios. — Obrigada. Por me levar à praia. — E, com isso, ela se virou.

Monroe foi rumo às luzes de neon que iluminavam a entrada. Dois motoqueiros que estavam perto da porta assoviaram para ela, e eu precisei de todas as minhas forças para não sair da moto e dar um soco na cara daqueles desgraçados. Ela era a minha garota e, apesar do que pensavam dela, merecia respeito.

Dei a partida na moto, mas não pude me obrigar a sair. Eu me preocupava com ela, eu me preocupava que algum idiota lá dentro fosse tentar dar uma apalpada, e me perguntava se ela se limitaria a aceitar. Imaginava que a maioria das pessoas diria que uma menina que escolhia ser stripper tinha que lidar com essa merda, mas eu conhecia a Monroe e sabia que ela não havia escolhido aquilo. Um grupo de homens de camisa social foi em fila até a entrada, e se eu tivesse que adivinhar com base no que vestiam, eles eram de Barrington. Não demorou muito e eu me vi atrás de um deles na fila, entregando minha identidade falsa para o segurança todo forte de esteroide junto com uma nota de dez dólares antes de escapulir para dentro da boate.

O som pesado do baixo vibrou pelo meu peito, luzes estroboscópicas piscavam nas paredes pretas, e eu fui para a lateral do salão, me posicionando atrás das cortinas que cobriam o corredor que levava ao banheiro masculino.

As meninas faziam *lap dance* perto do palco, homens mais velhos passavam as mãos imundas pelas coxas delas. A música mudou do rap para o heavy metal. Homens assoviaram e aplaudiram quando Monroe pisou no palco. As pernas dela pareciam ter quilômetros de altura sobre aquele salto agulha e a lingerie de renda preta que usava não deixava nada para a imaginação. Ela enganchou a perna ao redor do pole. Afastou-se, arqueou para trás e os cabelos ruivos se derramaram pelo chão. Os homens se levantaram, jogando dinheiro na direção dela. E no momento em que ela se endireitou e começou a ir na direção deles para pegar as notas, a raiva estourou em mim como um tornado de intensidade cinco. Ir lá tinha sido um erro do caralho, e eu precisava sair, porque assistir à menina por quem eu estava me apaixonando se despir na frente de homens que iriam desrespeitá-la em um piscar de olhos era algo com o que eu não conseguiria lidar.

Passei pela porta do The White Rabbit mais rápido do que eu tinha entrado, e pensamentos giravam pela minha cabeça como um vórtice de fúria enquanto eu voltava para casa. Hendrix estava desmaiado no sofá, a TV estava ligada, e eu fiquei feliz. Eu não poderia lidar com as besteiras dele naquela hora.

No momento em que entrei no meu quarto, soquei a parede que ficava atrás da porta com toda a força. Machuquei as juntas, mas nem aquilo fez com que eu me sentisse melhor. Andei para lá e para cá por um momento até que a adrenalina começou a abaixar, então me sentei à escrivaninha e folheei o caderno de desenho até encontrar uma página em branco.

O grafite arranhou de leve enquanto eu traçava o perfil do corpo de Monroe. Em seguida, desenhei as linhas retas do pole. A cada passada de lápis, eu me permitia descer por um buraco que eu desejava não ter descido. Desenhei até o sol se infiltrar pela janela e lançar sombras sobre o tom ruivo de seus cabelos, o azul-marinho escuro do palco e os homens olhando para ela com lascívia lá de baixo.

Eu nunca tinha dado a mínima para uma garota antes e, de alguma forma, aquela menina tinha conseguido me partir ao meio sem nem mesmo tentar. Porque eu tinha certeza absoluta de que estava apaixonado por ela.

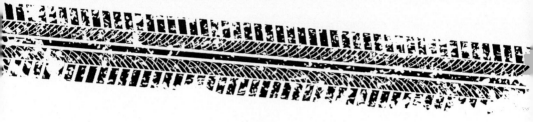

26

MONROE

Crystal me deixou em casa de manhã bem cedo. A luz de segurança do trailer do vizinho estava acesa, refletindo sobre a pintura marrom-cocô do carro do Jerry. Ótimo. Bem do que eu precisava. Esperava que ele estivesse desmaiado no sofá. O que eu não esperava eram as caixas de papelão espalhadas pela sala de estar minúscula. Um sentimento horrível rastejou pela minha garganta. Eu já tinha visto aquilo muitas vezes, minha mãe havia deixado o cara ir morar lá. E era ali que o problema sempre começava, quando eles pensavam que eram o meu padrasto.

Eu me recusava a permitir que Jerry arruinasse o leve brilho de felicidade que o Zepp tinha plantado em mim, então ignorei aquilo e fui para o meu quarto. Tirei o maço de dinheiro do meu sutiã e me ajoelhei perto do gaveteiro, enfiando a quantia no buraquinho do forro do móvel. Logo me despi e entrei no banho, lavando a maquiagem pesada e o cheiro de perfume que se agarrava a mim.

Quando fui para a cama, desejei estar na casa do Zepp, na cama dele. Pela primeira vez, entendi a fila de homens inúteis da minha mãe. Talvez essa sensação de pertencimento fosse do que ela estava atrás, alguém que daria a mínima para ela. Mas ela sempre escolhia os caras errados, uma vez atrás da outra.

Na manhã seguinte, fui pegar um biscoito recheado no armário e acabei sendo cumprimentada por Jerry em sua cueca velha e surrada. Quis dizer a ele para dar o fora dali, mas eu estava ciente de que não deveria ser inimiga de alguém com quem eu morava agora. A minha vida já era bem difícil. Por isso, peguei o biscoito e a mochila e saí.

Viajei durante a primeira aula, rabiscando o caderno enquanto tentava ignorar a ansiedade criada pela presença permanente do Jerry no trailer.

— As coordenadas para o trabalho serão passadas hoje — a Sra. Johnson disse, batendo o livro na mesa dela com um estrondo. — Sentem-se. Vou chamar o seu nome junto com o do seu parceiro. Vocês terão três semanas para entregar um trabalho com dez mil palavras sobre o efeito das mídias sociais nos discursos sociais e políticos.

Ela pegou um pedaço de papel sobre a mesa.

— Laura Smith e Bobby Jones... — Rabisquei mais formas na margem do meu papel até ouvir o meu nome. — Monroe James e Chase Matthews.

— Ah, que ótimo. Maravilhoso.

Meu olhar percorreu a sala até chegar ao Chase. Ele olhou para trás, para mim, uma expressão infeliz em seu rosto. Nós não nos falávamos desde que ele tentara se desculpar comigo e Zepp dera um soco nele.

— Façam duplas e comecem a conversar sobre o projeto.

Eu não me mexi. Após alguns minutos, Chase ficou de pé e se largou no assento ao meu lado.

— Talvez ela nos troque se você pedir... — ele começou.

— O quê? Não quer fazer o trabalho comigo?

A palma de sua mão bateu na mesa.

— Eu tentei me desculpar contigo, Monroe. E você mandou seu namorado para cima de mim.

— Ai, meu Deus. — Eu o fuzilei com os olhos. — Eu não mandei o Zepp para cima de você. Ele me perguntou pelo que você estava pedindo desculpa e pensou que eu tinha dado para você. — Bati o lápis no meu caderno. — Confie em mim, a verdade foi uma opção muito melhor.

— Você está ligada de que ele é psicopata, né?

— Estou ciente.

— E, ainda assim, você está saindo com ele. Nunca pensei que você fosse esse tipo de garota. — O olhar de censura que ele me deu me levou ao limite.

Atirei o lápis nele, a coisa quicou em seu peito.

— Minha vida amorosa não é da sua conta. Eu ainda não te perdoei por ser um babaca.

— Me desculpa, ok? — Ele jogou as mãos para o alto. — Eu não deveria ter dito o que disse sobre o Harford.

— Mas você disse.

— E você não deixou que eu pedisse desculpa. Há quanto tempo somos amigos? — Ele me encarou como se quisesse uma resposta. — Você não me deixa cometer nem um erro? Teimosa pra caralho.

Éramos amigos havia muito tempo. Sob certos aspectos, Chase foi a coisa mais consistente na minha vida.

— Tá, desculpas aceitas. Você ainda é um babaca. Satisfeito?

Um leve sorriso tocou os seus lábios e ele empurrou um livro na minha frente.

— Vamos fazer esse projeto agora ou o quê?

— Tá.

Quando o sinal bateu, nós mal tínhamos formado um rascunho. Chase olhou para cima ao juntar os livros.

— Acho que vamos ter que trabalhar nisso fora da aula, hein?

— Acho que sim.

Com um sorriso, ele saiu da sala. Fiquei parada ao lado da mesa, abraçando os livros junto ao peito, e, por fim, segui para o corredor. Chase era meu amigo e não havia nada que Zepp pudesse dizer para mudar aquilo, mas eu não estava animada com o nível garantido de psicose que aquilo ia disparar.

Zepp estava recostado na parede do lado de fora da sala. Seu braço rodeou a minha cintura na mesma hora, indo mais para baixo até chegar à minha bunda.

— Tudo em que pude pensar essa manhã foi em comer você.

O calor se espalhou pela minha pele. Eu tinha tão pouco controle sobre a reação que o meu corpo tinha a ele; era embaraçoso.

— Antes que você peça, eu não vou dar para você no banheiro das meninas.

— E quanto ao armário de artigos de arte? — Ainda caminhávamos pelo corredor quando seus lábios pressionaram o meu pescoço. — Não sei se eu posso esperar até que a aula acabe.

— Você esperou por semanas — apontei. — Pode lidar com umas poucas horas.

Ele me pressionou nos armários ali perto, me prendendo no metal. Meu pulso acelerou com a memória que agora estava gravada na minha mente: o seu corpo sobre o meu.

— Não posso mesmo. — Seu nariz contornou o meu pescoço, o fôlego quente soprando a minha pele enquanto ele se pressionava a mim. — Qual é? Só cinco minutos. — Ele mordiscou o meu pescoço.

Meus dedos agarraram a sua camisa enquanto meu coração batia mais rápido. Ele era persuasivo, eu tinha que reconhecer. Seu toque foi descendo pelas minhas costelas, para a minha coxa, e desapareceu por baixo da minha saia. Prendi o fôlego quando aqueles dedos roçaram em mim.

— Você está molhada, Roe.

Eu estava. No meio do corredor, com a mão do Zepp entre as minhas pernas, meu coração estava prestes a saltar do peito com a ideia de ser pega.

Ele o enfiou dentro de mim.

— Eu poderia te comer bem aqui...

Fechei as pernas ao redor da sua mão, mas aquilo não o deteve.

— Você é horrível.

— Não foi o que você disse naquela noite. — Outra investida dos dedos.

Uma porta se abriu no fim do corredor.

— Sr. Hunt! — gritou a Sra. Smith. Com um sorrisinho, ele tirou a mão e deu meia volta para olhar para a professora que agora cruzava o corredor feito um furacão. — Em que o senhor está pensando?

— Que eu quero comer a minha namorada.

Eu queria que o chão me engolisse. Deus, ele era muito horrível.

Ela congelou a meio passo, o rosto enrugado ficando vermelho.

— Detenção! Venha até a minha sala para pegar a notificação.

— Grande coisa. — Ele a dispensou com um gesto de desdém, então se virou e agarrou a minha mão. — Você vai aparecer depois da aula já que eu não posso te comer na escola?

Balancei a cabeça com um sorrisinho.

— Depois da sua detenção?

— Eu não vou pegar a notificação. — Ele me deu outro beijo, os dedos cravando em minha cintura. — Deus, você me deixa louco.

O estúpido do meu coração foi às alturas. E Zepp logo se afastou, enfiando-se em uma das salas de aula.

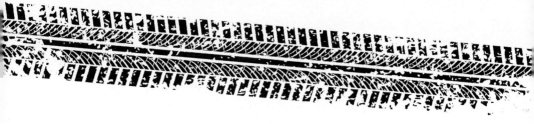

27

ZEPP

Eu havia passado praticamente as últimas três horas na escola no banheiro batendo uma para que eu pudesse durar mais de cinco segundos quando finalmente entrasse na Monroe. Acelerei por Dayton, ziguezagueando no trânsito até Monroe me socar.

Meu pau pressionava o zíper, implorando para sair enquanto eu encaixava a correntinha da porta no lugar. Eu podia dizer com honestidade que eu nunca tinha desejado tanto uma garota na minha vida. Não havia passado nem dez segundos e eu já tinha tirado as roupas de Monroe, seu corpo nu estava colado no sofá e meu rosto estava entre as suas coxas.

— Você é má, sabia? — eu disse antes de passar a língua por ela. Meu pau parecia prestes a explodir.

— Tem aquele ditado que diz que coisas boas... — Ela puxou o meu cabelo, esfregando-se na minha boca.

— Acontecem para os filhos da puta que esperam. — Escorreguei um dedo para dentro dela, sentindo-a se apertar ao meu redor. Ela estava tão perto. — Não é, Roe?

— Eu... Deus.

Eu lambi e dei uma mordidinha, levando-a ao limite bem quando parei. E me sentei sobre os calcanhares ao passar as costas da mão sobre os lábios.

— Zepp! — ela disse em um grunhido frustrado.

— Gosta de esperar? — Lancei um sorrisinho espertinho para ela, tirei a camisa por cima da cabeça e a joguei no chão.

Ela puxou o meu cinto, abaixou a minha cueca boxer e me punhetou.

— Você é um cara de pau, sabia?

— Não. Isso aqui é um pau. — Olhei para baixo, para o membro em sua mão minúscula, que parecia inchado e furioso pra caralho. Voltei a enfiar os dedos nela, curvando e torcendo. — Vai me deixar te comer agora? — Então eu a beijei, empurrando-a no sofá ao pegar a calça no chão e tirar uma camisinha do bolso. Abri a embalagem e desenrolei a borracha no meu pau. — Ou vai me fazer esperar de novo?

— Você anda com camisinha por aí?

— Eu estava tentando te comer na escola, lembra? Sou um namorado responsável.

— Ah, tá. — Ela me agarrou pelo quadril, puxando-me entre suas pernas abertas.

Mas eu parei antes de entrar nela.

— Então isso foi um não para o negócio da espera? Digo...

— Ai, meu Deus, Zepp. Basta transar comigo!

Lutei com um sorrisinho.

— Agora estamos chegando a algum lugar. — Mordi um mamilo. — Volte a implorar. — Ela apertou mais ao tentar me forçar em sua direção. — Fale o quanto você quer isso.

— Zepp! — Ela atirou a cabeça para trás. — Me coma agora mesmo.

Deus, ela era tão ruim naquilo. Rocei nela, o calor quase me atraindo como um imã.

— Diga que você quer o meu pau na sua boceta.

Ela olhou feio para mim.

— Eu quero o seu pau na minha boceta. — A fúria sangrava da voz dela. Quase arruinando tudo para mim. — Feliz? — perguntou.

— Claro. — Então entrei nela. Lento. Forte. Profundo. Até a minha mandíbula cerrar e meus dedos formarem punhos porque eu estava prestes a perder o controle. Fiquei parado, e ela tentou me levar mais para dentro. — Só um segundo.

Voltei a me concentrar e levei o meu tempo, certificando-me de que cada movimento garantisse um aperto nos meus ombros ou forçasse uma respiração sôfrega de seus pulmões. Eu podia ter estado com outras garotas antes de Monroe, mas nenhuma delas importava. Tanto quanto eu sabia, ela poderia muito bem ter sido a minha primeira.

Eu a levei perto de gozar algumas vezes, só para mantê-la bem naquele ponto, e me retirava antes de finalmente permitir que ela caísse por aquele precipício. Suas costas se arquearam para fora do sofá, e ela enterrou a ponta dos dedos na minha pele e gemeu. Aquele som ofegante me levou ao limite. Minhas bolas contraíram e o calor se espalhou por mim como o fogo do Inferno antes de eu gozar e desabar em cima dela.

Pressionei um beijo ofegante na lateral de seu pescoço.

— Não consigo ter o bastante de você.

— Que bom.

Alguém tentou abrir a porta, mas a corrente impediu.

— Mas que... Zepp! — Hendrix gritou lá da frente, batendo a porta e tentando abri-la de novo.

Entreguei as roupas de Monroe a ela e peguei meu jeans no chão.

— Está trancada, seu otário.

— Não brinca. — Ele a fechou e tentou abri-la. De novo. — Você está aí dentro com o pau e o saco para fora, não é?

Monroe revirou os olhos ao passar a camisa pela cabeça e passou pela porta, seguindo para a escada.

— É — respondi. — Estou passando o saco pelo seu canto favorito do sofá. — Esperei Monroe chegar lá em cima e tirei a corrente da porta.

Hendrix passou direito, batendo o ombro em mim.

— Você é doente. E seu saco é doente. — Ele bateu em mim mais uma vez. — Sacos são para o quarto.

O sacana já tinha feito mais sexo no sofá e no balcão da cozinha do que no próprio quarto.

— Eu vi o seu rabo mais vezes do que eu precisava. — Eu o empurrei, jogando-o na parede, e segui para o meu quarto.

Monroe desviou o olhar do telefone assim que eu fechei a porta do quarto e jogou o aparelho na mesinha de cabeceira.

— O Hendrix é... — Uma de suas sobrancelhas se ergueu em pensamento. — Ele caiu de cabeça quando era criança?

— É bem provável. Eu também bati nele muitas vezes com um taco de plástico quando éramos pequenos.

Caí de costas, agarrei a garota e a puxei para o meu peito. Não tinha certeza de quando aquilo havia se tornado normal, mas se tornara, e pensar que poderia acabar a qualquer segundo deixava o meu estômago em nós.

Antes de Monroe, tudo o que importava eram esses momentos de êxtase, uma chapada rápida, uma foda rápida, mas agora tudo o que importava era ela. Aquilo era tudo o que importava, o que queria dizer que eu estava fodido, porque não havia como negar que eu estava apaixonado pela garota. Passei os dedos pelos seus cabelos, o aroma suave de coco me envolvendo como um escudo invisível de conforto. As palavras se arrastaram até a ponta da minha língua. Três palavras que me deixariam mais vulnerável do que eu queria estar. Palavras para as quais não haveria proteção se ela não sentisse o mesmo. E por cada razão que eu pensava que deveria dizer a ela, poderia pensar em cinquenta para não dizer.

Monroe se mexeu na cama, desenhando pequenos círculos no meu peito com os dedos. E em vez de dizer a ela, eu a beijei. Um beijo longo e firme, fingindo que ela saberia como eu me sentia sem que eu dissesse. E, então, eu não me sentiria culpando quando aquilo voltasse para nos assombrar.

— Você vai passar a noite aqui? — perguntei.

— Sim. Por favor. — Soltando o fôlego de uma vez, os dedos dela espalmaram o meu peito. — Minha mãe deixou o Jerry ir morar lá.

Cada músculo do meu corpo ficou tenso. Aquele merda. Eu não queria Monroe por lá.

— Você sabe que não precisa voltar para lá.

— Você quer que eu fique na sua casa o tempo todo?

— Você já fica.

Ela deu um tapa na minha barriga.

— Tudo bem. Eu posso lidar com o Jerry por mais alguns meses.

Eu cerrei a mandíbula. A necessidade que ela tinha de fingir que podia lidar com algo com que não podia me irritava até a alma. Foi então que percebi o que ela havia dito.

— Alguns meses?

— Se eu entrar na faculdade, sim.

E aí ela iria embora.

— Ei. — Ela se moveu, as molas do colchão rangeram quando enfiou o queixo no meu peito e olhou para mim. — Nada vai mudar, Zepp.

— Eu não disse que mudaria.

— Não precisou. — Ela ergueu uma sobrancelha.

Segundos se passaram, pensamentos pesaram a minha mente enquanto eu encarava o teto.

— Se você pudesse receber uma proposta de qualquer lugar, para onde você ia querer ir?

— Dixon é a minha primeira escolha. Fica no litoral. — Um nó se formou no meu estômago. Tinha sido bom eu ter engolido aquelas palavras mais cedo.

— É...

— Zepp... — Ela tocou a minha bochecha, virando o meu rosto para o dela. — É mais provável que eu nem sequer receba uma proposta. Vamos deixar para atravessar a ponte se chegarmos até ela.

Cruzá-la e cair direto da beirada. Mas não importava. Eu a beijei na testa.

— É. Claro.

Os olhos dela se estreitaram por um momento. Os dentes morderam o lábio inferior.

— Você ainda está pensando nisso.

Eu a apertei com força. De alguma forma, em questão de um mês, ela havia se tornado tudo para mim, e eu não tinha ideia de como conseguiria deixar essa garota ir embora.

— Estou pensando em pizza.

Ela deu um sorriso malicioso.

— Você é um péssimo mentiroso.

Voltei a me concentrar no teto, passando os dedos pelas costas dela por alguns minutos. Havia duas faculdades que eram muito mais próximas do que a Dixon...

— Por que a Dixon?

— Eu não sei. Ir para a praia. Fugir.

Aquilo nos dava oito meses, talvez. Mordi o lábio, pensando que era mais fácil quando eu não dava a mínima.

— Eu sempre vivi pelo dia em que eu poderia dar o fora daqui. — O dedo dela bateu no meu peito. — Até eu roubar um carro de um babaca aí, e agora ele meio que se tornou um problema.

— Um problema, é?

— Um monte de problema — ela disse.

— Eu tenho o mesmo problema com uma ruiva aí. Ela me fez virar um molenga. — Eu me mexi na cama, virando para olhar para ela.

Monroe tinha feito de mim o tipo de cara que eu costumava desprezar, o tipo que faria qualquer coisa por uma garota, independente do que isso significasse para ela.

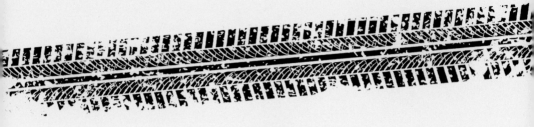

28

MONROE

A minha conversa com Zepp passava pela minha cabeça sem parar.

Não precisava ser um gênio para ver que aquilo o incomodara. Eu estava indo para a faculdade; ele não pretendia ir. Se eu fosse honesta comigo mesma, também não queria deixar aquele cara. Não havia dúvida de que eu o amava, e o amor tinha me deixado fraca. Mas, mais que isso, fizera com que tudo o mais parecesse não ter importância. Eu havia passado a vida sonhando com o dia em que daria o fora de Dayton, mas, de repente, a cidade não era mais o lugar horrível como eu sempre tinha visto. Porque *ele* estava ali. Mas ele não precisava estar. Zepp não queria ir para a faculdade, mas também não sabia o que queria fazer da vida. Ele nunca tivera qualquer oportunidade, e ele não tinha ideia do quanto era talentoso.

Zepp foi lá para fora trabalhar em um dos carros, e eu me sentei no sofá, lendo a página da Escola de Arte Elizabeth Roux, na Flórida. Antes que eu pudesse pensar demais, cliquei na guia de contato e enviei um e-mail, anexando uma foto que havia tirado do seu caderno de desenho alguns dias atrás. Era um desenho que ele tinha feito de mim, não era o melhor, mas era o que menos invadiria a privacidade dele, pensei. Hesitei antes de clicar em enviar. Ele ficaria bravo por eu ter mostrado um de seus desenhos para outra pessoa? Ele não os mostrava para ninguém. Mas, mais uma vez, e se oferecessem uma vaga para ele lá? Tinha que valer a pena. Cliquei em enviar, prendendo o fôlego até eu ouvir o barulhinho que indicava que a mensagem tinha ido, não havia como voltar atrás. O pior que eles poderiam dizer era não, e aí eu nunca contaria para ele.

A porta da frente bateu ao fechar, e Hendrix rodeou a entrada da sala de estar.

— Cadê o Zepp? — perguntou.
— Lá fora.
Ele assentiu com a cabeça.
— Quer ir comer no Taco Casa?
Nas últimas três noites, tudo o que havíamos comido era pizza, então eu estava dentro.
— Claro.

Wolf e Bellamy já estavam na mesa quando entramos no restaurante mexicano muito bem iluminado. Escorreguei no assento entre Hendrix e Zepp enquanto Wolf resmungava algo sobre Barrington, com o punho cerrado sobre a mesa.

— Bando de covardes. — Hendrix agarrou o cardápio, abrindo-o com um estalo. — Não esquenta a cabeça, cara. Estou do seu lado.

Dei uma cotovelada no Zepp.

— Perdi alguma coisa?

— Barrington esvaziou um saco de lixo na caminhonete do Wolf.

Wolf amassou o canudo de papel e o atirou no chão.

— Fraldas, absorventes internos e merda.

— Nojento. — Obviamente, um movimento audaz daquele da parte de Barrington garantiria uma retaliação. Abri o cardápio e olhei as opções.

— Você já comeu aqui antes, Roe? — Zepp olhou por cima do cardápio de plástico.

— Não.

— Haja o que houver, não peça o inferno fiesta.

— Ok.

Eu me sentei lá e comi um taco enquanto assistia ao Hendrix devorar a comida como se o prato estivesse prestes a criar pernas e sair correndo. Ele comeu não uma, nem duas, mas três tigelas do inferno fiesta, e o sorriso no rosto de Zepp dizia que ele ia se arrepender daquilo. Depois de pagarmos, Hendrix foi desfilando e segurando a barriga até a caminhonete de Wolf.

— Quer vir? — ele perguntou ao Zepp antes de se enfiar na traseira.

Zepp olhou para mim, lutando contra um sorriso.

— Claro, porra. — Ele riu. — Não vou perder essa merda. — Zepp acenou para a traseira e eu me enfiei entre ele e Hendrix.

O motor deu a partida, e o estômago de Hendrix trovejou.

— Vai, cara. Vai! Pisa fundo nessa merda.

Wolf engatou a ré e disparou para longe do estacionamento, às gargalhadas.

Paramos em um dos cruzamentos, e a barriga de Hendrix voltou a gorgolejar. O cheiro de animal morto tomou o carro.

— Ai, meu Deus. — Com ânsia de vômito, enterrei o rosto na jaqueta de Zepp.

— Avança o sinal, Wolf! — Hendrix secou o suor da testa. — Eu não vou conseguir.

Eu praticamente escalei o colo do Zepp, tentando me afastar de Hendrix, que se contorcia no assento como se estivesse prestes a se cagar.

— Você consegue segurar? — Bellamy disse às gargalhadas.

Hendrix fez o sinal da cruz.

— Que a alface nos abençoe.

Estávamos a cerca de cinco minutos de Barrington quando o cheiro ficou pior. Zepp abriu a janela. Bellamy pendurou a cabeça para fora da janela do passageiro como se fosse um cachorro saindo para dar um passeio. E eu enterrei ainda mais o rosto na camisa do Zepp.

— Você se cagou, Hendrix? — perguntei.

— Um peidinho molhado nunca matou ninguém — ele resmungou.

A placa do Colégio Barrington, com seu empertigado brasão de armas, passou zunindo. Wolf entrou com tudo no estacionamento, pisando fundo ao passar pela parte de trás do estádio, onde os reluzentes SUVs dos jogadores de futebol americano estavam estacionados.

Olhei de Zepp para Hendrix assim que este se jogou para fora da caminhonete.

— O que ele... *Nããão*! — Não havia muitas coisas que eu pensava estarem além de Hendrix, mas o que quer que fosse que ele estava prestes a fazer, envolvia merda e Barrington.

Os caras rachavam de rir, lutando para respirar enquanto Hendrix arriava a calça.

Olhei para longe antes que visse mais do que algum dia quisera ver.

— Eu não preciso ver o pau do seu irmão. Ou o cu dele caindo da bunda.

Wolf abaixou a janela, fez uma concha com as mãos ao redor da boca e gritou:

— Espreme tudo, cara.

— Não dá para espremer. — Hendrix grunhiu. — Está mais para... — Outro grunhido. — Lavagem sob pressão e argamassa.

Minutos se passaram. Os caras riam tanto que lutavam para recuperar o fôlego. Eu olhei para o alto bem quando um exército de camisas alvirrubras corria para fora do campo. Um dos caras parou ao portão e apontou na nossa direção.

— Ah, galera. Ele precisa se apressar — falei. — Eles estão vindo!

— Merda. — Bellamy abaixou a janela, gritando para Hendrix parar de cagar naquele minuto.

— Eu não posso. — Havia uma pontada de pânico na voz de Hendrix. — É uma mangueira d'água, cara!

— Pelo amor de Deus. — Zepp agarrou a maçaneta. — Você tinha que comer três tigelas de diarreia.

Eu avancei sobre ele, segurando a porta.

— Você não pode entrar numa briga só para que o Hendrix possa cagar! — Eu me inclinei para a porta aberta, protegendo os meus olhos. — Hendrix, entre agora mesmo!

Olhei para cima bem quando metade do time de futebol americano do Barrington vinha na direção do Range Rover, o branco com uma pilha fresca no capô antes imaculado, um pedaço de papel higiênico cagado pendurado na antena. Hendrix saiu correndo pelo estacionamento, puxando as calças antes de se jogar no assento traseiro, e Wolf arrancou cantando pneus e com o escapamento soltando tiro.

Hendrix se encolheu no assento com um suspiro.

— Cara, eu me sinto muito melhor.

Eu me limitei a balançar a cabeça, porque eu não tinha palavras. Nenhuma.

Estacionei em frente ao trailer da minha mãe, bem ao lado do carro de Jerry. Eu poderia ter ficado na casa do Zepp assim como tinha ficado nas três noites anteriores, mas não estava prestes a ir morar na casa dele. No entanto, eu sentia como se praticamente morasse de qualquer forma; e eu não queria ser a namorada em tempo integral pela qual ele nunca pedira. Então eu decidi ficar em casa naquela noite. Não importava o quanto Zepp ficasse de mau humor por causa disso.

As dobradiças da porta do trailer rangeram quando eu a abri, e eu congelei. Jerry estava deitado no sofá, arfando, o rosto ensanguentado, o lábio inchado. Minha mãe se agitava ao redor dele com um saco de ervilha congelada nas mãos que tremiam pela abstinência.

— Mas que merda? — As palavras escaparam dos meus lábios.

— Ah, querida. — Minha mãe veio para mim com os olhos arregalados, o cabelo oleoso desarrumado. — Seu padrasto levou uma surra.

Padrasto? Ela estava naquela de novo? A cada vez, ela pensava que seríamos uma grande família feliz composta por uma prostituta viciada em crack, um traficante de metanfetamina e uma filha stripper. Fofo. A cara de Dayton.

Com um grunhido, Jerry conseguiu se sentar. E, puta merda, ele já tinha aparecido com uns arranhões, mas eu nunca o vira machucado. E aquilo ia além de machucado. O olho direito estava tão inchado que havia fechado, e alguns dentes estavam faltando. O sentimento desconfortável que descia rasgando pela minha espinha logo substituiu a vontade de rir.

Jerry me encarou como se pensasse que aquilo tivesse algo a ver comigo.

— Quando eu descobrir quem teve culhões para vir atrás de mim... — A fúria preencheu o único olho bom. — Eu vou levar o merdinha para o túmulo. Não pense que eu não vou descobrir, Monroe. — A acusação estava bem ali, estampada no rosto dele. Por que diabos ele pensaria que eu tinha algo a ver com aquilo?

Um fio de medo repuxou as minhas vísceras. Poderia chamar de intuição.

Eu não duvidava de que Jerry tinha policiais corruptos, prostitutas desesperadas e traficantes desconhecidos o suficiente no bolso para descobrir quase qualquer coisa em Dayton, e eu sabia, eu simplesmente sabia que tinha sido o Zepp. E aquilo me deixou aterrorizada.

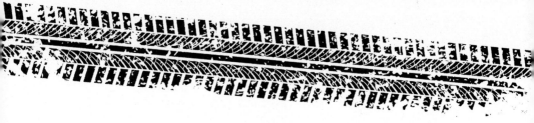

29

ZEPP

— Me passa a chave inglesa.

Quando Hendrix se empurrou de debaixo do carro, eu joguei a ferramenta nele, então voltei ao motor. Consertar carros me trazia um tipo de paz, uma forma de libertar os pensamentos com os movimentos da minha mão, do mesmo jeito que o desenho fazia.

— Merda. Ei, Zepp. Visita! — Wolf gritou da porta dos fundos bem quando a porta se fechou com uma batida.

Olhei ao redor do capô e vi Monroe disparando varanda a fora, o rosto vermelho e os punhos cerrados na lateral do corpo. Puta merda. Ela estava possessa. O que diabos eu havia feito para deixar a garota naquele estado sendo que só fazia uma hora que ela tinha ido embora? Secando o suor da testa, dei a volta pela frente do carro.

— Foi você? — ela gritou ao passar pela fonte para pássaros.

— Fui eu o quê?

— Você foi atrás do Jerry?

Esperava que Dizzy tivesse dado uma surra nele.

— Jerry? — Peguei a chave de fenda que estava na grama e fui até a traseira do carro.

— Um único pedido. — Ela andou para lá e para cá ao lado do carro, sacudindo a cabeça e vociferando consigo mesma. — Não vá atrás dele.

— Roe! — Olhei por cima do capô. — Você ficou comigo nos três últimos dias... — E que álibi do caralho.

Ela parou a meio passo para olhar para mim, os dentes mordiam o lábio.

— Bem, alguém deu uma surra nele, e ele está puto.

Ele era um traficante. Barra pesada. Até parecia que ele não tinha levado uma ou duas surras na vida.

Eu quase bufei ao apertar uma porca.

— Surras são parte do negócio.

— Não para o Jerry — ela murmurou.

Enfiei a chave canhão no bolso de trás da calça, então bati o capô. Eu não conseguia entender por que ela estava tão brava; aquele merda tinha batido nela; ela deveria estar exultante por alguém ter dado uma coça nele.

— Por que você está tão preocupada, Monroe?

— Porque ele já está praticamente cavando um buraco na porra da floresta procurando a pessoa que fez isso.

Boa sorte matando o Dizzy. Jerry não tinha a mínima chance contra ele.

— Mais uma vez, por que a preocupação?

Ela me socou no peito.

— Por que você acha, seu babaca? Eu juro, se você tiver algo a ver com isso, Zepp...

Lutei com um sorriso. Ela estava preocupada comigo.

— Como eu disse, Roe, passei esses três últimos dias com você.

— Isso não significa merda nenhuma. Você é um filho da puta ardiloso, como você bem sabe.

Eu a agarrei pelo quadril e a puxei para mim.

— Bom saber. — Então a beijei.

Algo atingiu a lateral da minha cabeça.

— Seus nojentos — Hendrix murmurou, levantando-se do chão e limpando a poeira das mãos no jeans. — Pensei que você estivesse indo para casa, Ruiva. Eu preciso de um tempo.

— Mudei de ideia. — Monroe mostrou o dedo do meio para ele. — Vou ficar.

— Então eu vou ter que ficar ouvindo vocês dois trepando? De novo — Hendrix resmungou. — Eu não posso mais lidar com isso. Você parece uma hiena quando goza.

Ela o fuzilou com os olhos.

— Como se você não tentasse derrubar as paredes do seu quarto com alguma vagabunda qualquer na maioria das noites.

Peguei a luva que Hendrix tinha jogado em mim e bati na cara dele.

— Cala a boca. — Então peguei Monroe pela cintura e a levei em direção à casa. Aqueles dois iam continuar com aquilo até serem separados.

— Vamos lá, minha hienazinha. Eu vou te fazer uivar.

Rindo, ela me deu uma cotovelada nas costelas.

— Deus, o seu irmão é um otário.

No dia seguinte, eu fui enviado para a sala do diretor no final da primeira aula por quebrar o nariz de algum babaca que tinha chamado a Monroe de puta. Dois dias de detenção. Brown estava ficando molenga pra cacete.

Contornei o corredor assim que Monroe bateu a porta do armário. Ela olhou para mim por sobre o ombro e, com orgulho, ergui o pedaço de papel rosa.

— Vou para a detenção por defender a sua honra.

— Seria fofo se você não passasse a maior parte dos dias lá.

— Não tente diminuir o meu cavalheirismo, Roe. — Passei um braço ao redor dos ombros dela e fomos em direção à saída. O sol aqueceu a minha pele ao atravessarmos o estacionamento abarrotado de estudantes. — Quer pedir comida chinesa hoje?

— Claro. — Ela colocou a mão na minha barriga antes de estalar um beijo na minha boca.

Era o tipo de beijo que normalmente significava que ela estava prestes a ficar de joelhos na minha frente. Sua língua varreu os meus lábios e ela pressionou os seios na minha barriga. Roe não fazia merdas desse tipo no estacionamento da escola... Eu me afastei dela, com uma sobrancelha erguida em suspeita.

— Mas eu preciso ir estudar primeiro. Com o Chase. — Aquele último detalhe saiu rápido como um raio, como se ela estivesse cuspindo fogo.

Eu odiava aquele otário. Eles podiam ser amigos desde a época em que ela não tinha peitos, mas não havia como um cara não pegar um frasco de hidratante e bater uma ao pensar nela.

— É? — perguntei, acalmando a chama de ciúme que implorava para explodir em meu peito.

— Lembra? O projeto de estudos sociais...

Como eu poderia esquecer?

— É. Então, vocês vão para a biblioteca? — Nós paramos ao lado da minha moto e eu atirei o capacete para ela.

— É, não exatamente. Os computadores estão sempre quebrados, mas o pai do Chase tem um.

Na casa dele. Claro que aquele merdinha a convidaria para ir à casa dele. Apostava que ele até mesmo tinha um lanchinho e as porras de umas velas para ela também. Dei um aceno rápido de cabeça antes de passar a perna sobre o assento.

— Eu te levo.

— Sério? Isso é muito... racional. — Ela subiu atrás de mim e pressionou os lábios no meu pescoço.

Então eu dei a partida e conduzi para fora do estacionamento.

Era muito racional da minha parte.

Parei na frente da caixa de correio que tinha Matthews pintado com letras brancas e desleixadas na lateral. Uma bandeira de futebol americano do Alabama tremulava na varanda, logo abaixo da bandeira dos Estados Unidos, e o gramado era bem cuidado na verdade, com canteiros de flores perto dos degraus. A casa parecia completamente desencaixada ali no meio das dilapidadas que tomavam o resto do quarteirão. Não era de se admirar ele se achar melhor que os outros. Cretino.

Monroe saltou da moto e me entregou o capacete. Parecia que ela estava prestes a se inclinar para me dar um beijo quando eu desliguei o motor e desci. Os olhos dela se estreitaram.

— Aonde você está indo?

Com um sorriso, atravessei a calçada, indo até a varanda. Quando ela me alcançou, eu já tinha tocado a campainha.

— Zepp... — Monroe me olhou sério bem no minuto em que Chase abria a porta.

O olhar dele pulou entre nós dois.

— Oi, Moe. — Uma ruga se formou entre as sobrancelhas dele. *Isso mesmo, otário, eu estou aqui.*

— Oi. O Zepp só veio me trazer. — Ela me deu um beijo rápido antes de cruzar a porta.

Quando o babaquinha foi fechar a porta, eu a agarrei e abri caminho com os ombros, entrando na casa.

— Que merda é essa, Hunt? — Chase ficou de pé na porta como se esperasse que eu saísse.

Atirei um sorriso para ele e fechei a porta para o anfitrião. O aborrecimento irradiou dele como uma bomba de hidrogênio quando eu coloquei a mão na cintura da Monroe.

— Não esquenta, Matthews.

— Foda-se. — Ele conduziu Monroe e eu até a cozinha, parando perto da mesa cheia de papel.

— Vou só pegar os livros — ele disse ao ir em direção às escadas que ficavam do outro lado da sala.

Monroe se jogou em uma cadeira na cabeceira da mesa, olhando feio para mim. Antes que ela pudesse abrir a boca, eu estava pairando sobre ela.

— Os livros dele estão na porra do quarto. — Apontei para os degraus. — Garotos levam meninas para o quarto por uma razão, e somente uma razão. — O calor se espalhou pelo meu rosto. Debati se deveria socar a cabeça de Chase na geladeira de aço inoxidável.

— Eu ficava aqui o tempo todo quando éramos crianças. — Ela bateu em alguns envelopes sobre a mesa e bufou. — Eu já estive no quarto dele, e antes que você diga alguma coisa, estávamos jogando Banco Imobiliário e tínhamos doze anos.

Puxei a cadeira, virei-a e sentei-me escarranchado no assento enquanto a encarava. Como diabos a minha garota podia ser ingênua desse jeito com caras?

— E médico? — perguntei. — Brincavam disso também?

— Não. — Ela revirou os olhos. — Nós éramos melhores amigos. Só isso.

— A menina com quem eu jogava jogos de tabuleiro foi a menina com quem eu perdi a virgindade quando tinha catorze anos, então não aja como se ser amigos de infância deixa um cara imune a um par de peitos.

Ela passou a mão pelo rosto e gemeu.

— Nem todos os caras são tão pervertidos quanto você, Zepp.

— Sério? — Cruzei os braços sobre o encosto da cadeira. — Não é perversão, Roe. Se chama ter um pau e fazer uso dele.

Monroe fechou os lábios com força. Eu só podia imaginar que ela estava tentando pensar em alguma coisa para provar que estava certa, mas Chase voltou à cozinha. Ele colocou os livros e o notebook na mesa cheia de lixo e se sentou ao lado da minha garota, puxando a cadeira para perto dela.

Tamborilei os dedos sobre a mesa enquanto ele ligava o notebook.

— Planejou estudar lá em cima? — perguntei.

O olhar hostil de Chase encontrou o meu.

— A Moe já esteve no meu quarto um monte de vezes.

Agarrei o rolo de papel toalha que estava na minha frente e o apertei. Filho da puta irritante.

— E, ainda assim, você não conseguiu o que queria. — Ergui um ombro. — Não são todos os que conseguem, eu acho. — Eu queria muito, muito mesmo dar com a cabeça dele na porta da geladeira agora.

— Jááá deu. — Monroe apontou para mim. — Pare. — Então enfiou o notebook na frente do Chase. — Foco. Digita.

Ergui as mãos em rendição.

— Só estou tentando ter uma conversa.

Ela me ignorou, arrancando um dos livros da pilha e virando a página.

— Só temos mais dois tópicos para abordar. Um: qual são os prós e os contras das redes sociais na sociedade moderna em comparação com trinta anos atrás?

Que tipo de merda era aquela? Joguei o papel toalha de volta na mesa. Chase pigarreou como se estivesse prestes a vomitar alguma descoberta valiosíssima.

— Bem, eu acho que um dos maiores contras das redes sociais é a forma como ela dá valor às pessoas ou à opinião de pessoas que não têm qualquer relevância. Em vez de direcionar esse valor para amizades longas e verdadeiras que são muito mais importantes. — Ele olhou para mim como um babaquinha orgulhoso. — Isso promove relacionamentos falsos que não têm uma boa fundação.

Ah, eu achava que era para aquilo ser uma indireta.

— Você sabe que a sociedade sempre deu valor para a opinião das pessoas que não têm relevância nenhuma, né? — falei. — Não é um fenômeno novo que aconteceu por causa das redes sociais, seu idiota.

Chase me fuzilou com os olhos.

— Obrigada pela contribuição, amor. — Monroe me olhou sério antes de se virar para Chase. — Mas ele tem razão.

É claro que eu tinha. O otário digitou por alguns minutos enquanto Monroe olhava as anotações. Cada vez que ele tentava fazer um comentário que ele achava que o faria parecer inteligente, eu o refutava. Depois de meia hora, o vapor girava sobre o alto da cabeça dele. O cara agarrou a mochila que estava no chão e a enfiou no colo, vasculhando-a e tirando de lá um baseado.

Monroe bateu a caneta sobre o livro aberto diante dela.

— Sua mãe vai te matar se você fumar aqui dentro.

— Ela está no turno da noite hoje. — Chase acendeu o baseado e tragou. — Meu pai também.

O otário tinha toda a intenção de tentar comer a minha namorada. Eu sabia que ele tinha. Com um sorrisinho de deboche, ele soprou uma nuvem de fumaça no ar antes de oferecer o cigarro à Monroe. Ela fez que não.

— Moe, você se lembra de quando subimos naquele outdoor e ficamos tão chapados que dormimos lá em cima?

Ele me olhou como se quisesse que eu pensasse que tinha acontecido alguma coisa entre eles.

— Lembro, seu pai disse que eu era má influência. Agora, olhe para você, fumando dentro de casa. — Ela lançou um sorriso com ares de superioridade.

Aquele merdinha queria tentar mostrar para mim o quanto ele era especial para a Monroe? Ele que se fodesse.

— Roe, você se lembra da vez que eu bati uma siririca tão boa para você que você gozou lá em cima do outdoor? — Minha mandíbula cerrou, meu olhar zerado no Chase.

— Tá. — Monroe se engasgou com um riso de nervoso. — Sabe, acho que você pode só escrever essa parte, Chase. Eu vou escrever a outra. Vai dar certo. — Ela ficou de pé tão rápido que a cadeira vacilou por um segundo. — Zepp — ela chamou entredentes, girou em seus calcanhares e saiu do cômodo.

Eu me levantei devagar, pairando sobre ele.

— Ela pode não ver maldade em nada disso. Mas eu sei que é uma balela do caralho. — Bati um dedo na testa dele. — Não me faça matar você, Matthews. — Empurrei a cabeça dele para trás antes de sair dali feito um furacão.

Monroe me ignorou até chegarmos em casa, onde eu implorei para que ela me perdoasse ao plantar o meu rosto entre as suas coxas.

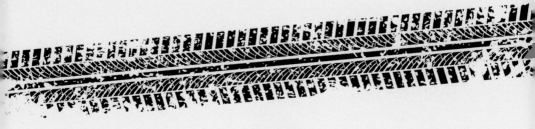

30

MONROE

Eu poderia pensar em um milhão de coisas melhores para fazer em uma sexta à noite do que seguir Zepp através da entrada do estádio de futebol americano do Colégio Dayton. Hendrix e Bellamy flanqueavam Jade, Hendrix caminhava muito mais perto do que o necessário. Metade das pessoas ali usava as cores da escola. Se havia uma coisa que as pessoas dessa cidade tinham em comum era o amor pelo futebol americano. Ao que parecia, eu era um peixe fora d'água.

— Eu juro — Zepp murmurou. — Eu vou matar o Wolf por nos obrigar a vir nessa merda.

— Sabe, eu não teria pensado que o Wolf era o tipo que jogava futebol.

Zepp jogou o cigarro no chão, desviando-se de uma criança aos berros.

— O pai dele foi jogador profissional.

— Ah. — E agora ele morava em um trailer um pouco mais abaixo do que o da minha mãe prostituta-viciada em crack. Era isso o que a gente chamava de injustiça.

— Ele se machucou ou uma merda dessa... Wolf só joga pelo pai dele.

— Isso é bem fofo.

Fomos em direção às arquibancadas e passamos pelas líderes de torcida do Barrington nas laterais do campo, todas emperiquitadas com os uniformes alvirrubros. Várias delas olhavam feio para mim através do alambrado que separava o campo da pista de corrida que o rodeava. E, é claro, bem lá no meio estava Leah com seu cabelo louro preso em um laço.

— Ei, Zepp — ela cantarolou, dando um suntuoso aceno de rainha.

Zepp não fez mais do que olhar na direção dela.

Mas eu sorri quando notei a protuberância em seu nariz antes perfeito.

— Você deveria mandar consertar esse nariz quebrado, Leah — falei.

Ela me olhou com puro ódio. Zepp bufou uma risada e seu braço me rodeou, apertando-me para o seu lado ao continuarmos a atravessar a multidão.

Hendrix e Bellamy pararam em frente a uma das seções das arquibancadas. Uma olhada daqueles dois e os coitados dos caras sentados lá agarraram suas pipocas e dispararam, saltando para fora dali.

O ritmo dissonante das bandas marciais se erguia sobre o murmúrio da multidão. A banda do Dayton era uma merda. Deus, quanto tempo aquela merda ia demorar?

Lá pelo terceiro quarto, Dayton estava quinze pontos à frente, e eu estava entediada até a morte. Algo devia ter acontecido, porque soaram uns apitos e o lado de Dayton nas arquibancadas enlouqueceu. O jogo foi parado, os juízes estavam conversando, e então o número vinte e sete do Barrington atacou o Wolf, jogando-o no chão. Mais apitos soaram e o juízes atravessaram o campo.

Hendrix ficou de pé em um salto, espalhando pipoca para todos os lados.

— Que palhaçada! Isso foi falta! — Ele agarrou a virilha. — Chupa o meu pau, Barrington.

Soltei um leve suspiro de alívio quando Wolf ficou de pé, agarrou o cara pelo capacete e o atirou no chão. Em segundos, a maior parte dos jogadores tinha corrido para o campo, partindo para o confronto na linha de cinquenta jardas. Hendrix soltou algo parecido com um grito de guerra, bateu no peito, saltou das arquibancadas, pulou o alambrado e se atirou bem no meio da briga.

— Merda — Zepp murmurou, passando a mão pelo rosto.

Gritos estouraram de algumas fileiras atrás. Um grupo de caras do Dayton e do Barrington começaram a trocar socos. Não demorou muito para que pequenos focos de briga entre as escolas rivais pipocassem por toda a arquibancada.

Zepp me pegou pela mão e me colocou de pé, me guiando escada abaixo, com Jade e Bellamy no nosso encalço. Quanto mais nos afastávamos do campo, mais silencioso ficava e o rugido e o estrondo da luta gigantesca se dissipavam.

— E o Hendrix? — Jade perguntou.

— Por que você se importa? — Apontei para ela. — É melhor você não estar pensando naquele pau imundo dele, garota.

Ela parou e colocou as mãos no quadril.

— Ah, você está dando para o Zepp.

— Ei! — Zepp passou uma mão pelo corpo. — Eu estou bem aqui.

Voltei a olhar feio para a minha amiga.

— Eu não vou te levar ao médico quando você aparecer com chato.

— Esqueça os chatos, cara. Olha essa merda! — Bellamy rodeou a lateral de um Challenger 82 dourado. As luzes do estádio refletiam na pintura metálica. Era algo que uma estrela pornô dirigiria, mas ainda assim era um carro legal. Um clássico. Ele acariciou as linhas do capô com a palma da mão. — Quanto você acha que conseguiríamos por ele?

Zepp foi até o lado do motorista e abaixou a cabeça para espiar através do vidro fumê.

— O interior está todo rasgado. — Ele rodeou o veículo, passando um dedo pela lataria. — Alguns amassados. Arranhões. Mas eu aposto que conseguiríamos uns oito mil. — Olhou por cima do teto. — Se não formos pegos. — O sarcasmo naquela última parte foi carregado o bastante para causar um engasgo.

Ri quando Jade lançou um olhar nervoso para mim.

— Calma. Eles não vão roubar um carro durante um jogo de futebol. — Passei um dedo pela pintura antes de olhar para trás, em direção ao estádio. — Mas ele é bem bacana. — O dono devia chegar a qualquer segundo e um pouco de conversa não fazia mal. — Me dê quinze minutos.

Bellamy e Jade foram em direção ao carro dele, mas Zepp ficou bem ali, olhando feio para mim.

— Não — ele disse. — E não revire os olhos para mim. Você não vai pegar esse carro.

— Eu não vou roubar o carro agora. Isso se chama sondagem, Zepp. — Coloquei a mão no quadril.

— Vamos. — Ele começou a ir em direção ao carro de Bellamy, mas eu fiquei para trás, meu olhar indo do seu corpo se afastando para o Challenger. — Roe? — Ele parou ao lado do Civic de Bellamy, uma mão na porta traseira aberta. Dava para ver a raiva dele aumentando a cada segundo que passava.

Minha indignação saltou à superfície. Mostrei o dedo do meio para ele e dirigi meu foco para o cara passando pelo carro de Bellamy, vindo direto para o Challenger.

— Eu juro por Deus, mulher — Zepp praticamente grunhiu.

Babaca.

O garoto estava a poucos metros de distância. Ele tinha um daqueles cortes de cabelo de mauricinho dos meninos do Barrington, mas, em vez de usar as camisas polo que eram o padrão da escola, usava uma camiseta com estampa do Yoda. Ele tinha que ser um dos *geeks* de lá da outra escola.

O rapaz congelou ao me ver nas sombras e, devagar, colocou a chave na porta.

— Carro maneiro — elogiei. Quando pisei sob a luz da rua, ele derrubou as chaves.

— Ah. — O cara pigarreou, se atrapalhando para pegá-las e arrumar os óculos quando ficou de pé. — Obrigado.

— Talvez a gente possa fazer alguma coisa um dia desses. — Apoiei as costas no carro estacionado ao lado do dele, ficando de olho no Zepp.

Chucky, o boneco assassino, estava a meio caminho entre mim e o carro de Bellamy, um olhar intenso fixo em seu rosto, que antigamente costumava me dar medo.

— Você poderia me levar para dar um passeio? — perguntei, voltando o foco para o Yoda.

Os olhos dele se arregalaram, a boca caiu aberta.

— C-claro.

— Ótimo. Eu vou te dar o meu número.

Ele se atrapalhou com o telefone antes de eu digitar um nome e um número, então me afastei com um breve aceno.

Fui direto para Zepp com seus braços cruzados e a mandíbula cerrada.

— Você é teimosa pra caralho — ele disse, começando a caminhar ao meu lado enquanto nos aproximávamos do Civic.

— Não finja que você não gostou.

Ainda não tínhamos chegado ao carro de Bellamy quando o meu telefone apitou.

> Desconhecido: Oi. Esse é o meu número. Eu gostaria muito de passar um tempo com você.

Zepp parou e arrancou o telefone da minha mão. O ciúme rasgou o rosto dele como uma onda gigante.

— Você não deu o seu número para ele.

Eu peguei o aparelho de volta.

— Não é como se eu fosse dar para ele, Zepp.

— Eu não dou a mínima. — Ele apontou um dedo irado para trás de nós. — Ele pensa que você vai.

— Mas eu não vou. — Passei a mão pelo peito dele, roçando os lábios por sua mandíbula. — Já não falamos sobre isso? Eu nunca vou dar para ninguém além de você.

Aquilo pareceu aplacar a besta. A tensão no rosto dele se acalmou o suficiente e nós entramos no assento traseiro do carro.

— Nunca, hein?

Eu me atrapalhei por um segundo. Eu tinha dito aquilo. Nunca.

— Desde que você se comporte — falei, me esquivando do assunto.

O olhar dele caiu para os meus lábios e logo a boca se encontrou com a minha.

— Com certeza eu vou tentar. — Zepp aprofundou o beijo, mas se afastou de repente. — Mas que porra, Bell? Não jogue essas merdas em mim!

— Então não tente trepar no banco do meu carro! Precisei tirar a vapor a merda que o babaca do seu irmão deixou aí.

Eu olhei para o assento da frente.

— Eca. Agora eu sinto como se pudesse ser engravidada pelo estofamento.

Jade olhou para mim.

— Sério? Isso está acontecendo — ela ergueu a palma da mão e fez um movimento circular na nossa direção — e você acha que o assento vai te engravidar?

Bellamy deu a partida e engatou o carro, apontando para o para-brisa.

— De onde diabos ele está vindo?

Hendrix corria pelo estacionamento. E não vinha da direção do campo de futebol, mas da floresta que ficava nos fundo do estádio, usando a camisa do número vinte e sete do Barrington. Ele escancarou a porta da frente do carro e se jogou para dentro bem quando as luzes vermelhas e azuis da sirene da polícia apontaram no final da estrada. Eles passaram zunindo por nós antes de cantar pneus ao fazer a curva para o estacionamento da escola.

— Dirija, idiota! — Hendrix gritou, batendo o punho nas costas do banco à sua frente. — Dirija.

— Jesus — Bellamy disse, arrancando.

Hendrix puxou a camisa.

— Isso cheira a merda. É de se pensar que, com todo aquele dinheiro, eles iriam comprar um desodorante melhor.

— Estou curiosa — falei. — Você acabou de nocautear o cara e tirou a roupa dele bem no meio do campo? — A imagem era bem divertida.

— Eu fiquei muito animado — ele arfou. — Acho que eu saí de mim.

— Hendrix talvez fosse um pouco louco.

Quando paramos na frente da casa do Zepp, todo o carro fedia a suor e chulé daquele maldito uniforme, que Hendrix se recusara a atirar pela janela, declarando que era um troféu. Eu nunca saberia como ele tinha conseguido se enfiar em uma briga cheia de jogadores de futebol americano e sair de lá sem um arranhão.

Jade olhou para mim por um segundo antes de se fixar em Zepp.

— O Wolf vai voltar para cá?

Hendrix se virou no assento da frente.

— Por que você dá a mínima para aquele babaca gordo? — Ele serpenteou a mão pelo corpo, esfregando a virilha. — Eu tenho o que você quer bem aqui, gata. — Jogou a cabeça para trás e gargalhou antes de abrir a porta do carro.

Olhei para Jade.

— Só para que você saiba, eu não aprovo nenhum dos dois. Eles devem ter DST o suficiente para estocar um laboratório...

Ela fez careta para mim.

— E eu repito. Você está dando para o Zepp.

Zepp saiu do carro, abaixando a cabeça para olhar feio para Jade.

— Eu estou imaculado. Faço exames com frequência.

Gemi ao sair do carro.

— Isso me deixa muito tranquila, amor.

— Quer dizer. Não agora... só, sabe. — Ele ergueu os ombros. — Antes.

— Não vem ao caso — eu disse, acenando para Jade enquanto Bellamy dava ré no quintal cheio de mato e saía da garagem.

A mão de Zepp pousou na minha bunda.

— Nunca, hein?

— Você vai se agarrar a isso, né?

— Porra, vou sim. — Ele me agarrou com força. — Vamos trepar.

E, simples assim, o meu corpo todo se acendeu como a oficina do Papai Noel. Passamos reto pela porta e subimos as escadas. A camisa de

Zepp foi tirada antes de chegarmos ao quarto. A visão daqueles músculos tatuados nunca falhava em atrair a minha total atenção.

A porta do cômodo bateu e, dentro de segundos, minha camiseta foi parar no chão e as minhas costas, sobre o colchão. Cada toque das mãos dele fazia o calor rasgar a minha pele. Eu jamais teria o bastante dele, e aquilo sempre parecia uma corrida arriscada. Porque ninguém poderia querer algo com tanta intensidade.

Meu telefone apitou. E voltou a apitar de novo e de novo. E de novo. Peguei o telefone dentro do sutiã e Zepp gemeu, ajustando o pau.

— Quem diabos está te mandando mensagem?

Li por alto a série de mensagens de um número desconhecido e não pude deixar de sorrir. Aquilo arrancaria uma reação do Zepp.

— Meu novo namorado.

Com um sorriso debochado, ele colocou as mãos ao lado da minha cabeça, me prendendo.

— É mesmo?

— É. Um riquinho. Carro bacana. Meio *geeky*. — Meus dedos percorreram cada músculo forte da sua barriga. — Cá para nós, eu vou deixar o cara liso.

Sua boca começou pelo meu pescoço, indo até a clavícula. Ele puxou meu sutiã para baixo e abriu uma trilha pela minha pele com a língua.

— Péssimo para ele, hein? — Ele mordeu o meu mamilo, a sensação repentina fez a minha cabeça se arquear para longe da cama. — Talvez você devesse enviar umas fotos para ele com o que eu estou prestes a fazer com você.

— O pobrezinho ia gozar na cueca do Batman.

Zepp riu, as mãos vagando pelo meu corpo enquanto minha mente acelerava pensando no carro. O que roubá-lo poderia fazer por mim. Eu nunca chegara a pegar nada para mim mesma, e eu sabia que o dinheiro dos carros me daria o suficiente para sair do The White Rabbit.

Os dedos de Zepp entraram na minha calcinha.

— Eu tenho uma proposta para você — falei.

O polegar dele fez movimentos circulares no lugar certo, e eu lutei para pensar com clareza.

— Aposto que sim.

— Eu vou roubar aquele carro. Você vende. Nós dividimos o dinheiro. — As palavras saíram atropeladas.

Ele gemeu quando os dedos se curvaram dentro de mim.

— Não aprendeu a sua lição da última vez que fez um acordo comigo, Roe?

— Não terminou tão mal assim. — Ofeguei, afundando as unhas em seus braços.

Os movimentos ficaram mais pontuais e determinados até que ele me levou a um ponto em que as palavras não eram mais uma opção, porque os meus pulmões lutavam para respirar. Eu me abri para ele da mesma forma que sempre fazia, tão rápido que era quase vergonhoso.

Esperei até que eu recuperasse o fôlego.

— E aí?

— E aí o quê? — O olhar faminto se fixou no meu.

— Temos um acordo? De novo?

— O quê? — Ele puxou a boxer para baixo. — Eu não vou tentar falar sobre essa merda agora, estou tentando afogar o ganso.

Ele veio para cima de mim e eu coloquei a palma das mãos em seu peito para manter um pouco de distância. Eu precisava de uma saída. Do The White Rabbit. Do Jerry...

— É, bem, eu estou tentando não ter que tirar a roupa para caras ricos que pensam que vinte dólares valem uma passada de mão.

O queixo dele caiu em um forte suspiro. Então ele saiu de cima de mim, virou de costas e encarou o teto.

— Que ótima forma de matar o clima.

— Ótimo. — Revirei os olhos. — Você não quer? Eu posso roubar o carro e vender sozinha.

— Eu quero que o meu pau seja chupado, é isso o que eu quero.

— Bem, você poderia ter conseguido isso se tivesse se limitado a dizer sim.

Ele se virou no travesseiro e olhou para mim, uma sobrancelha se erguendo.

— Talvez eu tivesse dito sim se você não tivesse falado em esfregar os peitos na cara daqueles babacas.

— Ai, meu Deus, Zepp. — Sentando-me, eu olhei feio para ele. — Eu falei em parar de fazer isso, seu cretino.

Ele se mexeu, trazendo o rosto a centímetros do meu.

— Quando eu estava com os dedos dentro de você.

— Você já tinha acabado àquela altura.

Ele apontou para a virilha.

— Isso parece acabado para você? Puta que pariu.

— Sinto muito pelos meus problemas estarem te atrapalhando a aliviar a sua carga.

Um olhar de descrença cruzou o rosto dele antes de os seus olhos se estreitarem com um resmungo.

— Você é impossível para caralho às vezes, sabe! — Ele se jogou na cama de novo e logo agarrou o pau. — Vá em frente. — Deu algumas bombeadas. — Fale dos seus problemas, Roe.

— Vá se foder, Zepp. — Eu queria dar um peteleco no pau dele. — Vai bater uma punheta igual a um garotinho de doze anos.

— Isso te aborrece? — Ele olhou para a virilha, bombeando com mais força.

— Não.

Que a verdade fosse dita, mesmo brava com ele, havia algo ridiculamente atraente em assisti-lo se acariciar. Dedos tatuados envolviam aquele pau, aquele piercing pequenininho fazendo uma aparição. Que ele se fodesse por ser tão... *ele*.

— Que bom.

Ele fechou os olhos, mordendo o lábio ao trabalhar em si mesmo, como se não se importasse nada por eu estar bem ali. Deus, ele era um babaca. Eu me ergui, tirei o sutiã e montei nele.

— Você está prestes a roçar no meu travesseiro como uma garotinha de doze anos ou o quê? — Ele ergueu a sobrancelha, os lábios se contorcendo como se lutasse com um sorriso.

— Vai se foder. — Peguei uma camisinha e afastei a mão dele com um tapa, desenrolando-a sobre ele com um pouco mais de força que o necessário.

Um gemido gutural borbulhou de sua garganta quando eu desci sobre ele.

— Tão furiosa — ele disse.

— Eu vou vender aquele carro.

— É. — Os dedos dele agarraram o meu quadril, me guiando por cima dele. — Aposto que vai.

Passei as unhas pelo peito dele, deixando para trás linhas vermelhas e zangadas enquanto eu o empurrava para dentro de mim.

— Você acha que eu não posso?

— Não sei. Afinal de contas, você é *só* uma menina, Roe.

Minha pressão sanguínea foi às alturas e eu envolvi os dedos ao redor de seu pescoço.

— Eu posso fazer um monte de coisa por um molho de chaves, amor.

Longe demais. A mandíbula dele contraiu e, com um movimento rápido, ele me colocou debaixo dele, presa à cama enquanto ele se dirigia para dentro de mim como um animal.

— Você não vai fazer porra nenhuma por aquelas chaves.

Eu deveria ter parado, mas eu gostei, até mesmo ansiei por aquilo.

— Você acha? — As duas palavras saíram da minha língua como um fósforo caindo em uma poça de gasolina.

Ele empurrou meus joelhos em direção à minha cabeça até os meus músculos queimarem.

— Seria idiotice sua. — A cabeceira batia na parede. Foi cru e furioso como se ele estivesse dividido entre me matar e me foder. — Você está perto? — ele perguntou.

— Deus, sim.

— Você quer gozar, Roe?

Eu o agarrei pela bunda, tentando segurá-lo ali.

— Não se atreva.

Ele virou de costas, então colocou as duas mãos atrás da cabeça.

— Esforce-se — ele disse.

Rolei para cima dele, indo fundo. Eu podia ver os fios esticados do controle, a necessidade de me agarrar e me foder escrita por todo o seu rosto.

Dentro de segundos, o calor inundou a minha pele. A onda de endorfinas deixou a minha cabeça leve. Eu nem sequer tinha começado a desmoronar quando as mãos de Zepp agarraram as minhas coxas e ele meteu dentro de mim, um gemido profundo rasgando de sua garganta.

Olhamos um para o outro por um momento antes de eu sair de cima dele.

Eu ia roubar a porra daquele carro.

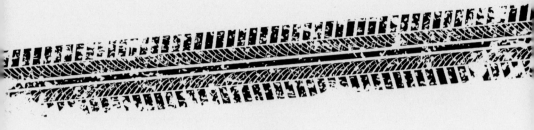

31

ZEPP

Na tarde seguinte, eu me acomodei no sofá para jogar *Call of Duty* com o meu irmão.

Dei um tiro na cabeça do avatar dele. Sangue se espalhou pela tela e o jogador desabou na areia pixelada.

— Você é péssimo nisso.

— É. Bem. Você é péssimo na vida. — Hendrix se mexeu até a beirada do sofá, ao meu lado, concentrado na tela. — Você e Monroe estão metidos com essa merda de BDSM ou algo do tipo? A coisa pareceu meio violenta ontem.

Afastei os olhos da TV.

— Cuida da sua vida, tá bom?

— Nós somos irmãos. É de se esperar que você confesse toda a sua perversão para mim. — Ele moveu o bonequinho pela tela, esquivando-se e ziguezagueando como uma fadinha drogada.

Às vezes eu ficava preocupado com a possibilidade de o meu irmão ter problemas psicológicos, o que seria minha culpa por bater na cabeça dele repetidas vezes com um taco de plástico quando ele tinha cinco anos. Um motor roncou ao se aproximar da frente da casa e rodear os fundos. Hendrix se sentou ereto como um cão-da-pradaria ao ouvir o barulho, então atirou o controle para longe e foi correndo até a porta dos fundos.

— Ah, porra! Não! — ele resmungou quando a tela fechou.

Eu me levantei do sofá e escapuli lá para fora, contornando o meu irmão fervilhante.

— Eu não gosto disso.

O maldito Challenger estava estacionando atrás da casa. Monroe estava no assento do motorista com a janela abaixada.

— É melhor ela não estar roubando carros para a gente agora — Hendrix murmurou enquanto eu me aproximava do carro ainda ligado, notando o adesivo do Star Wars no para-choque traseiro.

Parei ao lado do carro e apoiei os antebraços sobre o teto queimado de sol, olhando para a Monroe.

— Se o cara não tivesse pensado que iria ganhar um boquete da minha namorada, eu poderia sentir um pouco de pena do filho da puta.

— Por quê? Ele é de Barrington — Monroe respondeu.

Dei um passo para trás quando ela abriu a porta e saiu, dando um beijo nos meus lábios.

— Ele tem um adesivo do Yoda no para-choque traseiro. — Apontei o polegar para trás de mim. — Ele não é um Barrington genuíno.

Ela fechou a cara.

— Agora eu me sinto um pouco mal.

Hendrix desceu os degraus batendo os pés, uma careta profunda cobria o seu rosto e os braços estavam cruzados. Como um bebezinho bravo que tinha cagado na calça. Ele apontou para o carro.

— Ela roubou?

— Você está... — Ela olhou para mim, as sobrancelhas erguidas em descrença. — Ele está me julgando?

— Eu estou julgando o meu irmão, que está sendo controlado por uma boceta! — Hendrix foi até o lado do passageiro e chutou a roda. — Isso é uma palhaçada, cara. Você praticamente deixou a garota morar aqui. Ótimo! Come ela na cozinha onde eu faço as minhas refeições. Excelente! Esfrega suas bolas no meu sofá. Foda-se. — Ele jogou as mãos para o alto, olhando feio de mim para o carro, e para mim de novo. — Mas deixar a garota roubar carros. Aí já é passar dos limites.

— Hendrix... — Arrastei as mãos pelo rosto, puto pra caralho com ele. — Cala a boca.

— O Zepp não me *deixa* fazer qualquer coisa. — Monroe rodeou a frente do Challenger e ficou bem na frente de Hendrix antes de cutucá-lo no peito. — Eu já roubava carros, babaca.

— É? Bem... — Ele encrespou a testa e, por uma fração de segundo, pareceu estar sem palavras. — Quem vai se livrar dele por você? — O olhar oscilou dela para mim.

— Ah, como se ele estivesse me fazendo um favor. — Ela apontou o polegar para mim. — Ele vai ficar com uma parte.

Maldita fosse ela e aquela boca. Eu não pensara que ela ia roubar aquela merda. Ao menos não tão cedo.

— Ei! — Ergui ambas as mãos. — Ela tocou no assunto quando estávamos trepando. É igual a aceitar fazer alguma coisa quando está bêbado. E eu não pensei que ela fosse levar o plano a sério.

— Ótimo. Quer saltar fora? — Ela voltou para o lado do motorista. — Eu tenho o meu próprio cara. Posso levar agora mesmo para ele.

— Roe... — comecei, mas Hendrix já estava avançando para bater em mim. Eu o peguei pelo punho e torci o braço dele atrás das costas, jogando-o no capô do carro. — Vou dividir a minha parte com você, babaca. Cala a boca. — Dei outro empurrão nele antes de soltá-lo.

— Roubar carro é coisa nossa, cara — ele choramingou, depois fungou. — Nada mais é sagrado. Não o nosso sofá. Não os nossos carros. Nada. — Ele se afastou do capô e fingiu secar as lágrimas.

— Você vai querer ou não? — Monroe perguntou com as mãos no quadril.

Aquilo renderia uma boa grana. Ela já tinha roubado aquela porcaria de qualquer forma.

— Vou. Vamos levá-lo para o Billy Bob e os caras do desmanche.

— Inacreditável. — Bufando, Hendrix se largou no chão coberto de folhas. Meu irmão de dezessete anos de idade estava de birra.

Monroe revirou os olhos para ele.

— Seu nível de maturidade me deixa perplexa, Hen.

O olhar arregalado dele encontrou o meu.

— Ela acabou de me chamar de frangote! Acha que eu não sei inglês?

Ignorando o Hendrix, peguei a caixa de ferramentas na varanda dos fundos e a joguei na grama aos pés de Monroe. Ela vasculhou as ferramentas enquanto Hendrix estava sentado igual a uma borboletinha bem no meio do jardim.

— Se quiser uma parte — eu disse —, vai raspar o chassi, seu merda.

Uma hora e meia depois, nós deixamos o carro no desmanche. Eu me sentei no banco do passageiro do Ford Pinto da Monroe, contando os maços de notas de cem.

— Pobre garoto — eu disse, sorrindo. Para ser sincero, eu não me sentia mal pelo cara. Nem um pouco.

Ele tinha um carro legal. A vida agradável de Barrington. E havia pensado que ia comer a minha namorada. Ele podia lamber o meu saco. Além do mais, Dayton era um leão faminto e Barrington era a gazela esguia pronta para o abate. Era só o ciclo da vida.

O telefone de Monroe vibrou no porta-copos. Ela deu uma breve olhada antes de jogar o aparelho para mim.

— Pode dar uma olhada?

> Geek do Challenger:
> Desculpa não responder antes. Alguém roubou o meu carro.

> Geek do Challenger:
> O carro era do meu avô.

> Geek do Challenger:
> Por favor, diga que eu posso te ver. Preciso muito de algo para me animar agora.

Encarei o telefone, metade de mim queria rir, a outra queria dar um soco no moleque. Deus, nós éramos uns otários.

— Quem é? — ela perguntou

— O seu namorado.

— Basta bloquear o número.

— Sério? — Balancei a cabeça, digitando uma resposta. — Você não pode roubar o carro de um cara e depois bloquear o número dele.

Monroe fez uma curva fechada, saindo da estrada e me jogando para a janela. Deus, ela era uma péssima motorista.

— Por que não? — perguntou.

— Porque te faz parecer culpada pra cacete. — Adicionei um coraçãozinho ao final da mensagem.

> Monroe: Ah, que droga. Talvez eu possa te ver mais tarde. Preciso ir à ceia do Senhor e prometer a minha virgindade à igreja hoje.

> Geek do Challenger: Não achei que você fosse do tipo que frequentava a igreja ;)

Bufei e digitei outra resposta.

> Monroe: O que você quer dizer com isso?

Nenhum PRÍNCIPE

Porra, Monroe não era o tipo de garota que ia à igreja. Ela faria metade dos idosos ter um ataque cardíaco no segundo em que chegasse lá com aqueles peitos e as pernas nuas.

> Geek do Challenger:
> Não sei. Você é gostosa.

Pronto. O garoto tinha que ser virgem. Não tinha jeito nenhum.

> Monroe: Nossa. Obrigada. Chegando à igreja. Vlw. A gnt se fala.

> Geek do Challenger:
> Diga a Jesus que eu disse oi.

Monroe derrapou ao dobrar a esquina da minha rua. Carros estavam estacionados ao longo da rua e no quintal. Pessoas estavam esparramadas na varanda envergada, segurando bebidas. E o meu irmão estava encostado na porta aberta, cantando uma menina.

— Mas que porra? — Não havia espaço na garagem, então Monroe contornou o gramado, bloqueando alguns carros. — Eu não vou sair. — Ela abriu a porta, e o rap veio com tudo lá da casa. — Eles podem ir a pé para casa.

— Chamei umas pessoas — Hendrix disse, como se as pessoas na varanda e a fumaça de cigarro flutuando pela porta não fossem um sinal óbvio.

— Não brinca. — Monroe olhou feio para uma menina ali perto.

Ao atravessar a porta, eu dei um peteleco na testa do meu irmão. Wolf e Bellamy estavam no sofá, os dois com as mãos por baixo da saia da mesma menina enquanto o baixo que batia nos alto-falantes chacoalhava as paredes.

— Eu não achava que eles fossem do tipo que brincavam de espada — ela sussurrou no meu ouvido.

Aquela foi uma imagem mental que eu poderia ter deixado passar.

— Vou pegar uma cerveja. — Abri caminho entre um grupo de meninas que lotava a cozinha e fui até a geladeira, me inclinando para cavar em meio à cerveja de merda com a qual Bellamy tinha estocado as prateleiras.

— Gostaram da vista? — Monroe rosnou. — Vou contar até três. Um.

Bati a porta da geladeira, me virei e vi somente a Monroe na cozinha. Abri a lata.

— Eu gosto quando você banca a Arlequina para cima das pessoas.

— Garotas, Zepp. Não pessoas. Te olhando como se você fosse um buffet sem balança, onde as pessoas comem até se fartar.

— Comer até se *fartar*. — Envolvi um braço ao redor da sua cintura, erguendo-a e colocando sobre o balcão. — Quer que eu te chupe bem aqui? E mostre a essas meninas que elas não têm uma chance? — Deixei a cerveja de lado e agarrei as pernas dela, abrindo-as só o suficiente.

— Que romântico. — Ela me deu um leve empurrão. — Mas não, porque é capaz de o Hendrix filmar.

— Ah, porra, não! — Hendrix entrou com tudo na cozinha, o sorriso sádico no lugar enquanto ele saltava sobre os calcanhares e apontava para a frente da casa com o polegar. — Os otários do Barrington acabaram de chegar. Eles querem levar um coro. — Ele atravessou a cozinha correndo e pegou um taco de golfe.

— O quê?! — Eu agarrei as costas da camisa dele quando ele passou correndo.

— Eles estão cagando no nosso território, cara, o que quer dizer que vamos foder com eles. — Ele se livrou de mim e saiu em disparada para a sala.

— Fique aqui — eu disse à Monroe em meu caminho até a porta.

Wolf estava à janela, espiando através das persianas de plástico deformadas.

— Porra, cara. Eles trouxeram tacos.

Raiva escaldante rasgou através de mim. Aqueles filhos da puta tinham vindo até a *minha* casa para caçar confusão. Peguei meu taco de beisebol no armário de casacos, Wolf e Bellamy vieram no meu rastro.

Hendrix já estava na varanda, sem camisa e com o peito estufado. Um monte de garotos saiu do reluzente Range Rover que estava estacionado ao lado do Ford Pinto da Monroe, com os tacos em mãos. Os ombros estavam para trás, os queixos erguidos como se estivessem em seu cavalo alto. Mas o que me deixou mais puto do que qualquer coisa foi ver a porra do Max Harford sentado no banco do passageiro com um sorriso de orelha a orelha plantado no rosto.

A galera do Barrington parou quando eu e os caras pisamos no primeiro degrau.

— Acho melhor vocês irem — falei.

O cretino na frente da matilha riu.

— Acho que não. Vocês nos custaram o campeonato. Foderam com o nosso quarterback e com alguns dos nossos jogadores da linha ofensiva. — Ele apontou o polegar por cima do ombro. — E cagaram no meu carro.

— Eu tive uma diarreia no seu capô, cara! — Hendrix gritou antes de rachar de rir.

O maxilar do cara se contraiu. Ele olhou para o meu irmão e logo voltou o foco para mim.

— Vamos fazer um pouco de justiça, Hunt. Eu vou te dar uma surra na frente dos seus lacaiozinhos do Dayton.

— Você só vai ficar aí falando o dia inteiro ou o quê? — Agarrei o taco com força, a adrenalina disparou por mim como material radioativo. Eu queria tanto dar um golpe, mas não faria o primeiro movimento. Eu era mais esperto que isso. — Ou está começando a repensar a surra que vai levar nesse seu rabo de riquinho?

As narinas dele dilataram e ele veio para cima de mim, deu um golpe, mas errou. Então estourou o inferno.

Foi uma questão de minutos até a maior parte dos caras do Barrington estar rolando no chão, grunhindo e agarrando os membros, e Max ainda estava no Range Rover, como um covarde, com o telefone na orelha. Secando o suor da testa, atravessei o quintal e parei na janela dele. Peguei o cabo do taco e bati na janela.

— Não aprendeu sua lição da última vez, otário?

Por um segundo, a boca de Max se moveu para cima e para baixo como a de um peixe fora d'água.

— Sim, senhora. Victory Lane — ele murmurou ao telefone.

— Chamando os policiais, Harford? Ou a ambulância? Porque vocês estão na minha propriedade. Carregando tacos. — Apoiei o braço sobre o parapeito da janela, os cacos de vidro rasgando a minha pele. — Autodefesa é uma merda, não é?

Ele engoliu em seco o suficiente para eu notar.

— É. Desculpa. Não, senhora. Não preciso de ajuda. Foi um... é. Foi um trote. — Então ele largou o telefone.

A imagem dele em cima da Monroe veio à tona, e eu queria descer o taco na cara dele de novo, mas sabia que matar um cara que ainda usava muletas não pareceria autodefesa.

— Você é um merda — eu disse, afastando-me do carro quando cuspi na cara dele.

A caminho da varanda, eu agarrei o Hendrix pelas costas e o arranquei de cima de um dos caras do Barrington.

— Eu não tinha acabado, babaca. — Hendrix deu um tapa no meu braço.

— Ele está apagado.

— E?

Dei um tapa na nuca do Hendrix, então o empurrei para a porta. Todo mundo voltou para dentro da casa, menos Monroe. Ela ficou ali na varanda com o olhar fixo na Range Rover.

— Você não matou o Max. — Ela deu um tapinha no meu peito. — Que orgulho.

Alguém ligou a música.

— Vou limpar essa merda de mim — falei, indo lá para cima para lavar o sangue que cobria os meus braços.

Peguei a toalha na borda da pia e olhei no espelho ao lavar o rosto. O reflexo de Monroe chamou a minha atenção.

— Posso ajudar? — Sorri no espelho, esfregando a mancha de sangue na minha bochecha.

A expressão dela me deixou de pau duro. Era o olhar que dizia que ela estava pronta para trepar. Eu me afastei da pia. A camisa dela caiu no chão e o sutiã não demorou para se juntar à peça. Segurei seus peitos e mordi o seu lábio.

— Gosta de um pouco de violência, hein?

Ela agarrou o meu pulso e o enfiou debaixo da saia.

— Você me diz.

Puta merda, ela estava molhada.

Engolindo um gemido, deslizei a mão para dentro da calcinha dela.

— Eu diria que você gosta pra caralho. — Eu a levantei até a beirada da pia e abri as suas pernas. — Aposto que posso te fazer gozar pelo menos três vezes.

— Ambicioso.

— Não, Roe. Eu sou determinado.

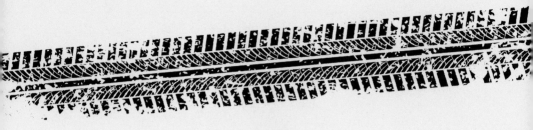

32

MONROE

A festa tinha esvaziado, exceto pelas meninas que ainda estavam por ali esperando a amiga terminar com o Hendrix. Com certeza Wolf estava com outra no quarto de hóspedes. Eu não entendia. Eles eram uns escrotos. Aquelas meninas não tinham um pingo de vergonha.

Dei uma tragada no baseado que Zepp tinha me oferecido, sentindo a erva correr por mim como um cobertor quente. Alguns dos outros caras do Barrington tinham passado lá mais cedo para tirar os jogadores de futebol do quintal do Zepp. Sorri ao pensar no Max sentado ali como um pirralho mimado, esperando alguém ir a seu resgate porque suas pernas ainda estavam muito fodidas para ele conseguir dirigir. Ele ter aparecido lá para o segundo round havia me feito questionar se Zepp tinha causado algum dano cerebral leve nele na primeira vez.

O baque da cabeceira de Hendrix parou bem no momento em que alguém batia na porta. Nenhum dos caras fez o mínimo esforço para se mexer. Deviam estar chapados demais. Suspirando, saí do colo do Zepp e fui atender. Quase me caguei quando vi aquele policial babaca, o Jacobs, parado ali na varanda. Ele estava com os dedos enfiados no passador do cinto e com um sorriso de deboche do rosto. Meu pulso disparou com um fio de pânico. Era capaz de Jacobs conseguir sentir o cheiro da maconha no meu fôlego. Inferno, devia haver uma nuvem de fumaça flutuando pela porta entreaberta. Olhei por cima do ombro dele para o quintal agora vazio, a única evidência que eu podia ver eram as marcas de pneu na grama alta.

— Não há dúvida de que você está andando muito com os garotos Hunt. — Ele puxou a calça para cima, então olhou por cima do meu ombro, para dentro da casa.

— Namorar é ilegal agora? — Eu meio que ri.

— Sua mamãe não te ensinou a tomar decisões melhores? — Minha mamãe era prostituta. O olhar dele desviou para mim. — Eles vão acabar te metendo em encrenca.

— Obrigada pelo aviso. — Dei um sorriso falso para ele. — Posso ajudar o senhor com alguma coisa?

— Parece que houve uma briga aqui mais cedo. O que quer dizer que eu preciso falar com o Sr. Hunt.

— Claro. Eu vou chamar. — Fechei a porta e saí correndo pelo corredor.

Zepp e Bellamy estavam sentados no sofá, passando o baseado para lá e para cá. Arranquei a coisa da mão do Bellamy.

— Aquele policial está lá na porta — sussurrei desesperada, envolvida pelo pânico enquanto eu ia correndo até a cozinha e enfiava a erva no triturador de lixo.

Voltei pelo corredor bem no momento em que Zepp abria a porta, cruzando os braços sobre o peito.

— Sim?

— Ouvi falar que houve um pequeno desentendimento aqui hoje mais cedo — Jacobs falou.

— Acho que todos chegamos a um acordo.

— É mesmo? — Ele fez uma pausa. — É sangue na sua varanda?

— Deve ser. — Zepp bufou, recostando-se na porta, e eu me aproximei um pouco mais.

— Agressão dá um bom tempo de prisão, filho.

— É? Então aqueles filhos da mãe do Barrington passarão um tempo atrás das grades? Eles apareceram. No meu quintal. Carregando tacos.

Alguns segundos se passaram.

— Por que diabos eles fariam algo assim? Não teria nada a ver com aquele quarterback deles que levou uma surra, teria?

— O senhor tem um mandado ou o quê? Porque eu não vou nem tentar conversar fiado com o senhor.

— Aquela sua namorada... — Jacobs estalou a língua. — Vai ser uma pena se ela acabar encrencada por sua causa.

Deus, ele era um desgraçado. A varanda rangeu antes de os passos dele desaparecerem escada abaixo. Zepp bateu a porta.

— Babaca! — Ele passou o braço pelos meus ombros ao voltar para a sala. — Diz que você não jogou a minha erva fora, Roe.

— Eu entrei em pânico.

Ele pressionou um beijo condescendente na minha testa.
— Você é fofa pra caralho.
— Tá bom, Al Capone.

Dias haviam se passado desde o encontro com Jacobs, dias desde que eu tinha roubado o Challenger. O garoto finalmente tinha parado de me mandar mensagens depois de algumas respostas curtas, e eu havia dito para o meu chefe no The White Rabbit para enfiar a vaga onde quisesse. O sol da manhã se arrastou pela janela e eu virei de lado, olhando para o corpo adormecido de Zepp. Ele era quase fofo dormindo, inocente, embora eu soubesse que aquilo estava longe da verdade. Eu não queria acordá-lo, então comecei a mexer no meu telefone. Depois de alguns minutos, verifiquei o meu e-mail, e meu coração acelerou um pouco mais quando vi um e-mail de dois dias atrás.

Era da Escola de Arte Elizabeth Roux. Meu estômago embrulhou quando eu o abri e passei os olhos na mensagem.

> Esse é o tipo de talento que é sempre bem-vindo à nossa escola. Nós o encorajamos e o convidamos a completar a inscrição para uma das nossas bolsas de estudo. Esperamos ver o seu trabalho excepcional no nosso campus no outono.

A esperança floresceu no meu peito. Aquilo significava que não teríamos que manter um relacionamento à distância. Zepp poderia ir para a Elizabeth Roux e eu, para a Dixon. Nós *dois* poderíamos dar o fora de Dayton.

Esperei até os raios de sol se aproximarem da cama antes de passar a mão pela barriga dele. Qualquer lugar a trinta centímetros do pau dele costumava ser o suficiente para acordá-lo.

Ele virou e os lábios em piloto-automático já foram buscando o meu pescoço.

— Ei — ele murmurou, então pegou a minha mão e a colocou em seu pau duro. Ele era tão previsível.

Tirei a mão e o toquei na bochecha.

— Espera, eu tenho uma coisa para te dizer.

— Ok... — Ele voltou a pegar o meu pulso, colocando minha mão dentro da sua boxer, dessa vez com um sorriso. — Você ainda pode falar enquanto segura o meu pau.

— Tudo bem. — Suspirei. — Então, eu enviei um e-mail para uma escola de arte na Flórida. — Dei um apertão nele. — E eles querem que você se inscreva para uma bolsa de estudos.

Ele ficou inexpressivo por um segundo antes de as nuvens tempestuosas se aproximarem.

— Você fez o quê?

Paralisei, de repente ficando insegura de mim mesma.

— É algo bom... né?

Uma linha profunda surgiu entre as suas sobrancelhas. Ele agarrou a minha mão, arrancando-a dele, e logo se sentou na cama. Ele nunca antes tinha tirado a minha mão do pau dele. *Merda.*

— Você enviou um dos meus desenhos para eles? Por que você faria uma merda dessa?

Eu estava tão confusa.

— Quero dizer, uma foto de um desenho. Não foi...

— Eu não dou a mínima. Eles eram pessoais, Monroe! — Ele jogou as cobertas para longe, saiu da cama e passou uma mão agitada pelo cabelo rebelde.

— E se você conseguir uma bolsa?

— Se eu quisesse uma bolsa, você não acha que eu mesmo teria me inscrito para uma? — Ele me fuzilou com os olhos, raiva misturada a mágoa. — Eu não sou idiota. Eu sei que sou bom o bastante.

— Então por que você não quer? — Minha raiva e frustração se derramaram. Ele era inacreditavelmente talentoso. E suas aspirações se resumiam a isso. A Dayton.

— Por que diabos eu iria para a faculdade? — Ele começou a andar para lá e para cá por um segundo.

— Por que você não iria se alguém te oferecesse uma bolsa completa?

As narinas dele dilataram, os punhos cerraram.

— Porque eu não quero ir, porra. Se eu quisesse, eu mesmo teria cuidado disso.

Uma sensação horrível se assentou em meu estômago. Zepp ia ficar em Dayton. O mesmíssimo lugar do qual eu estava desesperada para escapar. Mais que isso, entretanto, ele tinha a oportunidade de fazer algo que amava, de ficar comigo e de dar o fora dali. E ele não queria nada disso.

— Eu não posso acreditar que você fez isso. — Ele balançou a cabeça.

— Sério? — Eu saí da cama e virei as costas para ele ao me vestir.

Ele tinha me deixado puta, mas, mais que isso, eu estava decepcionada, e não queria que ele visse. Fui para o banheiro e escovei os dentes. Segundos depois, ele estava na frente do vaso, mijando.

— Eu não acredito que você tomou essa liberdade. Porra, Roe.

Cuspi na pia e olhei feio para ele através do espelho.

— Tomei liberdade como? Dando a mínima?

— Isso não é dar a mínima, Roe. É querer que eu seja alguém que eu não sou. — Ele deu descarga e saiu feito um furacão.

Era isso o que eu estava fazendo? Eu queria mudar o Zepp? Achava que não, mas, ao que parecia, era o que ele achava. Por que aquilo tinha dado tão errado? Eu tinha achado mesmo que ele fosse ficar feliz.

A porta do quarto dele bateu, música alta foi ligada, e eu desci as escadas. Zepp e eu sempre íamos juntos para a escola. Mas, em vez de esperar por ele, peguei a minha mochila e as minhas chaves e fui sozinha.

Zepp matou a aula que tínhamos juntos, o que não fez nada mais do que aumentar a sensação ruim que queimava o meu estômago. Quando trocamos de sala na hora do almoço, aquela pontada dolorosa só piorou. Enfiei os meus livros no armário, dobrando as páginas. Fazia muito tempo desde que eu tinha ficado assustada de verdade com alguma coisa, mas, agora, a realidade e suas infinitas possibilidades me aterrorizavam. Zepp tinha se tornado uma necessidade para mim, como o ar. No entanto, esse sentimento mesquinho me dizia que ele não precisava de mim da mesma maneira. Não era nem por causa da faculdade. Era por causa da oportunidade de ele ficar comigo na Flórida, e ele rejeitar isso doeu mais do que deveria. Bati a porta do armário e encontrei o olhar preocupado de Jade.

— Eu vou para a biblioteca. Chase e eu precisamos fazer ajustes no projeto e escrever um resumo.

Ela ergueu uma sobrancelha.

— Você está agindo estranho o dia inteiro, e o Zepp não está te rodeando como um cão de guarda particular. O que está rolando?

— Nada. Está tudo bem. A gente se vê. — Saí antes que ela pudesse fazer mais perguntas.

Mandei mensagem para o Chase enquanto ia para a biblioteca. Eu disse a mim mesma que era porque eu não queria ter que ficar depois da aula. Mas, que a verdade fosse dita, eu estava evitando o Zepp. Minhas emoções estavam muito à flor da pele agora, e eu não queria que ele as visse estampadas na minha cara.

Eu me enfiei na biblioteca, passando os dedos pelas lombadas dos livros ao sentir o cheiro de poeira de papel velho. Um casal estava dando uns amassos em uma das mesas na área de estudos. Eles não se deram nem o trabalho de disfarçar enquanto eu passava. A mesa do computador que ficava nos fundos da sala e perto da janela estava vazia, e eu me joguei no assento. O aparelho tinha acabado de ligar quando vários livros e um pacote imenso de batata chips pousou ao meu lado sobre a mesa.

— A gente precisa mesmo fazer trabalho na hora do almoço? — Chase se largou na cadeira de plástico.

— Bem, dessa forma, não vamos precisar ficar até mais tarde.

— Tá bom. Eu não quero deixar o Zepp puto. — O aborrecimento na voz dele não passou despercebido.

— Isso — fiz sinal entre nós — não tem nada a ver com o Zepp, e sim com você se tornando um cretino do futebol americano. — Empurrei o seu ombro quando a expressão dele ficou mais dura, mas Chase não deixou escapar um sorriso.

— Eu não mudei, Moe. — E aquilo era algo sobre o que eu não estava nem um pouco a fim de falar.

— Tanto faz. Não importa. — Abri o nosso trabalho no computador. — Então, o resumo...

Depois de quinze minutos, eu estava digitando a frase de conclusão. Foi quando senti os olhos de Chase em mim.

— O que foi? — Fiquei olhando para o computador e pressionei a tecla do ponto final. — Tem algo na minha cara?

— O que aconteceu contigo?

— Nada — eu disse, meus olhos fixos na tela.

— Você age como se eu não te conhecesse, Moe.

Por um segundo, eu me vi querendo falar com ele, eu quis contar tudo. Eu estava tão perdida e fora de mim com Zepp que queria ter alguém para me dizer o que fazer. Chase me conhecia de formas que nem a Jade conhecia. Ele me conhecera antes de a vida ficar muito difícil. Quando eu era só uma garotinha com sonhos simples, e não contaminada pela compreensão mais madura de Dayton e do que a minha mãe fazia. Como era aquele ditado? A inocência, uma vez perdida, jamais poderia ser recuperada? E não é que era verdade?

— Eu cometi um erro — falei. — E agora eu não sei como consertá-lo.

— Bem, você pediu desculpa?

— Não — murmurei.

Ele me olhou como se eu fosse idiota.

— Bem, talvez seja bom começar por aí.

Eu era muito idiota.

— Obrigada, Chase. — Lutei com um sorriso e fiquei de pé. — Acho que vamos tirar uma boa nota.

Eu o deixei na mesa juntando suas coisas enquanto eu passava pelas estantes e me dirigia para a porta. Ainda havia mais alguns minutos de almoço, o que queria dizer que eu poderia falar com o Zepp.

Mas eu não precisei ir até o refeitório para encontrá-lo. Assim que atravessei a porta da biblioteca, fui cumprimentada por Zepp encostado na parede bem na minha frente, os braços fortes cruzados sobre o peito. Moreno, emburrado e perigoso como sempre, mas todo aquele ar de perigo parecia mais intenso naquele momento.

Como uma idiota, eu fiquei parada lá, brincando com uma mecha de cabelo, incerta sobre o que dizer ou o que fazer.

— Ei. — Dei um passinho para frente quando a porta se abriu às minhas costas, e Chase saiu.

Zepp lançou um olhar fugaz para ele, então balançou a cabeça e se afastou da parede.

— Zepp! — Corri atrás dele, segurando-o pelo braço, mas eu não sabia bem o que dizer.

— O que foi, Monroe? — Ele me olhou feio, o olhar não foi muito diferente do que o que ele usara na noite em que eu tinha roubado aquele Hurst. Como se ele me odiasse.

Ele ainda estava bravo. Zepp me deixava vulnerável, e mesmo que uma parte minha quisesse dar um jeito na situação, a outra me dizia para ir embora, que seria melhor se nós dois terminássemos antes de ficarmos ainda mais apegados. Tudo na minha vida tinha ensinado que Zepp iria embora, que aquilo era inevitável. E, à medida que o silêncio se estendia entre nós, o medo se enterrou sob a minha pele.

— Você quer terminar comigo? — Meu coração liberou uma batida acusatória, como se eu o estivesse traindo por dizer aquelas palavras.

As costas dele bateram na parede de armários.

— Fácil assim, hein?

— Não, não é fácil. Eu estou te perguntando.

Segundos se passaram. Segundos em que eu me senti em carne viva.

— Você precisa se acalmar, porra. Eu não quero terminar contigo. — Ele deu um passo à frente, envolvendo os braços ao meu redor, me puxando para si. — Só estou bravo.

Minha testa encostou em seu pescoço. Senti o cheiro de couro e fumaça que era todo Zepp.

Meus dedos torceram a sua camisa.

— Eu não quero que você seja alguém que você não é.

— Tudo bem. — O peito dele se ergueu em um suspiro profundo.

Eu odiava que ele soasse tão inseguro de si. Seus lábios roçaram a minha testa e o nozinho no meu peito afrouxou. Ele parecia um lar, quando eu nunca tivera um de verdade, e eu não tinha certeza se aquilo era uma coisa boa.

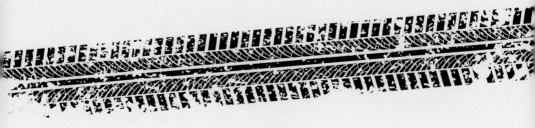

33

ZEPP

Diziam que eram necessários vinte e um dias para que algo se tornasse um hábito. Fazia bem mais de vinte e um dias que Monroe estava ficando na minha casa, e eu me via mais do que feliz com a rotina de acordar ao lado dela. Trepar pela cozinha com ela. Ir para a escola e voltar para casa com ela. Pela primeira vez desde a morte da minha mãe, eu estava feliz.

Hendrix estava sentado ao meu lado, jogando PlayStation e perdendo. E reclamando por estar perdendo.

Um cheiro de queimado veio lá da cozinha.

— Que merda é essa? — Hendrix disse, movendo os dedos pelo controle.

— Roe! — gritei, me concentrando em atirar no avatar do Hendrix. — Tem alguma coisa queimando.

Quando ela não respondeu, eu atirei o controle para longe e fui para a cozinha. O que quer que estivesse no forno soltava fumaça. Desliguei e abri a janela que havia acima da pia. Monroe estava sentada à mesa de plástico lá na varanda dos fundos, curvada sobre uns papéis.

— A parada que estava no forno queimou — falei ao chegar lá fora.

Ela olhou para cima e gemeu.

— Pizza?

Eu ri, rodeando a mesa e parando atrás da cadeira dela, olhando para o formulário preenchido pela metade.

— O que é isso?

— Pedido de bolsa de estudos.

Alabama State University estava escrito em negrito no topo da página.

— É? Pensei que você tivesse dito que iria para a Dixon. — Não que eu estivesse chateado. A Alabama State ficava a trinta minutos dali, e a Dixon, lá na Flórida.

— Eu também pensei. — Ela terminou uma frase, então largou a caneta na mesa. — Mas a Alabama tem os seus méritos.

Passei os braços em volta dela, inclinando-me para beijar a lateral do seu pescoço.

— É? Tipo?

— Bem, tem uma boa grade de negócios...

Dei outro beijo, escorrendo a mão por baixo da parte da frente da sua camisa.

— E fica perto.

Apertei um seio.

— E tem um cara aí... — Ela inclinou a cabeça para o lado e agarrou o meu cabelo, me puxando para perto. — O sexo com certeza é um ponto forte.

— Com certeza. — Sorri contra o seu pescoço, agarrando as costas da cadeira e girando-a. — Quer um lembrete rápido do quanto é bom? — Deslizei a mão ao longo da sua coxa, chegando perto de onde eu queria estar, mas aí a porta dos fundos bateu.

— Yippy-ki-yay[1], filhos da puta — Hendrix gritou antes de bater na minha bunda com o pano de prato e voltar correndo para dentro de casa.

Disparei atrás dele, pegando-o perto da porta da frente e derrubando-o no chão.

— Eu vou te dar uma surra, Hendrix, se você não parar de ser um empata-foda. — Eu o soquei no ombro algumas vezes.

— Cara, você está sentado no meu pau.

A caminhonete do Wolf parou na frente da casa assim que eu me levantei.

— Abre a porta, babaca — gritei por cima do ombro e voltei para o sofá para jogar.

Wolf entrou uns minutos depois e se largou ao meu lado, agarrando o controle. A testa dele enrugou e ele deu uma fungada.

— Tacou fogo em quê?

— A Monroe queimou alguma coisa.

Já estávamos jogando havia alguns minutos quando ele soltou um suspiro profundo.

— Cara, eu me esqueci de te contar. O Dizzy morreu.

---

1 Frase utilizada por Bruce Willis, nos filhos de Duro de Matar.

— O quê? — Afastei o olhar da tela, mas Wolf estava concentrado na TV. Vidrado pra caralho. — O Dizzy está morto?

— É, eu acho que o Jerry matou ele. Merda do caralho.

Larguei o controle e dei um soco no ombro dele. Meu pulso havia acelerado quando ele mencionara o nome do idiota do Jerry.

— Cala a boca, mano.

— Mas que porra, cara? — Wolf fez careta, esfregando o braço. — Doeu.

— Você está falando sério? — Monroe atravessou a porta da sala. Mandíbula cerrada, o rosto vermelho. — Você mentiu para mim.

Ótimo. *E lá vamos nós.*

— Eu não *menti* para você.

— Não vem com essa merda. — Dando um passo para frente, ela apontou o dedo para mim. — Eu perguntei se você tinha alguma coisa a ver com a surra que o Jerry levou.

Wolf se remexeu ao meu lado, então ficou de pé, desviando-se de Monroe para chegar à cozinha. A porta dos fundos se fechou, e eu passei a mão pelo cabelo antes de voltar a olhar para uma Monroe muito furiosa.

— E eu disse que tinha passado aqueles últimos três dias contigo. Não foi uma mentira.

— Bem, foi por omissão! Qual é a diferença?

Aquilo fez a minha pele pegar fogo. Eu me levantei do sofá e fechei o espaço entre nós.

— Mentira por omissão, hein? Igual a você não me dizendo que mostrava as tetas para um monte de homem velho?

Ah, aquilo a atingiu. As narinas dela dilataram, os olhos estreitaram.

— Vai jogar isso na minha cara agora?

— Isso mesmo, vou sim. — Eu a fiz recuar pela sala. — Porque, agora que eu parei para pensar no assunto, não foi nem uma mentira por omissão. Foi uma mentira deslavada. Você disse que trabalhava no Cha Cha's. Então pode descer da porra do seu pedestal, Monroe.

— Vai se foder, Zepp. Você sabe muito bem por que eu não queria contar para você que eu trabalhava lá.

Porque ela tinha ficado com medo de me perder. E havia sido por isso que eu quisera que dessem uma surra no Jerry. Porque eu tinha ficado com medo de perder essa garota, assim como eu havia perdido a minha mãe, caso o cara resolvesse ir longe demais. Aquela menina era literalmente tudo para mim. Cada porra de coisa, e eu não podia imaginar a minha vida sem ela.

— Por que você teve que ir mexer com o Jerry? — Havia um pouco de histeria na voz dela. — Se ele descobrir que você teve alguma coisa a ver com isso, você vai acabar morto, e...

— Porque eu te amo, caralho. Tá bom? — Esfreguei uma mão pela mandíbula, o pânico espiralando por mim por causa da confissão abrupta. — Eu te amo, e estou aterrorizado com a possibilidade de te perder. Eu esperava que o Dizzy fosse matar aquele babaca porque você não me deixaria fazer isso, e eu não posso te perder.

Ela se acalmou.

— Eu também te amo — sussurrou, os olhos marejados encontrando os meus. — Estou com medo de ele vir atrás de você. E... eu não posso...

Eu a puxei para os meus braços, descansando o queixo no alto da sua cabeça.

— Ele não vai. Eu prometo.

Os braços dela me rodearam, me agarrando como se eu fosse a sua própria vida. Assim como ela era a minha.

Na noite seguinte, Monroe me convenceu a ir a um parquinho de merda que tinha sido armado no estacionamento do Wal-E-Mart. Hendrix se convidou. Paguei pelos ingressos, olhando para o doidão com cara de punheteiro atrás da cabine.

— São essas as pessoas que montam as coisas que te giram no ar. — Apontei para um dos brinquedos acesos, girando e revirando alguns andares acima. — E você acha que andar em um deles é uma boa ideia? — Eu odiava parques de diversão. Eu odiava o cheiro e a gentalha de Dayton que saía do esgoto só para ficar alucinada.

— Bem, eles devem ser seguros — Monroe disse, os olhos brilhando ao ver todos os brinquedos. — Né?

— Eles são ok. — Hendrix parou a meio-passo, o olhar fixo na barraquinha de algodão-doce, ou melhor, na loura que levava os cones de papel à máquina. Ele me deu um tapinha nas costas. — Divirta-se nessas armadilhas mortais. Eu tenho um algodãozinho para pegar. — E assim, ele se foi.

— Em qual você quer ir? — perguntei.

— Naquele. — Ela apontou.

Olhei para trás de mim, para alguma merda de metal chamada Disko. A música estourava de lá e o motor soltava um barulho estridente quando a coisa disparava, girando rápido o bastante para me dar vertigem só de olhar. Com um breve suspiro, eu a peguei pela mão e fui esquivando das famílias com crianças aos gritos.

— Você não vai vomitar, vai? — ela perguntou.

— Eu não sei. Eu nunca andei nesses brinquedos.

Eu tinha andado. Uma vez. Minha mãe havia levado Hendrix e eu para um desses parques itinerantes quando eu tinha sete anos. Tínhamos três tíquetes, o que significava que poderíamos ir em três brinquedos. Eu só queria andar de roda-gigante, mas o Hendrix havia chorado e nos fizera ir no carrossel. Depois minha mãe escolhera um brinquedo que girava rápido, e Hendrix vomitara em mim. Então, nada de roda-gigante.

Subi no brinquedo e entreguei os tíquetes para o cara.

— Bem, se você vomitar — falei —, vire a cabeça.

Eu a segui pela grade de metal até ela encontrar os assentos que queria e se enfiar lá. Pressionei minhas costas no lugar ao lado do dela.

Outras pessoas chegaram, então o funcionário cambaleou por ali, enganchando uma corrente enferrujada no meu quadril, depois no de Monroe. A testa dela franziu ao observá-lo ir.

— Zepp, por que só tem uma corrente?

— Ainda se sente segura? — bufei.

— Eu vou vomitar e direcionar o vômito para você.

A campainha soou e a máquina começou a girar devagar. Quando começou a ir rápido o bastante para nos grudar na parede, a coisa se ergueu no ar, e meu estômago embrulhou. Apertei ainda mais as barras enquanto lutava com a ânsia de devolver o cachorro-quente que eu tinha comido mais cedo. Monroe gritava ao meu lado. Ao menos ela não ia vomitar.

Andamos em cada um dos brinquedos daquela merda de parque antes de eu conseguir arrastá-la para a roda-gigante. Éramos os próximos na fila quando ela me puxou pela mão, olhando lá para o alto. Uma brisa soprou e a estrutura de metal rangeu e gemeu.

— Tá, esse aí não parece seguro.

— Ele nem vai rápido.

Ela estreitou os olhos para mim e deu um passo à frente.

— Tá bom. Mas, se eu morrer, vai ser culpa sua.

Ela tinha andado em coisas em que as travas de segurança haviam sido presas com *silver tape* e estava pensando que esse aqui seria o que nos mataria.

— Tá bom, Roe. — Nós nos sentamos em um dos cestos, e a barra foi presa sobre o nosso colo. Bati o dedo no metal. — Olha. Totalmente seguro. Nada de correntes. — Eu ri.

Ela balançou a barra.

— Isso aqui não vai salvar a gente se essa coisa toda despencar.

Algo caiu na minha cabeça, e eu olhei para cima.

— Babaca! — Hendrix estava no cesto acima de nós com uma menina, pés balançando. Ele riu antes de jogar outra pipoca na minha cabeça.

Monroe olhou para trás.

— Tenho certeza que ele colocou a garota do algodão-doce para chupar o pau dele lá em cima.

Era bem capaz mesmo. Babaca.

— Não tem como uma menina chupar um pau rápido desse jeito.

Ela mordeu o lábio inferior, dando uma olhada sugestiva para o meu pau.

— Isso me soou como um desafio.

O brinquedo foi subindo enquanto as pessoas entravam. Assim que ficamos a meio caminho do topo, Monroe puxou o meu cinto.

Eu sempre quisera andar de roda-gigante, e agora eu ia ganhar um boquete no processo. Lutei com um sorriso quando ela puxou o meu pau para fora.

— Você tem cerca de dois minutos — falei.

E pela sua garganta quente fui eu. Não sabia se era a música que explodia dos alto-falantes, o brilho das luzes, o ar livre ou o fato de que, se alguém olhasse para cima, veria a cabeça dela subindo e descendo, mas, quando chegamos bem no alto, minha mão estava na cabeça dela e minha cabeça estava jogada no assento.

— Merda — gemi, meus dedos curvando em meus sapatos quando ela me levou ao limite.

Monroe se sentou, passando as costas da mão sobre a boca, então sorriu.

— Não levou nem dois minutos. — Ela ergueu uma sobrancelha, rindo.

— Não levou mesmo. — Passei a mão pela coxa dela, afundando para debaixo da sua saia. — Me dê trinta segundos.

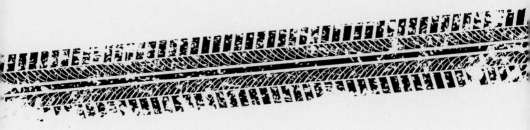

34

MONROE

Depois do parque, deixei o Zepp e fui correndo para casa para pegar umas roupas. O parque de trailers estava escuro, exceto pelas luzes vermelhas e brancas piscando acima dos trailers. Por um segundo, tive a esperança de que os policiais tinham vindo para prender o Jerry por ter matado aquele cara, mas, quanto mais longe eu ia, mais percebia que as luzes que vinham da frente do meu trailer não eram de uma viatura, mas de uma ambulância.

Estacionei na frente de um trailer vizinho e agarrei o volante com força, respirando fundo enquanto desligava o motor e saía do carro. Ela tivera outra overdose, e eu não tinha certeza do que me preocupava mais: que aquilo tinha se tornado rotina ou que eu estava indiferente com a possibilidade de ela morrer. Rodeei a traseira da ambulância no momento em que os paramédicos empurravam a maca pela porta do trailer e desciam os degraus.

— Ela teve uma overdose? — perguntei.

Um deles olhou para mim.

— É a sua mãe?

Fiz que sim, e não perdi o vislumbre de pena nos olhos dele. Outra pobre criança com uma mãe viciada. Eles deviam ver umas dez por dia.

— Nós vamos levá-la para o hospital. Você pode vir conosco na parte de trás da ambulância.

Meu olhar se desviou para a minha mãe ali no meio da maca, os olhos revirados para trás, baba saindo de seus lábios roxos.

— Não, tô de boa. — O olhar confuso do médico fez uma pontada de dor percorrer o meu corpo. — Vou seguir vocês até lá.

Fui atrás da ambulância até o hospital de Dayton, dei meu nome a uma das enfermeiras da triagem e me sentei na sala de espera com o resto dos membros de gangue e outros viciados. Era a terceira overdose do ano, então eu já sabia o que fazer. Dentro de uma hora, o médico viria e diria se ele conseguira ou não salvar a vida dela dessa vez.

Uma hora se passou, depois duas. Minha perna começou a balançar enquanto um aperto envolvia o meu peito. Eu disse a mim mesma que eu não me importava. Que aquela sensação no meu peito era porque eu precisava que ela não morresse para que eu não me tornasse uma sem-teto. Eu precisava me distrair. Peguei o telefone no bolso e mandei uma mensagem para o Zepp. Minha bateria estava em um por cento. É claro.

> Eu: Não vou poder ir hoje à noite.

Assim que eu enviei, a tela ficou preta.

— Senhorita James?

Olhei para cima, para o homem de meia-idade parado na porta da sala de emergência, seu olhar varrendo as pessoas que esperavam.

Fiquei de pé, e ele me deu um sorriso educado antes de me conduzir até o canto da sala.

— Sua mãe teve um ataque cardíaco. Ela está estável agora. Pode entrar para vê-la se quiser.

Eu fiz que sim, e ele atravessou as portas automáticas comigo e pediu a uma das enfermeiras para me levar até a UTI. A mulher não disse uma palavra, só me acompanhou através de várias portas duplas até chegarmos a um quarto com o sobrenome da minha mãe escrito com marcador no quadro.

A porta clicou ao fechar às minhas costas e a enfermeira olhou através da parede de vidro antes de se afastar.

Encarei o chão, ouvindo os bipes e os zunidos das máquinas antes de olhar para a cama de hospital. Uma máscara de oxigênio cobria o rosto dela e uma infinidade de tubos estava conectada ao acesso em seu braço.

A aparência dela estava horrível, pálida e sem vida. Houvera uma época em que minha mãe não era horrível, quando o sorriso dela me fazia sentir querida e segura. Quando ela trançava o meu cabelo e comprava doces para mim quando voltava do trabalho no Bunny Lounge. Ela nunca tinha sido a melhor das pessoas, mas houvera uma época em que ela não tinha sido a pior. Um pouco de dor ganhou vida, mas logo se transformou em raiva, ardente e desenfreada. Ela tinha escolhido isso... em vez de mim. Ela preferia se matar injetando aquela merda nas veias do que ser a minha mãe. Era algo que eu sabia bem demais, e havia pensado que tinha me conformado com aquilo havia anos. As pessoas sempre iam embora. Era uma realidade da vida. Mas não precisava ser.

Zepp não me deixaria. Peguei o telefone para ver se ele tinha respondido a mensagem, mas a bateria tinha morrido. Ótimo. Ao menos ele sabia que eu não iria para lá, então não ficaria preocupado.

Eu poderia ter ido para casa, mas por alguma razão que não fazia o menor sentido, pensei que eu devia isso a ela, pelo menos estar ali caso ela morresse. As enfermeiras iam e vinham durante a noite, e, em algum momento, eu caí no sono.

Na manhã seguinte, o médico disse que ele a estava transferindo da UTI, então eu fui embora. Eu não ia ficar por ali se ela não estava morrendo.

Minha mente vagou enquanto eu conduzia pela estrada que levava para Dayton. Eu queria tanto dar o fora daquela merda de cidade. Fugir dela. Fugir das lembranças. Mas eu não queria me afastar de Zepp.

Poucos quilômetros depois, o motor engasgou. Então chacoalhou.

— Não, não, não. Não se atreva! — Fumaça escapou do capô, pairando sobre o para-brisa, e o motor morreu. — Lata-velha! — Soquei o volante com a mão, em seguida lutei com a direção travada para fazer o carro ir para o acostamento.

Dei um minuto para que ele esfriasse, então tentei dar a partida. Nada aconteceu. Nem mesmo o estalido do motor tentando ligar. Meu carro estava morto. Meu telefone estava sem bateria. Eu estava cansada e a quilômetros de Dayton. Eu me sentei atrás do volante e fiquei emburrada por alguns minutos antes de sair de lá e fazer a única coisa que eu podia... começar a andar.

Eu devia ter percorrido quase dois quilômetros quando ouvi o ronco de um motor à distância. Eu queria esticar o polegar, uma carona seria bem-vinda, mas a voz de Zepp estava lá na minha mente. Acabar entrando no carro de um assassino só arremataria o meu dia de sorte.

O motor reduziu a marcha, e eu olhei para trás, ficando aliviada quando do vi o Nissan azul do Chase. A janela abaixou quando o carro trepidou até parar ao meu lado.

— Carro quebrado de novo?

— É.

Ele avançou sobre o console para destravar a porta do passageiro. O cheiro forte de aromatizador de piña colada quase me fez vomitar enquanto eu me afundava no assento estofado.

O Nissan começou a percorrer a estrada, e eu me recostei no apoio de cabeça, suspirando.

— Você está bem, Moe?

— Estou. Minha mãe teve outra overdose.

— Sinto muito.

— Não precisa. — Observei a grama seca e os outdoors ocupados passarem pela janela. — Você sabe como ela é.

— Você vai dar o fora daqui em breve, né? Como você sempre quis. — Ele soou muito animado, e eu não pude deixar de bufar.

— Feliz por se livrar de mim, é? — Eu me virei para olhar para ele.

Seus braços pareceram ficar tensos, o olhar fixo na estrada.

— Bem, na verdade... — Ele pigarreou. — Eu fui recrutado. Parece que vamos para a faculdade juntos. — Deu uma rápida olhada para mim, sem dúvida notando a minha expressão confusa. — Dixon quer que eu jogue futebol americano lá.

— Ah, parabéns! — Era provável que eu não fosse mais para a Dixon, mas ele parecia estar tão animado que eu não tive coragem de jogar um balde de água fria nele.

Ele reduziu a velocidade quando nos aproximamos da estrada que levava ao parque de trailers.

— Parabéns? Pensei que você fosse ficar animada — ele falou.

— Eu, é... — Engoli em seco quando ele virou na estrada de terra. — Não tenho certeza se ainda vou para a Dixon.

— Bem, é. Eles ainda não te enviaram uma oferta, mas você sabe que vão.

— Não, eu quero dizer que me inscrevi na Alabama State. — Eu brinquei com o cinto de segurança surrado. — E, se eles me oferecerem uma bolsa, eu acho que vou aceitar.

— O quê? — Ele diminuiu até parar em frente ao meu trailer, o sol do começo da manhã ainda se arrastava sobre a parte de cima dele. — Mas você sempre quis ir para a Dixon.

Chase me conhecia, talvez mais do que qualquer um. Ele sabia o quanto eu queria dar o fora dali. O quanto eu queria ir para a Dixon... até o Zepp.

— É, bem... as coisas mudam. — Abri a porta e sorri para ele. — Obrigada pela carona.

Eu estava quase no trailer quando ouvi a porta dele bater.

— Monroe. — Aquilo me fez parar, porque, um, Chase nunca me chamava de qualquer coisa que não fosse Moe, e dois, ele parecia estar puto da vida. — Você não está fazendo isso por causa dele, está?

— Chase, eu não quero falar sobre isso agora.

Eu sabia o que parecia. Como se eu fosse uma menina boba tomando decisões apressadas. Eu sabia, porque em outra época, seria eu a pessoa a julgar a menina, mas Zepp era diferente. E eu não poderia explicar aquilo ao Chase.

— Mais uma vez, obrigada pela carona — agradeci, destrancando a porta e entrando.

O trailer estava a bagunça de sempre, mas, naquele momento, pareceu meio que um paraíso. Peguei um pouco de água e desabei no sofá, pronta para fechar os olhos quando alguém bateu na porta. Meu gênio ficou eriçado. Por que Chase não podia me deixar em paz?

— Eu já te disse que não quero falar sobre isso — estourei assim que abri a porta.

Em vez de Chase, era Zepp que estava de pé nos degraus, um mundo de caos girando pelos seus olhos. Ele abriu caminho com os ombros, o corpo largo preenchendo a porta.

— Que. Merda. Foi. Essa? — Ele apontou para o terreno. — Você passou a noite com ele? Tentei te ligar e mandar mensagem. Mas que merda, Monroe!

Tinha sido essa a direção que a mente dele havia tomado? Que eu tinha ficado com o Chase?

— O quê? Não — gemi. Eu não estava com paciência para o ciúme dele. — Zepp, eu não posso mesmo fazer isso agora.

Ele me agarrou pelo cotovelo e me virou.

— Ah, você vai precisar fazer agora mesmo, ou acabamos por aqui.

A fria linha do pânico me repuxou, seguida de perto pela picada da raiva. Fácil assim? Ele terminaria comigo fácil assim?

— Você acha que eu fiquei com o Chase?

Ele arrastou o olhar por mim, uma onda de nojo retorcendo o seu lábio quando ele puxou a manga da minha camisa.

— Você está com as mesmas roupas de quando saiu da minha casa, Roe. O que eu deveria pensar?

— Que eu não te trairia!

Emocionalmente drenada, eu perdi a capacidade de raciocínio. Eu poderia ter me limitado a contar a verdade a ele, mas o fato de Zepp ter pensado que eu seria infiel me deixou possessa. Dois dias atrás, eu dissera que o amava, e aqui estava ele pensando que eu saltaria direto disso para a cama do Chase. De repente, tudo o que pensei que sabia sobre ele, sobre nós, parecia em risco.

— Quer saber? — Fui pisando duro até a porta e a abri com força, apontando para a varanda. — Cai fora!

As narinas dele se dilataram. A mandíbula contraiu. Ele olhou bem através de mim, frio e duro, então deu um breve aceno de cabeça antes de passar pela porta. Minutos depois, o ronco distante da sua moto em frente à casa de Wolf interrompeu o silêncio no trailer, o motor gritando quando ele, sem dúvida, disparou pela estrada.

A dor repuxou o meu peito e um nó se acomodou em minha garganta. Eu fui até o meu quarto e coloquei o telefone para carregar antes de ir para a cama. Aquele repuxo de necessidade me consumia, e eu odiei já estar com saudade dele, porque ele era um idiota. Caí no sono, dizendo a mim mesma que as lágrimas nos meus olhos não tinham nada a ver com o meu namorado imbecil, e sim com a minha mãe não se importar se ela acabasse morta. De novo.

Havia dormido por algumas horas, até que uma série de mensagens de Jade perguntando por que eu não tinha ido à escola me acordaram. Ela passou lá depois da aula, me pegou e a gente foi comer no Waffle Hut. E quando contei da briga com o Zepp, ela arfou.

— Ele disse o quê?

Peguei meu refrigerante bem quando a garçonete passou por ali em uma nuvem de perfume barato.

— Pois é.

— Então ele acha que você deu pro Chase? — Ela balançou a cabeça quando eu fiz que sim. — Que otário.

Depois de dormir um pouco, eu havia percebido que talvez eu tivesse conseguido me poupar de muitos aborrecimentos se tivesse dito a verdade para o Zepp, mas era uma questão de princípio. Ele não tinha perguntado onde eu estivera, só se eu ficara com o Chase. Aquela deveria ser a última coisa que deveria passar pela cabeça dele. Não a primeira. E magoava. Muito mais do que eu pensaria que magoaria. Olhei para o meu telefone, algo que havia se tornado um hábito nas últimas vinte e quatro horas. Ainda não havia mensagens ou ligações. As palavras dele ecoavam sem parar na minha cabeça: *você vai precisar fazer agora mesmo, ou acabamos por aqui*. Então a gente tinha terminado? Era isso? Aquela ficha ainda não tinha caído, como se a minha mente tivesse escolhido esperar e o meu coração se recusasse a aceitar.

Brinquei com o canudo.

— Eu disse a ele que o amo.

Silêncio. Ergui os olhos para a Jade.

— Nossa. Isso é... — Os olhos dela se arregalaram e ela tomou um bom gole da bebida.

— Idiota? — Eu me sentia idiota naquele momento.

— Não, mas, para você, isso é, tipo, enorme.

A garçonete colocou os pratos com os hambúrgueres insossos na nossa frente. Pensar em comida fazia o meu estômago revirar.

— Ele disse também? — Jade perguntou, erguendo o pão gordurento para pescar o picles.

— Na verdade, ele falou primeiro.

As sobrancelhas dela se repuxaram em uma careta.

— E você não pensou em simplesmente dizer a ele que a sua mãe teve uma overdose?

— Não é esse o ponto, Jade!

A gordura pingou na mesa quando ela deu uma mordida no hambúrguer.

— É, você está certa. Super certa. Ele é um babaca.

Mudamos de assunto e terminamos de comer. Então Jade me levou até o meu carro. Toda vez que o deixava no acostamento da estrada, eu meio que esperava que ele não estivesse mais lá. Mas não, ali estava ele, em toda a sua glória de merda, não mais soltando fumaça. Onde estava Zepp quando eu precisava dele?

Quando eu cheguei em casa, minha mãe já tinha saído do hospital. Ela se deitou esparramada no sofá e, pela primeira vez em muito tempo, eu realmente tive pena dela. Ela parecia tão magra, tão desgastada pelo mundo, mais que o normal. A pele estava pálida e ela tremia da cabeça aos pés. Abstinência. Onde diabos estava o Jerry? Ele simplesmente a deixara ter uma overdose, e agora ele estava deixando que ela ficasse na fissura.

— Querida, eu preciso... eu preciso...

— É, eu sei, mãe.

Peguei o telefone e disquei um número. Não era a primeira vez que eu tinha que comprar drogas para que ela não morresse, e provavelmente não seria a última.

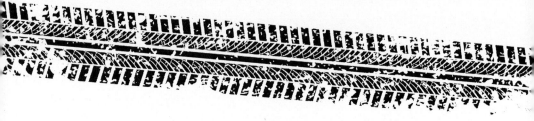

35

ZEPP

Hendrix se sentou a meu lado no sofá e me entregou uma bebida.

— É por isso que nós, os Hunt, não fazemos essas coisa de mordonomia.

— É monogamia, seu idiota.

— Foda-se. Uma menina. — Ele acenou para o ar. — Por que diabos você faria isso? — Ele fez um movimento em direção à minha virilha. — Por que diabos você faria isso? A espada valorosa deve ser empunhada, não embainhada em uma única punani.

Hendrix jamais entenderia, mesmo fazendo analogias estranhas com elementos de jogos de videogame, e a bola da vez foi o *Tibia*. Mas, porra, eu não teria entendido alguns meses atrás, porque eu jamais teria acreditado que eu poderia me importar tanto com uma pessoa. E aquilo era uma merda, porque doía. Eu tinha confiado na Monroe. Eu havia me permitido ficar vulnerável, e ela tinha apunhalado a porra do meu coração com um estilhaço. O pior era que, mesmo estando claro como o dia, eu ainda estava lutando para acreditar que ela sairia por aí dando para os outros. Achava que era o que acontecia quando se amava alguém; você só queria ver o que havia de melhor na pessoa.

Tomei um gole da minha bebida e me aconcheguei na almofada do sofá.

— Talvez ela não tenha dado para ele.

— Você disse que ela estava com a mesma roupa. — Hendrix me deu um soquinho na cabeça. — É o máximo de informação que você vai conseguir. Cara, ela montou o pau dele como se fosse um touro mecânico.

A imagem fez o meu estômago revirar.

Ele agarrou os controles e atirou um para mim.

— É uma droga. Mas... qual é? Você tem que estar enjoado dessa merda. — O jogo começou. Para o meu irmão, aquilo devia parecer fácil.

Encarei a tela por um momento antes de pegar a minha bebida e ir para o quarto. Eu me sentia como um idiota, e quando desabei na cama, as lágrimas borraram a minha visão. Eu me sentia um cagão. Tudo o que eu queria fazer era mandar mensagem para ela. Ligar para ela. Perguntar por que, mas a resposta não importava.

Com certeza era um carma que tinha vencido havia muito tempo vindo para a matança.

No dia seguinte na escola, fiquei com os caras no final do corredor. Meninas formavam um semicírculo ao nosso redor. O otário do meu irmão tinha armado um show hoje de manhã, subindo no capô da caminhonete do Wolf e gritando que eu estava solteiro por todo o estacionamento até eu conseguir puxar a bunda dele para baixo.

Hendrix olhou para as meninas ao nosso redor e sorriu.

— A loura disse que te paga um boquete lá no banheiro. — Ele me deu um tapa nas costas, e eu o empurrei para longe. — Isso deve fazer você superar aquela menina.

— Eu vou matar você.

Erguendo as mãos, ele deu um passo para trás.

— Só tentando te ajudar a liberar um pouco dessa agressão. Renovar a porra nunca fez mal a ninguém.

— Cara, me deixa em paz. — Consegui chegar no meio do corredor antes de o Wolf me alcançar.

— Você está com uma aparência de merda.

Puxei a porta do meu armário, vasculhei em meio àquelas merdas de livros e folhas soltas amassadas e arranquei o livro de química de lá. Quando fechei a porta, Wolf ainda me esperava.

— O que diabos você quer, cara?

— Mano... — Ele se recostou na parede de armários de metal, então respirou fundo. — Eu não acredito que vou fazer isso, porque eu gostava de como as merdas eram antes dela, mas...

Fiz careta e balancei a cabeça ao atravessar o corredor lotado.

— Se poupe, Wolf.

Mas ele estava bem ali ao meu lado, tagarelando.

— Eu não acho que ela ia te sacanear.

Bufei, abrindo caminho entre um grupo de meninas babando no meu irmão, então virei no corredor e o Wolf ainda estava atrás de mim.

— Ela gosta... — Ele fez uma pausa, então tossiu como se estivesse se engasgado com alguma coisa. — Ama você ou qualquer merda dessa. Qual é? Vamos lá.

Que merda Wolf sabia sobre relacionamentos ou sobre Monroe?

— Vá para a aula, Wolf.

Eu fui para o laboratório, folheei as minhas anotações sobre alguma besteira de ligações covalentes e tentei ignorar a sensação de vazio que fincava raízes no meu peito, mas a sensação só foi ficando pior ao decorrer do dia. Quando deu a hora da aula de Inglês, eu queria dar o fora dali. Mas eu me recusei a bancar o babaca patético.

Eu me sentei no fundo da sala, onde me sentava antes de Monroe, e a cada aluno que entrava, o meu peito ia ficando mais apertado. O sinal tocou e a Sra. Smith foi para a frente da sala. Enquanto ela escrevia *Escritores Americanos* no quadro, Monroe entrou de fininho e se afundou na carteira. Ela deu uma olhada para o lugar vazio ao seu lado e abriu o livro.

Meu rosto ficou quente, a raiva fervilhou sob a minha pele quando pensei no sorriso que ela dera para o Chase ao sair do carro dele. A professora distribuiu uns papeizinhos dobrados, e eu não me dei o trabalho de olhar o meu. Eu não podia me concentrar em nada a não ser em como era uma merda isso de haver uma única pessoa que podia agarrar tudo de dentro de mim e arrancar de lá com um único movimento. Na merda que era amar aquela garota e ter pensado que ela me amava. Afastei o olhar da nuca dela e girei o lápis sobre a mesa para tentar clarear as ideias.

A Sra. Smith começou a andar pela sala. Cada estudante leu o que estava escrito no próprio pedaço de papel enquanto o resto da turma adivinhava quem era o autor. Quando a professora chamou a Monroe, ela suspirou, murmurando o que estava escrito no dela.

— A melhor forma de descobrir se você pode confiar em alguém é confiando em alguém.

— Hemingway — a garota ao meu lado gritou.

A ironia daquela citação não tinha sido perdida. Eu havia confiado nela quando não devia. Apertei o lápis com mais força até que a madeira emitiu um estalido. A Sra. Smith chamou o meu nome e eu desdobrei o papel, desejando ter lido antes o que estava ali.

— Bobagem do caralho — resmunguei. Tentei manter as emoções sob controle. Sim, o carma era um otário.

— Sr. Hunt! Leia a frase.

Minha mandíbula travou. O calor me comeu de dentro para fora.

— Eu a amo e esse é o princípio e o fim de tudo.

— Fitzgerald — Monroe disse baixinho, juntando os livros e ficando de pé. — Posso sair? — Ela abriu a porta antes que a Sra. Smith pudesse responder.

Amassei o pedaço de papel na palma da mão, batendo a ponta do sapato no chão por um momento antes de me levantar. A Sra. Smith gritou para que eu me sentasse assim que a porta bateu às minhas costas. Fui atrás de Monroe, puto e magoado. Ela chegou ao final do corredor e parou perto da saída de incêndio.

— Você percebe que a culpa é sua, né? — gritei, minha voz ecoando pelos armários e prosseguindo pelo corredor vazio.

Ela lançou um olhar frio sobre o ombro.

— Ouvi dizer que você está solteiro agora. — Ela, então, abriu a porta e saiu.

A porta fechou com uma pancada.

Dois dias atrás, eu havia dito que a amava. Eu tinha toda a intenção de passar o resto da minha vida com ela, e agora parecia que nada daquilo importava.

Os três últimos dias pareceram ser a porra de um ano inteiro. Eu nunca tinha ficado tão feliz com a chegada de uma sexta-feira, porque eu não podia suportar mais um dia de aula com a Monroe. Não que ficar no telhado do Wolf fosse muito melhor, dada a forma com que eu encarava o trailer dela. Nenhuma das luzes estava acesa. O carro do Jerry não estava lá, e nem o dela. Eu me perguntei se ela estava com o Chase agora, o filho da mãe não aparecera na escola a semana toda, talvez por saber que ele teria o rabo entregue a ele em uma bandeja.

Wolf me passou a cerveja antes de voltar a se sentar na cadeira de praia.

— Que merda, cara.

— Mano, eu não me importo. — Virei a bebida.

Wolf sabia que era mentira. Eu sabia que era mentira, mas me senti melhor fingindo não estar arrasado por causa daquilo.

— Eu tenho dezoito anos. Para que eu preciso de uma namorada? — Dizer aquilo fez uma bolinha de culpa se acomodar nas minhas entranhas. Porque eu precisava muito dela.

— É. — Ele bufou, então se afundou ainda mais na cadeira antes de dar goladas na bebida. — Por que precisaríamos de uma namorada? — Ele brincou com a velha pulseira de macramê em seu braço, então suspirou. — Que se fodam as meninas, cara. Só... — Outro suspiro profundo.

— O que está pegando contigo?

Ele ergueu um ombro.

— Nada. O que está pegando contigo?

O zumbido da rodovia vinha de longe, misturado ao som alto do rock clássico que explodia do quintal do vizinho. Ficamos calados por um tempo, até o telefone do Wolf apitar com uma mensagem de texto. Ele jogou a cerveja pela beira do telhado e pegou o aparelho. Um bufo curto saiu de seus lábios enquanto ele encarava a tela.

— O Davison acabou de me mandar uma mensagem. O Kreuger está dando uma festa. Quer ir?

O Kreuger era um babaca e as festas dele eram sempre uma merda. E mais, eu não estava a fim de ficar perto de ninguém naquele momento.

— Não.

O pé dele bateu nas telhas por um instante.

— A Monroe está lá.

— E?

— E o Matthews. — Ele virou o telefone e na tela estava uma foto de Monroe e Jade entre Chase e alguns dos outros jogadores de futebol americano. — O Davison me mandou.

Matei a cerveja, minha pressão foi às altura antes de eu amassar a lata no meu próprio punho.

— Posso pegar o seu taco emprestado?

Deixei o taco na caçamba da caminhonete do Wolf e o segui pela entrada que levava à casa azul berrante do Kreuger. Um punhado de meninas estavam encostadas na mureta, rindo e acenando para nós enquanto faziam uma paredinha ao redor de uma das amigas, que estava mijando.

— Eu odeio as festas do Kreuger — resmunguei ao atravessarmos o portão que levava ao quintal dos fundos.

Kreuger tinha se formado havia dois anos; depois os pais dele tinham morrido em um acidente de carro. Ele havia pegado a herança e feito o seu melhor para tentar transformar a casa em algo digno de um pornô de baixo orçamento.

— Ele é um otário — Wolf disse, pegando um copo enquanto íamos em direção ao barril. Ele apontou com a cabeça para a hidromassagem em formato de coração cheia de meninas de topless, riu e levou o copo de plástico aos lábios. — Mas, ao menos temos peitinhos. Cara, o Hendrix vai matar a gente por não ter trazido ele.

Enchi o meu copo e segui Wolf pelo jardim até a hidromassagem. Ele agachou perto da borda, dando em cima de uma das meninas. A única razão para eu ter ido ali tinha sido... Senti minha testa franzir. Eu nem mesmo sabia por que tinha ido. Para dar uma surra no Chase? Para esfregar sal na ferida já em carne viva ao ver a minha ex-namorada com outro cara?

— Ei, Zepp. — Uma das meninas foi para a beirada da banheira, empurrando os ombros para trás para erguer a parte de baixo dos peitos enormes acima do nível da água. — Gostei da camisa.

— Eu não dou a mínima.

Ela arfou antes de voltar a se afundar no assento entre as amigas igualmente horrorizadas. Olhei ao redor do quintal, através do vapor espiralando, e meu estômago se afundou um pouco antes de a adrenalina quente como lava explodir através de mim. Monroe estava perto da rede, ao lado do Chase, rindo como se estivesse completamente bem.

Deus, eu devia estar fazendo papel de trouxa. Bem debaixo do meu nariz. E agora ela estava por aí com ele. Na porra de uma festa. Olhei para o Wolf. O olhar dele saltava entre Monroe e eu.

— Ei, ei, ei! — Wolf se aproximou, me agarrando pelo cotovelo e me puxando para longe dos ouvidos alheios. — Olha. O taco está no carro, mas eu esperaria até a festa esvaziar. Ou até todo mundo estar bêbado. Porque só estamos nós dois aqui. — Ele fez uma breve verificação ao olhar para trás. — Mas, nesse meio-tempo, cara, fode com a cabeça dela. Você tem umas dez meninas de topless bem aqui doidas para te dar uma chupada. Não se esqueça de quem você é.

Tá bom. Não esquecer quem eu era. Um cara que costumava ser o maior galinha e que tinha sido feito de gato-sapato pela garota que roubara o seu coração.

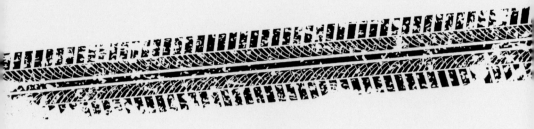

36

MONROE

Mesmo no meio daquela multidão, eu notei Zepp no segundo em que ele chegou na festa. Odiei ele ter aparecido lá, porque tudo o que eu estava tentando fazer era escapar dele.

— Você está bem, Moe? — Chase bateu o ombro no meu, o olhar disparando entre mim e Zepp, que estava de pé perto da hidromassagem repleta de meninas de topless.

Não, eu não estava bem.

Jade tinha me convencido a vir nessa festa idiota, e agora tudo o que eu queria fazer era ir embora, mas eu não estava prestes a permitir que Zepp me espantasse. Principalmente quando tudo aquilo havia sido culpa dele, eu não tinha feito nada de errado. Se ele não confiava em mim, não precisávamos estar juntos. Eu sabia daquilo e, ainda assim, vê-lo rodeado por meninas era como levar uma punhalada no peito.

— Eu estou bem. — Direcionei a minha atenção para o Chase.

— Ela é forte o bastante para lidar com aquele imbecil. — Jade deu um soco nele.

— Não deixe que ela te engane, Jade. — Chase deu um sorriso largo. — Ela é uma molenga. Uma vez, uma joaninha pousou no rabo de cavalo dela. — Ele deu um peteleco no meu cabelo. — Pirou. Saiu gritando.

Não pude deixar de rir daquela lembrança. Mas eu sabia o que Chase estava tentando fazer: me distrair.

Matei a minha cerveja, esperando que, se ficasse muito bêbada, eu me sentiria entorpecida com tudo isso. Quando abaixei meu copo vazio, notei a Jade encarando o Wolf e a menina no colo dele.

— Eles não mudam, Jade. Não perca tempo correndo atrás de caras

como esses. Num minuto você pensa que eles dão a mínima. No seguinte...
— Acenei em direção ao Zepp e o seu galinheiro. — Eles são exatamente os mesmos.

— Ei. — Chase apontou para si mesmo. — Eu estou bem aqui.

— Você não conta. — Eu o empurrei de brincadeira, e ele quase caiu da rede.

— Então eu sou o quê? O bendito fruto?

— Bem por aí. — Jade riu. — Você pode muito bem ser gay.

— Nossa, obrigado.

Ele pegou os nossos copos e nós o seguimos até o barril onde outros jogadores do time e algumas líderes de torcida estavam reunidos. Chase entrou com facilidade na conversa deles, mas eu me senti desencaixada na mesma hora.

Aquela não era eu. Quando arrisquei dar uma olhada para Zepp, seu olhar estava fixo em mim enquanto uma das meninas passava a mão nele. Deus, eu não podia fazer isso.

O Kreuger se aproximou, dançando com garrafas de destilados erguidas acima da cabeça com dreadlocks. Ele parou para bater punhos com Chase e entregou ao meu amigo uma garrafa de tequila, que eu tomei dele no mesmo instante. Rompi o lacre e dei alguns goles, que desceram queimando até eu quase me engasgar.

— Ei. — Chase tocou as minhas costas com a mão. — Vá devagar, Moe.

Dei outra olhada para o Zepp e aquelas vagabundas.

— Que se foda. — Voltei a virar a bebida.

— Vira! Vira! Vira! — os jogadores começaram a cantar

Jade tomou a garrafa de mim, deu um golinho e colocou a língua para fora ao engasgar.

— Isso é horrível. Total que você vai vomitar.

Algum tempo e muita tequila depois, um formigar quente correu por minhas veias. De repente, eu senti como se nada importasse. Tudo ao meu redor girava em um borrão de cores enquanto eu dançava com a Jade.

A música acabou, e quando eu parei para recuperar o fôlego, um cara magricelo empurrou uma camisa para mim.

— Quer entrar no concurso da camiseta molhada? — Ele sorriu igual aos pervertidos para quem eu costumava fazer *lap dances*.

Meu olhar desviou para as costas dele, indo para o grupo de meninas que rodeavam o Zepp e o Wolf. A rebeldia escorreu pela minha alma.

— Não, ela não quer. — Chase foi empurrá-lo para longe, e eu puxei a camisa da mão do cara enquanto ele tropeçava para trás.

— O que eu ganho? — perguntei.

— Dez pratas.

— Claro. — Deus, estava me vendendo por pouco esses dias. — Mas eu não vou tirar nada. Isso custaria pelo menos cinquenta.

Jade se inclinou para perto do meu ouvido.

— O Zepp está te fuzilando com os olhos.

— Ele que se foda! — gritei, tirando a garrafa de tequila da mão do Chase e dando outro gole.

Jade bateu a palma da mão na cara antes de tomar a garrafa de mim.

— Você vai vomitar com certeza.

— Foda-se. — Saí tropeçando em direção à casa, indo atrás de um banheiro.

Consegui passar pela geladeira de portas duplas antes de alguém me agarrar pelo pulso.

— Você não vai fazer isso. — Chase entrou na minha frente, balançando a cabeça. — De jeito nenhum.

Levei um minuto para descobrir o que achei da atitude, e quando terminei, fiquei puta.

— Desculpa?

— Você não vai exibir os peitos para todo mundo.

— Deixa eu esclarecer as coisas. — Ergui o dedo, balançando quando tentei focar nele. — Você tem zero direito de opinar no que eu faço.

Suas sobrancelhas se ergueram antes de ele dar um passo para trás, uma fenda de nojo rasgando o seu rosto.

— É por causa dele? Você está tentando deixar aquele cara com ciúme?

Eu estava? Para ser sincera, eu não sabia. A música da festa ecoava pelas paredes.

— Não.

— Porque ele não vale a pena. Ele não te entende, Moe. Você é melhor do que um bandidinho qualquer.

Meu rosto aqueceu. Chase não sabia nada sobre Zepp.

— Ele não é um bandidinho qualquer.

— Não? — Ele balançou a cabeça. — Ele é um traficante, Moe, é isso o que ele é.

— Você não conhece o Zepp!

— Eu conheço você! — Ele me agarrou pelo braço, me puxando para perto. — Você é a melhor pessoa que eu conheço, Monroe.

Mas ele não me conhecia. Não agora.

— Eu não sou, Chase.

— Você merece alguém que te ame. Que te ame de verdade.

— Eu... — Eu não sabia como responder àquilo. Eu nunca havia estado apaixonada... até o Zepp. E ele tinha arrasado comigo.

De repente, os lábios de Chase pressionaram os meus, e minha mente apagou por um segundo. Como se eu nem sequer pudesse compreender o que estava acontecendo. Bati as mãos no peito dele e o empurrei.

Limpei a boca com as costas da mão.

— Mas que porra, Chase? — Aquele beijo indesejado fez com que eu me sentisse violada, e aquilo foi um catalizador para um tipo de raiva que me consumiu. — Você acha que pode chegar e simplesmente me beijar?

— Merda. Não, eu só...

— Só o quê, Chase? Só pegou o que queria?

— Não. — Ele esfregou a nunca com a mão. — Eu sinto muito. Eu não quis...

— Eu jamais vou te querer desse jeito.

O rosto dele desabou, a dor cruzou as suas feições. Chase se afastou como um filhotinho chutado antes de abrir a porta dos fundos com o ombro e atravessá-la. Por um segundo, eu me senti mal, porque eu sabia como era ser rejeitada daquele jeito.

A culpa logo se transformou em raiva. Zepp estava certo. E aquilo só serviu para deixar tudo pior, porque eu não pudera enxergar a situação. Da mesma forma que não tinha enxergado o que acontecia com o Max. Era para o Chase ser meu amigo. E era para o Zepp confiar em mim e me amar. Achava que eu estava errada sobre ambas as coisas. Que se fodessem aqueles dois.

Olhei para a camisa que eu agarrava com a mão, sentindo o impulso de fazer algo impensado.

Enquanto eu atravessava a casa, encontrei mais tequila no armário de bebidas, e aquela era da boa. Dei uns poucos goles antes de cambalear até o banheiro e vestir a camisa enorme. Eu até a amarrei, expondo a barriga antes de voltar lá para fora.

Jade estava parada aos pés da escada, os olhos arregalados antes de tomar um gole.

— Eu já posso ver os seus mamilos, Monroe.

Eu não me importava. Naquele momento, eu estava na impenetrável bolha de tequila.

— Está ficando excitada? — perguntei, e ela se limitou a balançar a cabeça.

Uma pequena multidão tinha se reunido ao redor da hidromassagem, as meninas de camisetas brancas estavam alinhadas ali na beirada. Os caras aplaudiram quando eu saltei para o lado delas e ergui os braços sobre a minha cabeça, quase perdendo o equilíbrio. Os aplausos ficaram mais altos, e eu sabia que o Zepp ia odiar aquilo.

Um cara se aproximou de mim com um megafone e um balde na mão.

— A primeira na nossa fila de belas damas. Ela é uma ruiva com uns peitos tamanho quarenta e seis. — Uma pequena arfada veio lá do meio da multidão. — Ela gosta de dar longas caminhadas pela praia e sua posição favorita é de quatro.

Zepp surgiu passando por cima das pessoas, os punhos cerrados na lateral do corpo. A mandíbula contraída enquanto ele traçava uma linha reta até mim.

— Vocês sabem o que dizem, galera. Vermelho na cabeça, fogo n...

Zepp estava quase em cima de mim. Ah, ele que se fodesse. Ele que se fodesse bonito. Arranquei o balde da mão do cara que fazia as apresentações e o entornei sobre o meu peito, a água fria me fez perder o fôlego.

A galera foi ao delírio, e Zepp me atingiu como um jogador de defesa, passando os braços ao redor da minha cintura e me puxando para cima do ombro. Uma vaia alta ecoou pelo quintal enquanto ele me carregava para longe da multidão.

— Vai se foder, Zepp. Eu poderia ter ganhado dez pratas. — Bati a mão nas costas dele.

Ele contornou a lateral da casa. As dobradiças do portão rangeram, e a música e os vivas lá do quintal viraram um zumbido bem baixo.

— Me põe no chão, seu imbecil.

Minha bunda bateu no capô quente de um carro. Então ele se inclinou sobre mim, praticamente me prendendo no metal. Todo o meu corpo se acendeu como a Times Square porque era ele. Deus, eu o odiava. E o amava.

— Isso é uma palhaçada, Monroe. — O brilho fraco da luz da rua destacou suas maçãs do rosto e sua expressão irada. — Palhaçada do caralho. — O cheiro forte do uísque veio junto com o seu fôlego.

— Você é uma palhaçada. — Meu estômago revirou como uma betoneira. — Me deixa em paz. — Tentei empurrá-lo para longe, mas não adiantou nada.

Ele enrolou minha camisa encharcada na mão, torcendo-a.

— Eu não estou bem com essa merda. — Ele se aproximou ainda mais. — Com nada disso, Monroe.

— Eu não ligo. — O calor do corpo dele se infiltrou pela minha camisa molhada, o que só serviu para deixar os meus mamilos ainda mais duros. — Você não tem o direito de dizer nada. Você não é meu dono, Zepp. — As palavras soaram patéticas até mesmo aos meus ouvidos.

— Ah, mas você deixou isso bem claro.

— É um concurso de camiseta molhada. Você está solteiro, lembra? O que significa que eu também estou.

Ele se aproximou. Cada respiração ofegante que vinha dele soprava em meus lábios.

— Você ainda me quer, Roe?

A cada segundo que se passava com ele pressionado sobre mim, eu achava mais e mais difícil negar.

— Ainda posso sentir o cheiro de perfume barato em você, Zepp. Então, não.

A mão quente deslizou pela minha perna.

— E eu ainda posso sentir o cheiro dele em você.

Meu coração tropeçou por um segundo enquanto eu me perguntava se ele sabia que Chase tinha me beijado. Não, ele estaria batendo em Chase até a inconsciência se ele soubesse.

Minha respiração engatou quando os dedos de Zepp roçaram as minhas coxas. Eu deveria ter detido o avanço, mas meu cérebro nadava em tequila, e eu ansiava pelo contato na mesma proporção que odiava sentir aquilo. A mão dele deslizou sob a minha calcinha, os dedos achando o caminho para dentro de mim com facilidade. Minha cabeça caiu para trás sobre o para-brisa enquanto eu lutava para recuperar o fôlego.

— Eu odeio você. — Os dedos dele se moveram, fortes e furiosos, e bons pra cacete.

Eu o agarrei pela nuca, puxando-o para perto.

— Eu te odeio mais.

Os lábios bateram nos meus. Língua e dentes. Eu puxei o cinto dele, e em questão de segundos o meu rosto foi parar no capô, e ele, dentro de mim, me fodendo do jeito que ele sempre havia dito que foderia.

— A meu ver. — Os dentes se afundaram no meu pescoço. — Você me deve isso.

Eu estava na onda dele, minha cabeça nadando, meu corpo em chamas. Eu me ergui sobre as mãos, indo de encontro às suas investidas.

— Eu não te devo porra nenhuma — gemi.

Ele foi mais fundo, então congelou.

— Me diga para parar. — Eu não podia. Segundos se passaram. — Exatamente o que eu pensei — ele disse ao retomar o ritmo.

Estávamos bem ali, fodendo em cima do capô de um carro estacionado do lado de fora de uma casa cheia de gente. E eu não me importava. Eu permiti que ele me tomasse, que fosse com força e profundo até o meu corpo se retesar, o calor rasgar a minha pele e cada músculo ficar relaxado. Até eu me despedaçar por ele.

Zepp agarrou o meu cabelo, puxando minha cabeça para trás enquanto estocava dentro de mim. Forte. Violento. Desesperado.

— Vai se foder, Monroe — ele disse antes de gemer e ficar parado atrás de mim. — Só... — Eu o ouvi fechar a braguilha. — Vai se foder.

Ele estava a meio caminho da rua quando eu puxei a saia para baixo e me virei.

— Você é um babaca, tá ligado?

Ele virou para mim feito um furacão, a raiva rasgando o seu rosto sendo refletida pela luz da rua.

— Eu sou um babaca? — Ele bateu o dedo no meu peito. — Não. Você dormiu com outro cara! E eu amava você. — A expressão dele se amarrotou como um pedaço de papel. — Eu disse que te amava. E eu falei a verdade. — A dor e a raiva dele cortaram a névoa da minha embriaguez, me deixando sóbria na mesma hora.

— E eu te disse que te amava! E não significou porra nenhuma.

— Você. Deu. Para. Outro. Cara.

— Eu não dei para ele! — Eu o soquei no peito. — Seu idiota.

— Foda-se, Monroe. — Ele passou a mão pelo cabelo. — Eu comi um monte de meninas antes de você, então... — Uma pequena careta surgiu em seu rosto.

Aquilo doía de verdade.

— Idiotice minha achar que você era diferente, né?

— Não. Idiotice minha por pensar que você era diferente. — Ele se virou para sair andando. — Você é igual ao resto delas.

— Minha mãe teve uma overdose. E a primeira coisa que você fez foi me acusar de estar trepando com o Chase. — Comecei a voltar para a casa. — Aí está a porra da sua confiança.

Eu estava quase no meio da vaga do Kreuger quando ele me pegou pelo cotovelo.

— Por que você não me contou? Jesus Cristo, Roe. Eu estava lá no telhado do Wolf pensando que eu tinha feito alguma coisa que havia te deixado puta, então você apareceu no carro do Chase usando as mesmas roupas da noite anterior. Eu só... — Ele largou o meu braço e passou as duas mãos pelo cabelo ao soltar um gemido de raiva.

— Você não perguntou. — Tinha doído ele ter pensado que eu teria ido para a cama com o Chase fácil assim. — Eu saí do carro dele, Zepp. E você logo saltou para as conclusões.

— Você está falando sério? — As mãos dele foram para o alto. — Você está falando sério agora? — Ele deu um passo para frente, apontando para mim. — Você me diz, Monroe. Se fosse o contrário. Que merda você teria pensando? Eu não atendi suas ligações. Aí você vê a puta da Leah me dar uma carona e eu estou usando as mesmas roupas com as quais eu saí da sua casa. Na manhã seguinte. Que merda você ia pensar? Hein?

— Que você comeu a Leah! — Levei as mãos ao quadril, afundando o queixo no peito. Meu sangue corria tão rápido pelas minhas veias que eu mal podia respirar.

— E como diabos você saberia?

— Ah, como se você não fosse. Você é um galinha.

Ele andou para lá e para cá por um segundo, então pegou um cigarro no bolso e o acendeu.

— Não quer dizer que eu tenha enfiado o pau nela.

— Ai, meu Deus. — Passei os dedos pelo cabelo. — Por que a gente está falando sobre a Leah?

— Eu não sei, caralho! — Uma enorme nuvem de fumaça escapou de seus lábios antes de ele jogar o cigarro no chão e partir para cima de mim, me prendendo na lateral da casa. A boca cobriu a minha, e o beijo foi violento e desesperado, e tudo do que eu precisava naquele momento. — Tudo o que eu sei é que eu te amo. E eu odeio isso.

Meu coração saltou uma batida e o calor escorreu pelo meu corpo.

— Você pensou mesmo que eu te traí?

Os dentes dele arranharam o lábio inferior; o queixo se afundou no peito.

— Monroe, você é a única pessoa que eu já deixei se aproximar o bastante para me machucar... — Seu olhar encontrou o meu, os dedos agarraram o meu queixo. — Me desculpa.

— Eu jamais faria isso contigo. — Eu o toquei na bochecha. — Eu amo você.

Ele voltou a me beijar.

— A gente pode ir para casa?

— Sim.

Na manhã seguinte, o meu telefone apitou sem parar. Eu estava deitada no peito do Zepp, o calor da pele dele se infiltrando em mim. Os últimos três dias sem ele haviam me feito perceber o quanto eu precisava dele. Seus dedos brincavam nas minhas costas, enredando o meu cabelo. Outra mensagem chegou. Depois outra.

— Você não vai ver?

Gemendo, estiquei a mão até a mesinha de cabeceira.

— Deve ser a minha mãe.

Então eu me deitei de costas e abri as mensagens, super esperando ver um apelo da minha mãe querendo uma dose. Mas era o Chase. Suspirando, joguei o telefone sobre o colchão, meu coração acelerando. Eu havia pensado que tivesse sido bem clara.

— Roe? — Havia uma sugestão de algo na voz dele.

Eu me sentei e tirei o cabelo do rosto ao encontrar os olhos de Zepp.

— Então, você pode ter estado certo... — Cruzando as pernas, puxei um fio solto no edredom. Deus, ele ia pirar.

— Sobre o quê?

— Sobre o Chase.

Ele pegou o telefone aos pés da cama, e eu quase me caguei quando ele tocou a tela. Eu nem sequer tinha lido as mensagens, mas eu podia imaginar o que elas diziam. Devia ser outro pedido de desculpa pelo beijo. Vi a mandíbula dele se contrair. As bochechas foram ficando vermelhas aos poucos, até que ele me entregou o aparelho. Eu podia sentir a fúria irradiar dele como se ele estivesse prestes a explodir.

— Como eu disse, caras não são amigos de meninas.

As mensagens na tela arrancaram um suspiro dos meus lábios.

> Chase: Me desculpa por ter te beijado.

> Chase: Estou apaixonado por você desde que tínhamos dez anos.

> Chase: Por favor, fala comigo.

Fechei os olhos, o coração soltando um aperto de culpa. Eu tinha sido horrível com ele na noite passada. E ele estava apaixonado por mim. Aquilo era uma merda.

— Me diz que *você* não o beijou.

Meus olhos abriram de repente.

— Não! Eu o empurrei.

Zepp se eriçou ao meu lado, o olhar fixo na parede, provavelmente pensando onde enterrar o Chase.

— Com certeza ele não teria feito isso se não tivéssemos terminado — falei.

Chase tinha aproveitado o que ele vira como uma oportunidade. Não havia sido uma afronta pessoal ao Zepp, mas Zepp não devia ver daquele jeito.

— Sabe, se for de algum consolo.

Uma das sobrancelhas dele se ergueu. Ele brincou com o piercing do nariz.

— Você é minha, Monroe. Todos os caras deveriam saber disso. Independente de qualquer coisa.

Eu não ia nem me dar ao trabalho de responder àquilo agora. Porque eu tinha problemas maiores. Como o meu amigo de infância declarando o seu amor. Com um longo gemido, eu caí de costas sobre os travesseiros. Deus, havia algo errado comigo? Como eu não tinha visto aquela merda acontecendo? Primeiro o Max...

— É algo que eu faço? — perguntei.

A raiva no rosto de Zepp se esvaiu. Ele pegou o telefone da minha mão, então o atirou do outro lado do quarto.

— Não é nada que você faz. — Ele veio para cima de mim, beijando o meu pescoço. — É só porque você é você, Monroe. Eu não posso culpar o desgraçado por estar apaixonado por você. — Os lábios encontraram o meu maxilar. — Mesmo eu querendo matá-lo.

— Não mate o Chase — falei, agarrando o rosto dele.

— Tá bom. — Os lábios pressionaram nos meus com um leve toque de língua. — Eu só vou quebrar o braço dele.

— Nada de quebrar ossos. — Eu o beijei. — Se você amasse outra pessoa, eu ficaria com o coração partido. Eu me sinto meio mal por ele.

— Eu jamais poderia amar outra pessoa, Roe. É isso o que você significa para mim.

E era isso o que ele significava para mim. Porque ninguém jamais havia me amado como ele amava. E eu não tinha certeza se poderia viver sem aquilo.

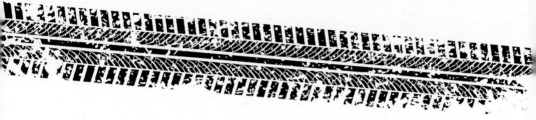

37

ZEPP

Eu tinha passado o último dia lá fora no frio, debaixo do capô do carro da Monroe, ajustando o motor e mexendo no alternador. Nada havia funcionado. O carro era praticamente sucata.

Bati o capô e atravessei o quintal.

— Você precisa de um motor novo, e essa lata-velha laranja não vale o dinheiro.

Monroe se sentou no degrau dos fundos vestindo um dos meus moletons que quase a engoliam. Ela fez careta quando eu me larguei ao seu lado no degrau e beijei a sua testa.

— Podemos achar um carro novo para você pelo preço do motor.

Gemendo, ela apoiou a cabeça no meu ombro.

— Obrigada por tentar.

— E o que quer que você arranje, não vai ser laranja.

Ela bufou uma risada. Ficamos lá por um minuto, ambos encarando o carro, até que o telefone dela apitou ao seu lado no degrau. Ela olhou para a tela e suspirou.

— Preciso passar em um lugar antes de ir para a Jade. Seria bom se você viesse comigo. — Ela se mexeu no degrau, enfiando as mãos no bolso da frente do moletom antes de ficar de pé. — Jade pode se cagar toda nesse lugar.

Estreitei os olhos, protegendo-os da luz do sol que se derramava entre as árvores. Se ela estava me *pedindo* para ir junto, eu sabia que tinha que ser ruim.

— Para onde você precisa ir?

— Northside.

As pessoas não iam a Northside a menos que estivessem vendendo ou comprando. Ou tentando ser mortas.

— Para quê?

— Comprar crack. — Ela pegou o telefone no degrau e mexeu na tela. — Minha mãe está com crise de abstinência e o Jerry desapareceu.

Eu me recostei no degrau. Isso era Dayton. De cabo a rabo. A maioria de nós nem pestanejaria ao ver alguém tendo uma overdose, porque havíamos crescido vendo isso. Mesmo eu não querendo ir, eu sabia que ela não tinha escolha. E aquilo era uma merda.

— Tudo bem.

No momento em que consegui arranjar crack para a mãe dela, o sol já estava se pondo. O vento frio mordia a minha jaqueta enquanto eu acelerava de volta para o parque de trailers. Quando estacionei na frente do trailer dela, já estava totalmente escuro lá fora.

Saltei da moto, seguindo para as escadas logo atrás de Monroe.

Ela fez uma pausa com a mão na maçaneta.

— Você não precisa entrar, Zepp.

Mas, ainda assim, eu a segui até lá dentro.

Um monte de cobertores estavam enrolados no sofá, e quando a porta se fechou às minhas costas, a pilha se moveu. Uma mulher se sentou, o cabelo tingido de louro estava desgrenhado, as bochechas encovadas. Meu estômago embrulhou e ficou em nós, porque ela me lembrava da minha mãe, de momentos que eu tinha tentado o meu melhor para empurrar para os cantos sombrios da minha mente e esquecer.

Monroe jogou a sacola para ela.

Em segundos, a mãe dela tinha amarrado o braço e estava batendo na seringa. A testa franzida relaxou e ela se afundou no sofá soltando um suspiro de alívio. O olhar dela vagou de Monroe para mim.

— Esse é o seu namorado, querida? Ele é bonitão.

Monroe cruzou os braços sobre o peito.

— Mãe, cadê o Jerry?

— Morto. — Os olhos da mãe dela foram se fechando. — Levou um tiro em Northside.

Monroe olhou para mim, uma linha se aprofundando entre as suas sobrancelhas. O filho da mãe tinha merecido morrer. Pelo que ele fizera com Monroe e com Dizzy, pela longa fila de mulheres que ele com certeza havia deixado para trás espancadas e feridas.

Monroe pigarreou.

— Você precisa encontrar um novo traficante, mãe. Eu não vou atrás dessa merda de novo.

— Tá, tá. — Ela suspirou, um sorriso se assentando em seu rosto. Ela estava chapadaça. Pelo que parecia, aquela euforia era impenetrável.

Eu não podia lidar com aquilo, porque a cena me lembrava da minha mãe. Parecia que o meu peito estava sendo apertado por um torno, então peguei Monroe pelo cotovelo, puxando-a de leve em direção à porta.

— Vem, Roe. Vamos embora.

A tensão tóxica pareceu se erguer no momento em que nós atravessamos a varanda. Os grilos lá no mato alto tinham ficado em silêncio.

— Não é... — Ela abaixou o queixo. — Ela nem sempre foi assim.

Envolvi um braço ao redor do ombro dela.

— Eu sei. A minha mãe também não.

Deixei a Monroe na casa da Jade e fui para casa jogar PlayStation com o Hendrix.

— Você é uma merda! — Ele jogou o controle para longe, saltando do sofá e empurrando a virilha enquanto apontava para mim. — Eu te dei uma surra, porque você é uma merda!

Ignorando-o, comecei outra partida e atirei bem na nuca do avatar dele antes que ele pudesse pegar o controle de novo.

Bellamy entrou na sala se arrastando, vindo dos fundos da casa, jogando a mochila no chão.

— Consegui meio quilo com o Owens hoje. — Ele chutou a mochila, que parecia abarrotada. — Deve valer umas mil pratas.

Eu me levantei do sofá, agarrando a alça e puxando a mochila até a mesa da cozinha. Sentei-me e deslizei a balança pelo tampo, olhando para

Bellamy quando ele se largou na cadeira ao meu lado.

Ele pegou o saquinho ziplock e o encheu com a erva muito verde antes de jogá-lo na balança.

— Cara... — Ele suspirou. — Eu vi a Monroe na farmácia quando fui comprar camisinha.

Pesei um grama antes de erguer o olhar para ele.

— E?

— Ela estava comprando um teste de gravidez.

Uma sensação agourenta se espalhou da minha cabeça para o meu estômago. Números piscaram na balança.

— Merda.

— É, cara. Merda. — Bellamy balançou a cabeça antes de me passar outro saquinho. — O que você vai fazer se ela estiver grávida?

Eu me curvei na cadeira, esfregando a mão sobre o rosto. Eu não fazia ideia. Nenhuma. Bem, eu me casaria com ela. Criaria a criança com ela. Mas... Hendrix passou atrás de mim, abriu a geladeira e, então, se jogou na cadeira que estava na minha frente, carregando um pedaço de pizza gelada.

— É o que você ganha por ficar pele na pele. Era esperado que você plastificasse essa merda. — Ele agarrou um dos saquinhos e o sacudiu na frente do meu rosto. — Não que espalhasse suco de bebê por toda a parte.

Olhei feio para o outro lado da mesa enquanto Hendrix enchia a cara de comida.

— Cala a boca.

— Você acha que a coisinha vai ser ruiva como Monroe? — Ele gargalhou. — Você vai ter um filho. Você é um merda.

Encarei o relógio de parede quebrado lá do outro lado da cozinha. Nove meses. As aulas terminariam em dez, mas... Voltei a arrastar a mão pelo rosto, engolindo o nó em minha garganta.

— Ei, não quer dizer que ela esteja. — Bellamy atirou outro saquinho de maconha na balança. — Aquela menina de escola particular que eu comi por um tempo no ano passado fazia um teste desse todo mês. E eu nunca trepei com ela sem camisinha, disso eu me lembro. — Ele ergueu um ombro e voltou a encher outro saquinho com erva.

Fiz que sim. Monroe teria dito alguma coisa se pensasse que estava grávida. Seria o mais racional a se fazer. Eu suspirei. O que significava que ela faria o exato oposto, porra. Terminamos de ensacar a erva; então os caras foram para a sala jogar *Call of Duty*.

— Não vai jogar? — Hendrix gritou quando eu passei na frente do sofá. — Vai lá para cima pesquisar nomes de bebê?

— Cala a boca, Hendrix. — Subi as escadas correndo e bati a porta do meu quarto, então caí na cama. Se eu tivesse engravidado a Monroe. Jesus...

Peguei a caixa de charuto na mesinha de cabeceira, vasculhei o conteúdo e tirei uma Polaroid desbotada de mim com poucos meses de vida nos braços de um homem de quem eu não tinha lembrança além das coisas que minha mãe havia contado a mim e ao Hendrix enquanto crescíamos.

Minha mãe tivera, uma vez, a vida nos trilhos. Ela só tirava dez quando estava no ensino médio. Ela havia se matriculado na faculdade para estudar enfermagem, e então conhecera o Paul. Toda vez que ela falava dele, todo o seu rosto iluminava antes de as lágrimas enfim surgirem. Tudo o que eu sabia sobre o meu pai era que ele tinha sido o vocalista principal de alguma bandinha de merda que fazia cover do Led Zeppelin e era um drogado que havia deixado a minha mãe com dois filhos e um péssimo hábito. Joguei a foto dentro da caixa, dizendo a mim mesmo que isso era diferente. Eu amava a Monroe. Eu não a deixaria. E se ela estivesse grávida, daríamos um jeito para que se formasse. Mas por que ela não me dissera nada? Digitei uma mensagem e enviei.

> Eu: Amo vc

> Roe: Eu também amo você
> Roe: Vou ficar na Jade hoje

Meu pulso acelerou um pouco. Tínhamos combinado que a Jade a traria para cá.

> Eu: Vc tá bem?

> Roe: Sim. Tudo bem. Vejo você na aula amanhã. <3

Merda. Ela estava sendo breve. E colocando emojis de coração nas mensagens. Ela estava grávida. Deus, eu a engravidara. E ela nem sequer ia me contar.

> Eu: Sabe. Não importa o quê. Eu não vou te deixar.

> Roe: Eu sei. Você está bem?

Exceto pela ansiedade paralisante que se arrastava por mim.

> Eu: Sim

> Eu: Só estou com saudade

> Roe: Eu também.

Atirei o telefone na cama, então apaguei a luz. O barulho da televisão lá embaixo se arrastou por debaixo da porta do meu quarto. De vez em quando, Hendrix gritava "babaca" enquanto eu tentava dormir, mas eu não conseguia. Eu queria que ela me contasse essas merdas, não que as escondesse de mim. Monroe era a pessoa mais teimosa que eu já havia conhecido. Não pediria ajuda, pediria carona para desconhecidos antes de ligar para pedir ajuda. Não sabia por que eu tinha levado aquilo para o lado pessoal; era só a forma como ela lidava com as coisas. Mas algo como aquilo, com o potencial de foder com todos os planos dela... um filho... que merda.

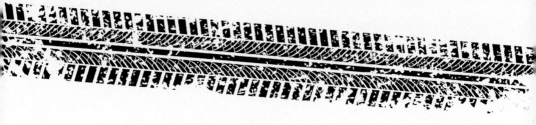

38

MONROE

Eu me sentei no corredor da casa dos pais de Jade, minhas costas pressionadas na porta do banheiro. Olhei o cronômetro na tela do celular.

— Já deu dois minutos, Jade. — O silêncio me recebeu, e eu fiquei de pé. — Vamos nos atrasar para a escola. Basta olhar para a maldita coisa.

Ela empurrou a porta, e o olhar marejado encontrou o meu.

— Você está...?

Ela balançou a cabeça, passou por mim e desceu as escadas. Eu não sabia o que fazer, então só a segui até o carro.

Ouvimos a rádio durante todo o trajeto até a escola, e Jade não disse uma única palavra. Eu era uma merda confessa nesse tipo de situação. Eu não tinha certeza se as lágrimas significavam que ela estava grávida ou se o movimento de cabeça queria dizer que não. Mas, se não fosse o caso, por que ela estaria chorando? Com certeza tinha dado positivo, e eu me senti péssima por ela, mas em Dayton aquilo era bem comum.

— Olha, se você estiver, tudo bem — falei. — Você tem opções.

Nós entramos na escola, acelerando pelo estacionamento e passando direto pela caminhonete do Wolf, os caras estavam fumando maconha na caçamba. Ela parou algumas vagas abaixo.

— Quer dizer, você sabe de quem é? — Merda. Aquilo deu a entender que eu pensava que ela fosse uma puta. — Não foi o que eu...

Jade saiu do carro e estava a meio caminho do estacionamento quando eu consegui fechar a porta. Ela nem sequer havia trancado o carro.

Jesus, eu era péssima nisso. Corri atrás dela.

— Jade?

— Preciso falar com o Sr. Weaver sobre o sete que eu tirei. — Ela subiu os degraus correndo e atravessou as portas, me deixando bem no meio do estacionamento.

Gemendo, eu fui em direção à caminhonete do Wolf. O olhar de Zepp encontrou o meu, um fluxo constante de fumaça escapava de seus lábios. No segundo em que eu parei ao lado da caçamba, Wolf e Bellamy se levantaram e saíram sem dizer uma palavra.

— Ah, eu estou fedendo ou algo assim?

Zepp jogou a guimba no chão, os lábios pressionados em uma linha firme antes de ele saltar da caminhonete e me puxar para os seus braços.

— Você está bem? — A batida forte do seu coração era audível através da camisa.

Se descontasse a Jade...

— Estou. Por que eu não estaria?

— Então. — Ele deu um passo para trás, abaixando o queixo para olhar para mim. — Você está?

— Estou o quê?

Uns segundos se passaram. Um grupo de alunos passou rindo atrás de nós, e Zepp os olhou até que eles desaparecessem pelo estacionamento. Ele soltou um forte suspiro, o olhar inseguro encontrou o meu.

— Grávida?

Meus olhos se arregalaram.

— Não! Por que você... Ah, merda.

— Você não está? — O rosto dele foi lavado pelo alívio.

— Não. — Mas, agora que eu tinha parado para pensar, nós talvez não havíamos sido tão cuidadosos quanto deveríamos ser. Eu o agarrei pelo braço, olhando para trás antes de me aproximar mais. — Mas como você ficou sabendo?

— Então você pensou que estava e não me disse nada. Roe, por que você...

— Não era meu — falei, erguendo uma sobrancelha e querendo que ele somasse dois e dois. — O Wolf sabe?

Uma lampadazinha disparou sobre sua cabeça.

— Porra. — Ele passou a mão pelo cabelo. — *Pooorra*.

— Não diga nada.

— Não vou dizer. — Ele me agarrou pela cintura e nós seguimos para a escola. — O Wolf vai se cagar todo.

— Então é por isso que você está com cara de cansado. Passou a noite pensando que eu estava grávida?

— Foi.

Eu me senti mal por ele, de verdade, mas fiquei curiosa.

— Você bolou um plano? — Lutei com um sorriso. — Mudar sua identidade e dar o fora do Estado?

— Passou longe. — Ele saltou sobre o meio-fio, agarrou a porta e a segurou aberta para mim. — Eu tinha acabado de perguntar ao Wolf se ele seria o meu padrinho quando vocês duas estacionaram.

Eu ri e entrelacei os dedos com os dele enquanto manobrávamos pelos corredores lotados.

— Você é louco. Nada de casamento forçado na adolescência.

— Louco por você talvez. — Ele mordeu o lábio em um sorriso antes de parar no meu armário.

— Deus, e você costumava se divertir tanto.

— Não. Eu costumava ser a diversão, Roe.

Um grupo de meninas se desviou de nós, cada uma delas olhando para Zepp como se ele fosse a única fonte de água em um deserto escaldante.

— E aí eu te conheci — ele falou. — E você fodeu comigo. Então, ótimo. — Ele trilhou o dedo pela minha bochecha, totalmente alheio às meninas ao nosso lado.

— Ótimo.

Zepp tinha fodido comigo; eu só não gostava de admitir.

O zumbido da conversa e das risadas ecoou pelo refeitório lotado enquanto Jade estava ao meu lado, cutucando a comida.

— Você está bem? — perguntei baixinho.

— Sim, estou bem. — Ela espetou uma cenoura e deu uma mordida antes de voltar a colocar o garfo no prato.

Eu não tinha ideia do que dizer a ela. Ela enrijeceu visivelmente bem na hora em que as bandejas tilintaram ao bater na mesa. A mão de Zepp pousou na minha coxa enquanto ele se sentava ao meu lado. Os outros caras se espalharam ao nosso redor. Eu estava bem ciente de Wolf sentado ao lado de Jade. Zepp beijou a minha testa antes de espetar uma vagem.

— De que tamanho você acha que seus peitos vão ficar, Ruiva? —

Hendrix agarrou o próprio peito, fingindo apalpar um par de seios.

Zepp atirou uma vagem no rosto do irmão.

— Não fale dos peitos dela, seu mané. Eu vou te dar um soco na garganta.

— Estive pensando nisso. — Hendrix abriu o achocolatado e deu uns goles. — Eu quero ser chamado de titio Tchaca Tchaca.

Finalmente a ficha caiu e eu entendi sobre o que ele estava falando.

— Cala a boca, Hendrix. — Zepp olhou feio para ele do outro lado da mesa, seu aperto na minha coxa ficando mais forte.

Eu me inclinei para Zepp.

— Você contou ao Hendrix? — De todas as pessoas.

Dei uma olhadela para Jade. O rosto dela estava pálido, e parecia que ela queria se arrastar para baixo da mesa.

— Não. O merdinha ouviu o Bellamy.

Então todos eles sabiam, menos o Wolf. Merda. Correção, todos eles pensavam que era eu.

— Bem, titio Tchaca Tchaca, vá adotar um gato de rua ou algo assim — falei. — Você não vai ganhar um bebê.

Hendrix fez careta.

— Que conversa fiada. Eu tenho planos para a criança. — Ele apontou uma batata frita para Zepp. — Engravide-a.

— Você é um idiota — Zepp murmurou.

— Olha. — Hendrix enfiou um monte de comida para dentro, pedaços de batata mastigada caíam na mesa enquanto ele falava. — Na noite passada, eu achei graça. Pensando em Zepp com um filho. Mas então... — Ele enfiou mais batata na boca, a expressão séria demais. — Eu pensei no assunto, e preciso de um protegido.

Zepp bateu a mão na cara e sacudiu a cabeça, murmurando "taco de plástico" bem baixinho.

Bellamy fez careta para o Hendrix.

— A última pessoa que precisa de um protegido é você, cara.

— Vá se foder com essa sua negatividade. — Ele atirou uma batata na cabeça do Bellamy. — Eu poderia ensinar uma caralhada de coisa para uma criança. Tipo, como pentelhar as pessoas. Isso sem esquecer que as crianças são hilárias nas redes sociais.

Wolf deu uma cotovelada nele.

— Você sabe que elas choram e cagam, né? Vai arruinar a sua vida.

Olhei para Jade, e ela parecia estar prestes a pirar.

— Ok! Nada de bebês, vamos mudar de assunto.

— Não. — Hendrix deu um soco na mesa. — Os nadadores do meu irmão permearam o seu óvulo ou o quê? E não me venha com conversa fiada, Ruiva. A próxima decisão que vou tomar para a minha vida será baseada nisso.

Bati a mão na mesa para pôr um fim nos comentários idiotas do Hendrix.

— É penetrar!

— Penetrar com o pau! — Ele bufou.

Wolf e Bellamy se curvaram, gargalhando como um bando de hienas. Quando olhei para Zepp, ele estava tentando fazer o seu melhor para não rir.

— Primeiro — falei. — Estou te culpando por não ter obrigado esse garoto a assistir às aulas. Segundo. — Voltei a olhar para o Hendrix. — Fazer um teste não significa que a pessoa esteja grávida. — Eu tive que me sacrificar pela equipe, porque, se algum deles descobrisse que era a Jade... Ela precisava pelo menos de tempo para lidar com aquilo.

Bellamy ergueu a mão.

— Eu te disse, Zepp.

— Tá. — Hendrix fechou a cara antes de estreitar os olhos e esquadrinhar o refeitório. — Eu vou fazer o meu próprio protegido.

— Você não vai engravidar ninguém. — Zepp balançou a cabeça. — Eu juro por Deus, Hendrix. Eu mato você.

Hendrix trepava com qualquer coisa com um batimento cardíaco.

— Ele já deve ter uns filhotes perdidos por aí — apontei.

Ele fez careta para mim.

— Eu não saio na chuva sem uma capa, Ruiva. — O olhar dele se desviou para o Zepp. — Ao contrário de você evidentemente. Só espalhando a semente a torto e a direito. — Ele fingiu atirar milho para galinhas.

Espalhar sementes? Como se ele estivesse trepando com metade da cidade.

— Não, não há semente em lugar nenhum, exceto aqui. — Apontei para o meu peito.

Zepp bateu as mãos na mesa.

— Jesus Cristo, Hendrix. Cala a porra da boca.

Jade agarrou a bandeja e ficou de pé.

— Vejo você na aula, Monroe.

Wolf a observou sair, uma linha se afundando entre as suas sobrancelhas.

— Ei, ela está bem? Ela ficou bem quieta.

Eu poderia ter dito sim, aquela seria uma reação razoável, mas, em vez disso, entrei e pânico e soltei:

— O gato dela morreu! — Jade nem sequer tinha um gato. — Eu vou ver como ela está. — Larguei o garfo no prato e atravessei correndo o refeitório. Eu a alcancei assim que o sinal tocou e as pessoas começaram a lotar o corredor. — Eu sinto muito. Eles são uns idiotas — falei quando cheguei ao armário dela.

— Obrigada por me dar cobertura.

— Está tudo bem. Mas... o seu gato morreu.

Ela franziu a testa.

— Eu não tenho um gato.

— Eu entrei em pânico.

Um sorrisinho tocou os lábios dela antes de ela se virar para o armário e entrar com a combinação.

— Tudo bem.

— E, sabe, você pode contar comigo. Para o que precisar.

— Obrigada. Eu não estou grávida. Eu só... pirei. Tipo, como eu posso ser tão idiota? Wolf, de todas as pessoas. — Ela balançou a cabeça e olhou sobre o meu ombro. — Ah, o Chase está te encarando como um cachorro implorando por sobras.

Eu resmunguei, recusando-me a me virar.

— Ele me beijou sexta à noite.

As sobrancelhas dela se ergueram.

— Ele está com vontade de morrer?

— Foi muito estranho.

— Bem, parece que ele está vindo para cá, então, boa sorte.

Jade sorriu antes de bater a porta do armário e sair. Deus, eu queria entrar no armário dela.

— Boa sorte com o quê? — Zepp se esgueirou por trás de mim, dando um beijo na lateral do meu pescoço.

Fiquei grata pela presença dele, porque eu não estava pronta para lidar com toda aquela coisa com Chase. Se havia algo que sem dúvida o deixaria longe, era o meu namorado levemente homicida.

— Prometi que não ia quebrar os braços dele, mas... — Ele me agarrou pelos ombros e me virou, me prendendo nos armários e cobrindo minha boca com a sua. — Que se foda o coração dele — Zepp murmurou nos meus lábios antes de aprofundar o beijo.

Esse cara tinha um jeito de me fazer esquecer de tudo o que não era ele.

Um aplauso alto soou perto do meu ouvido.

— Sr. Hunt. Srta. James! — a Sra. Smith bufou. — Já deu!

Zepp passou a língua sobre a minha mais uma vez antes de se afastar devagar, então me pegou pela mão e me acompanhou até a minha próxima aula.

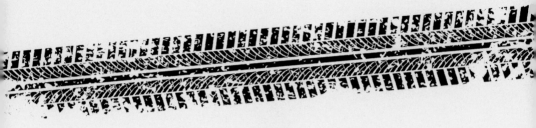

39

ZEPP

Hendrix sorriu feito um idiota para a árvore de Natal meio morta que ele tinha escorado no canto.

— Que merda você está fazendo? — perguntei.

— O que você acha, seu babacão? Estou montando a árvore. — Ele balançou a cabeça antes de atravessar a sala e se jogar no sofá ao meu lado. — Festas e essas porras.

— De onde você tirou essa árvore?

— Roubei dos escoteiros. — Ele pegou o controle do videogame na mesinha de canto.

Encarei o meu irmão delinquente. Deixando de lado o fato de eu não ter ideia de como ele trouxera aquela coisa para casa, mas roubar dos escoteiros? Golpe baixo. Até mesmo para nós.

— Você é fodido da cabeça. Tá ligado, não tá?

— Jesus não ia gostar de ouvir você chamando o espírito do Natal com a palavra com F, cara de cu.

Nas duas últimas semanas, Hendrix estava de casinho com a filha de algum pastor. Devia ter sido dali que viera o comentário sobre Jesus.

Ele deu *start* no jogo, e lá pela metade, deu *pause*.

— Estou com fome. Pede para a Monroe pegar alguma coisa no Burger King quando ela estiver vindo, pode ser?

— Ela está estudando na Jade.

— Conversinha. Eu quero Burger King.

Meu estômago roncou com a menção à comida. Fiquei de pé e peguei as chaves sobre a mesa.

Hendrix se arrastou até o canto do sofá.

— Aonde você está indo?

— Burger King.

— Vai se foder! — Ele largou o controle para lá, ficou de pé em um salto e me seguiu até a porta.

Olhei feio para ele por cima do meu ombro.

— Aonde você está indo?

— Para o Burger King.

— Você não tem um carro.

— E a culpa é de quem? — perguntou ele.

Ergui uma sobrancelha ao abrir a porta. Hendrix tinha dado perda total em três carros no ano passado, o que significava que a polícia suspendera sua permissão para dirigir.

— Sua.

Resmungando, ele passou por mim, me empurrando com o ombro, e desceu os degraus. Quando cheguei à garagem, Hendrix estava montado na minha moto.

— Vaza — falei, empurrando-o.

— Não. Eu quero Burger King!

Fiquei de pé ao lado da moto, imaginando o quanto a gente pareceria ridículo andando pelo gueto de Dayton com aquele pé no saco se agarrando em mim. Ele podia ser meu irmão, mas nem a pau.

— Você não vai engatado atrás de mim. — Eu bati o punho no ombro dele. — Vaza.

Ele cruzou os braços sobre o peito.

— Eu nem vou me segurar em você. Aceite e seja homem.

Peguei o capacete e coloquei na cabeça.

— Vaza.

— Tá. — Ele bufou. — Eu pago.

Era preocupante o que eu fazia para economizar cinco dólares.

Depois do Burger King, fomos a pé até o Wal-E-Mart. Hendrix se enfiou no banheiro para cagar e eu fui até o stand de joias. Eu tinha feito quinhentos dólares a mais em maconha para economizar para o presente da Monroe. Ela não era o tipo que usava joias, mas eu continuava voltando para ver os anéis de diamante. Dezoito. Vinte e cinco. Por que a idade importava? Eu a amava mais do que qualquer coisa nesse mundo. E eu só queria ter certeza de que, não importava o que acontecesse, ela sempre seria minha.

A moça atrás do balcão se aproximou de mim.

— Quer dar uma olhada em alguma coisa, meu bem?

O suor escorreu na minha testa e, por alguma razão, eu me senti um pouco sufocado.

— É... — Passei um dedo sobre o vidro manchado. Os diamantes eram caros pra cacete, e os que eu podia pagar mal eram visíveis. Meu dedo parou em um anel de ouro com uma pedra verde redonda flanqueada por diamantes minúsculos. — Esse?

— O de esmeralda, docinho?

— É. Isso. — Eu não tinha ideia do que ela estava falando. Eu só achei que a Monroe fosse gostar dele.

Ela o tirou do mostradorzinho de veludo, entregou-o a mim, então empurrou os óculos para cima do nariz ao olhar o preço.

— Esse custa quinhentos e vinte, querido. Quer que eu o guarde novamente?

— Não. — Eu o peguei da mão dela. Eu sabia que deveria ser um de diamante, mas isso me parecia meio que uma idiotice. E mais, diamantes eram bem sem graça. E nada em Monroe era sem graça. Eu o entreguei para a atendente. — Você pode colocar numa caixinha? — perguntei, já levando a mão ao bolso de trás para pegar o dinheiro.

— Claro que sim. — Ela colocou o anel dentro da caixinha, então dentro de uma bolsa.

Depois de pagar, eu me virei para ir procurar o Hendrix no banheiro.

Alguns caras usando a jaqueta do time do Dayton passaram por mim, Matthews estava entre eles. O filho da puta chegou a parar por um segundo, o olhar zerado em mim.

Ergui uma sobrancelha, desafiando-o a dizer alguma coisa, mas ele seguiu o resto do time, indo em direção ao corredor de jogos.

Eu estava quase na seção de utilidades domésticas quando ouvi o meu sobrenome ecoar pelo corredor. Deus, aquele imbecil era corajoso. Meus músculos se retesaram quando eu me virei.

— Isso é babaquice — Chase disse, partindo para cima de mim. — A Monroe não quer falar comigo. E eu sei que isso é obra sua.

Ele só podia estar de sacanagem. Eu pensei no beijo que ele tinha dado nela e cada parte do meu ser quis socá-lo bem na boca. Empurrei os ombros um pouco mais para trás, me preparando para nocautear aquele filho da puta.

— Deus, você é um idiota, não é? — *Chegue um pouco mais perto, babaca.*

— Eu não sei que porra você fez para conseguir uma garota como ela, mas nós dois sabemos que ela pode arranjar coisa melhor.

E aquilo, infelizmente, era verdade. Mas ela estava comigo. E esse otário não valia a pena. Ela me mataria se eu o machucasse, então, em vez disso, balancei a cabeça e me virei para o outro lado.

— Aquela menina queria ir para a Dixon desde que tinha oito anos — ele falou. — Aí ela junta as escovas de dentes contigo e desiste de tudo, e vai se inscrever em alguma faculdade de merda do Alabama...

Fechei os olhos e parei a meio passo. Meus dedos se afundaram na palma da mão, e eu disse a mim mesmo que não podia bater nele, disse a mim mesmo que ele não tinha ideia do que estava falando.

— Matthews. — Eu me virei para olhar para ele, a raiva me rasgando na velocidade de Mach. — É melhor você calar a porra da boca. Agora.

— Ela ama você. E ela nunca teve nada disso. A garota vai desistir de tudo por você, e você sabe muito bem.

Aquilo me bateu com força. Chegou perto demais. Em questão de milissegundos, eu estava me comparando ao meu pai, comparando a Monroe à minha mãe.

— O que você tem a oferecer a ela? Dayton? Venda de drogas? Roubo de carros? O que vai acontecer quando você for para a cadeia?

A merda era que ele estava certo. E o fato de que ela merecia muito mais era algo que eu havia tentado ignorar por muito tempo; algo que eu dizia a mim mesmo que não era verdade, porque eu a amava. O amor tinha que contar para alguma coisa, certo?

— Deixe-me adivinhar, Matthews. — Eu me virei e dei um passo para frente. — Vai ser agora que você vai vir com tudo para salvar a garota? Vai se foder você e essa sua conversa fiada. — Mas não era conversa fiada. Era a verdade nua e crua.

— Sabe, eu posso lidar com o fato de ela não me amar. Eu só não posso assistir a Monroe se destruir para ficar com você. — Ele me olhou de cima a baixo ao se afastar. — Você vai mesmo fazer a menina ficar nesse buraco de merda só para que ela possa ficar com você? O amor já era, né?

Fiquei parado no meio do corredor, a sacola com o anel de Monroe agarrada à palma da minha mão suada e meu estômago cheio de nós enquanto ele virava no corredor feito um furacão. Aquele babaca não tinha ideia do que estava falando. Eu a amava. Eu a amava mais que tudo. E a ideia de deixar aquela menina ir embora quase me matava.

Porque eu era um merda.

Hendrix veio correndo pelo corredor principal, enfeites caindo do moletom que ele usava.

— Vamos lá, babaca. A gente tem que ir.

Ele quase arrebentou a bunda quando ficou enganchado na seção de artigos de banho.

Balançando a cabeça, segui a trilha de renas e Papais-Noéis quebrados até a saída. Tirei a caixinha da sacola e a enfiei no bolso da frente antes de subir na moto e ir para casa.

— Porra! — Hendrix sacudiu a camisa na sala de estar, passando o dedo do pé sobre os enfeites roubados. — Eu perdi o Frosty, o boneco de neve.

— É isso o que você ganha roubando essas merdas — falei.

— Como se você não roubasse! — Ele pegou um dos enfeites e pendurou na árvore.

Não havia como discutir com ele, e mesmo se houvesse, as palavras de Chase continuavam se repetindo sem parar na minha cabeça. Eu amava a Monroe, mais do que já amara a mim mesmo. E que merda era para eu fazer quanto a isso?

Eu observei o Hendrix pendurar mais alguns enfeites e logo fui para o quarto e peguei o bloco de desenho. Eu não pensei. Só deixei os lápis desenharem formas e linhas no papel. Roxas e pretas. Vermelhas e verdes berrantes. Meus dedos estavam doendo quando a porta do meu quarto abriu.

— Só para que você saiba — os braços de Monroe me rodearam, os lábios pressionaram o meu pescoço —, aquela é a pior árvore de Natal que eu já vi na vida.

Meu peito doeu, ela merecia muito mais do que isso. Que se fodesse o Chase por me fazer enxergar isso.

— É. — Eu respirei fundo, tentando afastar o pensamento de que não estávamos destinados um ao outro. — O Hendrix roubou a árvore. E os enfeites.

— É claro que sim. — Os lábios dela voltaram a tocar o meu pescoço. — O que você está desenhando?

— Não sei. — Olhei para a bagunça de formas e cores, então afastei a cadeira da mesa.

Umas semanas atrás, eu tinha pensado que ela estava grávida. Porque ela poderia ter estado. Eu havia sido estúpido e descuidado a esse ponto, comendo a menina sem camisinha. De todas as garotas, Monroe era a única com quem eu tinha feito aquilo. Porque eu confiava nela, eu a amava, e aquilo não era uma situação desgraçada? A única menina que eu amava com um futuro que eu poderia ter arruinado porque não podia me dar o trabalho de pôr uma camisinha. Porque a sensação era boa demais e eu confiava nela. E o pior de tudo, no entanto, era que ela confiava em mim.

Eu a agarrei pelo quadril, olhando para o tapete manchado sob os meus pés.

— O que você teria feito? Se estivesse grávida?

— Hum, nunca houve um momento em que eu pensei que estivesse.

— Roe. — Meu aperto ficou mais forte. — Nós dois sabemos que era uma possibilidade. O que você teria feito?

— Eu não sei. Daria um jeito, eu acho.

— E quanto à faculdade?

— Eu não pensei no assunto, porque não aconteceu. — Ela tocou a minha bochecha, os olhos buscando os meus quando meu olhar se ergueu para o dela. — Mas *nós* teríamos dado um jeito.

E foderia com a vida dela. Assim como tinha acontecido com a minha mãe.

Monroe foi para a minha cama, tirando a saia antes de se deitar e pegar um baseado pela metade no cinzeiro da mesinha de cabeceira.

— Quer dar um tapa?

Eu tinha zoado com ela também? Eu me levantei da cadeira, atravessei o quarto, peguei o baseado da mão dela e o joguei dentro de uma lata de refrigerante.

— Você costumava fumar maconha? — Eu a prendi nos meus braços, beijando-a ao deslizar a mão ao longo da curva da sua cintura.

— De vez em quando.

— De vez em quando... — Empurrei a blusa dela para cima, mordendo o alto do seu peito.

O fôlego dela ficou preso, as coxas se abrindo antes de ela me puxar ali para o meio.

— Só é um vício se você pagar por ele.

Mas aquilo estava bem longe da verdade. Deus, eu tinha ferrado com ela, e eu sabia, mas lutei, deixando aquela conclusão passar batida, e pressionei os lábios nos dela. Com força. Desesperado. Porque eu nunca tivera nada como a Monroe, e sabia que nunca mais teria.

— Eu amo você — sussurrei, desenganchando o seu sutiã. — Pra cacete. — O bastante para não permitir que ela fodesse tudo só por causa de mim.

Minhas mãos vagaram pelas suas coxas até o quadril. Peguei a lateral da calcinha fio-dental e ela me ajudou a tirá-la ao mover as pernas. Quando o tecido caiu no chão, eu segurei o seu rosto.

— Você sabe, não sabe? — E plantei outro beijo violento em seus lábios. — Eu te amo mais que tudo.

— Eu sei. — Ela tocou a testa com a minha. — Eu amo você também, Zepp.

Na manhã seguinte, o barulho do chuveiro ecoou pelo corredor. Abri a gaveta para pegar a caixinha azul. O anel estava lá no meio do veludo, o brilho contrastando com o logo do Wal-E-Mart ao fundo. Eu poderia ficar sobre um joelho e o entregar a ela, e eu sabia que ela diria sim. Ela colocaria o maldito anel no dedo e sorriria pensando que a vida era maravilhosa quando tudo o que eu estava fazendo era cagar feio sobre o que ela já tinha sonhado em ter.

Era isso o que o amor fazia.

Deixava as pessoas cegas. Fazia as pessoas tomarem decisões estúpidas. Tipo ficar em Dayton...

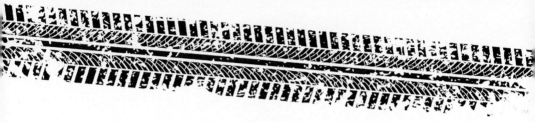

40

MONROE

A última semana parecera não passar de uma batalha entre Zepp e eu. A névoa de felicidade do amor de poucas semanas atrás parecia uma memória distante, e eu não podia apontar o momento ou a razão para aquilo ter mudado. Havia momentos em que ele olhava para mim como se eu fosse todo o seu mundo, e outros que ele parecia tão distante que era como se nem estivéssemos no mesmo cômodo.

Eu fui até a casa dele, e Hendrix atendeu a porta, um *headset* na cabeça e uma sacola de batata chips na mão.

— O Zepp não está. — Ele enfiou uma batata na boca, migalhas caíram em sua camisa.

Entrei, e ele voltou para a sala. Disparos eletrônicos soaram antes de Hendrix atirar em quem quer que estivesse jogando online com ele. Enviei uma mensagem para Zepp enquanto ia para o quarto dele.

> Eu: Cadê você?

Sem ele ali, a casa parecia muito vazia. Meu telefone apitou.

> Babaca: Saí

Uma sensação estranha se apossou do meu peito. Era algo entre o pânico e a raiva, e, para ser sincera, eu estava ficando puta com o quer que fosse aquela merda.

O bloco de desenho fechado estava sobre a escrivaninha, me tentando a dar uma olhada, mesmo ele estando fora dos limites. Passei os dedos sobre a capa preta fosca, debatendo. Era invasão de privacidade, mas, na época em que eu não podia ler o Zepp, aquele caderno havia me dito mais do que palavras jamais conseguiriam expressar.

Eu o peguei e passei as páginas até chegar ao último desenho. Um carro? Os desenhos mais recentes eram de objetos aleatórios, alguns eram só borrões de cores. Os esboços normalmente eram emotivos, mas aqueles eram só... nada. E aquilo quase me deixou ainda mais preocupada.

Já passava da meia-noite quando Zepp se enfiou na cama ao meu lado, o cheiro do uísque estava forte em seu hálito.

— Você ainda está aqui? — ele perguntou.

— Você pilotou bêbado?

— Não. — O braço dele me rodeou, puxando-me para perto. — Mas você não deveria se importar.

Claro que eu me importava. Eu o amava. E aquele comentário me irritou.

— Por que eu não precisaria me importar?

— Eu não disse que você não precisaria. — A mão dele pressionou entre as minhas coxas, e eu fechei as pernas. — Eu disse que não *deveria*.

— Ah, que ótimo. Isso deixa essa merda muito clara, Zepp.

— Não — ele falou arrastado contra o meu pescoço. — Não faça isso. Eu quero você, Roe.

Meu gênio borbulhou até a superfície, impulsionado pela dor. Ele não me tocava havia dias, e parecia demais que estava me evitando. Eu não conseguia imaginar o que eu tinha feito.

— É? Ou é só porque você está bêbado?

— Eu sempre te quero, Roe.

Sua boca cobriu a minha, e tão forte quanto eu tinha resistido, acabei cedendo a ele. Até que lágrimas quentes e furiosas arderam nos meus olhos. Então eu me empurrei para longe dele e me sentei, jogando o edredom para longe.

— Aonde você está indo? — ele perguntou.

— Para casa.

— Esta *é* a sua casa. — Aquilo não deveria ter parecido como uma punhalada nas costelas, mas pareceu. Agarrei a minha camisa e a puxei sobre a cabeça. — Não fiquei aqui só para ser um buraco para você enfiar o pau.

— Então *por que* você esperou? — Ele se levantou da cama, cambaleando de lado até recuperar o equilíbrio.

— Quer saber? Eu não sei. — Joguei as mãos para o alto, odiando que de repente eu me sentia tão pouco importante para ele. Como se eu fosse uma garota qualquer naquela cama.

Ele envolveu os braços ao redor da minha cintura e eu tentei me afastar, mas ele não deixou.

— Eu preciso de você, Roe. — Seus lábios pressionaram no meu pescoço. Quentes e suaves. — Eu te amo, por favor... — O triste era que eu ansiava pelo seu toque, pelo seu amor, e me odiava por isso. — Eu sinto muito por ter sido um babaca. Eu só... — Ele voltou a me beijar no pescoço.

— Você o quê, Zepp?

— Não te mereço. — A mão dele se arrastou pelo meu peito. — Mas foda-se, eu sou egoísta.

— Você só é egoísta quando está sendo um babaca.

Uma risada suave ressoou na minha pele.

— Se ao menos fosse verdade, estaríamos bem.

O que significava que não estávamos. Ou ao menos era o que ele pensava. Eu estava perdendo o Zepp, e pareceria que eu estava me agarrando àquilo com as unhas.

— Eu te amo, Zepp — foi uma confissão, um apelo.

— E eu te amo pra caralho.

Então, por que de repente aquilo parecera tão complicado? Dentro de segundos, ele tinha me despido e me prendido ao colchão, o corpo pesado sobre o meu, a boca cobrindo a minha.

— Eu me casaria contigo se eu pudesse.

E eu daria toda a eternidade a ele se ele permitisse, mas ele não permitiria. Seus movimentos foram lentos e constantes, tão diferentes dele. Eu o agarrei pelo rosto e o beijei, o sabor do uísque se transferindo da sua língua para a minha.

Ele me moveu até eu estar escarranchada em seu colo.

— Você fodeu comigo, Roe.

— Você fodeu comigo também. — Meu quadril rebolou sobre o dele. Meu corpo o buscando tão naturalmente quanto puxava a respiração.

Ele, então, se enterrou tão fundo que mês pulmões pararam.
— Desculpa.
Eu o agarrei pelo cabelo e toquei a testa com a dele.
— Mas você fodeu comigo do melhor jeito.
— Na verdade, não. — Ele guiou o meu quadril sobre o dele por um minuto, fechando os olhos. — Mas, eu prometo, *ninguém jamais terá a mesma importância que você.*

E aquelas palavras expulsaram cada traço de prazer do meu corpo, porque ele tinha acabado de me dizer que não teríamos futuro. Que outra pessoa viria depois de mim. As lágrimas arderam em meus olhos e eu as engoli.

Ele gemeu no meu pescoço, seu corpo ficando tenso sobre o meu, os dedos cravados no meu quadril como se ele nunca mais fosse me largar, então ele desabou na cama.

Sua respiração ofegante interrompeu o silêncio enquanto eu ficava deitada lá, encarando o teto escuro. Podia sentir seus olhos em mim, mas não pude me obrigar a olhar para ele. Ninguém jamais terá a mesma importância que você. As palavras giraram e giraram pela minha cabeça, até eu as revirar de todos os lados, tentando me convencer de que elas significavam algo além da única coisa que podiam significar.

— Eu faria qualquer coisa para te fazer feliz — ele falou.
— Então, por que você está tentando me deixar?
Ele suspirou, então se virou na cama.
— Não estou.
Estávamos bem ao lado um do outro, mas havia um vazio de espaço entre nós, milhares de palavras não ditas pendendo no ar.
— Mas você vai. — As pessoas sempre iam embora.
— Não. — Um suspiro forte abandonou os seus lábios. — Sou egoísta demais para te deixar.

A raiva queimou dentro de mim, a dor e a frustração em ebulição. Eu me ergui sobre o cotovelo, olhando feio para ele. Egoísta demais para me deixar? Semana passada, eu mal o vira, e quando estávamos juntos, parecia que ele estava a quilômetros de distância. Ele estava tentando me afastar para que *eu* o deixasse?

Momentos se passaram.
— Por que você está fazendo isso? — sussurrei.
Seus dedos roçaram a minha cintura.
— Eu te amo, Roe.

Eu estava tão confusa. Mas não era para aquilo ser complicado. Eu o amava. Ele me amava, e nada daquilo era justo. Ele estava brincando com o meu coração, e eu só estava ali de passagem. Eu precisava dar o fora antes que ele me bagunçasse ao ponto de eu não mais me reconhecer, mas eu não sabia como.

Lutando com as minhas emoções, eu saí da cama e me vesti. Odiando estar querendo ficar quando deveria ir embora. Eu era só uma menina que estava perdida para um cara. Mesmo eu sabendo que ele acabaria comigo.

— Você vai embora? — Sua voz estava envolta em mágoa.

— Vou. — Minha voz falhou.

Dei um passo em direção à porta e parei, virando-me para olhar para ele. As molas do colchão rangeram quando ele virou de barriga para cima, me ignorando completamente.

Foi só quando eu cheguei na esquina e mandei mensagem para a Jade pedindo para ela me dar uma carona que eu desmoronei. A dor envolveu o meu peito. Soluços feios me agarraram até eu não conseguir mais respirar. Ele tinha dito que me amava, mas não havia tentado me impedir de sair. Ele só me deixara ir.

Ele me deixara ir...

Jade passou a maior parte do percurso olhando para mim a cada dois segundos como se esperasse que eu fosse ter um colapso mental a qualquer momento. Quando ela me deixou em casa, eu podia dizer que ela estava relutante em ir embora, mas eu não queria ficar perto de ninguém agora.

Segui para os degraus frágeis enquanto o jipe dela saía devagar, soltando estampidos. Parei à porta, encarando o pedaço de papel voando com a brisa. Um aviso de despejo. Eu o rasguei, amassando-o em meu punho ao entrar, o estresse e a tensão se acumulando. Parecia que o mundo inteiro estava contra mim naquele momento.

Não fiquei surpresa ao ver que o crack tinha feito a minha mãe apagar no sofá, olhos meio fechados e uma seringa caída no chão. Desejei ter uma mãe com quem eu poderia contar, mas eu não tinha tempo para autopiedade. As lágrimas voltaram. Perderíamos a casa se eu não pagasse o maldito aluguel, e eu tinha economizado o suficiente para garantir uns poucos meses.

Fui até o meu quarto e caí de joelhos ao lado do gaveteiro. Minha mão deslizou até o buraco do forro e meu coração disparou quando meus dedos não encontraram nada além da madeira. Em pânico, eu arranquei a última gaveta, procurando freneticamente pelo dinheiro pelo qual eu passara um ano da minha vida fazendo strip-tease para economizar, e agora...

A fúria me rasgou quando eu fui feito um furacão até a sala. Eu estava tão cansada da merda que o mundo atirava em mim, e a única coisa, a única pessoa que fazia qualquer coisa valer a pena, acabara sendo uma decepção também. Porque as pessoas sempre iam embora; seja física ou mentalmente, como a minha mãe, elas iam embora.

Eu chutei a perna da minha mãe.

— Você pegou o meu dinheiro?

A cabeça dela tombou para o lado, um gemido incoerente escapando dos seus lábios.

— Deus, eu te odeio pra caralho! — gritei, querendo algum tipo de reconhecimento.

Mas ela nem sequer reagiu ao meu ódio. Não havia nada que podia levá-la a fazer uma mísera coisa a não ser um pouco de crack. Não importava agora. Ou tinha sido ela que havia pegado o dinheiro ou o Jerry, mas a grana já tinha desaparecido havia muito tempo.

Parecia que o peso do mundo pressionava os meus ombros. Um fluxo contínuo de lágrimas escorria pelo meu rosto. O que quer que havia dentro de mim, que de alguma maneira permanecera intacto durante toda a merda horrível que eu sofrera, Zepp conseguira quebrar. Amá-lo tinha me deixado fraca.

Nos últimos dois dias, eu havia tentado fingir que minha vida era normal. Eu tentara esquecer que tinha saído da casa de Zepp no meio da noite. Que ele não se dera ao trabalho de ligar para mim ou mandar mensagem. Que ele me ignorara nos corredores da escola.

Eu tinha pensado que minha vida era dura antes, mas aquilo era uma nova forma de agonia. A rejeição dele não era óbvia; era mais como um fogo lento que me comia viva minuto a minuto, hora a hora. Uma dor profunda na alma.

Minha mãe tropeçou pela cozinha. Estávamos sem dinheiro, esperando receber ajuda do governo, e eu estava tendo que racionar o crack, o que queria dizer que ela estava quase lúcida. O bater de panelas e frigideiras fazia a minha cabeça doer.

— Mãe — falei, chegando à porta. — Você já recebeu a ajuda do governo?

Ela brincou com o gás.

— Ainda não, amor.

Nós seríamos despejadas dali a quatro dias. Eu estava ficando sem tempo. Ela olhou para mim, a selvageria em seus olhos estava quieta pela primeira vez. Uma linha se afundou entre as suas sobrancelhas enquanto ela me encarava.

— Você está bem, amor? — A ternura em sua voz abriu velhas feridas.

Fazia anos desde que eu a ouvira soar como se desse a mínima. Seus braços me rodearam e, mesmo ela cheirando a putrefação, eu me entreguei ao abraço, lutando com as lágrimas.

Depois de alguns minutos, ela se afastou, segurou o meu rosto e passou os polegares por baixo dos meus olhos.

— Quem quer que ele seja, não merece as suas lágrimas.

Pelo mais breve dos momentos, eu tinha oito anos de novo e minha mãe estava limpando um machucado no meu joelho, cuidando de mim. Mas aquela era só uma ilusão fofinha. Assim que as drogas chegassem, ela pararia de se importar.

— Eu tenho que ir. — Lutei com um soluço ao atravessar a porta. Eu tinha que fazer alguma coisa.

Meus nervos em frangalhos estavam no limite enquanto eu percorria o beco deserto. O cheiro de urina dos moradores de rua era de matar, e eu prendi o fôlego. Eu estava circulando por aí no frio havia mais de uma hora tentando achar algo que eu pudesse roubar, um carro afastado das ruas principais e que me garantiria ao menos mil pratas, mas, em Dayton, seria uma tarefa difícil.

O Nissan parado no final da passagem apertada teria que servir. Suspirei de alívio quando tentei a maçaneta e o carro estava destrancado. Verifiquei o beco antes de ir para trás do volante e mexer na coluna de direção. Levou mais tempo que o normal para soltar aquela coisa, e a cada poucos minutos, eu estava olhando pelo retrovisor para ter certeza de que ainda estava sozinha. O emaranhado de fios se libertou e eu comecei a descascá-los. Torci as pontas, esperando que o motor pegasse, mas nada aconteceu.

— Merda.

Tentei de novo, um suor nervoso se formava em minha testa. Mas, novamente, nada. E então uma batida veio da janela. Congelei, xingando baixinho quando olhei para cima e vi o rosto presunçoso do policial Jacobs do outro lado do vidro.

Ele abriu a porta.

— Ora, ora. Parece que você está tendo problemas para fazer o carro ligar.

Gemi. De todos os carros que eu tinha roubado, foi esse, o único de que eu precisava, que me fez ser pega. E de todos os policiais de Dayton, tinha que ser por ele.

Ele me fez sair de lá com um movimento do queixo, então circulou o dedo no ar. No momento em que me virei, ele algemou os meus pulsos, então me levou até a viatura.

— Cuidado com a cabeça — ele disse, colocando a mão em mim quando me abaixei no estreito banco traseiro. Jacobs ficou de pé perto da porta, uma mão no teto e a outra no passador do cinto. — Uma pena, sabe? Uma menina inteligente ficando zoada por causa do cara errado. Fodendo com todo o futuro por causa de um garoto inútil.

Pela primeira vez, no entanto, aquilo não tinha nada a ver com o Zepp. A porta bateu e ele contornou o capô, assoviando ao se acomodar no banco de frente e sair com o carro. Eu tinha dezoito e esse... roubo de veículo... arruinaria qualquer esperança que eu tinha de ganhar uma bolsa de estudos para um futuro fora de Dayton. As lágrimas arderam em meus olhos enquanto eu observava o buraco de cidade que eu chamava de lar passando pela janela. Acontecia que Zepp estava certo; não havia como escapar de Dayton.

As algemas morderam os meus pulsos quando eu tentei me recostar no assento, então apoiei a testa na divisória de acrílico e fechei os olhos.

Tentei sufocar o som abafado do rádio com chamados para casos de overdose e agressão até a viatura enfim parar.

A porta de Jacobs abriu, depois fechou, e eu ergui a cabeça, uma névoa de confusão nublando o meu cérebro quando olhei pela janela e vi a envergada varanda da frente da casa de Zepp. Jacobs girou as chaves no dedo, seus passos estavam um pouco animados enquanto ele subia os degraus correndo.

Por que diabos ele estava na casa do Zepp?

A forma de Zepp preencheu a porta enquanto a luz lá de dentro se derramava sobre o gramado. Meu coração soltou um solucinho patético, e eu respirei dolorosamente quando o olhar dele se desviou para a rua. Ele passou a mão pelo cabelo ao acenar com a cabeça, então saiu. Jacobs sorriu quando fechou as algemas nos pulsos de Zepp. Pegando-o pelos ombros e empurrando-o escada abaixo. O que ele estava fazendo? Por que o Zepp estava sendo preso?

O olhar dele foi para o chão quando Jacobs o parou no meio-fio e abriu a minha porta.

— Parece que houve um mal-entendido. — Ele fez um gesto para eu sair antes de soltar as minhas algemas. — Está livre para ir, Srta. James.

— O quê? — Olhei de um para o outro. — Zepp, o que você está fazendo? — As lágrimas encheram os meus olhos quando a compreensão tomou conta de mim. Jacobs estava atrás de Zepp havia muito tempo, e ele estava assumindo a culpa. — Não, você me pegou em flagrante. Prenda a mim — falei para Jacobs.

— O suspeito está sob custódia, Srta. James. Sugiro que você vá circulando.

— Zepp? — Minha voz falhou. Ele tinha antecedentes e estava com dezoito anos. Eles o prenderiam com certeza. — Não faça isso.

Mas Jacobs o enfiou nos fundos do carro.

— Eu te falei que acabaria na cadeia por algum motivo, Roe. Pode muito bem ser por você.

Então a porta bateu, e Jacobs foi para trás do volante, acendendo o giroflex antes de arrancar.

— Mas que porra? — Hendrix gritou da varanda. Passos correram pelos degraus e atravessaram a garagem antes de ele derrapar e parar ao meu lado, encarando a rua. — O Jacobs prendeu o Zepp? Por qual merda?

Por mim.

— Roubo de veículo — sussurrei.

— Não há a mínima possibilidade de os caras do desmanche terem dedurado ele. Nem fodendo! — Ele fechou as mãos atrás da cabeça, os cotovelos para fora enquanto resmungava: — Faz semanas que não roubamos um carro.

Não, mas eu havia roubado, e eu não pude me obrigar a dizer ao Hendrix que o irmão dele tinha se entregado no meu lugar.

O olhar estreitado veio para mim.

— Por que você está aqui?

Respirei fundo.

— Eu fui presa.

Hendrix cerrou a mandíbula.

— Vá se foder, Monroe. — Então ele virou as costas para mim e seguiu para a casa.

— Eu não pedi que ele fizesse isso! — gritei para as costas dele, minha voz falhando.

Ele me mostrou o dedo do meio antes de a porta bater.

Ele que se fodesse, e que Zepp se fodesse por se autodepreciar ao ponto de assumir a responsabilidade por aquilo. Um soluço ficou preso na minha garganta quando pensei nele na cadeia. Por minha causa. Ele não merecia.

O último mês tinha sido uma merda. Não tivera notícias de Zepp desde a noite em que assistira ao Jacobs levá-lo embora. Era como se ele tivesse morrido, e eu estava de luto por sua ausência, que era muito absoluta. Eu lutava para dormir. Lutava para ajustar a minha vida sem ele nela. Os olhares de ódio que Hendrix me atirava toda vez que passava por mim no corredor da escola não ajudavam. Eu não tinha pedido para o Zepp fazer aquilo, mas o fato não me fazia sentir menos culpada. Não doía menos. E ontem, quando Wolf enviara uma mensagem dizendo que eu estava na lista de visitas de Zepp, eu havia me estilhaçado de novo.

Puxei uma respiração trêmula ao olhar para a cerca de arame farpado que rodeava a Penitenciária Hucksfield.

Entrei no prédio cinza e frio. Uma sensação depressiva pairava pesada no ar. Deveria ser eu trancada ali feito um animal.

O guarda pegou todos os meus pertences, e eu assinei um formulário antes de ser escoltada até a desolada sala de espera. Quando cheguei lá, meus nervos estavam tão em frangalhos que minhas mãos tremiam. Uma fila de mesas preenchia a sala, cada uma delas com um prisioneiro de macacão laranja. Zepp estava sentado à mesa na parede dos fundos, o olhar fixo na janela gradeada. Um nó se formou na minha garganta quando notei os hematomas no rosto dele e o corte recente no lábio inferior. Respirando fundo, atravessei a sala e puxei a cadeira de frente para ele.

Eu estava de pé de um lado muito bagunçado e borrado da linha, e ele estava do outro. Eu não sabia o que dizer.

— Por quê? — Era a única pergunta que tinha queimado a minha mente desde a sua prisão. Por que ele tinha me afastado? Por que havia assumido a culpa? Por que não tinha me ligado durante o último mês? Por quê, por quê, por quê?

Ele se virou para longe da janela, seus olhos ilegíveis.

— Porque eu amo você. — Ele colocou as mãos algemadas sobre a mesa, batendo-as juntas. — E você merece algo melhor que Dayton, Roe.

— Mas você não roubou o carro! Isso é conversinha, e você sabe disso. — Minha voz falhou.

— Não importa se fui eu ou não. Eu estou aqui. — Ele apontou para mim com a cabeça. — Você está aí. E é assim que tem que ser.

E eu sabia que ele acreditava naquilo.

— Não, não é. Você não é... — Isso. Ele não era um cara que tinha que estar atrás das grades. Ele não era o mocinho, mas ele era para mim.

— Jacobs queria o meu rabo aqui. Ele fez um acordo comigo. Você em troca de mim. — Ele bateu as mãos na mesa, as algemas retinindo. — Você e eu sabemos que eu acabaria aqui em algum momento. Eu não tinha planos, você sim. Você queria dar o fora de Dayton, e, se fosse fichada, não conseguiria.

Eu tinha roubado a minha cota de carros. Eu merecia um lugar ali tanto quanto ele. Mas ele não deveria se importar. Ele tinha renunciado a mim antes de ser preso. Nunca havia ligado. Nunca tinha mandado mensagem. Eu não entendia.

— Não era problema seu.

Os pés dele batiam no chão sob a mesa, as juntas ficando brancas enquanto ele encarava as mãos.

— Você sempre será problema meu, Roe.

Nenhum PRÍNCIPE

321

Eu engoli o soluço, porque eu odiava essa coisa que pairava entre nós. Eu queria correr para ele, mas ele estava sempre me segurando a um braço de distância. Coloquei os cotovelos sobre a mesa, passando as duas mãos pelo cabelo ao olhar para a superfície de metal.

— Então por que você me afastou? — sussurrei.

Segundos se passaram antes de ele suspirar.

— Sabe quando você disse que a sua mãe nem sempre tinha sido do jeito que é agora, Monroe? A minha também não. — Ele se afundou na cadeira, os olhos fixos em mim. — A minha fazia Enfermagem. Ela tinha planos. Aí conheceu o merda do meu pai e virou outra estatística em Dayton. Grávida. Drogada. Sonhos descendo pelo ralo.

E aquilo era uma merda, mas não era a gente.

— Você não é ele. Eu não sou ela. Você nunca me impediria de ir para a faculdade, e Dixon não era a única que existia. E você não precisava partir o meu coração para fazer isso.

— Aí você iria para a faculdade, e depois o quê? Se casaria comigo? — Ele balançou a cabeça. — Eu não vou ter merda nenhuma para oferecer a você.

— Você não tem que me oferecer nada. E você não pode me dizer o que eu quero ou deixo de querer.

— Não tinha nada a ver com o que você queria, Roe, mas com o que eu queria para você.

Eu podia sentir o abismo entre nós, e eu soube que a hora estava passando. Em questão de minutos eu teria que ir embora dali, e eu não sabia quando voltaria a vê-lo. Algo em mim se partiu.

— Tudo o que eu queria era o seu amor, Zepp!

— E isso é algo que você sempre terá.

A resignação naquelas palavras me matou, porque não era o que eu queria ouvir. Aquilo era "eu te amo, mas vou abrir mão de você", e eu não queria abrir mão dele. Nunca.

— E agora o quê? — perguntei. — Você espera que eu vá para a Flórida e simplesmente te esqueça?

— Eu espero que você dê o fora de Dayton.

— Seguir em frente... conhecer alguém...

A mandíbula dele contraiu. O olhar caiu para a mesa.

A rachadura no meu coração se abriu ainda mais. Eu tinha que dar o fora dali. Eu odiava que ele se considerasse tão inútil, porque, para mim, ele era todo o meu mundo.

— Eu não... — Suas sobrancelhas se juntaram, as narinas dilataram. — Eu não quero que você volte.

— Você...

— Eu vou te tirar da lista de visitas.

Ele poderia muito bem ter enfiado a mão no meu peito e arrancado meu coração, porque aquilo parecia muito definitivo, e eu sabia que era.

Lutei com as lágrimas ao ficar de pé, sabendo que não havia nada que eu pudesse dizer.

Ele olhou pela janela, a mandíbula tendo leves espasmos.

— Eu nunca vou amar alguém do jeito que eu te amo, Roe. Isso eu prometo.

— Eu amo você.

Então, eu me afastei, meu coração se partindo em pedacinhos que eu deixei no chão daquela sala de visitas. Zeppelin Hunt sempre seria o garoto que tinha me mostrado o que era o amor, mesmo quando ele não conseguia amar a si mesmo.

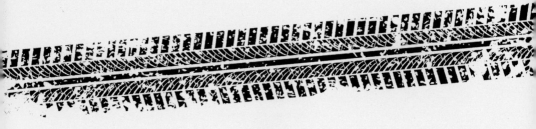

41

MONROE

Dez meses depois

Joguei a caneta na minha colcha lilás, cansada de estudar para a prova de história mundial que teria na próxima semana.

— Por que diabos eu tenho que estudar história se estou fazendo contabilidade? — perguntei, olhando feio para a Jade.

Ela se deitou, espalhada na cama do outro lado do nosso quarto no dormitório, o moletom grande demais da Alabama State a engolia. O som alto do heavy metal que vinha do seu fone de ouvido conseguiu chegar em mim. Ela tirou um fone e olhou para mim.

— Você falou alguma coisa?

Revirei os olhos.

— Não esquenta.

— Você deveria ficar este fim de semana e ir à festa do Brandon. — Ela ergueu uma sobrancelha, e eu olhei para o livro no meu colo. — Dayton é uma merda.

Era uma merda mesmo. Verdade fosse dita, eu nunca mais voltaria lá se eu não tivesse que voltar. A cidade estava cheia de memórias, e não era das ruins que eu estava me escondendo. Era das boas.

— E você sabe que o Brandon quer te ver. — Ela se desfez em sorrisos. — Total que você deveria sair com ele. O cara é gostoso.

Parte de mim queria ficar e ir à festa, mesmo eu odiando festas. Talvez até mesmo sair com o Brandon. Eu sabia que precisava seguir com a vida, mas eu não conseguia. Só pensar naquilo me fazia sentir mal. Havia tentado esquecer o Zepp, mas não era fácil. Era como se houvesse partes minhas faltando e ele as estivesse fazendo de refém. A dor constante tinha diminuído com o tempo, mas, ainda assim, de vez em quando reacendia e me pegava de guarda baixa quando eu menos esperava.

Uma leve batida veio da porta antes de ela se abrir, e Jonathan entrou com tudo, arrastando uma mala da Louis Vuitton.

— Eu estou pronto para conhecer uns caipiras gatos.

Meu olhar percorreu o garoto com seu jeans de grife e a camisa social impecavelmente branca. No primeiro dia da aula de Inglês, eu jamais o teria apontado como alguém de quem eu seria amiga. Ele era de Upper Manhattan, e a família dele tinha mais dinheiro do que qualquer um em Barrington jamais sonhara em ter, mas eu havia começado a gostar dele. E eu tinha muita certeza de que, se eu o levasse a Dayton, ele poderia acabar morto. Só uma piadinha para algum caipira no Velma's já seria o suficiente.

— Jonathan — falei, olhando-o da cabeça aos pés. — Diz de novo por que você quer ir a Dayton.

— Gata. — Ele apoiou a mão no quadril antes de estalar os dedos, fazendo um movimento de ziguezague com a mão. — Rolar no feno com um genuíno garoto do interior sempre foi a minha fantasia. Eu quero para mim um daqueles bem galinhas, sem qualquer frescura.

— Vai por mim, você não quer — Jade murmurou.

Ele estava prestes a levar o choque da vida dele.

— Ah, vai por mim. Eu quero. — Ele acenou com um dedo atrevido no ar. — Eu me depilei para isso.

— Eu... não sei nem o que dizer. — Fiquei de pé e passei a camisa sobre a cabeça. — Fique sabendo que vai ser uma amarga decepção.

Ele fez careta, então pegou a alça do meu sutiã e a puxou.

— Não vai ser uma decepção maior do que essa sua roupa íntima. Que tipo de mensagem ela quer passar, hein? É de algodão, pelo amor de Deus!

Jade bufou.

— Que ela não vai ter nenhuma emoção.

Jonathan se virou para Jade.

— Comprei pra ela um daqueles vibradores gigantes de presente de aniversário. Ela vai ter um monte de emoção. — Ele me deu um tapinha nas costas. — Não é, Moe Bear?

Eu o ignorei e terminei de vestir a blusa. Então enfiei a minha escova de dentes e umas roupas na bolsa.

— Tá certo. Estou pronta.

Jonathan levou uma mão ao peito, apontando para a minha bolsa.

— O que é isso? — Balançando a cabeça, ele abriu o meu armário e vasculhou os meus pertences, criticando tudo que eu possuía.

Eu me afundei na cama com um suspiro. Depois que ele começava, não havia como pará-lo.

Jonathan fez a minha bolsa três vezes antes de nos permitir ir. Quarenta minutos depois, ele virou sua Mercedes novinha no parque de trailers. A maioria das pessoas ficaria com vergonha de ser vista em uma lata-velha, mas, em Dayton, uma Mercedes brilhante gritava Barrington, e aquilo nunca era bom. Eu quis me arrastar para o assento de trás.

Jonathan saiu do carro com um mata-moscas, batendo nos pernilongos que zumbiam em torno dele. Ele puxou os óculos de sol para baixo do nariz e olhou ao redor.

— Isso é mais caipirice do que você deixou transparecer, amada. Eu tenho a sensação de que um homem com um banjo vai sair a qualquer minuto.

— É o máximo de caipirice possível.

No segundo em que senti o cheiro imundo de Dayton, lembrei-me da razão de eu evitar voltar. Não pude deixar de olhar para o teto do Wolf, como se eu esperasse ver o Zepp lá em cima, só relaxando em um das cadeiras surradas. Claro, ele não estava. Disse a mim mesma que eu tinha voltado para ver como a minha mãe estava, mas, se eu fosse sincera, eu tinha escolhido vir nesse final de semana porque sabia que Zepp havia sido solto na semana passada.

Bati na porta do trailer antes de abri-la. Estava limpo lá dentro, apesar de a mobília ainda estar detonada.

— É você, querida? — A cabeça da minha mãe apareceu na porta da cozinha.

Ela parecia tão bem quanto poderia estar. Ela arranjara um emprego na Waffle Hut ali da cidade e uma vaga na reabilitação para viciados em metadona. Até onde eu podia me lembrar, esse havia sido o máximo de tempo que ela tinha conseguido segurar a onda.

— Sim.

Jonathan passou desfilando pelo sofá surrado e foi até a minha mãe.

— Oi, Srta. James. — Ele pegou a mão dela e a beijou. — É um prazer te conhecer. Eu adorei essa decoração floral e pitoresca que você escolheu. Traz à tona o Alabama do lugar.

Bufei.

— Mãe, esse é o Jonathan.

Os olhos dela brilharam.

— É o seu namorado, querida?

Jonathan franziu o nariz.

— Ai, não, amada. Não, não, não.

— Ele é gay, mãe. — Eu ri.

Ela pareceu decepcionada.

— Sabia, ele é bonito demais.

Jonathan ficou todo convencido com o elogio. Deus, por que eu o trouxera aqui?

O único lugar para onde eu poderia levar o Jonathan naquela noite era o Velma's, era o único bar além do The White Rabbit que não pedia identidade para entrar, e eu não levaria o garoto ao clube de strip no qual eu costumava trabalhar. A música country se derramava da porta daquele buraco, a batida se movendo junto com os pisca-piscas que ficavam acesos o ano todo. Jonathan parou aos pés da escada e levou a mão ao peito.

— Ai, meu Deus. É um inferninho!

A porta não teve tempo de se fechar atrás de nós antes de ele ir em linha reta até o bar, me puxando atrás dele. Velma estava atrás do balcão, um cigarro pendendo de seus lábios e o cabelo louro oxigenado preso no alto da cabeça parecendo uma colmeia bagunçada.

— O que você quer, docinho?

Ele olhou para mim sorrindo, murmurando "docinho" sem fazer som e soltando uma risada.

— Vou querer um martini de maçã e... — Ele fez sinal para mim.

— Só uma cerveja.

Velma olhou de mim para Jonathan.

— Não servimos drinques chiques.

O lábio de Jonathan se curvou em ofensa.

— Tá. Martini?

Ela meio que revirou os olhos antes de sair rebolando. Eu sabia, por conhecimento próprio, que ela simplesmente serviria vodca em um copo e falaria que era martini.

Ela abriu a cerveja e deslizou um copo de plástico com vodca na frente do Jonathan, jogando uma azeitona lá e fazendo a bebida salpicar.

— Foi assim que você cresceu? — Ele encarou a bebida. — Isso é traumatizante, Monroe. É como se eu estivesse no *Amargo Pesadelo*. Quer dizer, não que eu fosse me importar se um cara gostoso vestindo camisa machão me dissesse para guinchar feito um porco, mas... — Tomou um gole e enrugou o rosto na mesma hora. — Velma! Amada. — Colocou o copo no balcão. — Já faz tempo que o meu reflexo faríngeo foi testado e tudo o mais... — Ele apontou para o copo ofensor. — Prova.

Velma jogou outra azeitona no copo dele, então bateu a cinza do cigarro no chão antes de se afastar.

Eu quase me engasguei com a minha cerveja quando vi o horror no rosto dele.

— Certo — ele disse. — Me faça curtir uma boa música country. Se eu vou beber vodca pura, nós vamos dançar.

Peguei a minha cerveja, fui até o *jukebox* e escolhi *Tennessee Whiskey*.

Uma hora depois, Jonathan tinha pedido mais três dos "martinis" da Velma. Ele passou o copo para mim.

— É tão horrível. — Ele se engasgou. — Beba um pouco.

E ele continuou pedindo e me fazendo beber com ele. A essa altura, estávamos os dois bêbados. Eu me agarrei ao seu braço e virei a bebida, fazendo careta ao sentir a queimação.

Ele agarrou o copo vazio e jogou o braço para cima.

— Outro! — Então ele pegou a azeitona lá no fundo e a jogou na boca.

— Ei! — Bati no braço dele. — Eu quero a azeitona. Você ficou com a última.

Ele agarrou o meu rosto, pressionou os lábios nos meus e passou a azeitona entre os meus lábios.

— Pronto. — Então ele foi valsando até o bar para pegar mais bebidas.

Meu olhar varreu as pessoas amontoadas no pequeno salão, pausando na figura familiar de Wolf. Meu estômago se contorceu, apertando ainda mais quando vi o Hendrix, depois o Bellamy, ambos me ignorando, e eu soube que ele estava lá. Pude sentir o seu olhar em mim muito antes de encontrar os olhos escuros que corriam desenfreados pelos meus sonhos por quase um ano, me torturando.

Meu coração se apertou, havia muito adormecido, e tentou acordar; já os pulmões entraram em colapso no meu peito, como se tivessem se esquecido de como respirar. Ele levou a bebida aos lábios, o olhar nunca se afastando de mim. Até Jonathan voltar e passar um braço ao redor da minha cintura, bloqueando a minha visão.

— Eu te vi, garota, olhando para aquele grande gole de água viril. — Jonathan olhou para trás, para Zepp. — Tatuagens, músculos. Hmm. Aposto que ele já esteve na prisão algumas vezes. Sabe, a cadeia sempre faz esses caras mudarem.

— Ele não é gay.

Jonathan passou a mão pelo cabelo.

— Porque eu...

— É o Zepp — falei, e o álcool se dissipou quase que imediatamente.

Os olhos de Jonathan se arregalaram.

— Ai. Meu. Deus.

De repente, pareceu que as paredes me esmagavam. Zepp estava ali, no mesmo lugar, e eu não conseguia respirar direito.

— Eu, é, eu preciso ir embora.

Jonathan virou a bebida antes de me pegar pela mão e me conduzir entre o labirinto de pessoas, parando na frente de duas meninas que bloqueavam a saída.

— Licença. Temos uma emergência aqui e vocês precisam tirar essas rabas lamentáveis do caminho.

Ele passou por elas, me levando rápido até o meio do estacionamento antes de parar e pegar o telefone.

— Ah, olha. Eles têm um Uber no meio do nada, onde Judas perdeu as botas. — As luzes coloridas brilharam em seu rosto quando ele olhou para mim. — Você está bem?

— Estou. — Não. Eu sabia que o veria em algum momento. Eu só não esperava me sentir assim.

Tinha afastado Zepp da minha mente e lutado contra meus sentimentos por ele todos os dias, e havia sido para nada. Porque estavam todos ali, quase tão frescos quanto no dia em que ele partira o meu coração. Aquela ferida não sarara nada. Ainda estava apodrecendo.

Na manhã seguinte, eu acordei com uma ressaca dos infernos. Jonathan estava desmaiado, sua máscara de dormir com estampa de leopardo no lugar.

— Jonathan — murmurei ao cutucá-lo.

Ele resmungou e me cutucou de volta, então sussurrou:

— Não fala.

— A gente tem que ir pegar o seu carro. — Embora as chances de alguém ter roubado o seu Classe A fossem bem altas. Ele teria se sobressaído no estacionamento de cascalho do Velma's como um farol.

— Eu não posso, amada. Acho que eu tive um derrame.

— Ai, meu Deus. — Eu bati nele com o travesseiro. — Você não teve.

— Acho que a Velma me serviu Maria-louca vagabunda.

— Bem, ainda temos que ir pegar o seu carro.

— Por favor, vá pegá-lo. Seja a minha heroína. — Ele respirou fundo. — O vento sob as minhas asas.

Eu voltei a bater nele com o travesseiro, então me arrastei sobre o seu cadáver. Minha cabeça latejava. Escovei os dentes, peguei o meu moletom da Alabama State e um óculos de sol, e enfrentei o ônibus que eu tivera que pegar para chegar ao Velma's.

Na volta, eu dirigi o carro de Jonathan bem abaixo do limite de velocidade, aterrorizada com a possibilidade de estragar o veículo. Eu me concentrei tanto para garantir que o cascalho da estrada de chão não voasse e batesse no capô que não notei a moto de Zepp em frente ao trailer da minha mãe até que estacionei. Gemi, meu estômago revirou ainda mais. Zepp estava recostado no parapeito de madeira. Todo músculos e tatuagem, parecendo melhor do que tinha o direito. Meu coração soltou uma batida deplorável e dolorosa.

Saí do Mercedes e me apoiei na lateral elegante, a uns bons metros de Zepp. Eu precisava daquela distância agora de verdade. Meu olhar bateu no cascalho e a dor estranha se apertou ao meu redor.

— Belo carro — ele disse.

— Não é meu.

— Imaginei.

Soltei um suspiro.

— Então você foi solto. — Eu já sabia.

A Jade havia me dito, mas ele não. Nem mesmo uma mensagem de texto. Mas, bem, por que ele diria? Ele tinha deixado muito claro lá na sala de visitas. O que eu queria não era importante.

O olhar dele se desviou para o carro de Jonathan.

— Você seguiu em frente então.

Olhei para o carro. A porta do trailer se abriu. Jonathan ficou lá, embalando uma caneca de café, usando o roupão rosa da minha mãe e com a máscara de dormir na testa.

— Moe Bear, o que você está fazendo parada aí na rua como uma prostituta barata em toda a sua... Ai, nossa! — As palavras dele esvaneceram quando Zepp mudou o peso de um pé para o outro. Jonathan agarrou a caneca junto ao peito, o olhar colado em Zepp. — Me diz que você tem um irmão. Por favor, pelo amor de Ru Paul. Me diz que tem mais dessa genética espalhada por aí.

— Zepp. Jonathan. — Acenei entre os dois, então olhei para Jonathan.

— Ah, sim. Eu só... — Ele voltou para dentro do trailer e fechou a porta devagar. — Obrigado por pegar o meu carro, Moe Bear. Você é o vento sob as minhas asas — ele cantou através da fresta antes de terminar de fechar a porta.

Uma das sobrancelhas de Zepp se ergueu, a outra se inclinou para baixo.

— Mas. Que. Porra. — Os olhos dele ainda estavam no trailer; Jonathan podia causar esse efeito nas pessoas.

— Ele não é daqui — tentei dar alguma explicação. Verdade fosse dita, eu não podia pensar em um lugar do planeta em que Jonathan fosse considerado normal.

O silêncio caiu entre nós, e o olhar dele foi para o meu moletom da State.

— Por que você não foi para a Dixon?

— Não sei. — Eu já tinha me perguntado aquilo. Eu havia recebido uma bolsa completa, como eu sempre quisera. Mas algo tinha me mantido aqui. — Acho que me apeguei à Alabama.

— Estou feliz por você estar se saindo bem, Roe. — Ele meneou a cabeça para mim, me dando as costas e indo para a moto. Simples assim.

Não havia razão para ele ter aparecido se tudo o que ia fazer era ir embora. O filho da mãe não fazia ideia de como tinha sido difícil para mim encontrar um pouco de normalidade na minha vida, e logo quando eu estava começando a ficar bem, ele tinha aparecido. Eu o odiava.

A raiva aqueceu a minha pele. Eu queria gritar com ele. Dizer o quanto ele tinha ferrado comigo. Dei um passo curto em sua direção.

— Bem? Claro. — Eu fiz uma pausa e lutei com o aperto na minha garganta. — Você pelo menos sabe por que você veio aqui, Zepp? Por que você se importa? Você só precisava se certificar de que tinha bancado o herói?

Meus punhos se fecharam com tanta força que as minhas unhas cortaram a palma das minhas mãos. Ao longo do último ano, eu tinha sofrido por ele e o odiado, mas eu não pudera deixar de amá-lo, e aquela era a pior parte daquilo tudo.

— A porra do herói? Sério? — Uma risada sarcástica escapou de seus lábios antes de ele me encarar com a mandíbula tensa. Ele agarrou o capacete e passou uma perna por cima da moto. — Eu não sou um cavaleiro de armadura brilhante. Eu sou um babaca. Não sei se você se lembra disso.

Ele estava certo, mas eu nunca tinha me importado.

— Mas você era meu! — Minha voz falhou. — E você me deixou quando disse que nunca me deixaria.

O queixo dele caiu para o peito, uma mão esfregou a nuca. Eu não podia fazer aquilo. De novo não. Passei correndo pela moto dele e entrei no trailer, batendo a porta.

O motor da moto ganhou vida alguns segundos depois, o barulho vibrou pelas janelas de alumínio antes de se calar.

Jonathan estava de pé na cozinha com a minha mãe; ele fazia careta.

— Moe Bear...

— Eu, é... eu preciso voltar para a faculdade. Esqueci que tenho que entregar um trabalho.

Ele fez que sim.

— Eu vou guardar as minhas coisas.

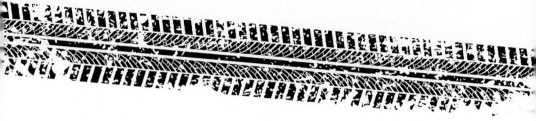

42

ZEPP

Ela havia pensado que eu a tinha deixado quando tudo o que eu tentara fazer fora salvá-la. Ir à casa de Monroe havia sido a pior coisa que eu já tinha feito. Eu nem tentara me enganar pensando que eu a havia superado, mas eu não tinha pensado que fosse doer daquele jeito. Havia subestimado a merda que seria estar tão perto sem poder abraçá-la.

Eu me sentei na sala lotada de gente, mas eu não podia me concentrar em nada além de Monroe. Hendrix me deu um tapa na nuca antes de arrancar a camisa gritando:

— É meu aniversário!

Uma das strippers que o Wolf tinha contratado para a festa se aproximou, esfregando os peitos na minha cara enquanto me montava. E então veio outro pensamento sobre Monroe, de como os homens costumavam fazer aquela merda com ela. Dez meses depois e meu sangue ainda fervia ao pensar naquilo.

Wolf se inclinou ao meu lado, rindo.

— Cara. As meninas estão atacando umas as outras.

Eu nem me incomodei de olhar. Terminei a minha cerveja, então me levantei do sofá. Uma das meninas de topless se agarrou aos meus ombros, tentando me puxar de novo para baixo.

— Quer dançar?

— Não. — Tentei me levantar outra vez, mas ela me empurrou para o assento e montou no meu colo.

— Você parece estar muito bravo. — Ela se inclinou perto da minha orelha. — Tenho certeza de que posso fazer você se soltar um pouco.

Voltei a me recostar no sofá, fechando os olhos quando os peitos nus esfregaram na minha camisa. A última vez que eu transara tinha sido com a

Monroe, e já fazia quase um ano. Eu deveria ter gostado daquilo, mas odiei cada segundo da experiência. Tudo o que aquilo fez foi me lembrar de que eu não a tinha e do quanto eu precisava dela.

A menina pressionou os lábios no meu pescoço e eu a empurrei, então me levantei.

— Cara — Wolf gargalhou, agarrando a menina pela cintura e a puxando para o colo. — Ela teria dado para você. — Ele olhou para ela. — Não é? Você teria dado para ele?

Ela passou os braços ao redor do pescoço de Wolf, olhando-me de cima a baixo.

— Com certeza.

Passando a mão sobre o meu rosto, eu fui para a cozinha pegar uma bebida. Dez meses naquela merda de cela tinham me dado muito tempo para pensar nas coisas. O tempo nunca havia passado tão devagar como tinha passado lá. Dormir. Comer. Ir para o pátio. Estudar. Havia sido isso. Nada das metáforas idiotas do Hendrix, nem de ficar no teto do Wolf. Nada de Monroe.

De todas as coisas que eu mais tinha sentido saudade, havia sido daquela menina. Tinha pensado que eu havia feito o que era melhor, que tinha a amado o suficiente para deixá-la ir, dado a ela a chance de cair fora de Dayton, mas o olhar em seu rosto na semana passada, quando eu havia ido até o trailer da mãe dela... Não pudera deixar de imaginar se eu a tinha magoado mais do que eu a tinha salvado. Eu nunca quisera deixar aquela garota; eu só quisera que ela me deixasse.

Porque ela merecia algo muito melhor que eu. Os pensamentos giraram e giraram pela minha cabeça, a culpa me comeu vivo com a ideia de que eu a tinha magoado. Não pude suportar mais. Digitei uma mensagem, enviando-a para o número que eu tinha no meu telefone, sem nem ter certeza de que ele ainda funcionava.

> **Eu:** Eu nunca quis te magoar

> **Monroe:** Eu odeio você

Andei para lá e para cá na cozinha, porque aquela não era a resposta que eu queria. Houvera uma época em que ela tinha me amado, e se ela me odiava era porque eu a magoara. Uma pessoa só podia odiar algo que ela queria amar.

> Eu: Precisamos conversar

Mas a mensagem não foi. Não foi entregue. Tentei de novo e de novo. E quando tentei ligar para ela, a ligação não completou. Merda, ela tinha me bloqueado?

Joguei a minha bebida na lixeira, peguei as minhas chaves no balcão e fui para a sala.

— Ei, Wolf.

Ele estava com o mamilo da stripper na boca, uma mão agarrando o outro peito.

Eu o chutei na canela, e ele olhou feio para mim.

— Onde a Monroe mora? — perguntei.

— Cara, eu não sei.

— Você disse que ela mora com a Jade. Eu sei que você sabe. — Ele e a Jade tinham essa esquisitice de fodendo não fodendo se passando entre eles.

Ele jogou a cabeça para trás no sofá, dando tapinhas na bunda da garota para que ela saísse do seu colo.

— Essa foi a melhor sarrada que eu já dei desde os doze anos, e você estragou tudo. — Ele enfiou a mão no bolso e pegou o telefone.

— Ah, porra, nem fodendo! — Hendrix gritou lá do outro lado da sala. Ele empurrou a garota agora nua de seu colo, ajustando o pau antes de vir feito um furacão para cima de mim e arrancar o telefone do Wolf da minha mão. — Ela pode ir se foder. Ela te largou. Depois de você ter ido para a cadeia por ela.

Meu irmão não tinha entendido, mas eu não esperava que ele entendesse.

— Me dá o telefone, Hendrix.

— Não. — Ele mexeu na virilha mais uma vez. — Ela é uma vaca, Zepp.

Antes que eu percebesse o que estava fazendo, eu tinha dado um soco na cara do meu irmão. Ele segurava o nariz, o sangue escorrendo pelo seu queixo.

Ele franziu as sobrancelhas.

— Você me socou, porra!

— Você chamou a Monroe de vaca.

Os olhos dele se estreitaram.

— Ela é.

Nenhum **PRÍNCIPE**

Eu o atingi no estômago, então Wolf me puxou para trás.

— Ei. Cara. Ei. Calma. — Wolf ergueu a mão e Hendrix bateu o telefone na palma da mão dele. — Elas moram no dormitório Sassnett. Quarto 311.

Hendrix pegou o controle remoto na mesinha de centro e o atirou em Wolf.

— Ah, vai se foder, seu saco de bolas peludas. Você é um merda.

Meia hora depois, estacionei na frente do prédio alto de tijolinhos vermelhos. Eu não tinha ideia do que estava fazendo, mas, para ser sincero, quando eu soubera quando tinha a ver com Monroe?

Eu fui empurrar a porta de vidro, mas ela não se mexeu. Através da janela eu podia ver uma menina atrás de uma mesa. Bati na porta e uma campainha soou. Meus músculos ficaram tensos, porque aquilo me lembrou demais da prisão.

— Posso ajudar? — A menina sorriu, balançando na cadeira antes de seu olhar me percorrer da cabeça aos pés. — Gostei das tatuagens.

— Preciso ver a Monroe James. Quarto 311. — Passei a mão pelo cabelo, a energia nervosa batendo com força. — Eu acho.

— Não vai dar. Já passou da meia-noite. — Ela bateu a caneta sobre um pedaço de papel plastificado em que estava escrito: *Não é permitida a visita de pessoas do sexo masculino das 00h00 às 09h00.*

Eu ri.

— Você está de sacanagem.

— Queria eu. — Ela pegou o livro que tinha deixado de lado e voltou a abri-lo. *Diário de uma paixão.* Ótimo, ela queria tentar se agarrar às regras...

— Olha. — Eu cruzei os braços sobre a mesa e me inclinei para ela. — Acabei de percorrer uns cem quilômetros. E eu preciso muito ver essa garota. Eu não a vejo há quase um ano, eu fui para a cadeia por ela...

Os olhos dela se arregalaram.

— Você foi para a cadeia por ela?

— Fui. Acabei de sair, e eu a vi na nossa cidade na semana passada com outro cara. — Permiti que uma careta se assentasse no meu rosto. A menina não precisava saber que o cara não era uma ameaça. — E eu não posso perder essa garota. Eu só preciso dizer que ainda sou apaixonado por ela.

— Ai, meu Deus. — Ela levou a mão ao peito, os olhos se abrandando. — É tão romântico.

— Você pode só... — Bati o dedo na placa. — Pode deixar isso para lá? Só uma vez? Em nome do amor?

Ela olhou de um lado para o outro do corredor.

— Vou fazer uma pausa para ir ao banheiro. As escadas ficam no final do corredor, à direita. — Ela deu uma piscadinha quando ficou de pé, então sussurrou: — Vá atrás dela. — E saiu.

Eu virei no corredor, abri a porta com um empurrão e segui para a escadaria, subindo os três lances de escada. A luz do corredor piscou acesa quando pisei lá. Passei por vários quartos até chegar ao que tinha o nome de Monroe e de Jade escritos em letras com formato de balão na frente. De jeito nenhum fora ela que fizera isso, apostava que tinha sido obra do Jonathan.

O suor escorria pela palma das minhas mãos, energia nervosa percorria o meu corpo. Eu a amava, mas a tinha magoado. E se essa fosse a última coisa que ela quisesse? Eu tinha que saber no entanto. Ergui a mão e fiz uma pausa antes de bater.

As dobradiças rangeram e o rosto de Jade apareceu no vão. Ela estreitou os olhos.

— Puta. Merda. — A porta fechou.

Eu ergui a mão para voltar a bater quando a ouvi dizer:

— Monroe. O desgraçado do Zepp está aqui.

Houve uma conversa murmurada até que Jade saiu usando um roupão grande demais.

— Não vou ficar aqui e ouvir essa merda. — E a menina se arrastou pelo corredor em seus chinelos. — E eu não quero nem saber como você conseguiu passar da recepção.

O quarto mal iluminado lembrava uma cela grande demais. Paredes de blocos de concreto pintados. Duas camas pequenas. Um frigobar. Um abajur acendeu, e Monroe se sentou na beirada da cama com as pernas nuas. E usando a camiseta que eu tinha dado a ela na primeira noite que ela havia passado comigo.

— O que você está fazendo aqui, Zepp?

— Você disse que me odiava. E aí me bloqueou.

— É. — Ela cruzou os braços sobre o peito. — Porque eu não quero falar com você.

Doeu ouvir aquilo, mas a parte de mim que não conseguia se esquecer dela dizendo que me amava se recusou a acreditar.

— Eu não quis te magoar — falei.

Seu queixo foi de encontro ao peito. Ela desenhou pequenos círculos sobre o joelho.

— Eu teria feito qualquer coisa por você. E você simplesmente... — Ela balançou a cabeça. — Quer saber? Não importa.

— Tudo o que eu fiz foi porque eu te amava.

— Então eu não quero o seu amor, porque ele dói. — Ela olhou para mim com os olhos marejados. — Ainda dói! Eu não consigo te superar, e agora você volta.

Eu me senti um otário. Nunca havia me apaixonado por alguém antes de me apaixonar por ela, então eu não tinha ideia de que o amor não era algo que as pessoas simplesmente superavam. Era como ter restos de estilhaço sob a pele. Algo que não era visível, mas que era doloroso e sempre seria sentido.

— E eu não consigo superar você, então que merda a gente deveria fazer, Roe? Hein? — Dei alguns passos no quarto, sentindo uma vontade louca de beijá-la. Sentindo cada parte de mim se rasgar completamente por ela. — Eu fui sincero quando disse que nunca amaria ninguém do jeito que amava você. Porque eu não quero amar ninguém além de você. — Minha garganta se apertou. Meu peito travou.

Atravessei o espaço pequeno, ficando de joelhos e pegando seu rosto em minhas mãos, e pressionei a boca na dela.

Ela ficou tensa sob minhas mãos por um segundo, as dela foram para os meus ombros antes de os seus lábios se entreabrirem. Ter aqueles lábios nos meus de novo... Precisei juntar todas as minhas forças para não entrar em colapso. Pressionei a testa na dela, lutando com a emoção em carne viva que se agarrava à minha garganta.

— Por favor, não me odeie. Eu não posso suportar isso.

— Eu não consigo deixar de te amar. — A voz dela falhou com um soluço baixinho enquanto seus dedos envolviam os meus pulsos. — Eu tentei. Com tudo de mim.

Eu a beijei novamente. Com mais força. Por mais tempo.

— Se você me der outra chance, eu juro por Deus que não vou te deixar.

— Podemos começar com três meses?

Lutei com um sorriso, então a beijei novamente. Que se fodessem os três meses, eu ficaria com essa garota pelo resto da minha vida.

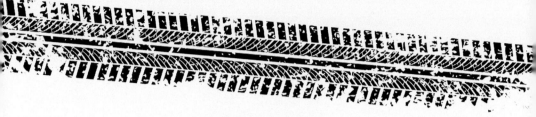

EPÍLOGO

MONROE

O macacão azul-marinho que Zepp usava para trabalhar estava embolado ao redor da cintura, expondo a camiseta branca coberta de óleo. Eu o esquadrinhei com o olhar, empurrando as anotações da minha aula de finanças antes de me levantar da cama. Mordendo o lábio, enfiei a mão dentro do macacão. Ele era o mecânico mais gostoso que eu já havia visto, disso eu tinha certeza.

Ele deu um beijo na minha testa.

— Depois do jantar. Eu fiz reservas.

— Você fez... reservas? — Ergui uma sobrancelha.

— É. — Ele terminou de se despir. — Temos que chegar lá daqui a uma hora.

— Acho que a gente deveria ficar aqui — falei, passando os dedos sobre o seu peito. — E pedir pizza...

Ele pegou uma toalha na cômoda.

— Eu não quero pizza.

— Você sempre quer pizza, Zepp! — Cruzei os braços sobre o peito.

— Se você quer pizza, pode pedir no Olive Garden. — Ele lançou um sorriso como se estivesse orgulhoso daquilo, então foi para o corredor.

— Olive Garden? — Mas que porra? O Olive Garden era o restaurante favorito do Jonathan quando estávamos na faculdade. E ele me fizera enjoar de lá. O lugar não tinha muito a ver com o Zepp. — Para comer pizza cara?

A água do chuveiro ligou. Eu esperei alguns segundos para segui-lo até o banheiro. Eu tinha que me perguntar por que diabos ele queria tanto ir. Tirei as roupas e puxei a cortina antes de entrar no box. Ele passou as mãos pelo cabelo molhado, um leve sorriso abrindo caminho em seus lábios quando ele agarrou o pau. Minha pele corou na mesma hora.

Passei os dedos por sua barriga.

— Se eu te pagar um boquete, a gente pode ficar aqui?

— Não. — Ele se deu outro puxão antes de o seu olhar varrer o meu corpo.

— Não?

Zepp nunca tinha me recusado na vida. E ele não estava prestes a começar agora. Entrei na água quente, pressionando meu corpo no dele antes de empurrar sua mão com um tapa e substituí-la pela minha.

— Quer dizer, você pode, mas ainda vamos jantar. — Ele deu uma leve estocada na minha mão escorregadia. — A decisão é sua, Roe.

— Você sabe que eu não preciso de restaurantes chiques. Só de você. — Mordi seu lábio inferior, e seus dedos cravaram em meu quadril.

— Por que você tem que ser tão teimosa?

— Como assim eu estou sendo teimosa? — Apertei o pau dele, e uma respiração sibilada escapou por entre seus dentes. — Eu quero trepar e comer pizza como sempre.

— E eu só quero ir ao Olive Garden. Maldição. — Não havia dúvida de que ele estava ficando um pouco agitado por causa da comida italiana.

Fiquei de joelhos no chão do banheiro e o lambi. Ele bateu a palma da mão no azulejo.

— Chupe o quanto quiser, Roe. — Ele gemeu. — Mas nós vamos.

Não iríamos. Eu o engoli até seus músculos ficarem rígidos.

— E quanto ao Nero's? — perguntei.

Lambi mais uma vez, e seus dedos entrelaçaram nos meus cabelos.

— Ou o Frank's Famous Chicken? Eu amo aquele lugar.

Ele gemeu quando o engoli por inteiro.

— Por que você não pode se limitar a ir ao Olive Garden?

— Por que você quer ir àquela merda chique? — Deus, ele estava me irritando.

— Jesus Cristo, mulher. Por que importa? Você tem algo contra espaguete? — Ele meteu na minha boca, e eu fui com tudo, até que percebi que ele estava prestes a gozar, então parei.

— Tem certeza? — perguntei, ainda segurando o pau dele com os meus lábios bem perto da cabeça.

— Porra, não se atreva...

Fiquei de pé, com um sorriso convencido quando peguei a toalha, porque eu sabia que ia ganhar aquela. Não se tratava mais do maldito restaurante. Era uma questão de princípio.

No instante em que eu entrei no quarto dele, deixei a toalha cair e pulei na cama, me abrindo toda, completamente nua.

Só precisou de trinta segundos para Zepp entrar. O olhar dele pousou em mim, e ele parecia prestes a explodir.

— Você quer mesmo fazer isso? — ele perguntou. A toalha caiu no chão e Zepp rastejou pela cama, prendendo-me no colchão. — Você sabe quem vai ganhar essa, Roe. — Ele mordiscou o meu pescoço, então entrou em mim com tanta força que meu ar ficou preso.

Eu amava quando ele ficava com raiva. Eu o puxei pelo cabelo e levei os lábios ao seu ouvido.

— Isso parece muito com uma vitória — falei com a respiração entrecortada.

— Parece? — Ele foi mais fundo. Mais forte. Me levando ao limite, direto para o momento em que todo o meu corpo começava a se aquecer com aquele zumbido cálido, e então se retirou e virou de costas. — Bom saber.

— Não. Não! — Eu dei um tapa em seu peito antes de montar no seu corpo. Quando tentei me mover, ele me agarrou pelo quadril e me prendeu.

— Ainda parece uma vitória, Roe?

Eu o agarrei pelo pescoço, afundando as unhas na sua pele.

— Vá se foder, Zepp. — Tentei me mover novamente, mas suas mãos pareciam algemas, me aprisionando. Eu me inclinei para frente até meus lábios roçarem os dele.

— Você sabe que eu mesma posso me fazer gozar. — E então eu disse a única coisa que eu sabia que o deixava puto todas as vezes. — Eu não preciso de você.

Foi o suficiente. Ele me guiou em cima dele, muito mais forte do que eu já conseguira sozinha, e estocou de baixo para cima, enterrando-se até o máximo que podia alcançar.

Minhas costas bateram no colchão, e ele se moveu dentro de mim enquanto seu corpo forte e quente escorregava sobre o meu.

— Nem por um segundo eu acredito que você goza tão gostoso sozinha — ele falou.

Eu não gozava. Eu não podia. Era mais do que só o toque mais áspero, era ele. Éramos nós.

Eu me desfiz sob ele, minhas unhas cravaram a sua pele e meus pulmões lutaram para respirar enquanto seu corpo poderoso virava rocha sobre as minhas mãos. E ele desabou na cama.

Depois de recuperar o fôlego, Zepp rolou e verificou as horas, gemendo ao se largar no travesseiro.

— Depois não reclama de como estou prestes a fazer isso. A culpa é sua. — Ele se levantou da cama e pegou algo na gaveta. — Você sabe que seus três meses encerram hoje, né?

— É?

Ainda nu, ele ficou sobre um joelho e ergueu uma caixinha aberta. Lá no meio do veludo azul estava um anel de esmeralda flanqueado por diamantes. Meu pulso acelerou. Meu coração disparou no meu peito.

— Tudo o que eu queria fazer era te levar para o Olive Garden. — Suspirando, ele balançou a cabeça. — Eu nunca pensei que três meses se transformariam no resto da minha vida, mas...

— Ai, meu Deus, Zepp. — Encarei a caixinha, completamente chocada.

— Quer se casar comigo, Roe?

— Sim, Zepp. Eu quero me casar com você.

Eu o beijei, sabendo que jamais haveria ninguém para mim além dele. Ninguém conseguiria sequer chegar perto. Nosso felizes para sempre não era reluzente nem bonitinho, mas era nosso.

Ele não era nenhum príncipe, mas Zepp Hunt era meu. Sempre seria.

FIM

A The Gift Box é uma editora brasileira, com publicações de autores nacionais e estrangeiros, que surgiu no mercado em janeiro de 2018. Nossos livros estão sempre entre os mais vendidos da Amazon e já receberam diversos destaques em blogs literários e na própria Amazon.

Somos uma empresa jovem, cheia de energia e paixão pela literatura de romance e queremos incentivar cada vez mais a leitura e o crescimento de nossos autores e parceiros.

Acompanhe a The Gift Box nas redes sociais para ficar por dentro de todas as novidades.

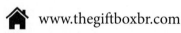 www.thegiftboxbr.com

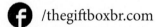 /thegiftboxbr.com

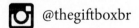 @thegiftboxbr

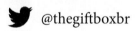 @thegiftboxbr

Impressão e acabamento

psi7 | book7